시적 발상과 창작
_Creating Poetry

김동수 시 창작 이론서

(개정증보판)

김동수 시 창작 이론서 시적 발상과 창작

1판 1쇄 펴낸날 2008년 1월 25일
개정증보판 1쇄 펴낸날 2020년 9월 20일
지은이 김동수
펴낸이 이재무
책임편집 차성환
편집디자인 민성돈, 장덕진
펴낸곳 (주)천년의시작
등록번호 제301-2012-033호
등록일자 2006년 1월 10일
주소 (03132) 서울시 종로구 삼일대로32길 36 운현신화타워 502호
전화 02-723-8668
팩스 02-723-8630
홈페이지 www.poempoem.com
이메일 poemsijak@hanmail.net

ⓒ 김동수, 2008, printed in Seoul, Korea

ISBN 978-89-6021-512-2 03810

값 35,000원

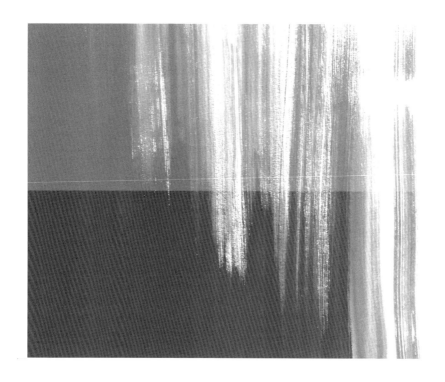

시적 발상과 창작
_Creating Poetry

김동수 시 창작 이론서

(개정증보판)

천년의
시작

발간사

    그간 시 창작에 관한 교재가 여러 시인과 평론가들에 의해 발간되어 왔다. 그러나 대부분 서구 문예사조와 이론에 치우쳐 있거나, 시를 지나치게 구조적으로 분해한 나머지 통찰과 직관을 중시하는 우리의 오랜 문화적 풍토와 정서적으로 맞지 않는 경우가 많았다.

    시는 궁극적으로 우주적 자아를 지향한다고 본다. 이는 마치 에덴동산으로의 회귀처럼 본래의 자기(own nature)로 되돌아가려는 인간 본연의 향수요, 현상과 본질의 괴리를 통합시키고자 하는 열망과 그리움에 다름 아니다.

이러한 생각을 바탕으로, 그간 대학 강단과 평생교육원에서 시를 강의하면서 누구나 알기 쉽고 편하게 시를 이해하고 창작에 임할 수 있도록 프로이트와 융 그리고 불교와 노장老莊에 이르기까지 동서양 문학이론과 고전을 인용하여 시 창작에 적용하여 왔다. 그런 과정에서 많은 시행착오와 피드백을 거쳐 이 원고를 상재上梓하기에 이르렀다.

그러나 아직도 부족한 점이 많으리라고 본다. 강호 제현들의 질정을 바라며 미비점은 후일 다시 보완하고자 한다. 아무쪼록 본서가 이 분야에 관심 있는 분들에게 다소라도 도움이 되었으면 하는 마음이다.

2007년 겨울
전주 호성동에서
김동수 삼가 씀

증보판을 내면서

2008년 1월 『시적 발상과 창작』을 발간한 지 12년이 흘렀다. 그동안 이를 교재 삼아 '시 창작 강의'를 해오면서 그때마다 텍스트를 수정·보완하여 오늘의 이 증보판을 내게 되었다.

그러다 보니 초판에 없던 '시와 체험' '시와 알레고리' '비유와 창의' '동시와 상상력' '통찰과 역설의 미학' '시와 패러디' '시와 도道' '시조의 혁신과 경계' '상상력과 문학' '낭만에서 포스트모더니즘을 넘어' 등 10개 항목이 더 추가되었다.

이러한 과정에서 동서양의 철학과 종교사상을 바탕으로 보다 쉽고 명료하게 재작성하다보니 본서가 시 창작 이론서뿐만 아니라, 누구나 쉽게 읽을 수 있는 시와 철학이 결합된 또 하나의 인문서가 될 수 있다는 생각을 갖게 되었다.

책 말미에 독자의 편의를 돕고자 색인索引을 붙였다. 그래도 미흡한 점이 많으리라. 하지만 다음 재개정판에 또다시 보완할 것을 약속하면서 독자 제현의 지도 편달을 바란다.

2020년 봄
전주 호성동에서
이언 김동수

차례

서문_문학의 길

세상을 살아가는 데는 많은 것들이 필요하다. 생존을 위한 물질도, 사회 생활을 위한 처세도, 그리고 그에 따른 명예와 권력도 우리의 삶을 지탱시키고 활성화하는 데 필요하다. 그러나 인간이 동물과 다른 점은, 그러한 생존 조건들이 결코 우리 삶의 충분조건이 될 수가 없다는 데 있다. 빵만 가지고는 살아갈 수 없는 게 인간이다. 설령 살아간다 하더라도 동물처럼 그냥 먹고, 새끼 치고, 세력을 확장하면서 본능적 조건만을 충족시키며 살아갈 수만은 없지 않겠는가?

그래서 사람답게 사는 길, 그 길이 무엇일까? 이리 생각하다 보니 먼저 떠오르는 것에 종교와 도덕이 있다. 그럼, 그것이 우리가 정착할 수 있는 마지막 구원처가 될 수 있을 것인가? 그럴 수도 있을 것이다. 그렇다면 종교 전쟁은 왜 일어나고, 그들 간의 반목과 질시는 무엇이며 도덕과 제도는 시대와 환경에 따라 왜 끊임없이 바뀌고, 곳곳에서 혁명은 왜 아직도 일어나고 있는 것일까?

제도나 관습, 윤리와 도덕, 심지어 종교까지도 그것이 어떤 규범으로서 오랜 세월에 걸쳐 굳어지게 되면 어느 순간 인간의 편이 아닌 통치 이데올로기로 전락되면서 우리의 구원과 멀어져 가기 십상이다. 미셸 푸코의 말마따나 그것들이 어느새 우리의 삶을 구속하는 유폐적幽閉的 그물망이 되어 그 안에 우리를 감금하는 도구 기제로 작용하고 있기 때문이다.

그러한 감금 기제로부터의 일탈, 그리하여 반인간화反人間化에 대한 구원, 그 대안의 하나로서 우리는 문학을 생각하기에 이른 것이다. 그러기에 문학은 제도나 관습이나 우리를 지배하고 있는 물질이나 권력 혹은 그 어떤 이데올로기의 곁에 서있지 않다. 오히려 그들에게 비판적 자세를 취하면서 인간이 인간 그 자체를 사랑하는 천진한 마음을 지키고자 한다. 그게 공자가 꿈꾸고 있는 사무사思無邪의 세계요, 진실과 아름다움의 세계, 곧 인간 파라다이스가 아니겠는가?

우리 앞에 군림하고 있는 그 어떤 힘이나, 권위 그리고 현실적 이해관계에 따라 대상을 고르고, 처신을 달리한, 그러한 현실 논리를 초월한 진정한 인간의 편, 거기에 우리의 문학이 존재하고 있다. 그리하여 세상이 간과하기 쉬운 인간 그 자체의 존엄과 자유 그리고 그것을 향한 끝없는 사랑과 연민. 이것이 문학이 지향하는 길이다.

이러한 문학의 길을 두고, 어떤 이는 '문학은 1%의 꿈을 먹고 살아가는 사람들의 긴 여정'이라고도 한다. 그만큼 그 길이 고단하고 외롭다는 뜻이기도 하다. 99% 대다수의 사람들이 그 길은 이끗이 없는 일이라고, 그래서 손해요, 불가능한 일이라고 고개를 돌리더라도, 그래도 그럴 수 없다며 남아있는 1%의 가능성을 붙잡고 우직하게, 때로는 고독하게, 아니 그 누구보다도 끝내 인간의 편에 남아 서있는 사람들. 그리고 그들이 꿈꾸는 진실과 아름다움에 귀를 기울이고 있는 사람들. 그래서 문학은 늘 외롭고, 춥고, 눈물겨운 것인지도 모른다.

이제 '님'은 떠나고 없다고 많은 이들이 등을 돌렸을 때에도, 나는 그래도 '님'을 버리지 않겠다고 1%의 꿈에 의존하여 실의에 빠진 우리 민족에게 꿈을 주었던 만해 한용운, 옥중에서도 이도령의 꿈을 포기하지 않았던 성춘향, 군부 독재에 맞서 시대의 진실을 외면하지 않았던 저 해남의 김남주, 그래도 지구는 돈다며 돌아서서 고개를 저었던 갈릴레이, 홍해의 기적을 이루어낸 모세의 삶들이 바로 남들이 다 외면했던 1%의 꿈을 이루어낸 문학적 삶의 승리가 아니었던가?

그 불가능할 것 같은 1%의 꿈이 바로 새 세상을 열어가게 하는 힘의 원동력이 된다. 힘이 들더라도 마땅히 지켜가야 할 당위當爲의 세계. 묻혀 있고 훼손되어 있는 진실을 캐내고, 베일 속에 가려있는 아름다운 가치들을 들춰내면서 누가 뭐라 해도 한사코 권력의 편이 아닌 사람의 길을 가는 사람들, 그게 문인, 아니 문학의 길이다.

문학이 우리에게 주는 또 하나의 힘은 상상력에 있다. 파스칼의 말처럼, 우주 앞에서 우리 인간은 티끌만도 못한 존재다. 하지만, 우리에게는 '생각하는 힘'이 있다. 그래서 '인간을 생각하는 갈대'라고 하였다. 이 '생각하는 힘'이 있기에 인간은 위대한 존재가 될 수 있는 것이다. 이성과 현실이 팽개쳐 버린 모든 것에서 새로운 세계에 다가가는 힘이 상상력 속에 있기 때문이다.

상상력의 자율성이 새로운 세계를 꿈꾸게 한다. 부조리하고 미완된 현실을 초월하여 가능의 세계(Possible World)를 열어감으로써 새로운 차원의 정신적 우주를 구축하게 된다. 이러한 초월적 인식, 인식 너머의 인식을 통해 우주를 생각하고, 삼라만상을 헤아리고, 눈앞의 난관을 슬기롭게 풀어가는 문제 해결 능력이 상상력이요, 문학의 힘이다.

상상력 속에서 인간은 꿈을 꾸고 내일을 열어간다. 그런 속에서도 인간의 존엄과 자유를 끝내 포기하지 않는 휴머니즘이 진실과 아름다움의 세계요 사무사思無邪의 길이다. 시대와 장소, 이데올로기와 종교를 초월하여 어디에도 구속받지 않는 자유로운 영혼을 지켜가는 일, 그거야말로 우리가 꿈꾸는 진정한 문학의 길이요, 힘이 아닌가 한다.

제1장_시란 무엇인가?

시란 인간의 사상과 감정을 정서적으로 압축시켜 운율 있는 언어로 표현하는 것이라고 한다. 이러한 시의 개념을 잘 알고 있으면서도 막상 시를 지으려면 무엇을 어떻게 표현할 것인가 망설이게 된다. 그것은 시를 개념적으로만 이해하고 있을 뿐, 시의 속성에 대한 구체적 인식이 부족하기 때문이다.

1. 새로운 인식(+α)이다.

시는 대상을 새롭게 인식(realization)하는 데서부터 시작된다. 다시 말해 우리의 의식과 존재 사이에 드리워져 있는 사회적 통념의 인습적 사고에서 벗어나 실존의 본질을 새롭게 인식하는 것이다. 시의 내용이 이미 알려져 있는 사실(fact)이거나 통속성에서 벗어나지 못하고 있다면, 그 시는 독자에게 새로운 감동을 주지 못한다.

유치환의 시 「행복」에서도, '사랑하는 것은/ 사랑을 받느니보다 행복하나니― 그리운 이여 그러면 안녕/ 설령 이것이 이 세상 마지막 인사가 되었다 할지라도/ 사랑하였으므로 나는 진정 행복하였네'라는 구절에는, 이별의 역설, 곧 쓸쓸함 속에서도 행복할 수 있는 '새로운 사랑의 방정식'이 들어있다. 이러한 깨달음(발견)이 이 시의 '+알파α'가 되어 감동을 준다. 어느 초등학생이 쓴 「저녁놀」이란 동시를 보자.

> 저녁 해님이
> 그림을 그렸지요.
> 붉고 아름다운
> 그림을 그렸지요.
>
> ―갑돌이, 「저녁놀」

갑돌이의 동시에는 '자기만의 깨침'에서 오는 '+α'가 없다. 누구나 쉽게 생각할 수 있는 있는 사실, 곧 '붉은 노을이 아름답다'는 '일반적 생각'을 그대로 설명하는 데 그치고 있다. 새로운 깨침에서 오는 감동과 표현의 참신성이 결여되어 있다. 그러나 을돌이는

> 저녁 해님이
> 포스터 그렸지요.
> 불조심하라고
> 빨갛게 그렸지요.
>
> ──을돌이, 「저녁놀」

붉게 물든 노을을 보면서 '왜 저녁때만 되면 서녘 하늘이 붉게 물들까?' 그런 생각의 고투 끝에 '아, 그렇구나, 불조심하라고 붉게 그려주었구나!' 하는 '새로운 생각', 곧 '+α'가 있다. 이처럼, 시는 '있는 사실'만이 아니라, 그에 대한 자기 나름의 '새로운 해석과 깨침(+α)'의 세계가 있어야 한다.

> 제 몸 마디마디 다 태우고
> 끝내 동강 난 부지깽이로
> 아궁이 앞에 누웠다.
>
> ──서상만, 「엄마의 부지깽이」 부분

자기 몸을 태운 부엌 앞 "부지깽이"에서 희생과 인종으로 한 집안의 불씨를 살려 온 어머니의 일생을 문득 떠올리게 된다. 이러한 '자기 깨침' '새로운 인식'이 시의 중심 사상이 된다. 박형준 시인은 이를 두고 시인은 "현상적인 사물을 두고 그것밖에 없다고 말하지 않고, 그것보다 그 안에서 언제나 '더(plus) 있는 것'을 말하려 한다"고 말했다.

> 누가 놓고 간 등불인가
> 서편 하늘 높이

천년千年 숨어 온
불덩인가

속살로만
타오르다 피어난
하늘의 꽃등

먼 길을 가는 나그네
여기 멈추어

부드러운 네
치맛자락을 보듬고
밤을 뒹군다

별빛마저 무색한 밤

오늘도
내 키보다
둥실 높이 떠서

끝내 눈을 감지 못하는
성녀聖女

오, 내 어머니여

—김동수, 「새벽달」 전문

   화자는 이른 새벽에 잠이 깨어 밖으로 나왔던 모양이다. 삼라만상은 다 깊은 잠에 들어 꼼짝 않고 있는데 서편 하늘에 '달'이 하나 훤히 떠서 화자를 지켜보고 있다. '왜, 새벽달은 잠들지 않고 저렇게 밤새 떠있는 것일까?' 생각 끝에 '먼 길을 가는 나그네가 걱정이 되어 눈을 감지 못한 채 그 사람을 지켜보고 있는 것'이라는 생각에 이르게 된다.

마치 생시에 화자의 어머니처럼, 아마 객지에 나가 있는 아들이 걱정이 되었던 모양이다. 그 순간 그 '달'은 그냥 '달'이 아니라 '눈을 감지 못한 어머니'가 되어 하늘에 떠있는 것이다. 이처럼 대상(달)에 대한 '새로운 의미의 발견', 곧 인식의 전환이 '+α'가 되어 시적詩的 은유로 변용된다.

> 똑같은 길을 걸어도 매일 풍경이 조금씩 달라집니다. 그걸 두고 '어제랑 달라졌어'라고만 말하는 게 아니라, 풍경을 다르게 보는 방식, 다르게 표현하는 방법을 보여 주는 것, 자신만의 시각을 갖도록 해주는 게 예술이라고 생각해요.
> ―오은, 「어제와 다른 새로움 찾는 게 시의 역할」《동아일보》, 2018. 5. 10.)

우리의 삶이 날마다 비슷하게 지나가는 듯해도 실은 어제와 다른 무언가가 있다는 것, 그것을 찾아냄으로써 천편일률적인 삶에 생기를 불어넣도록 해주는 게 문학과 예술의 역할이라는 논지이다. 이처럼 시는 머리로 이해하고 해석하는 논리가 아니라, 어떤 사물을 대할 때 어제와 달리 가슴으로 다가오는 주관적 느낌과 깨달음의 세계다.

* 상추를 뜯었더니 또 새싹이 돋아났구나. (×)
  → 상추들이 송두리째 뽑히지 않기 위해 서둘러 푸른 세포들을 채웠구나. (○)

* 가을이 오니 단풍이 드는데 (×)
  → 초록이 지쳐 단풍이 드는네 (○).

김소월의 「진달래꽃」도 이와 다르지 않는 새로운 생각, 곧 이별의 방식을 보이고 있다. '떠나는 임'에 대한 슬픔이나 원망이 아니다. 아픔을 딛고, 자기를 버리고 가는 그 임 앞에 오히려 꽃을 뿌려 축복을 비는 '승화된 이별'의 모습이 「진달래꽃」의 주요 개념(+α)이다. 슬프지만 슬픔이나 원망에 머물지 않고, 오히려 상대를 용서하고 축복해 주는 고급 정서, 곧 산화공덕散花功德의 모습이다. 임이 자기를 버리고 갔으니 자기도 화가 나서 맞바람을 피웠다거나, '십 리도 못 가서 발병이나 나거라'고 앙탈을 부리고 있는 통속적 이별의 모습은 결코 이별을 통한 '새로운 인식', 곧 +α의 시적 세계가 될 수 없다.

이러한 자각, 곧 대상에 대한 '새로운 발견과 인식'을 시인들은 '+α' '스위치 장치' 혹은 '더(plus) 있는 것'이라 부르기도 한다. '+α'나 '스위치'로 인해 캄캄한 방에 갑자기 불이 환히 켜지는 '환희의 기쁨'이 독자들에게 신선한 감동과 흥취를 불러일으키게 한다.

2. 새로운 표현表現이다.
—새롭게 디자인된 표현 형식이다

표현(expression)은 어떤 생각이나 느낌을 밖으로 드러내는 것[ex(out)+press(to push)]인데, 좋은 시에는 '새로운 인식'과 '새로운 표현'이 있다. 새롭게 디자인된 문장은 신선한 감동을 준다. 시 창작에 있어서 이러한 표현 능력은, 본능적 충동이나 감흥보다는, 그것을 밖으로 드러내는 지적 구조화(형상화)에 의해 실현된다. 같은 내용이라도 그것을 얼마나 신선하고 새롭게 표현하느냐에 따라 시의 성패가 좌우되기 때문에 시인들은 낯익은 기존의 기호 체제로부터 벗어나 새롭게 디자인된 문장을 선호한다.

'design'이라는 말의 어원(de+sign)이 기존의 체제(sign)로부터 '멀리 떨어져 나가라는 부정(de=away from)'의 뜻을 지니고 있다. 일상적인 기호 체제는 이미 낡아 신선한 자극을 주지 못하기 때문에 시인들은 이제껏 표현해 본적이 없는 표현을 창출하기 위해 신기성(novelty), 강렬함(intensity), 생소함(strangeness)을 고심하고 또 고심한다. '진로眞露' 소주를 '참이슬'로 바꾸어 매상고를 올린 것도 표현(형식)을 바꾸어 새로운 이미지 창출에 성공한 경우요, 가을 들녘의 '눈부신 햇살'을 '일광의 폭포'라 표현한 것도 '내용을 감각적으로 새롭게 디자인한 문장'들이다.

> 길은 한 줄기 구겨진 넥타이처럼 풀어져(1)
> 일광日光의 폭포(2) 속으로 사라지고
>
> —김광균, 「추일서정秋日抒情」 부분

- (1) 직유: 구불구불하게 구부러져
- (2) 은유: 햇빛

> 당나귀가 돌아오는
> 호밀밭에선
> 한 되 가량의 달빛이 익는다.(1)
>
> 한 되 가량의 달빛이
> 기울어진 헛간을 물들인다.(2)
>
> —이승훈, 「어휘」 부분

- (1) 달빛이 곱다
- (2) 비추고 있다

> 아, 우수수 떨어지는
> 말씀의 영토(1)
>
> 눈여겨볼

알갱이 하나 없이
가을을 앓는데

내 시어詩語는 어디에서
<u>둥지를 트는가</u>.(2)

―김동수, 「습작기」 부분

- (1) 퇴고 중에 버려진 원고지
- (2) 알맞은 시어를 찾지 못해 힘들어하는 모습

　김광균은 '구불구불한 들길'을 → "구겨진 넥타이처럼 풀어져"(직유)와 '햇빛 속으로'를 → "일광日光의 폭포 속으로"로 표현(은유)했고, 이승훈은 '달빛이 곱게 내리고 있다'를 → '달빛이 익고, 헛간을 물들인다'로, 「습작기」에선 시인 지망생이 시가 제대로 되지 않아 '원고지만 축(縮: 소모)내고 있는 모습'을 → "아, 우수수 떨어지는 말씀의 영토(원고지)"로 은유화하고 있다. 이처럼 표현, 곧 형식을 바꾸면 내용이 신비로워지기 때문에 시인들은 저마다 독특하게 디자인(창안)된 표현법을 구사하고 있다.

3. 함축적 표현이다.

　언어에는 두 가지 기능이 있다. '지시적 의미'와 '함축적 의미'가 그것이다. '저것은 잎이 아니라 꽃이다'에서의 '꽃'은 '지시적 의미'의 언어인 반면, '춘향이는 남원 고을의 꽃이다'에서의 '꽃'은 '함축적 의미'를 내포하고 있다. 이처럼 시에서 쓰이고 있는 함축적 의미의 시어들은―남원 고을의 꽃―거기에서 유발되는 다의성多義性 때문에 독자에 따라 그 의미가 다양하게 읽혀져 시적 탄력을 갖게 된다.
　이러한 시어의 다의적 함축성을 위하여 시인들은 '백 줄의 산문을 한 줄

의 시로 압축하라'는 발레리의 말에 귀를 기울이게 된다. 시는 '정신의 응축'
이므로 말의 경제적 절약을 위해, 설명적이거나 수식적인 것을 생략할 수
있는 데까지 생략, 최소의 언어로 최대의 의미망을 구축해 내는 압축적 표
현법을 구사한다. 이를 위해 시인들은 비유나 상징 등의 표현 기법을 활용,
보다 많은 생각의 여지를 살리기 위해 아래(→)와 같은 표현법을 즐겨 쓴다.

> 너는 나에게 없어서는 안 될 소중한 사람이다. (산문)
> → 너는 내 심장이다. (시)
>
> 그는 듬직하고 믿음직스러우며 변함이 없는 사람이다. (산문)
> → 그는 산 같은 사람이다. (시)
>
> 그는 지금 매우 위험한 상태에 놓여 있다. (산문)
> → 그는 무너지는 언덕 위에 서있다. (시)

　　자신의 감정이나 생각을 직접 노출시키거나 설명하지 않고, 그 감정과 유
사한 대상물(심장, 산, 언덕)을 선택하여 간접적(비유적)으로 표현함으로써 시
가 보다 암시적 함축성을 띠게 된다.

4. 관념의 형상화(이미지)

　　'관념'이란 어떤 것에 대한 추상적 생각이다. 그러기에 '관념의 형상화'란
보이지 않고, 셀 수도 없고, 감시할 수도 없는 '생각'이나 '느낌'을 그대로 설
명하거나 진술하지 않고, 그 생각과 닮아(상관성) 있는 사물이나 상황을 구
체적으로 묘사(형상화)해 준다는 뜻이다. 예컨대

> 내 마음은 슬프다. (×)
> ─감정의 서술

내 마음은 벌레 먹은 능금이다. (○)
─구체적 묘사(이미지)에 의한 형상화

매우 불안하다 (×)
놀이공원에서 엄마를 잃은 아이와 같다. (○)

　이처럼 시는 단순한 감정이나 감상의 표출이 아니라 이미지, 곧 구체적 형상화에 의해서 그 감정의 실체가 보다 생생하게 전달된다. 마치 TV '복면 가왕'에 출연한 평가단들이 출연 가수의 노래를 듣고 평가할 때, 그저 단순히 '노래가 퍽 아름답다'거나, '너무 감동적이었다'는 추상적 설명이 아니라, 예컨대, 'A의 노래가 여름날의 소나기처럼 시원하고 장쾌하다면, B의 노래는 봄날에 내린 가랑비처럼 감미롭고 부드럽다'는 식으로, 어떤 구체적 상황 장면을 설정하여 대신 설명하는 경우도 '추상적 관념의 형상화'라 하겠다.

　외로움
　• 관념: 나는 외롭고 쓸쓸하다.
　• 형상화: 내가 그대에게／ 그대가 나에게／ 서로 등을 기대고 울고
　　　　　 있는 것이다
　　　　　　　　　　　　　　　　　　　　 ─이형기, 「그대」 부분

　내 마음
　• 관념: 내 마음은 적막하고 불안하다.
　• 형상화: 내 마음은 호수요／ 그대 저어 오오─／ …(중략)…／ 내 마
　　　　　 음은 촛불이요／ 그대 저 문을 닫아주오
　　　　　　　　　　　　　　　　　　　　 ─김동명, 「내 마음은」 부분

절망

• 관념: 아무리 노력해도 희망이 없다.

• 형상화: 출렁일수록 바다는 완강한 팔뚝 안에 갇혀 버린다

—윤석산, 「바닷속의 램프」 부분

사는 일
오늘도
자연에 순응하며
순리대로 살아가고

—갑돌이

※추상적, 관념적: 설명

오늘도 하루 잘 살았다
굽은 길은 굽게 가고
곧은 길은 곧게 가고

—나태주, 「사는 일」 부분

※구체적, 형상화: 묘사

아무리 발상이 좋고 내용이 깊어도 관념적·추상적 설명은 객관적 독해가 불가능하므로, 시인이 전달하고자 하는 어떤 신념이나 사상을 구체적 사물(이미지: 객관적 상관물)로 형상화할 때, 독자들은 그것을 근거로 시적 분위기를 감지感知하게 된다.

5. 시는 음악성을 지향한다.

'모든 예술은 음악의 상태를 지향한다(페이터)'고 한다. 에드거 앨런 포 Edgar Allen Poe도 '시는 미의 운율적 창조'라고 하였다. 이처럼 시에서의 음

악성, 곧 시의 리듬과 운율은 상징과 암시 그리고 신비적인 힘을 지녀 우리의 영혼에 공명을 불러일으킨다.

음악의 리듬이 문학의 사유와 만나면 시의 감동이 배가된다. 때문에 시에서 음악적 가락을 잘 살리는 것이 중요하다.

기운생동한 시의 리듬은 꿈틀거리는 생명감으로 단조로운 문장에 정서적 환기와 흥취를 더해 시적 분위기를 고조시켜 주는가 하면, 서로의 영감을 공유하면서 인간의 미적 감수성을 더욱 깊고 넓게 심화시켜 주기 때문이다.

그러기 위해, 시인들은 한 편의 시를 작성해 놓고 읊조리고 또 읊조려 보면서 연과 행의 배열, 어순, 시어, 조사, 어미語尾, 접속어, 수식어 등을 바꾸고, 생략하고, 더하면서 퇴고에 퇴고를 거듭한다. 호흡이 잘 풀어져 리드미컬한 한 편의 시가 될 때까지 이러한 시인들의 퇴고는 멈추지 않는다. 운율을 살리는 방식에는 다음과 같은 기법들이 있다.

- 운(韻, rhyme): 음성률(4언절구—승, 결), 음위율(두운, 요운, 각운) 등
- 율(律, meter): 일정한 음성이 반복되어 나타나는 율격(음수율, 음보율)

1) 음위율音位律
　　—**두운**, 요운, *각운*

　　　내 마음의 어딘 듯 한편에 끝없는
　　　강물이 흐르네.

　　　돋쳐 오르는 아침 날빛이 빤질한
　　　은결을 도도네

　　　가슴엔 듯 눈엔 듯 또 핏줄엔 듯
　　　마음이 도른도른 숨어있는 곳

내 마음의 어딘 듯 한편에 끝없는

강물이 흐르네

          —김영랑, 「끝없는 강물이 흐르네」 전문

  이 시에서도 두운(내 마음)과 요운(-듯 한편에/-는) 그리고 각운(-네)이 고루 사용되어 시적 묘미를 살리고 있다.

2) 음수율音數律
—3·4조, 7·5조

    시조의 경우(3 · 4조)

    태산이/ 높다 하되/ 하늘 아래/ 뫼이로다

    오르고/ 또 오르면/ 못 오를 리/ 없건마는

          —양사언, 「태산이 높다 하되」 부분

    현대시의 경우 (7 · 5조)

    한때는 많은 날을/ 당신 생각에

    밤까지 새운 일도/ 없지 않지만

    아직도 때마다는/ 당신 생각에

    축업은 베갯가의/ 꿈은 있지만

          —김소월, 「임에게」 부분

3) 음보율音步律
—3음보, 4음보

    3음보

    아리랑/ 아리랑/ 아라리요

    아리랑/ 고개로/ 넘어간다/

          —민요, 「아리랑」 부분

4음보

산은 / 구강산九江山/ 보랏빛/ 석산石山

…(중략)…

봄눈 녹아/ 흐르는/ 옥 같은/ 물에

사슴은/ 암사슴/ 발을/ 씻는다.

—박목월, 「산도화」 전문

　대개 시조를 읽을 때처럼, 3자나 4자를 기준으로 위와 같이 3번씩 혹은 4번씩 쉬어 가며 읽는 것이 가장 편안하게 느껴지는데, 위 「아리랑」과 같이 3번씩 끊어 읽는 것을 '3음보', 「산도화」와 같이 4번씩 끊어 읽는 것을 '4음보' 율격이라 한다.

4) 음성률音聲律

　음의 장단·고저·강약 따위를 일정하게 배열하여 운율을 맞추는 일로 우리의 시에는 거의 나타나지 않으며 주로 서구 시나 한시漢詩에 등장한다.

춘수만사택春水滿四澤 - 봄비로 사방 못에 물이 가득한데

하운다기봉夏雲多奇峰 - 여름 하늘엔 구름이 뭉게뭉게 떠있네

추월양명휘秋月揚明輝 - 가을밤 달빛은 휘황히 비추는데

동령수고송冬嶺秀孤松 - 겨울 고개엔 소나무가 외롭게 서있네

—도연명, 「사시四時」 전문

　기승전결 5언 절구의 '승'과 '결'구 끝 음절(봉/송)을 동일 성조(옹)로 배치하여 운율을 맞추고 있다.

6. 시에 관한 제 관점

1) 형식적 측면

① 시인(Poet)은 '만드는 사람(maker)'이란 뜻이다.

② 시는 감정이 아니라 사건과 이야기를 전개하는 플롯이다.(아리스토텔레스)

③ 시는 언어의 건축물이다.(M. Heidegger)

④ 시란 시상詩想으로 쓰는 것이 아니라 말(언어)로 써야 한다.(말라르메)

⑤ 시를 구성하는 두 개의 중요한 원리는 어조와 은유이다.(R. Wellek)

⑥ 시는 말하는 그림이고, 그림은 말 없는 시이다.(Simonides)

⑦ 시는 리듬과 비유를 통해 압축된 영혼의 순간적인 극화이다.

⑧ 시는 즐거움과 가르침을 동시에 주는 말하는 그림이다.(S.P. Sidney)

2) 내용적인 측면

① 시는 사무사思無邪라.(詩三百篇一言而蔽之曰 思無邪', 공자, 『논어』)

② 시인은 외로운 사람이다. 사실(fact)을 말하는 사람들 속에서 홀로 진실(truth)을 말하려 하고, 흔히 스치고 지나가기 쉬운 일상에서 범상치 않은 진실을 발견하고, 내면을 탐구하고, 왜곡된 삶 속에서 스스로를 세워가는 고독한 작업이다.

③ 시를 짓는다는 건 혼란 속에서 하나의 질서를 발견해 내는 일이다.

④ 나라를 걱정하지 않는 것은 시가 아니며, 어지러운 시절을 슬퍼하고 통분하지 않는 것은 시가 아니다.(정약용)

⑤ 시란 탄광의 갱도 속에 매몰되어 있을 때 자기를 구출해 주려고 오는 동료 광부들의 발자국 소리처럼 성자聖者의 모습을 지녀야 한다.(P. Toynbee)

⑥ 시란, 선생님(역사)이 학생들에게 주의를 기울이지 않을 때, 선생님 몰래 학

생들끼리 주고받는 쪽지와 같은 것이다. ('Poetry is the notes which student in the class pass back and forth when teacher — history— isn't looking' , Robert Hass: 1995년 미국회 선정 계관시인, U.C. Berkeley 영문과 교수)

제2장_시와 산문

1. 시의 언어와 산문의 언어

영국의 비평가 허버트 리드는 언어를 '일상 언어'와 '시의 언어'로 구분
하여, 일상 언어는 '정신의 분산', 시의 언어를 '정신의 응축'이라 구분한
바 있다. 그래서 '일상 언어'를 이해하기에 쉬운(easy to understand) '설명
(explanation)의 언어'라 하고, '시적 언어'를 안으로 그 뜻을 함축(implication)
한 '힌트(a hint)의 언어' '예술의 언어'라 하였다.

구분	시(시어)	산문(일상 언어)
언어	언어=존재(being)	언어=기호(sign)
언어의 기능	사물 -그 자체로의 언어	사물을 -지시하는 기호
표현 방식	비유에 의한 -간접 표현	언어(기호, sign)에 의한 -직접 설명
관점	주관적, 정서적, 창조적	객관적, 사실적, 구성적
특징	초월적, 함축적, 암시적 (정신의 응축)	과학적, 분석적, 이성적 (정신의 분석)

2. 일상적 언어(설명)와 시적 언어(존재)

시적 언어는, 일상적 언어로는 표현이 불가능한 대상에 보다 가깝게 다
가가고자 '존재(사물)의 언어'를 선택한다. 때문에 시의 언어는 그 의미를 직
접 설명하는 지시(기호)적 언어가 아니라 그것과 같은 존재의 언어, 곧 이미
지를 통해 간접적으로 전달하고자 한다.

언어는 존재가 머무는 곳이며 세계와 사물을 인식하는 통로다. 그래서 하
이데거도 "언어는 존재의 집이다"라고 했다. 언어는 의사소통의 수단을 넘

어 인간의 사유를 지배하고 복속시킨다. 그래서 시인이 언어를 부리는 것
이 아니라 언어가 시인을 부리게 된다.

> * 시는 의미해서는 안 된다. 다만 존재할 뿐이다
> (A poem should not mean but be)

> * 시는 사실 그 자체만을 말해서는 안 되고 그 사물과 등가적等價
> 的이어야 한다
> (A poem should be equal to not true)
> ─매클리쉬MacLeish, 『시의 작법』 부분

〈태양〉
하늘에는 태양과 달이 있다.(일상적 언어: 지시적)
간디는 인도의 태양이다.(시적 언어: 함축적)

〈산〉
지난 봄에도 산에 불이 났다.(산문: 사실적, 지시적)
아버지는 산 같은 사람이었다.(시: 함축적, 암시적)

〈눈물〉
최루탄이 터지자 학생들이 눈물을 흘렸다.(산문 = '1:1'의 지시적 언어: 외연적)
내 성공의 뒤에는 어머니의 눈물이 있었다.(시 = '1:多'의 함축적 언어: 내포적)

시어의 탄생은, 문명의 발달에 따라 자연과 인간의 분리에서 오는 현상
과 본질 간의 괴리, 곧 '글자(記標)'와 본래적 '의미(記意)'와의 불일치에서 시
작된다. 예컨대, 본래의 '선생님(師: teacher)'이 오늘날 나이 드신 어르신들
에게 두루 호칭되고 있는 '선생님(senior)'이라는 경우와, '사랑(愛: love)'이란

본래적 의미가 요즘 들어 시도 때도 없이 스마트폰으로 울려대는 광고성 멘트, 곧 '고객님, 사랑합니다'에서의 '사랑'의 의미가 같지 않는 경우가 그것이라 하겠다.

이처럼 시어는 일상적 언어가 지닌 불완전성, 곧 기표와 기의의 간격을 극복하려는 노력으로써 창조된 본질적 존재의 언어다. 반복되고 자동화된 일상의 언어는 현상과 본질 간의 괴리로 우리의 삶을 무감각하게 만들기 때문에, 시인들은 비유, 묘사, 상징, 이미지 등 다양한 시적 장치들을 동원하여 '살아있는 영혼의 언어', 곧 존재의 실재에 보다 가깝게 다가가고자 거기에 적합한 시어詩語 창조에 골몰하게 된다.

이러한 연유로 시인들은 일상 언어에 의존한 설명이나 전달의 방식이 아닌 영감과 암시(hint)로써 (해설이 아닌) 존재 그 자체의 언어를 지향하게 된다. 때문에 시적 언어는 그 어떤 설명과 해석으로도 설명되지 않는 대체 불가능의 언어라 하겠다.

1) 일상적 언어 - 설명적, 사실적

> 극장에 와서
> 담배를 태우고
> 신문을 보고
> 팝콘을 먹으며
> 영화가 시작되기를 기다리는데
> 언젠가 우리가 했던 농담이 생각이 나
> 그냥 나와 버렸다.
> '극장 구경은 내가 시켜줄게
> 영화 구경은 네가 시켜 줘' 하자
> 귀엽게 웃다가 툭 치면서

'동전 던져서
앞면이 나오면 네가 진 거구
뒷면이 나오면 내가 이긴 거다.
진 사람이 표 사기'

—원○○, 「영화 보러 갔다가」 부분

2) 시적 언어 −함축적, 상징적

늘
강아지 만지고
손을 씻었다

내일부터는
손을 씻고
강아지를 만져야지

—함민복, 「반성」 전문

위의 「영화 보러 갔다가」는 산문을 행만 바꾸어놓았을 뿐, 시적 언어라
고 볼 수 없다. 그것은 영화 보러 갔다가 서로 주고받았던 말장난의 내용
을 설명하는 데 그치고 있을 뿐, 함축적·정서적 울림을 찾아보기 어렵다.

그러나 함민복은 강아지를 통해 늘 반복되어 오던 일상의 삶에서 어느
날 문득 깨달은 바 있어, '손을 씻고, 경건한 마음으로 강아지를 대한다'는
내용이다. 이 시에서 1, 2연에서 반복되어 쓰이고 있는 "강아지"는 같은 기
표記標이나, 1연의 "강아지"가 "일상적 언어의 강아지"라면, 2연의 "강아지"
는 사람과 동등한 생명체로 은유되고 있는 '존재의 언어'로서 1연의 "강아
지"와 의미가 다른 시적 언어라 하겠다.

이처럼 시적 언어는 일상적 언어(지시적, 설명적)와는 달리 독자들이 스스

로 거기에서 어떤 의미를 다양하게 생각해 내도록 유도하여 존재(실재)에 보다 가깝게 다가가게 하는 심미적 환기의 기능이 있다.

3. 사실(산문)과 암시성(시)

사실(fact)은 실제로 일어났던(happened) 일이나 이미 알려져 있는(known) 객관성을 띄고 있지만, 함축성含蓄性을 지닌 시의 언어는 한 단어에서 여러 가지 의미가 압축되어 있는 다의적多意的 상징의 언어이다. 때문에 비록 연과 행의 구분이 있고, 운율이 있다 하더라도, 사실을 설명하는 데 그치고 있다면(암시성이 결여된 채) 그것은 형태만 시일 뿐 산문으로 보아야 한다.

> 우리 학교에서는
> 며칠 전에
> 이순신 장군의 탄생을
> 기념하는 뜻으로
>
> '한산섬 달 밝은 밤'이란 제목으로
> 교내 붓글씨 대회가
> 있었습니다.
>
> ─한○훈(서울○○초등 5년), 「어머니」 부분

위의 글은 연과 행이 구분되어 시의 형태를 갖추고 있다. 그러나 이 또한 어디까지나 사실의 나열 혹은 사실의 진술(statement)에 지나지 않는다. 하지만 시는 사실(fact)보다 주관적 감정을 비유적으로 표현(expression)한 중의적重意的 암시의 문장이다.

그러기에 한 편의 시에서 받게 되는 감동은 사진처럼 모든 것을 있는 그대로 찍어내는 현상 그 자체가 아니라, 렌즈를 통해서 모아진 시인의 심상이 얼마나 신선한 감동을 주고 있느냐에 달려 있다. 비록 서사적 기술의 사실감이 생생하게 묘사되어 있다 하더라도 그것은 하나의 기표일 뿐이다. 그것이 삶의 고뇌나 시대적 진실을 담아내지 못하고 단순한 풍경을 즉물적으로만 그려주고 있다면 그것은 문자 그대로 산문 그 자체일 뿐이다.

> 징이 울린다 막이 내렸다
> 오동나무에 전등이 매어달린 가설무대
> 구경꾼이 돌아가고 난 텅 빈 운동장
> 우리는 분이 얼룩진 얼굴로
> 학교 앞 소줏집에 몰려 술을 마신다
> …(중략)…
> 산 구석에 처박혀 발버둥친들 무엇하랴
> 비료값도 안 나오는 농사 따위야
> 아예 여편네에게나 맡겨 두고
> 쇠전을 거쳐 도수장 앞에 와 돌 때
> 우리는 점점 신명이 난다
> 한 다리를 들고 날라리를 불거나
> 고갯짓을 하고 어깨를 흔들거나
>
> ─신경림 「농무農舞」(1973) 부분

얼핏 보면 일상적 시대의 한 단면을 사실적으로 그리고 있는 산문 같지만, 그 이면에는 1970년대 급격한 산업화로 공동화空洞化된 농촌에 남아있는 청년들의 소외감과 울분, 곧 '시대의 흑점'을 은유적 알레고리로 묘사한 상징시라 하겠다.

4. 산문시散文詩란?

산문시는 시상을 전개할 때 행 구분을 하지 않고 산문 쓰듯이 줄글로 그 냥 쭉 이어 쓰는 산문 형태로 씌어진 시(prose in poem)를 일컫는 말이다. 일 반적으로 산문시나 장시長詩의 출현은 감성으로 해결하기 어려운 이념이나 현실의 문제에 부딪쳤을 때 발생한다.

산문은 본래 응축과 정서보다는 토의討議와 분산分散의 성격이 짙다. 때 문에 산문시는 운문의 행 구분이 형성하는 리듬이나 이미지 추구보다는 작 품의 내용 의미 전달에 중점을 둔다. 하지만 산문시도 어디까지나 시詩이 기 때문에, 아무리 시행을 나누지 않고 겉으로 보이는 운율 또한 없다 할 지라도, 시처럼 내적 고양감과 시적 정서가 산문적 리듬에 응축되어 있어 야 한다.

서정주도 일찍이 산문시를 일컬어 '자유시의 형식으로서는 도저히 담을 수 없는 시정신이 생길 때 이를 아직 운율화韻律化할 수 없어 산문으로 쓰기 는 할지언정, 어떤 정형시보다도 치열한 시정신에 알맞은 격格을 갖추어야 할 것이다'고 밝힌 바 있다.

> 열대여섯 살짜리 소년少年이 작약꽃을 한 아름 자전거 뒤에다 실
> 어 끌고 이조李朝의 낡은 먹기와집 골목길을 지나가면서 연계軟鷄 같
> 은 소리로 꽃 사라고 외치오. 세계世界에서 제일 잘 물들여진 옥색玉
> 色의 공기 속에 그 소리의 맥脈이 담기오. 뒤에서 꽃을 찾는 아주머니
> 가 백지白紙의 창窓을 열고 꽃 장수 꽃 장수 일루 와요 불러도 통 못
> 알아듣고 꽃 사려 꽃 사려 소년少年은 그냥 열심히 웨치고만 가오. 먹
> 기와집들이 다 끝나는 언덕 위에 올라서선 작약꽃 앞자리에 냉큼 올라
> 타서 방울을 울리며 내달아 가오.
>
> ─서정주, 「한양호일漢陽好日」 전문

서정주의 「한양호일漢陽好日」이란 산문시다. '조용한 기와집 동네 골목길의 풍경'을 짧게 그렸다. 아마도 아니, 분명 북촌 골목일 터인데 빛과 색과 소리와 그리움으로 기와집 골목을 이렇게 생생하게 그릴 수 있는 시인은 감히 말하건대 서정주뿐이리라'(전원택) 언어의 절묘한 뉘앙스가 눈에 보이듯 선연한 어느 날 골목길의 풍경에서 우리의 상상력을 한껏 끌어올린 동양적 심미, 곧 선적禪的 신비의 정관미靜觀美를 느끼게 한다.

> 어제 그끄저께 일입니다. 뭐 학체 선풍도골仙風道骨은 아니었지만
> 제법 곱게 늙은 어떤 초로의 신사 한 사람이 낙산사 의상대 그 깎아지
> 른 절벽 그 백척간두의 맨 끄트머리 바위에 걸터앉아 천연덕스럽게 진
> 종일 동해의 파도와 물빛을 바라보고 있기에
> "노인장은 어디서 왔습니까?"
> 하고 물었더니
> "아침나절에 갈매기 두 마리가 저 수평선 너머로 가물가물 날아가는
> 것을 보았는데 여태 돌아오지 않는군요."
> 하고 혼잣말 중얼거리는 것이었습니다. 그런데 그다음 날도 초로의
> 신사는 역시 그 자리에서 그 자세로 앉아있기에
> "아직도 갈매기 두 마리가 돌아오지 않았습니까?" 했더니
> "어제는 바다가 울었는데 오늘은 바다가 울지 않는군요."
> 하는 것이었습니다.
> ─조오현 스님, 「절간 이야기 ─신사와 갈매기」 전문

산문 같은 '이야기 시'이다. 객관적 사실 속에서도 시적 정서의 한 부분으로서 작동하는 이야기, 그러기에 가장 산문적인 이야기이면서도 시적 무드를 살린 이야기 조, 곧 변화무쌍한 자연계와 존재의 무상함을 깨닫게 하는 선적 화두를 던진 새로운 시법詩法의 산문 선시가 아닌가 한다.

희뿌연 안개 서기처럼 깔리는 굴형. 새롬새롬 객사기둥만 한 몸뚱
어리를 언뜻언뜻 틀고, 눈을 감은 겐지 뜬 겐지 바깥소문을 바람결에
들은 겐지 못 들은 겐지 어쩌면 단군 하나씨* 때부터 숨어 살아온 능
구렁이.

보지 않고도 섬겨왔던 조상의 미덕 속에 옥중 춘향이는 되살아나
고 죽었다던 동학군들도 늠름히 남원골을 지나가고 잠들지 못한 능구
렁이도 몇 점의 절규로 해 넘어간 주막에 제 이름을 부려놓고 있다.

어느 파장 무렵, 거나한 촌로에게 바람결에 들었다는 남원 객사 앞
순댓국집 할매. 동네 아해들 휘둥그래 껌벅이고 젊은이들 그저 헤헤
지나치건만 넌지시 어깨너머로 엿듣던 백발 하나 실로 오랜만에 그의
하얗게 센 수염보다도 근엄한 기침을 날린다.

산성山城 후미진 굴형 속, 천년도 더 살아있는 능구렁이, 소문은 슬
금슬금 섬진강의 물줄기를 타고 나가 오늘도 피멍진 남녘의 역사 위
에 또아리 치고 있다.

—김동수, 「교룡산성蛟龍山城」**, 『시문학』(1982) 전문

네 단락의 서사 구조로 이루어진 산문시이다. 남원 고을이 지니고 있는
역사적 특수성과 서구 문물에 의해 날로 잃어가는 우리 것에 대한 안타까움
을 "교룡산성"과 민속신앙을 배경으로 산문체에 담아 노래하고 있다. 이 시
에서 '교룡산성과 구렁이'는 남원 고을을 지키는 수호신이다. '할머니와 할
아버지' 또한 역사의 무대에서 밀려나 있는 '한국적 정신의 원형적 상징으로
우리를 지키고(보호하고) 있는 보이지 않는 손길에 다름 아님을 비유적 수법
으로 암시하고 있다.

이들의 이미지가 구렁이 소문을 한낱 우스갯소리로 웃고 지나치는 젊은

---

* 하나씨: 할아버지의 남원 지방 방언.
** 교룡산성蛟龍山城: 남원시 소재 산성.

이들과 대조적 이미지로 등장하면서 시적 탄력과 사유의 깊이를 더하고 있다. 이를 자유시의 틀 속에 담아내기엔 버거운 스토리들이다. 그러기에 이 시에서의 리듬 또한 행에다 두지 않고 문장과 문단에 두고 있다.

여기저기서 단풍잎 같은 슬픈 가을이 뚝뚝 떨어진다. 단풍잎 떨어져 나온 자리마다 봄을 마련해 놓고 나뭇가지 우에 하늘이 펼쳐있다. 가만히 하늘을 들여다보려면 눈섭에 파란 물감이 든다. 두 손으로 따뜻한 볼을 쓸어보면 손바닥에도 파란 물감이 묻어난다. 다시 손바닥을 들여다본다. 손금에는 맑은 강물이 흐르고, 맑은 강물이 흐르고, 강물속에는 사랑처럼 슬픈 얼골―― 아름다운 순이順伊의 얼골이 어린다. 소년少年은 황홀한 눈을 감어본다. 그래도 맑은 강물은 흘러 사랑처럼 슬픈 얼골―― 아름다운 순이順伊의 얼골은 어린다.

―윤동주, 「소년」 전문

이 시를 읽으면 "순이"를 생각하며 슬퍼하는 맑은 영혼을 지닌 소년의 모습이 떠오른다. 그리고 어쩐지 이 시에서의 "순이"는 단순히 자기가 좋아하는 정신적 아니마로서의 "순이"만이 아니라, 어쩌면 멀리 두고 온 북녘의 고향, 아니면 그곳에 계시는 어머니, 그것도 아니면 멀리 떠나있는 '조국'일 수도 있다는 윤동주의 맑고 아름다운 영혼이 투영된 산문시가 아닌가 한다.

5. 산문시에 대한 제 견해

산문시는 행과 연 구분이 없는 산문 형태의 줄글이지만 내용은 시적인 압축과 응축의 정서적 울림이 있어야 한다.

① 산문시는 부분적이고 감각적인 반짝거림을 수용키는 좀 어려웠지만 큰 이미지의 덩어리 같은 것을 먼저 볼 수가 있다.(정진규)

② 산문시란 일반적으로 시가 지닌 은유, 상징, 이미저리 등을 본질적으로 갖추고 있으면서 다만, 불규칙적인 리듬과 산문적 형태로 되어있는 시이다. 산문시와 운문시는 본질적으로 동일하며, 다만 문장의 연결 방식이 행과 연에 있느냐, 혹은 단락에 있느냐에 의하여 구별된다.(오세영)

* 이를 종합해 보면 산문시는

   1. 연과 행을 나누어놓지 않는

   2. 짧고 압축적인 산문 형태의 시로서

   3. 운율, 소리, 이미지, 표현의 밀도를 갖춘

   4. 비유적 · 상징적 언어와

   5. 극적 상황(劇化) 등이 압축되어 있어야 한다.

제3장_시와 인식

—시란 대상에 대한 자기 해석이요 판단이다.

시란, 언어에 대한 감각이 아니라, 대상에 대한 하나의 인식(knowledge)이다. 예컨대, '사랑'이 무엇이냐는 질문에, '사랑은 부드럽고 따듯한 것'이라는 대답이 나올 수도 있고, '사랑은 눈물의 씨앗'이라는 대답이 나올 수도 있다. 이처럼 시란 대상(세계)에 대한 자신의 판단이나 느낌을 수반한다. 이러한 인식은 주체에서 대상으로, 대상에서 주체로 관점이 이동해 가면서 내부에 잠재되어 있는 자기의 또 다른 나를 발견하게 된다.

의식이나 무의식 모두가 시적 대상에 해당된다. 소위 초현실주의 시, 무의미 시, 비대상 시, 해체 시 등이 그것이다. 관점에 따라 인식도, 상투적 인식과 창조적 인식, 객관적 인식과 주관적 인식, 이성적 인식과 직관적 인식 등으로 나누어 볼 수 있다.

1. 인식의 종류

1) 일반적 인식과 창조적 인식

일반적 인식은 이미 널리 알려져 자동화된 인습적 지각으로서 통속적·상식적 성격을 띠게 되고, 창조적 인식은 자신의 체험과 상상을 통한 새로운 인식, 곧 대상에 대한 창조적 변용으로 비전의 성격을 띠게 된다.

예를 들어 '뱀'을 '징그럽다'로 표현한 것은 일반적 인식에 해당되고, 서정주의 시 「화사花蛇」에서처럼 뱀을 '꽃대님 같다'고 표현한 경우는 개성적·창조적 인식의 경우라 하겠다.

〈봄〉
- 만물이 생동하는 희망의 계절이다.   —일반적 인식
- 겨울 끝에 매달아 논 신神의 눈물이다.(김동수, 「봄의 역설」)   —창조적 인식

〈하느님〉

• 사랑이요, 빛이요, 구원의 길이다. —일반적 인식

• 사랑하는 나의 하나님, 당신은 늙은 비애다. (김춘수, 「나의 하나님」)

  —창조적 인식

〈밤과 낮〉

• 환한 대낮에는/ 잘 보여 좋지만/ 어두운 밤에는/ 캄캄하여 무서워요.

  —일반적 인식

• 환한 대낮이라도/ 눈 감으면/ 캄캄한 밤이지만// 캄캄한 밤이라도/ 눈만 감

  으면/ 낮에 생긴 일이/ 환히 다 생각나요. —창조적 인식

〈하늘〉

• 하늘은 하늘은/ 파아란 도화지/ 파아란 도화지엔/ 하아얀 구름 그려놓고

  (어효선) —일반적 인식

• 우리 세 식구 밥줄을 쥐고 있는 사장님은/ 나의 하늘이다/ 프레스에 찍힌 손

  을 부여안고/ 병원으로 갔을 때/ 손을 붙일 수도 병신을 만들 수도 있는 의사

  선생님은/ 나의 하늘이다(박노해) —창조적 인식

2) 객관적 인식과 주관적 인식

객관적 인식은 사물의 외양과 사실을 통해 전체를 파악하고자 하는 현상
적 인식이며, 주관적 인식은 자신 경험과 정서를 중시하면서 사물의 본질
이나 속성을 파악해 내는 내면적 인식의 세계다.

예를 들어 '나무'라는 대상을 표현함에 있어서 '하늘 향해 두 팔 벌린 나무
들 같이'라고 표현했다면, 이는 사물에 대한 '객관적·외면적 인식'에 가깝
고, '나무는 성자聖者다'라고 표현했다면, 이는 나무의 외양이 아니라 나무
의 내면적 속성에 접근한 '주관적 인식'에 해당된다.

〈깃발〉

- 객관적 인식: 붉은 적색의 깃발이 철조망가에서 펄럭이고 있다.
- 주관적 인식: 이것은 소리 없는 아우성

① 외면적 · 객관적 인식의 시

개구리 울음만 들리던 마을에
굵은 빗방울 성큼성큼 내리는 밤……

머얼리 산山턱에 등불 두셋 외롭구나.

이윽고 홀딱 지나간 번갯불에
능수버들이 선 개천가를 달리는 사나이가 어렸다.

—박남수, 「밤길」부분

어느 특정한 날, 개구리 울음만 들리던 마을에 굵은 빗방울이 성큼성큼 내리는 밤의 현상을 가시화可視化하여 밤길에 대한 우리의 정서를 고조시킨 객관적 인식의 경우라 하겠다.

낯선 도시에
술 취한 저녁
부동산 업자가 오토바이를 타고
쫓아오며 경적을 울렸다.
나는 모른 척 걸어갔다.
주유소 앞을 지나 비탈길을
자갈이 깔린 비탈길을
비틀대며 걸었던 것이다.

어둠을 피해

어느 사진관 입구

불빛 앞에 섰을 때

나는 안으로 들어갈 마지막 기회를 잃었다.

그리하여 밤새도록 술 마시고

웩웩 토하고

해장국집을 나섰을 때

—김광규, 「중년」 부분

마치 카메라로 어떤 장면을 찍듯, 주관에 의한 의미화 작용을 가능한 한 억제하면서 있는 그대로의 대상을 객관적으로 그리고 있다.

② 내면적·주관적 인식의 시

이것은 소리 없는 아우성.

저 푸른 해원을 향하여 흔드는

영원한 노스탤지어의 손수건

순정은 물결같이 바람에 나부끼고

오로지 맑고 곧은 이념의 푯대 끝에

애수는 백로처럼 날개를 펴다.

아아 누구던가

이렇게 슬프고도 애달픈 마음을

맨 처음 공중에 달 줄 안 그는

—유치환, 「깃발」(1936) 전문

이 시에선 "깃발"의 구체적 상황이 언급되어 있지 않다. 즉, 깃발이 어떤 종류이고, 어떤 장소에 어떻게 꽂혀 있는가 등에 대한 구체적 사실을 배제하고 다만 "깃발"이 지니고 있는 형이상학적 속성을 주관적으로 그리고 있는 내면적 인식이다.

맑게 살리라. 목마른 뜰악에
스스로 충만하는 샘물 하나를
목련꽃.

창마다 불 밝힌 먼 마을 어구에
너는 누워서 기다렸던 진종일……

뉘우침은 실로
크고 흡족한 침실 같다.

눈을 들어라.
계절의 신비여, 목련꽃

어둡게 저버린 옛 보람을
아, 손짓하라.

해질 무렵에 청산에 기우는
한결 서운한 그늘인 채로

너는 조용한 호수처럼
운다.
목련꽃.

—이형기, 「목련」(1954) 전문

겨울의 추위를 이겨내고 초봄에 새롭게 피어나는 목련을 보면서 화자는
웅크리고 누워만 있던 지난날을 뉘우치면서, 비록 오늘 목마른 뜨락이지
만 스스로 맑아 충만해 가는 샘물처럼 맑게 살고 싶다는 시인의 주관적 소
망을 드러내고 있다.

특히 후반부의 '너는 조용한 호수처럼/ 운다/ 목련꽃'과 같은 구절은 시인
의 경험과 주관적 정서가 목련꽃의 이미지와 더불어 내면적으로 육화된 주
관적 인식의 절창이 아닌가 한다.

그러나 객관적 인식은 대체로 주관적 인식에 비해 인식의 정도가 낮고 피
상적인 일반선에서 그치고 만 경우가 많다.

2. 대상에 대한 인식의 종류와 단계

1) 겨울은 추운 계절이다.
2) 겨울은 일 년 중 마지막 계절이다.

※객관적 · 관념적 인식으로 단순한 사실 제공 – 비시적非詩的 진술

3) 겨울은 하얀 눈이 내리는 계절이다.
4) 겨울은 삼라만상이 얼어붙은 계절이다.

※일반적, 통속적 인식

5) 무덤처럼 굳어있는 저 겨울이여
6) 겨울이 영하의 긴 침묵으로 서있다.
• 무덤=겨울(유사성) → 동질성(죽음, 어둠)
• 침묵=겨울(유사성) → 동질성(고固, 갑갑함)

※주관적, 내면적 결합으로 새로운 세계를 펼침

7) 겨울은 커튼을 내리는 계절이다.

8) 겨울은 화실畵室의 석고상이다.

• 겨울: 커튼(이질성) → 동질성(단절, 휴식)

• 겨울: 석고상(이질성) → 동질성(백白, 차가움)

　　　　　　　　　※보다 참신한 개성적 · 직관적 · 창조적 인식의 확충

9) 봄은 겨울 끝에 매달아 논 신神의 눈물이다.(김동수, 「봄의 역설」)

10) 겨울은 강철로 된 무지갠가 보다.(이육사, 「절정」)

• 겨울: 봄(이질성) → 동질성(필수불가결의 상보적 불이론不二論 = 불교적 인식)

• 겨울: 무지개(이질성) → 동질성(겨울 속에 내재된 무지개 = 역설적)

　　　　　　　　　※인식의 정도가 보다 심도 있게 확충된 형이상학적 인식

제4장_시어의 선택과 배열

1. 아름다운 표현

시의 감동은 형식에 의존하는 바가 크다. 같은 내용이라도 그것을 얼마나 아름답고 효과 있게 표현하느냐에 따라 시의 성패가 좌우되기 때문이다. 마치 장미꽃을 신문지에 말아서 주느냐 아니면 예쁜 포장지에 리본으로 잘 포장해서 주느냐의 차이와 같다고나 할까? 하이데거(M. Heidegger)도 '시는 언어의 건축물'이라 했다. 그러기에 시는 표현이 건축물처럼 아름다워야 한다. 아름다운 표현(형식)은 미적 쾌감을 불러일으키고 그 쾌감은 독자에게 정서적 고양감高揚感을 안겨 주기 때문이다.

> 내 그대를 생각함은 항상 그대가 앉아있는 배경에서 해가 지고 바람이 부는 일처럼 사소한 일일 것이나 언젠가 그대가 한없이 괴로움 속을 헤매일 때에 오랫동안 전해 오던 그 사소함으로 그대를 불러보리라.

> 진실로 진실로 내가 그대를 사랑하는 까닭은 내 나의 사랑을 한없이 잇닿은 그 기다림으로 바꾸어버린 데 있었다. 밤이 들면서 골짜기엔 눈이 퍼붓기 시작했다. 내 사랑도 어디쯤에선 반드시 그칠 것을 믿는다. 다만 그때 내 기다림의 자세를 생각하는 것뿐이다. 그동안에 눈이 그치고 꽃이 피어나고 낙엽이 떨어지고 또 눈이 퍼붓고 할 것을 믿는다.
>
> —황동규, 「즐거운 편지」 전문

이루지 못할 사랑으로 인한 젊은 날의 그리움과 안타까움을 풍부한 감성의 서정적 어조로 노래하고 있다. 제목에서 시사하는 반어(시의 내용은 즐겁지 않음)와 역설(2연의 그치지 않는 사랑), 반복(그대, 사랑, 기다림 등)에 의해 기다림과 그리움 그리고 그 고독한 이별의 예감이 암시적 환기로 내면화되면서 스스로를 달래는 독백 자세를 취하고 있다.

하지만 이처럼 우수적 분위기에 알맞은 '시어'가 따로 정해져 있는 것이 아니고 위의 「즐거운 편지」처럼 모든 일상어는 시의 언어가 될 수 있다. 그렇다고 모든 일상어가 그대로 시어가 될 수 있다는 말은 아니다. 일상 속에서 흔히 사용하고 있는 일상어를 어떻게 '선택'하고 '결합'하여 그것을 갈고 다듬어 '유기적 생명체'로 구성해 가느냐에 따라 시의 성패가 달려 있다.

> 눈은 살아있다.
> 죽음을 잊어버린 영혼과 육체를 위하여
> 눈은 새벽이 지나도록 살아있다.
>
> 기침을 하자.
> 젊은 시인이여 기침을 하자.
> 눈을 바라보며
> 밤새도록 고인 가슴의 가래라도
> 마음껏 뱉자.
>
> ─김수영, 「눈」 부분(『문학예술』, 1957.)

눈의 생명력과 시인의 가래 뱉는 행위를 중심축으로 현실에 대한 울분과 비판 정신을 표현하고 있다. 단 하나의 비유도 없이 모두 서술적 언어로 되어있다. 하지만 이처럼 단순하고 평범한 일상 언어들도 교묘하게 '결합'하고 치밀하게 '배치'함으로써 울림 있는 시적 언어로 탈바꿈시킬 수가 있다.

시는 단어와 단어, 어휘와 어휘, 문맥과 문맥과의 적절한 선택과 배열 속에서 유발되는 특수한 정서적 쾌감이다. 그러기에 시란 결국 언어를 구사하는 능력, 곧 심미적 형식을 조합하는 능력이다. 마치 멜로디가 다른 리듬이나 화음과의 어울림 속에서 아름다운 음音을 발산하듯, 한 편의 시도 다른 언어와 언어와의 잘 짜여진 표현 구조 속에서 발생되는 아름다운 미감美感이다.

2. 시어의 선택

한 편의 시가 완성되기 위해서는, 주제에 따라 시어가 선택되고, 그 어휘들을 적절한 의미 단락으로 결합해 가는 과정을 거치게 된다. 예컨대, '보슬비 내리는 거리'라는 문장에서 '보슬비'를 '가랑비'로 바꾸어보자. 이럴 경우, 의미상 두 문장의 내용은 비슷(유사)할지는 몰라도 문맥상의 분위기는 달라진다.

아래의 예문과 같이 시인은 유사한 단어들, 예컨대, '이슬비' '가랑비' '보슬비' '안개비' 중에서 심사숙고 끝에 '보슬비'를 선택했을 것이다. '보슬비'가 주는 내포적(이미지, 은유, 상징 등) 의미가 그와 유사한 단어들과 변별되는 뉘앙스상의 차이를 분명 알고 있었기 때문이다.

보슬비	오는	거리
↓	↓	↓
이슬비	내리는	신작로
가랑비	흩날리는	도로
안개비	젖은	골목

한 편의 시에 사용되는 시어는 이같이 '유사성類似性 원리'에 의해 선택되고 있다. '유사성 원리'란 여러 유사어 중에서 특정 단어를 선택하는 경우로써 이 또한 내포적 의미의 차이에 의해 결정된다.

우리는 협동조합 방앗간 뒷방에 모여
묵내기 화투를 치고
내일은 장날. 장꾼들이 왁자지껄
주막집 뜰에서 눈을 턴다.
들과 산은 온통 새하얗구나. 눈은

펑펑 쏟아지는데

쌀값 비료값 얘기가 나오고

…(중략)…

술에라도 취해볼거나. 술집 색시

싸구려 분 냄새라도 맡아볼거나.

우리의 슬픔을 아는 것은 우리뿐.

…(중략)…

겨울밤은 길어 묵을 먹고.

술을 마시고 물세 시비를 하고

색시 젓갈 장단에 유행가를 부르고

이발소집 신랑을 다루러

보리밭을 질러가면 세상은 온통

하얗구나. 눈이여 쌓여

지붕을 덮어다오 우리를 파묻어 다오.

오종대 뒤에 치마를 둘러쓰고

숨은 저 계집애들한테

연애편지라도 띄워 볼거나. 우리의

괴로움을 아는 것은 우리뿐.

올해에는 돼지라도 먹어 볼거나.

―신경림, 「겨울밤」 부분

　　위 시의 "주막집" "술집색시" "돼지" 등도 유사성 원리에 의해 선택된 시어들이다. '주막집'은 보다 허술하고 규모가 작은 '포장마차'나 '선술집'보다는 규모가 조금 크다고 볼 수 있다. 그러나 "주막집"은 도회풍의 '맥주홀'보다는 작은 규모로서 시장 사람들이나 인근 마을의 단골손님들이 자주 드나드는 읍면 소재지 정도에서나 볼 수 있음직한 정감 어린 서민들의 정취가 배어 있는 술집이다. 그러기에 그런 분위기에 알맞은 시어로서 선택된 단어가 "주막집"이다.

"술집 색시"란 시어 선택도 이와 같다. '술집 아낙'도 '술집 아가씨'도 그렇다고 '술집 여자'와도 그 내포적 의미가 다르다. 그러기에 그와 유사한 단어들 중에서 고심 끝에 "술집 색시"란 단어를 선택했을 것이다. "술집 색시"에서 풍겨오는 시적 분위기는 분명 시골 농촌 젊은이들과 잘 어울린다.

뿐만 아니다. 1970년대 당시 농촌에 남아있던 젊은이들의 형편을 감안하여 볼 때 그들의 재산 증식 수단으로 할 수 있던 일(사업) 또한 '돼지치기' 정도가 알맞았을 것이다. 이 또한 탁월하게 선택된 시어이다. 그러기에 그보다 규모가 작은 '토끼치기'도 아니고 그렇다고 보다 자금이 많이 드는 '소(牛) 농장'도 아닌 그 중간 규모로써 그들의 생활 수준에 맞추어 선택된 시어가 '돼지치기'이다.

* 왁자지껄 <u>주막집</u> 뜰에서 눈을 턴다.
    (선술집)
    (포장마차)
    (맥주홀)

* <u>술집 색시</u> 싸구려 분 냄새라도 맡아볼거나.
    (술집 아낙)
    (술집 아가씨)
    (술집 여자)

* 올해는 <u>돼지</u>라도 먹여 볼거나.
    (토끼라도)
    (개라도)
    (소라도)

시어는 이처럼 '유사성 원리'에 의하여 선택되고 있다. 하지만 그 시어들이 또다시 문맥과 문맥으로 이어져 '구문적構文的 결합'을 이루게 되는 과정에서는 '연계성連繫性 원리'가 작용하게 된다.

유사성의 원리에 의한 내포적 의미도 소중하지만, 그와 함께 하나의 주제를 향해 문장 전체에 나타난 문맥과 문맥상의 구문構文적 결합은 인접성이 그 바탕을 이루게 된다. 신경림의 「겨울밤」에 나타난 주요 소재와 이미지들도 이 인접성 원리에 의해 전개되고 있다.

얼핏 보면 우리 농가에서 흔히 쓰이는 일상어를 나열해 놓은 것처럼 보이지만, 이 평범한 일상어의 연계가 이런 유사성과 인접성 원리에 의해 짜여져 있음을 간과해서는 안 된다. 그것은 1970년대 우리네 농촌 젊은이들의 실상, 곧 당시 그 시대가 안고 있는 농촌 젊은이들의 좌절과 울분이라고 하는 '시대의 흑점'에 초점을 맞추어 시어 하나하나를 선택하고 배열한 시인의 전략이 숨어있기 때문이다.

야콥슨에 의하면 시의 내부에는 어떤 일관된 시적 원리가 있는데 그것은 '선택의 축'에서 '결합의 축'으로 나아가는 원리라고 하였다. 나병철도 그의 '문학 연구의 방법'에서 '선택의 축'은 어떤 단어가 선택되는 수직적 관계를 말하는데, 이렇게 선택된 단어는 다시 '결합의 축'(구문적 연결)으로 나아가면서 한 편의 시를 만들어간다고 보았다.

3. 배열과 구조 방식

시어의 배열이 이어져 가면서 이미지가 형성되고, 반복된 그 이미지들이 지속, 집중, 확산되어 시는 비로소 이미지의 구조화라는 생명적 틀(form)을 갖게 된다.

1) 지속적 이미지 배열

갈대 대궁에 붉은뺨멧새가 비껴 앉았다
마른 갈대는 한껏 휘어지지만 결코 부러지지 않는다
붉은뺨멧새가 제 무게를 알고 있기도 하지만
갈대는 붉은뺨멧새의 믿음을 알기 때문에
부러지지 않는다
붉은뺨멧새처럼 작은 새가 있다는 건 참 축복이다
　　　　　　　　　　　—반칠환, 「부러지지 않는다」 부분

눌려있는 것들아
하나씩 네 몸을 뭉개버리고 뛰어나와라.
부딪고 박살나서
하나씩 반짝거리는 죽음으로
너를 누르는 것들을 또 누르거라.
숨 쉬거라
눌려있는 것들아 스스로 빠져있는 것들아
푸른 바다야
치받고 꿈틀거려 만겹 번뇌 있거든
네 몸 가루되어
어서
하나씩, 하나씩 핏방울로 뛰어 나와라.
　　　　　　　　　　　—정대구, 「바다」 전문

　"갈대"와 "붉은뺨멧새"와의 관계 속에서, 서로가 서로에 대한 배려와 믿
음 그리고 그것들이 이루어낸 아름다움과 축복의 세계가 처음부터 끝까지
하나의 흐름(믿음)으로 밀도 있게 이어져 있다.

그리고 정대구의 「바다」. 이는 1970년대 군부 독재 시절 민중 봉기를 선동하는 운동권 시로 검열에 걸려 곤욕을 치렀던 작품인데, 이 작품도 "눌려 있는 것들아"로 시작하여 "하나씩, 하나씩 핏방울로 뛰어나와라"로 끝맺을 때까지 처음부터 끝까지 인간의 내면에 잠재되어 있는 어떤 저항 의식 같은 것이 시종일관 지속적 이미지로 연계되어 있다.

2) 집중적 이미지 배열

> 못은 그대 눈길과
> 내 시선이 닿을 수 있는 유효 거리에서 출발한다.
> 못은 그대 향한
> 집중 파탄이다.
> 단절과 단절 화해시키는 불가슴이다.
> 격정의 피, 단독 투신이다.
> 못은 연결을 위한 직통 노선이다.
>
> ─유용주, 「못」 부분

독자의 시선이 잠시라도 다른 곳에 해찰할 수 없도록 시상이 온통 '못'의 이미지를 향해 배열되어 이미지 형성에 집중하고 있다. 한 치의 여유나 시적 여운도 철저히 배제하고 직선적 어조로 밀착되어 단단한 이미지 구축에 성공하고 있다.

> 서녘 하늘에 붉은 해 하나 붙어 있습니다.
> 차를 타고 달리는 노란 들녘이 눈 시립니다.
> 문득, 저 붉은 해 속이 궁금해집니다.
> 붉은 해를 가방 속에 쑤셔 넣고 집으로 달려갑니다.
> 가방에 눌려 손톱 속의 봉숭아 꽃물만 해진 해가

나를 빤히 쳐다봅니다.

—강명수, 「붉은 해」(2005) 전문

강명수의 시에서도 이미지(붉은 해)가 집중 배열되어 있다. '서녘 하늘, 노란 들녘, 봉숭아 꽃물' 등이 노을에 지는 "붉은 해"의 이미지 형성에 집중되어 한곳(가방 속)으로 밀착되어 있다.

3) 확산적 이미지 배열

내 마음은 호수요.
그대 저어 오오.
나는 그대의 흰 그림자를 안고, 옥같이
그대의 뱃전에 부서지리다.

내 마음은 촛불이요.
그대 저 문을 닫아주오.
나는 그대의 비단 옷자락에 떨며, 고요히
최후의 한 방울도 남김없이 타오리다.

내 마음은 나그네요.
그대 피리를 불어주오.
나는 달 아래 귀를 기울이며, 호젓이
나의 밤을 새오리다.

내 마음은 낙엽이요.
잠깐 그대의 뜰에 머무르게 하오.
이제 바람이 일면 나는 또 나그네같이, 외로이

그대를 떠나리라.

—김동명, 「내 마음은」 전문

4연으로 되어있는 이 시는 거의 비슷한 시상이 병렬적으로 전개되어 있다. '내 마음은 호수요'라는 첫 행이 제2연의 '내 마음은 촛불이요', 제3연의 '내 마음은 나그네요', 제4연의 '내 마음은 낙엽이요'로 이어지면서 1연에서 전개된 시상의 짜임새가 기본 패턴이 되어 제4연까지 그대로 병렬적 동격으로 이어져 있다.

팬지가 발가벗고 웃고 있다.
아이가 맨발로 걸어가
말을 건다.
무슨 말을 했을까
엄마가 꽃처럼 웃고 있다.

물버드나무 왕눈을 뜨고
앨더브라 거북이가
등에 봄을 지고 엉금엉금 기는 연못가
그 옆에 노인이 하나
아장아장 걷고 있다.

—김완철, 「어린이 대공원」 전문

이 시에서도 어느 봄날 어린이 공원의 한가하고 평화로운 풍경이 마치 두 폭의 그림처럼 나란히 병렬적 구조로 펼쳐 있다. 호수를 중심으로 한쪽에선 '팬지/아이/어머니'가 있고, 다른 한쪽에는 '물버드나무/거북이/노인'이 대칭 구도를 이루며 봄날 공원의 아늑한 정취를 그리고 있다. '엄마가 꽃처럼 웃고'있는가 하면, 다른 한편에서는 '노인 한 분이 거북이처럼 아장 아

장 걷고 있는' 풍경이 옴니버스omnibus식 병렬로 전개되어 한 폭의 그림을
보는 듯 선명하다.

제5장_시와 체험

1. 문학은 체험이다

릴케는 '시는 감정이 아니라 체험'이라 했다. 그런데 워즈워스는 체험 그 자체가 시가 되는 게 아니라 체험 속에서도 '고요히 회상된 정서'가 시가 된다고, 시와 체험의 관계를 보다 구체적으로 설명해 주고 있다. 체험은 어디까지나 시의 소재이지 그 자체가 작품일 수는 없기에 '고요히 회상된 정서'로써 시적 변용(deformation)을 일으켜야 한다는 말이다.

미당 서정주도 시에서의 체험이란 단순한 경험의 체험이 아니라, '백 퍼센트의 감동과 백 퍼센트의 앎(知)이 합해진 상태' 그리하여 '철학보다도 한 술 더 떠야 하는 어떤 특수한 체득(體得)인 것'(서정주문학전집 2권, '시론(시의 체험)', 일지사, 1972)이라며 시에서의 체험이 체험 그 자체가 아니라 '감동'과 '깨달음(覺)'을 동반한 '고요히 회상된 정서'임을 다시 한 번 일깨워 주고 있다.

> 아버지가 들고 계시던 저녁 밥상머리에서
> 나를 보시자 떨구시던 그 밥숟갈
> 정그렁 소리내며 떨어지던 밥숟갈
> 광주학생사건 2차년도 주모로
> 학교에서 퇴학당하고 감옥에 끌려간 내가
> 해어름에 돌아와 엎드려 절을 하자
> 저절로 떨어져 내리던 아버지의 밥숟갈
> ……그래서 나는 또
> 아버지가 끼니밥도 제대로는 못 먹게 하는
> 대불효의 자격을 또 하나 더 얻었다
>
> ―서정주, 「아버지의 밥숟갈」(1930) 전문

미당은 중앙고보에서 퇴학당하고, 이어 어렵사리 들어간 고창고보에서 조차 '독서회 사건'으로 권고자퇴당하자, 아버지의 기대를 저버린 불효자로서의 죄의식(깨달음)과 자기를 세상 밖으로 내쫓는 일제에 대한 저항으로 가출하게 된다. 이후 그가 찾아간 곳이 서울 마포구 도화동 빈민촌이다. 거기에 들어가 넝마를 주우며 기인 행각을 하다가(1934) 박한영 대종사의 문하생으로 입문하면서 그의 문학이 시작된다.

황동규의 시도 그의 체험을 모티브로 하고 있다. 6·25 전쟁, 귓병病, 짝사랑의 아픔, 여행 등 크고 작은 삶의 일상이 시적 소재로 활용되고 있다. 「즐거운 편지」는 고3 시절, 짝사랑한 대학생 누나를 위해 쓴 시였다고 한다. '밤이 들면서 골짜기엔 눈이 퍼붓기 시작한다. 내 사랑도 어디쯤에선 반드시 그칠 것을 믿는다'는 앎(知)의 쓸쓸한 어조가 시의 배경을 이루고 있다.

> 내 그대를 생각함은 항상 그대가 앉아있는 배경에서 해가 지고 바람이 부는 일처럼 사소한 일일 것이나 언젠가 그대가 한없이 괴로움 속을 헤매일 때에 오랫동안 전해 오던 그 사소함으로 그대를 불러보리라.
>
> 진실로 진실로 내가 그대를 사랑하는 까닭은 내 나의 사랑을 한없이 잇닿은 그 기다림으로 바꾸어버린 데 있었다. 밤이 들면서 골짜기엔 눈이 퍼붓기 시작했다. 내 사랑도 어디쯤에선 반드시 그칠 것을 믿는다. 다만 그때 내 기다림의 자세를 생각하는 것뿐이다. 그동안에 눈이 그치고 꽃이 피어나고 낙엽이 떨어지고 또 눈이 퍼붓고 할 것을 믿는다.
>
> ―황동규, 「즐거운 편지」(1958) 전문

"제 시가 대중의 사랑을 받았던 건 '영원한 사랑은 없다'라는 삶의 진실을 말해서일 겁니다. 이런 생각은 프랑스 철학 사조, 실존주의의 영향을 받은 것이지요. 6·25 전쟁 후 많은 사람이 죽었고, 전쟁은 우리 사회 가치관도 바꿔 놓았지요". '내 사랑도 어디쯤에선 반드시 그칠 것을 믿는다'는 구절도 이런 고통('사랑'과 '약속'마저 부질없던―당시 우리네 삶의 모습)들이 무의식 중에 투영된 것이라 본다.

이 시에서의 방점은 자신의 사랑을 '사소'하다고 말하고, 그 사랑이 언젠가는 '그칠 것'이라 말하고 있는 데 있다. 하지만 이는 자신의 사랑이 해가 지고 바람이 부는 일처럼 늘 변하면서도 변하지 않는 자연 순환의 불변의 진리와 같은 '생명의 작업'이라는 것을 말하기 위해 사용한 반어적 표현이다. 그러고 보니 제목 또한 '즐거운 편지'가 아니라 (한영애의 '사랑 그 쓸쓸함에 대하여'라는 노래처럼) 실은 한없이 괴롭고 '쓸쓸한 편지'의 반어적 표현에 다름 아니다.

그러기에 시에서의 체험은 위의 시처럼 그냥 체험에서 오는 단순 감정이 아니라, 보다 분별되고 사변된 '깨달음(覺)을 동반한 감동의 체험', 그리하여 훗날 '고요히 회상된 정서'로 변용된 시적 심미의 세계라 하겠다.

2. 실제 감정(Actual Emotion)과 예술 감정(Art Emotion)

작품에 등장한 시인의 체험은, 지난날의 감정과 기억 그대로의 실제 감정(actual emotion)이 아니다. 이들이 몸속에 그대로 저장되어 있다가 이후 이와 유사한 상황을 만났을 때, 그것들과 융합되어 '새로운 감동과 깨달음'으로 승화된, 보다 고급스런 정서, 곧 예술 감정(art emotion)의 세계라 하겠다.

> 산에는 꽃 피네.
> 꽃이 피네.
> 갈 봄 여름 없이
> 꽃이 피네.
>
> 산에
> 산에
> 피는 꽃은
> 저만치 혼자서 피어있네.

산에서 우는 작은 새여.
꽃이 좋아
산에서
사노라네.

산에는 꽃 지네.
꽃이 지네.
갈 봄 여름 없이
꽃이 지네.

—김소월, 「산유화」 전문

형식과 내용에 있어서 완벽한 구조로 짜여져 있다. 4행 4연의 단순한 형식과 기승전결의 전통적 구조 속에 〈생성–고독–연민–소멸〉이라는 제행무상諸行無常의 생멸법生滅法이 그대로 한 편의 시 속에 육화되어 있다. 다시 말해, 피고 짐을 끊임없이 반복하는 자연의 영원성과 그 앞에서 단 한 번의 삶으로 생生을 마감해야 하는 인간의 유한성을 "꽃"에 비유하여 이를 시적으로 승화하고 있다.

그러기에 이 시에서의 "꽃"은 자연 위에 살아있는 모든 것들의 표상임과 동시에 유한한 인간의 상징물이기도 하다. 그것을 익히 안 시인은 생사의 저 밑바닥에 도사리고 있는 허무와 고독을 들여다보면서, 그 슬픔과 연민을 산에서 피고 지는 "산유화"를 통해 생生의 근원적 외로움을 담담한 어조로 정관靜觀하고 있다.

무한한 우주 자연 속에 투기된 일회성 존재자로서의 외로움을 객관화시켜 일정 거리를 유지함으로써, 치열한 삶의 감정(actual emotion)이 '고요히 회상된 예술 감정(art emotion)'으로 승화되어 있다. 다시 말해 '치열한 생체험'이 '시적 정서'로 변용(transformation)시킨 것이다.

3. 기억의 초연성超然性

　기억은 과거 경험의 모든 지식과 감정 등을 간직할 뿐만 아니라 행동에까지 관여하고 있기 때문에 오거스틴의 고백처럼 작품 창조의 바탕이 된다. 이러한 기억을 통해 자아를 발견하고 미래를 예측하면서 절대의 세계에 접근할 수 있는 자기 초월의 계기가 되기도 한다.

> 시는 체험인 것이다. 그러나 기억만으로는 시가 아닌 것이다. 다만
> 그것들이 우리 속에서 피가 되고, 눈짓과 몸짓이 되고, 우리 자신과
> 구별할 수 없는 이름 없는 것이 된 다음에라야 우연히 가장 귀한 시간
> 에 시의 첫 말이 그 가운데서 생겨날 것이다.
>
> ─박용철, 「시적 변용에 대하여」 부분

　시에서의 체험은, 아무렇게나 잊혀져 있던 지난날의 경험이 그대로 시가 되는 것이 아니라, 그것이 어느 순간엔가 불쑥 찾아와 나를 움직이게 하는, 미당의 말마따나 '심미審美의 기회'인 셈이다. 이는 대상과의 '거리'를 두고 본다는 뜻이며, 이 '거리'에서 우리는 사물의 본질을 성찰할 수 있게 된다. 과거에 무서웠고 기뻤던 경험을 이제 와서 아무런 욕정 없이 기억할 수 있음이 '기억의 초연성超然性'이다.

　일정한 시간이 지나게 되면 여유가 생기게 된다. 그리하여 '고통의 와중에서 그 고통을 노래하는 것이 아니라 한층 온화하고, 거리를 둔 기억'(Schiller), 워즈워스의 말마따나 '고요히 회상된 정서'가 되어 한 편의 시를 낳게 된다. 이러한 시적 거리가 감각 체험을 시적 정서로 승화시키는 '기억의 초연성'이 되어 한 편의 시로 형상화된다.

　이는 미당이 언급한 '시는 감정과 지성의 전반적 기능이 합해진 감각과 예지의 시적 체득體得'과 같은 것으로, 시에서의 경험과 기억은 자아와 세계, 이성과 감정의 분리 속에서 소외된 현실적 자아의 파편들이 경험적 자아와

만나 자아 회복을 꿈꾸어 가는 '나-다움(me-ness)'의 세계가 아닌가 한다.

둥둥 북소리에
만국기가 오르면
온 마을엔 인화人花가 핀다.

청군 이겨라.
백군 이겨라.

연신 터지는
출발 신호에
땅이 흔들린다.

차일 친 골목엔
자잘한 웃음이 퍼지고
아이들은 쏟아지는 과일에
떡 타령도 잊었다.

하루 종일 빈집엔
석류가 입을 딱 벌리고
그 옆엔 황소가
누런 하품을 토하고 있다.

—이성교, 「가을 운동회」 부분

어린 시절 운동회 날의 들뜬 분위기와 그날의 함성이 들려오는 듯하다.
조용하기 이를 데 없는 마을에서 '붉게 입을 벌린 석류와 그 옆에서 누렇게
하품하는 황소', 그의 시는 이처럼 지난날의 추억, 곧 그의 체험을 고요히

회상시켜 담담하게 객관화하고 있다.

　그것은 '어느 새벽, 밖에 나와 하늘에 떠있는 달'(김동수, 「새벽달」)을 보며, 그때까지 잠들지 못하고 자기를 지켜보고 있을 고향의 '어머니'를 떠올리는 '순간'이기도 하고, '마당에서 비를 맞으면서도 제 몸에 매달린 어린 열매들 때문에 저 혼자 처마 밑으로 비를 피하지 못하는 모과나무'(안도현, 「모과나무」)를 만나는 '격정의 순간'이기도 하다.

　시는 이처럼 순간에 떠오른 '기억의 재현' 혹은 '체험의 순간적 표현'이다. 현재의 순간이 과거의 체험과 긴밀하게 연결된 기억의 현현顯現, 그러기에 서정시에서의 한순간은 '충만한 현재'로서 그 안에 긴 이야기(long story)들이 집약된, 곧 저 무의식의 기억 속에 저장되어 있던 '격정적 자아自我'가 고요히 회상되어 자아의 정체성을 회복해 가는 깨침과 부활의 순간이기도 하다.

> 어머니가 보자기에 나물을 싸서 보내왔다
> 남녘엔 봄이 왔다고.
> 머리를 땋아주시듯 곱게 묶은
> 보자기의 매듭을 풀자
> 아지랑이가 와르르 쏟아져 나왔다.
> 남녘 양지바른 꽃나무에는
> 벌써 어머니의 젖망울처럼
> 꽃망울이 맺혔겠다.
> 바람 속에선 비릿한 소똥 냄새 풍기고
> 송아지는 음메 울고 있겠다.
> 어머니가 싸서 보낸 보자기를
> 가만히 어루만져 본다.
>
> —이준관, 「꽃 보자기」 부분

"어머니가 보자기에 나물을 싸서 보내왔다/ 남녘엔 봄이 왔다고", 아직 겨울인 듯 몸과 마음이 움츠러져 있던 화자는 어머니가 보내 주신 보자기에서 기억 속의 어머니의 모습을 떠올린다. "이준관 시편의 근간은 지난 시간에 대한 섬세하고도 일관된 회상 형식에 있을 것이다. 원형적이고 훼손되지 않은 그 '기억'이야말로 시인으로 하여금 깨끗하고 조찰하고 아름다운 삶을 살아가게 하는 근원적 힘이다"(유성호).

기억은 특수한 사건의 자발적 회상으로 과거를 인식하고 보존하고 재현하는 기능으로 현재의 삶을 풍요롭게 하고 사물을 새롭게 인식하는 계기가 된다.

> 가난한 어머니는
> 항상 멀덕국을 끓이셨다
>
> 학교에서 돌아온 나를
> 손님처럼 마루에 앉히시고
>
> 흰 사기그릇이 앉아있는 밥상을
> 조심조심 받들고 부엌에서 나오셨다.
>
> 국물 속에 떠있던 별들
>
> 어떤 때는 숟가락에 달이 건져 올라와
> 배가 불렀다.
>
> ─공광규, 「별국」 부분

공광규 시인은 말한다. 「별국」이라는 시도 중학교 때 시골에서 어머니와 가졌던 체험을 시로 승화한 것이다'. 그러기에 '고향 체험은 시인에게 창작의 큰 배경이며 평생 퍼내도 마르지 않는 우물이며, 거액의 저금통장 같은 자산'이라고.

그래서인지 체험과 시와의 관계를 수태와 분만에 비유하기도 한다. 시인의 뇌리에 새겨진(잉태된) 체험의 인상들이 몸속에 저장되어 있다가 이후 그와 유사한 상황을 만났을 때 비로소 한 편의 시로 탄생된다. 때문에 체험 없는 언어를 조합해서 만들어낸 작품은 생각의 언저리만 겉돌아 감동을 주지 못한 사어死語가 될 뿐이다.

우리의 삶은 생이 혼곤할 때마다 유년의 시간으로 되돌아가 기억 너머에 웅크리고 있던 지난날의 기억(Actual emotion)을 회상하면서 오늘을 새롭게 가다듬는 한 편의 시(Art emotion)로 탄생한다. 기억은 현재를 움직이게 하는 살아있는 역사요 삶의 원동력이다. 이러한 일련의 복원 과정이 한 편의 시로 재구성되면서 훼손되고 분열된 우리의 삶이 차분하게 거듭나게 된다.

제6장_시와 극화劇化

1. 체험의 극화劇化

시의 바탕은 체험이다. 그러나 체험 그 자체가 시는 아니다. 그것이 시적 감동으로 이어지기 위해서는 순간적 감동, 곧 깨침의 세계가 드라마틱(dramatic)하게 극화되어 있어야 한다. 서사성은 원래 소설 문학의 대표적 특징이이지만, 시에서도 이러한 이야기 형식은 독자에게 흥미를 유발할 뿐만 아니라 기억에 오래 남게 하는 저장성의 힘이 있다.

> 나무가 춤을 추면
> 바람이 불고
>
> 나무가 잠잠하면
> 바람도 자오.
>
> ―윤동주, 「나무」 전문

'나무가 춤을 추는 현상'을 통해 '바람이 불고 있음'을 알(깨닫)게 되고, '뒷동산 나뭇가지에 달이 훤히 걸려 있는 현상'을 통해 '내일 날씨가 맑을 것'을 알아채는 경우도 체험을 통한 순간적 깨침의 경우다.

어느 날 서생書生이 겨우내 글을 읽다가 문득 '울타리에 개나리 한 송이가 피어있는 것'을 보고, '어느새 천지에 봄이 와있음'을 깨닫게 되는 것도, 그와 같은 경우의 세계다. 시인은 이처럼 한 줄기 나뭇가지에서도 우주의 기운을 감지하면서 세상을 통찰한다. 그래서 체험이 곧 시의 출발점이요, 그것을 통한 인식이 곧 시의 요체가 된다.

시골길을 걸어가다 우연히 마주친 '들국화 한 송이'에서 지난날의 애틋한 추억을 떠올리게 되는 등, 그런 극적 체험과 모티브의 순간이 한 편의 시를 탄생케 하는 극적 순간이 된다.

2. 이야기 화법

시는 체험을 바탕으로 한 세상에 대한 새로운 인식이다. 하지만 그러한 체험과 인식이 한 편의 시가 되기 위해서는 '체험의 형상화', 곧 이야기의 극화가 필요하다. 다시 말해 산만한 이야기의 나열이 아니라, 그것이 하나의 극적인 서사 구조로 전달되었을 때 시적 울림이 크다는 것이다.

시 속의 이야기는 독자의 주의를 끌기 위한 하나의 문학적 장치로서 시의 근거가 된다. 그것은 추상적 관념이 아니라 흥미가 있는 사건, 곧 화자와 독자가 그 사건을 함께 경험하게 함으로써 공감을 얻을 수 있게 된다.

> 조선총독부가 있을 때
> 청계천 변 십 전錢 균일상均一床 밥집 문턱엔
> 거지 소녀가 거지 장님 어버이를
> 이끌고 와 서있었다
> 주인 영감이 소리를 질렀으나
> 태연하였다
>
> 어린 소녀는 어버이의 생일이라고
> 십 전錢짜리 두 개를 보였다
>
> —김종삼, 「장편掌篇 2」 전문

얼핏 보아 그저 어느 날 길을 가다 길거리 밥집에서 벌어진 조그만 일을 그대로 묘사하고 있는 이야기처럼 보이지만 그렇지 않다. 전체가 상징으로 짜여진 극적인 장면이다. 거지가 구걸하러 온 줄 알고 내쫓으려는 주인 영감과, 장님 아버지 생일상을 차려주고 싶어하는 거지 소녀, 이 둘의 비극적 정황이 극적으로 융합된 이야기(서사 구조)이다.

김소월의「진달래꽃」도 단순히 이별의 슬픔을 드러내는 단어들만 나열되어 있지 않다. 남녀의 이별이라는 서사적 사건, 곧 '떠나는 임에게 오히려 꽃을 뿌려 축복을 빌어주는 남다른 이별 방식'의 스토리가 독자의 뇌리에서 떠나지 않고 있는 것이다.

넓고 넓은 하늘
숱한 연鳶들이
소리개처럼 떴는데

그중에서도 울릉도 외삼촌이
만들어준 연鳶이
제일 높이 떴다.

—이성교,「연鳶」부분

멀리 산 아래
비탈진 콩밭에서 김을 매던
어머니는 한 폭의 수채화였다

마루에 책보를 던져놓고 달려가면
어머니는
쉰내를 풍기는 땀바가지였다

—김기화,「어머니」전문

두 편 모두 이야기체의 화법을 구사하고 있다. 연鳶을 만들어주던 외삼촌과의 추억, 한여름 산골 비탈에서 밭을 매던 어머니와 어린 아이와의 격정적 순간의 장면들이 외삼촌과 어머니에 대한 한없는 사랑과 그리움으로 이어지면서 한 편의 동화를 읽는 것 같은 감동을 낳게 된다. 이야기체의 화법은 이처럼 보다 깊은 정서적 흡인력을 갖는다.

이야기의 표면적 내용이 독자의 관심을 끌고 있는 동안, 그 심층에 흐르고 있는 설화적說話的 은유나 상징의 힘이 부지불식간에 시의 본질적 의미를 내면화시켜 주기 때문이다.

3. 찰나적 개안開眼과 아포리즘
—시는 정신의 비등점

한 편의 시가 되기 위해서는, 실제 감정(Actual Emotion)이 예술적 감동(Art Emotion)으로 전환되어 있어야 한다. 그러기 위해 시인들은 사물을 관찰하고, 그것에 상상력을 가미하여, 이를 하나의 극적인 이야기체로 재구성하게 된다.

단순히 '기쁘다' '슬프다' 식의 피상적 감상을 뛰어넘어, 그 감상이 근원적으로 어디에서 오고 있는가에 대한 보다 본질적인 질문, 곧 대상(object)과 나와의 관계 속에서 보다 진지한 성찰과 깨달음의 시간이 필요하다.

나무에 불을 지필 때 불꽃을 발發하기 위해서는 점화點火 과정이 요구되듯, 한 편의 시가 되기 위해선 먼저 시적 대상과의 대응 시간이 있어야 한다. 마치 낚시꾼이 물속에 찌를 넣고 고기가 물어 오기를 기다리는 그런 고요와 침잠의 시간이라고나 할까?

그러기에 시인들은 평소 세상에 대한 남다른 인식과 통찰로, 어느 순간 섬광처럼 떠오른 아포리즘Aphorism을 건져 올리기도 한다. 그것은 현상적 자아가 우주적 자아와 일치되는 극적인 순간이요, 형이하학에서 형이상학의 세계로 신천지가 새롭게 열리는 개안開眼과 법열의 순간이기도 하다.

보름달은

어둠을 깨울 수 있지만

초승달은 어둠의 벗이 되어줍니다.

—최종수, 「달처럼」 전문

어둠을 깨워 주는 "보름달"의 위력도 중요하지만, 그 어둠을 외면하지 않고 그 곁에서 함께 밤을 지켜주는 "초승달"의 마음도 우리에게 새로운 감동이 아닐 수 없다. 이처럼 어둠 속에서 어둠과 함께 고난을 감내하는 "초승달"에 대한 형이상학적 개안開眼의 순간이 한 편의 시를 낳게 한다.

모든 시는 정신의 최고조 혹은 그러한 경지의 비등점에서 발화한다. 지금까지 믿고 의지해 왔던 관습적 인식의 세계에서 벗어나 새로운 세계가 열리는 감동의 현장, 이 순간이 바로 시가 발화하는 임계점이요, 시인이 시를 낚아채는 극적 순간이다.

타클라마칸 사막을 횡단하던 도중 중간 휴게소였던가

사막을 길게 가로지르는 도로 한 켠의 수로를 파기 위해

단 한 명의 인부가 허리 굽힌 채 연신 곡괭이질 해대고

단 한 명의 감독관이 그걸 바짝 감시하는 풍경과 마주친

어느 여성 시인이 버스에 올라타려다 그만 펑펑 울음을 쏟아냈다

—임동학, 「한 줌의 도덕」 전문

어느 사막 한 지점을 가는 도중 시인은 목격한다. 수로 공사를 하기 위해 사람이 사람을 짐승처럼 부리고 있는 비인간적 착취의 현장, 인간의 내면에 숨겨져 있는 또 다른 잔인성이 극적으로 포착된 장면이다.

시가 만들어진 지점이 우연한 일상의 한 장면 같지만, 그건 결코 평범한 일상의 한순간이 아니다. 인간의 존엄과 인간에 대한 예의가 남다른 시인의 예민한 촉수가 어느 순간 날카롭게 건져 올린 비극적 순간이다.

순간적 깨달음의 세계를 '격정적 순간' '최상의 순간' 혹은 '견성의 순간'이라고도 한다. 가스통 바슐라르는 이를 '특별한 경험(Optical Experience)'이라 부르기도 한다. 이러한 격정적 순간의 '모멘트'가 없을 경우 그 시는 결국 '언어의 유희'에 지나지 않는 죽은 시가 되고 만다. 접신接神이 되어야만 작두에 오르는 무당처럼, 시인에게도 그렇게 다가오는 격정적 순간의 영감이 '시의 종자種子'가 되어 한 편의 시로 탄생된다.

좋은 시는 무릇 이러한 과정을 거쳐 새로운 인식의 세계에 이르게 된다. 하지만 이러한 지각적 효과도 윤리적, 상식적, 세속성에 머물러있다면, 그 시는 신선한 감동을 주지 못하게 된다.

4, 시의 인식 과정

아무리 좋은 시상이라 하더라도 그것을 특수한 형식으로 엮어내지 못한다면 감동이 약화되고 만다. 그러기에 시인들은 대체로 아래와 같은 시적 과정을 거쳐 한 편의 시를 생산하게 된다.

첫째, 대상과의 직면 단계　　─시의 원천(平凡)

둘째, 의문(문제 제기) 단계　　─시적 인식

셋째, 해명의 단계　　　　　　─새로운 의미 발견(非凡)

대상의 표면만을 보지 않고, 그 내면에 잠재되어 있는 본질에 보다 많은 관심을 갖는다. '왜 그럴까?' 그것의 원인原因은 무엇일까? 이것이 시인들의 관찰법이다. 먼저 대상의 객관적 상황을 살피고, '그것이 어디에서 오고 있는가?' 그리고 '그것이 내 삶에 어떤 의미를 주고 있는가' 등 직관을 통한 지각적 인식의 통찰 과정이 필요하다. 그것은 과학적, 물리적 사실의 세계가 아닌, 어쩌면 과학과 모순된 비논리의 세계이다. 그러나 인간의 감정에 충실한 세계, 그리하여 거기에서 새로운 의미나 가치가 발견된 또 다른 진실과 아름다움의 세계이다.

1) 2단 구성
—선경후정先景後情

선경후정先景後情은 한시漢詩 창작의 한 방법으로 시의 앞부분에서 어떤 정황이나 배경景을 제시하여 독자의 주의를 환기시키고, 뒤에 가서는 이에 대한 화자의 느낌(情)이나 감회를 표출하는 방식이다.

> 펄펄 나는 꾀꼬리는
> 암수가 서로 정다운데　　　→ 꾀꼬리 한 쌍(景)
> 외로운 이내 몸은
> 뉘와 함께 돌아갈꼬　　　→ 외로운 자신(情)
> 　　　　　　　　　—고구려 2대 유리왕, 「황조가」 전문

꾀꼬리가 정답게 놀고 있는 모습(선경先景)을 보면서, 이어 외로운 자신의 처지를 느끼게 되는 선경후정先景後情의 방식이다.

2) 3단 극화(대상-의문-해명)

> 모과나무가 한사코 서서 비를 맞는다.
> 빗물이 어깨를 적시고 팔뚝을 적시고 아랫도리까지
> 번들거리며 흘러도 피할 생각도 하지 않고
> 비를 맞는다, 모과나무　　　　　　　　→ 대상
> 저놈이 도대체 왜 저러나?
> 갈아입을 팬티도 없는 것이 무얼 믿고 저러나?　　→ 의문

나는 처마 밑에서 비 그치기를 기다리고 있다가
모과나무, 그가 가늘디가는 가지 끝으로
푸른 모과 몇 개를 움켜쥐고 있는 것을 보았다　　→ 해명
끝까지, 바로 그것, 그 푸른 것만 아니었다면
그도 벌써 처마 밑으로 뛰어 들어왔을 것이다.

—안도현, 「모과나무」 전문

　비가 오는데도 비를 피해 처마 밑으로 뛰어 들어오지 않고 밖에서 오는 비를 온몸 그대로 다 맞고 서있는 모과나무를 보면서 의문을 갖는다. '왜, 저럴까?' 하고…… 그러다 문득 깨닫게 된다. 가지 끝에 매달려 있는 '어린 것(열매)'들 그것들을 지키기 위해…… 그것들을 그냥 놔둔 채 혼자 처마 밑으로 뛰어 들어올 수 없어 그것들을 지키기 위해 함께 비를 맞는다고……

3) 4단 극화(기—승—전—결)

① 기起
- 대상과의 직면
- 시상을 불러일으킴

② 승承
- 시상의 발전
- 대상과의 치열한 대응과 성찰

③ 전轉
- 문제 발생(화두話頭) – 의문과 깨달음
- 어떤 의미나 새로운 가치 발견

④ 결結

· 생의 통찰로 그동안의 긴장 해소

· 새 세계가 열려 가는 동력動力으로 작용

태산이 높다 하되 하늘 아래 뫼이로다.　　　(기)

오르고 또 오르면 못 오를 이 없건마는　　　(승)

사람이 제 아니 오르고　　　　　　　　　(전)

뫼만 높다 하더라.　　　　　　　　　　　(결)

　　　　　　　　　　　　　　　　　　—양사언 시조

무릇 상(相: 모양)이 있는 것들은(凡所有相)　(기: 대상/主)

이 모두 허망하니(皆是虛妄)　　　　　　　(승: 느낌이나 생각/客)

모든 상이 상이 아님을 보게 되면(若見諸相非相)　(전: 이치를 깨달음/論)

이 곧 여래를 봄이니라(卽見如來)　　　　　(결: 결론을 얻는다/結)

　　　　　　　　　　　　　　—『불경』(사구게四句偈)

＊ '사구게四句偈'란 산문체로 된 경전의 1절 또는 끝 맺음에서 아름
다운 짧막한 글귀(詩)로서 미묘한 뜻을 읊은 운문(노래)을 말한다.

풀잎 위에

작은 달이 하나 떴습니다.　　　　　　—기(시상을 불러일으킴)

앵두알처럼 작고 귀여운

달이 하나

떴습니다.　　　　　　　　　　　　—승(시상 발전)

풀벌레들이

어두워할까 봐　　　　　　　　　　—전(시상 전환)

풀섶 위에

빨간 달이 하나

몰래몰래 떴습니다.   —결(시상 정리)

                              —이준관, 「밤이슬」(1988) 전문

　• 기起: 풀잎 위의 이슬 발견   –대상과의 대면

　• 승承: 앵두알처럼 작고 귀엽다.   –대상에 대한 구체적 설명

　• 전轉: 왜 밤이슬이 맺혀 있을까?   –새로운 발견(의문과 해명)

　• 결結: 시살 매듭(정리)   –현상 확인

＊ 기승전결起承轉結은 한시漢詩 구성 방식의 하나로서

　기起는 시상詩想를 일으키고

　승承은 시상을 이어받아 발전해 가며

　전轉은 시상을 전환하여 변화를 주고

　결結은 그걸 통해 시상을 마무리한다.

제7장_시와 이미지

* 시는 의미해서는 안 된다. 다만 존재할 뿐이다

(A poem should not mean but be)

* 시는 감촉할 수 있고, 묵묵해야 한다.

구형球形의 사과처럼 무언無言해야 한다.

—매클리시(美: 1892~1982)

시는 설명이 아니라 무언無言의 이미지로 제시하라는 말이다. 마치 영화감독처럼 무대 뒤로 숨고 이미지를 내세워 전달하라고 한다. 할 말이 있어도 언어로써 말하지 말고 사물을 통해 말하라는 T. S. 엘리엇의 객관적 상관물*이나, 언어는 불완전하여 그 뜻을 다 전하지 못하므로(言不盡意) 물상物象을 세워 그 뜻을 전하라는 한시漢詩의 입상진의立象盡意와도 같은 맥락이다.

1. 시는 이미지에 의한 정서적 환기다.

시는 이미지에 의한 인식의 세계로서, 의식과 무의식 간의 대화를 통해 사물과 세계에 대한 느낌의 전달이다. 마음속에 떠오른 달(月)과 어머니와의 추억을 아래와 같이 구체적 이미지로 그려주고 있음이 그것이다.

달달 무슨 달/ 쟁반같이 둥근 달

---

* 객관적 상관물(objective correlative): T.S. 엘리어트가 주장한 시작詩作의 한 방법. 시인들은 자신이 표현하고자 하는 어떤 정서나 사상을 그대로 나타낼 수 없으므로, 그것과 닮아있는 어떤 객관적 사물, 정황, 혹은 일련의 사건들을 선택하여 그것들을 유기적으로 결합해 놓음으로써 독자의 정서를 자극하게 된다는 것이다.

어디 어디 떴나/ 남산 위에 떴지

—동요, 「달」 부분

층층나무 이파리에서는 어린 청개구리가
비를 피하고 앉아서 이따금씩
나를 물끄러미 바라보고 있었다.
나는 청개구리처럼 갑자기 외로웠었다.

—신석정, 「어머니 기억」 부분

　화자의 마음속에 떠오른 달의 이미지가 그저 '막연한 달'이 아니라 "쟁반 같이 둥근 달"의 모습이다. 이처럼 달의 형상이 보다 구체적(시각적)으로 드러나 있다. '둥글둥글한 쟁반'이 곧 시인의 머릿속에 떠오르는 "달"의 이미지이다.

　'외롭다'는 심정을 전달하고자 할 때에도, 이를 그저 '외롭다'고 설명할 것이 아니라, '외로움'의 정서를 보다 구체적으로 느낄 수 있는 체험적 상황, 곧 비 오는 날 나뭇잎 사이에서 홀로 비를 피하고 있는 "청개구리"의 모습을 그려줌으로써 '외로움'의 정서가 보다 효과적으로 유발될 수 있다는 것이다. 따라서 시는 '진술'이 아니라

→ '체험적 상황에 대한 구체적 묘사(이미지)'이다.

・그녀는 예쁘다. → 그녀는 모란꽃처럼 탐스럽고 향기롭다.
　　추상적 설명　　　　구체적・감각적 이미지

・그는 성질이 날카롭다 → 그는 칼날이다.

・그는 지금　　　　　그는 지금
　몹시 불안하다. → 무너지는 언덕 위에 서있다.

• 소라는 <u>외롭다</u>. → 널따란 백사장에
　　　　　　　　　　　<u>소라</u>
　　　　　　　　　　　<u>오늘도 저 혼자랍니다</u>.

산이란 산에는 새 한 마리 날지 않고(千山鳥飛絶)
길이란 길에는 사람 자취 끊어졌는데(萬徑人踪滅)
배에는 도롱이에 삿갓 쓴 노인(孤舟簑笠翁)
눈만 내리는 추운 강가에서 홀로 낚시 드리우네(獨釣寒江雪)

—유종원, 「강설江雪」 전문

　객관적 풍경만을 시각적 이미지로 묘사하였을 뿐, 시인의 주관적 감정이나 설명이 없다. 하지만 변방으로 실각한 노옹이 처한 탈속의 세계를 입상진의立象盡意의 할 뿐, 나머지 행간을 독자들의 몫으로 남겨 놓아 고적감을 유발하고 있다.

2. 관념의 형상화

　　－대상對象은 이미지로 인식한다.
　　－추상이나 개념보다 이미지가 앞선다.

　추상적인 관념을 제재로 하는 시에서, 관념어(사랑, 그리움, 슬픔……)를 그대로 설명하거나 진술하는 것이 아니고, 한 폭의 그림을 보듯 구체적 이미지를 통해 실감나게 표현하는 것이 '관념의 형상화' 곧, 이미지화이다.
　그렇다고 하여 형상화가 단순히 겉모양을 묘사하는 데 그쳐서는 안 된다. 그것에 내재되어 있는 본질적 특성이나 상징적 의미를 제대로 포착해 낼 때 시적 의미를 갖게 되는 것이다. 예컨대, '어머니'란 단어를 떠올릴 때, 우리의 머릿속에 먼저 떠오르는 것은, 어머니의 '이름' 석 자가 아니라, 기억 속에 남아있는 어느 날 어머니의 '모습'이다. 그리고 보면, 어머니를 어머니답게 느끼게 해주는 것은 '어머니'라는 관념(개념)이 아니라 자기의 뇌리에 남아있는 어머니의 모습, 곧 '이미지'이다.

박인환의 '그 사람 이름은 잊었지만 그 눈동자 입술은 내 가슴에 남아있네'(「세월이 가면」)라는 시에서도, 세월이 가도 남아있는 것은 그 사람의 '이름'이 아니라, 그 사람의 '눈동자'와 '입술'이라는 구체적 감각(시각, 촉각)의 이미지이다.

> 들녘이 서있다.
> 밤새 한숨도 못 잔 얼굴로
> 부시시
> 그러다 못해
> 앙상하게 말라버린
> 날카로운 촉수로 굳어버린
> 우리의 겨울은
> 보이지 않은 우리의 겨울은
> 차가운 들녘 위에
> 영하의 긴 침묵으로
> 꼿꼿이들 서있다.
>
> ─김동수 「겨울나기」(1986) 전문

"겨울"이라는 일반적 추상의 의미가 흐릿한 관념의 틀 속에 가려(갇혀) 있지 않고, 그가 맞고 있는 불편한 겨울의 모습이 보다 구체적으로 현장감 있게 다가온다. '밤새 한잠도 못 잔 부시시한 얼굴'이거나, '앙상하게 말라버린 날카로운 촉수' '영하의 긴 침묵', 그러면서도 '꼿꼿이 서있는' 그러나 '보이지 않는 우리의 겨울' 등이 그것이다.

"겨울"을 의인화하여 절망적 상황 속에서도 눈 감지 않는 오기와 집념으로 꼿꼿하게 살아있다. 관념, 개념, 사상 등도 정서와 더불어 시의 주요 내용이긴 하나 이것들이 감각적, 구체적으로 형상(이미지)화되지 못하면 예술적 감동이 죽거나 감소되고 만다.

> 무릎 앞의 소유는
> 모두 껴안고도
> 외로움의 뿌리는 깊어
> 사람이 부르면
> 날짐승처럼 운다.
>
> 어느 가슴을 치고 왔기에
> 사람이 부르면
> 하늘에 들리고도 남아
> 내 발목을 휘감고야
> 그 울음 그치나
>
> —최문자, 「산울림」 전문

"산울림"에 대한 인식의 정도가 남다르게 치열하고 개성적이다. 활유법에 의한 역동적 표현, 그러면서도 외롭고 허망한 산울림의 내면적 속성을 정서적 이미지로 탄력 있게 형상화하여 호소력 있게 전달하고 있다.

> 막차는 좀처럼 오지 않았다.
> 대합실 밖에는 밤새 송이눈이 쌓이고
> 흰 보라 수수꽃 눈 시린 유리창마다
> 톱밥 난로가 지펴지고 있었다.
> 그믐처럼 몇은 졸고,

몇은 감기에 쿨럭이고
그리웠던 순간들을 생각하며 나는
한 줌의 톱밥을 불빛 속에 던져주었다.
내면 깊숙이 할 말들은 가득해도
청색의 손바닥을 불빛 속에 적셔두고
모두들 아무 말도 하지 않았다.
산다는 것이 때론 술에 취한 듯
한 두름의 굴비 한 광주리의 사과를
만지작거리며 귀향하는 기분으로
침묵해야 한다는 것을
모두들 알고 있었다.
오래 앓은 기침 소리와
쓴 약 같은 입술 담배 연기 속에서
싸륵싸륵 눈꽃은 쌓이고

—곽재구, 「사평역에서」 부분

행상行商을 하면서 하루하루를 막막하게 살아가고 있는 변방인(서민)들의 고달픈 삶을 '막차' '간이역' '밤새 퍼붓는 눈' '톱밥 난로' '대합실에서 졸고 있는 사람들' '기침에 쿨럭이는 사람들' '한 두름의 굴비' '한 광주리의 사과' 등의 객관적 상관물客觀的相關物, 곧 다양한 이미지들이 그들의 고달픈 삶을 대변하고 있다.

출렁일수록 바다는
완강頑强한 팔뚝 안에 갇혀버린다.   —절망적 상황에 대한 구체적 이미지화
안개와 무덤, 그런 것 속으로
우리는 조금씩 자취를 감추어가고
익사溺死할 수 없는 꿈을 부둥켜안고

사내들은 떠나간다.

밤에도 늘 깨어있는 바다 —포기할 수 없는 꿈

소주와 불빛 속에 우리는 소멸해 가고

물안개를 퍼내는

화물선의 눈은 붉게 취해 버린다. —포기할 수 없는 꿈에 대한 안타까움

떠나는 자여 눈물로 세상은 새로워진다

젖은 장갑과 건포도뿐인 세상은 —을씨년스럽고 건조한 현실 상황

누구도 램프를 밝힐 순 없다

바다 기슭으로 파도의 푸른 욕망은 돋아나고 —꿈에 대한 새로운 의지

밀물에 묻혀 헤매는

게의 다리는 어둠을 썰어낸다 —현실 극복을 위한 행동 개시

어둠은 갈래갈래 찢긴 채

다시 바다에 깔린다.

떠나는 자여

눈물로 세상은 새로와지는가 —'눈물'을 통한 새로운 세계의 확신

우리는 모든 모래의 꿈을

베고 누웠다

세계世界는 가장 황량한 바다 —그러나 아직 삭막한 현실 상황 재인식

　　　　　　　　　　　　　—윤석산, 「바닷속의 램프」 부분

　절망적 상황에 갇혀버린 자신의 우울한 심사를 "출렁일수록 바다는/ 완강한 팔뚝 안에 갇혀버린다"는 선명한 이미지로 표현하고 있다. "갈래갈래 찢긴 채/ 다시 바다에 깔린다" "모래의 꿈을/ 베고 누웠다" 등의 구체적 형상의 이미지도 그것이다.
　한 편의 시를 읽고자 함은 시인의 자기 고백이 아니라 시인이 제시한 시적 정서에 젖어 들고 싶어 함이다. 한 편의 시가 시인의 주관적 감정의 발로에서 시작되지만 그가 제시하고자 한 그 주관적 감정을 생생하게 전달하

기 위해선 독자가 공유할 수 있도록 객관적 장치, 곧 객관적 상관물(objective correlative)을 통한 주관적 감정의 객관화가 필요하다.

3. 좋은 이미지란?

1) 신선하고 독창적이다.
2) 차원이 높고 깊이가 있다.
3) 주제와 조화를 이루며 이미지들 간에 상호 유기적 상관성이 깊다.
4) 이미지가 체험과 관련되어 구체적이고 감각적이다.
5) 강한 정감을 불러일으키는 환기성喚起性이 있다.

4. 이미지 창조의 방법

1) 새로운 관점으로 바라볼 때 새로운 진실이 발견된다(deformation).
2) 시는 실제의 대상이라기보다는 시인의 철학적 인식에 의해 선택된 주관적 감정이다.
3) 이미지가 시의 정서를 표현하는 데 기여하지 않는다면 버려야 한다.
4) 불필요한 낱말이나 형용사는 이미지를 둔화시키기 때문에 가급적 쓰지 말라.
5) 이미지는 한 행行, 한 구句보다도 '시 전체의 그림' 속에서 그 가치가 발휘되어야 한다

5. 이미지의 종류

1) 시각적 이미지

⟨대상을 시각적 이미지로⟩

  ＊ 구름은 보랏빛 색지色紙 위에

     마구 칠한 한 다발의 장미薔薇

                         ―김광균, 「데상」 부분

                ※구름 = 보랏빛 색지/ 한 다발의 장미

  ＊ 초록 치마를 입고 섰는 少女

     …(중략)…

     빠알간 리본 하나로

                        ―박항식, 「코스모스」 부분

                 ※코스모스 = 빨간 리본의 소녀

⟨청각을 시각적 이미지로⟩

  ＊ 분수처럼 흩어지는 푸른 종소리

                       ―김광균, 「외인촌」 부분

                   ※종소리 = 흩어지는 분수

  ＊ 꽃처럼 붉은 울음

                        ―서정주, 「문둥이」 부분

                     ※울음 = 붉은 꽃

⟨관념을 시각적 이미지로⟩

  ＊ 인생은 풀잎에 맺힌 이슬

                            ※인생 = 이슬

* 외로움이란

　내가 그대에게

　그대가 나에게

　서로 등을 기대고 울고 있는 것이다.

—이형기, 「그대」 부분

※외로움 = 등을 기대고 울고 있는 모습

* 내 마음은 고요한 물결

　바람이 불어도 흔들리고

　구름이 지나가도 그림자 지는 곳

—김광섭, 「마음」 부분

※내 마음 = 고요한 물결

* 내 마음은 촛불이요

　그대 저 문을 닫아주오

　나는 그대의 비단 옷자락에 떨며, 고요히

　최후의 한 방울도 남김없이 타오리라.

—김동명, 「내 마음은」 부분

※내 마음 = 흔들리는 촛불

2) 청각적 이미지

〈사물을 청각적 이미지로〉

　* 워워, 꼬끼오, 쨱쨱, 졸졸, 돌돌

　* 윙윙, 쏴아아 쏴아-, 주룩주룩

〈상황을 청각적 이미지로〉

　* 질화로에 재가 식어지면

빈 밭에 밤바람 소리 말을 달리고

—정지용, 「향수」 부분

※차가운 밤바람 소리 = 말 달리는 소리

* 우우 또 한차례
  몰려왔다 포말泡沫지는
  하얀 새 떼들의 울음

—김동수, 「비금도飛禽島」 부분

※물거품 사그라지는 소리 = 새 떼들의 울음

〈시각을 청각적 이미지로〉
* 피릿소리가 아니라
  아주 큰 심포니일 거야

—박항식, 「눈(雪)」 부분

※눈 = 심포니

* 발랑 발랑 발랑 발랑
  조랑 조랑 조랑 조랑

—박항식, 「포풀러」 부분

※포풀러 = 발랑 발랑

〈관념을 청각적 이미지로〉
* 산이 재채기를 한다.

—박항식, 「청명淸明」 부분

※청명** = 재채기

** 청명: 춘분과 곡우 사이에 있는 24절기의 하나(양력 4월 5, 6일 경)로 봄이 이때부터 본격적으로 시작됨.

* 어쩌다 바람이라도 와 흔들면

　울타리는

　슬픈 소리로 울었다.

─김춘수, 「부재不在」 부분

※부재 = 슬픈 소리의 울음

제8장_시와 묘사

묘사가 시적 대상을 형상(이미지)화하여 그려내는 표현 양식이라면, 진술은 '나 하늘로 돌아가리라/ 아름다운 이 세상 소풍 끝내는 날/ 가서, 아름다웠더라고 말하리라'(천상병, 「귀천歸天」)와 같이 시인의 느낌이나 깨침의 세계를 자세하게 설명하는 고백적 형식의 글이다.

그러나 묘사는 자기의 감정을—직접적으로 표출하지 않고— 억제하면서, '안개가 온다/ 새끼 고양이의 발걸음으로/ 가만히 웅크리고 앉아/ 항구와 도시를 굽어본다'(칼 샌드버그, 「안개」)'와 같이 보다 질서화된 정서로 그러한 상황을 실감 나게 그려준다. 묘사야 말로 구체적으로 그려진 본질로서 진정한 시의 힘이 여기에서 비롯된다.

1. 표출과 묘사

시에는 자신의 감정을 직접적으로 진술하는 '자아 표출의 시'와 자신의 감정을 대상물을 통해 간접적으로 전달하는 '묘사의 시'가 있다. 1920년대 초 한국의 감상적 낭만시가 바로 '자아 표출'의 시다. 이에 반해 1930년대에 시단의 특징은 이미지즘의 시가 대두되었는데, 이것이 '대상 묘사의 시'에 속한다.

1) 자아 표출의 시

나 보기가 역겨워
가실 때에는
말없이 고이 보내 드리우리다.

영변寧邊에 약산藥山
진달래꽃
아름 따다 가실 길에 뿌리오리다.

가시는 걸음걸음

놓인 그 꽃을

사뿐히 즈려밟고 가시옵소서.

나 보기가 역겨워

가실 때에는

죽어도 아니 눈물 흘리오리다.

—김소월, 「진달래 꽃」(1922) 전문

이 시에서 '나'라는 화자는 시인을 대변하고 있다. 서정적 자아가 곧 시인 자신이 된다. 시인 자신이 '나'라는 화자를 통해 직설적으로 자아의 감정을 그대로 표출하고 있다. 이처럼 시인의 감정이 시의 전면에 그대로 드러나 있다.

그러나 1930년대 정지용류의 시에 와서는 화자를 숨긴 채(1920년대 소월류의 감상적 낭만시들처럼 시인의 마음을 노출하지 않고) 자연이나 사물에 대한 대상 묘사로 시의 흐름이 전환되면서 자신의 감정을 간접적으로 전하게 된다.

2) 대상 묘사의 시

바다는 뿔뿔이

달어날랴고 했다.

푸른 도마뱀 떼같이

재재발렀다.

꼬리가 이루

잡히지 않았다.

—정지용, 「바다 2」(1927) 부분

주관적 개입을 최대한 억제하고 바다의 모습을 감각적으로 묘사하고 있다. 해안 절벽에 부딪쳤다 흩어지는 파도의 물살을 "바다는 뿔뿔이/ 달어날랴고 했다" "꼬리가 이루 잡히지 않았다"와 같이 파도가 바위에 부딪쳤다가 흩어지는 모습을 도마뱀에 비유하여 그 생동감을 극대화하고 있다.

이처럼 정지용은 1920년대 '자아 표출의 시'에서 '대상 묘사의 시' 곧, '이미지 중심의 시'로 한국 시의 흐름을 바꾸어놓았다.

2. 묘사의 종류

묘사에는 대상을 단순하게 설명하는 '객관적 묘사'와, 묘사 뒤에 본질적 의미를 숨기고 있는 '암시적 묘사'가 있다. 때문에 독자들은 등장된 객관 묘사(1차적 의미) 그 뒤에 숨겨진 시인의 의도(2차적 의미)를 읽어내야 한다.

시의 모습을 양태별로 나누어보면
① 객관적 묘사: 하늘 향해 두 팔 벌린 나무들같이
② 주관적 묘사: 나무가 성자聖者처럼 서있다.
③ 심상적 묘사: 나무 속 영혼의 아이들이 물을 길어 올리고 있다.
④ 서사적 묘사: 일본 헌병들은 그날도 신발을 신은 채 안방으로 들이
    닥쳤다

1) 객관적 묘사

객관적 묘사는 대상에 대한 정확한 정보 제공을 목적으로 설명 위주의 글.

개구리 울음만 들리던 마을에
굵은 빗방울 성큼성큼 내리는 밤……

머얼리 산山턱에 등불 두셋 외롭구나.

이윽고 홀딱 지나간 번갯불에
능수버들이 선 개천가를 달리는 사나이가 어렸다.
—박남수, 「밤길」 부분

　이 시에선 "밤길"의 일반적 의미를 추구하지 않고, 어느 특정한 날, 개구리 울음만 들리던 마을에 굵은 빗방울이 성큼성큼 내리는 밤의 객관적 사실을 단순하게 그려낸 서경敍景이다. 그러나 대부분 이러한 객관 묘사가 묘사 그 자체의 사실에 그치고 만다면 그것은 단순한 사실의 전달에 그친 비시적非詩的 풍경이라 하겠다.

　2) 주관적 묘사

　대상을 통해 거기에서 오는 시인의 느낌을 쓴 글이다. 고구려 2대 유리왕의 '펄펄 나는 저 꾀꼬리/ 암수 서로 정답구나/ 외로울사 이 내 몸은/ 뉘와 함께 돌아가리'(「황조가」)도 그것이다.

아침에 눈을 뜨면
머리맡에 학수가 있다.
학수는
찬란한 아침 햇살을 등지고 서서
옛날 경주 박물관 추녀 밑에 있던
애기보살같이 웃고 있다.
—김광균, 「학수」 부분

　객관적 서경 묘사로 이어오다가(1~5행) 끝 행 '애기보살같이 웃고 있다.'

와 같이 대상(학수)의 모습을 주관화하고 있다.

> 하루는 무덥고 시끄러운 정오의 길바닥에서
> 그 노인이 조용히 잠든 것을 보았다.
> 등에 커다란 알을 하나 품고
> 그 알 속으로 들어가
> 태아처럼 웅크리고 자고 있었다.
> 곧 껍질을 깨고 나올 것 같아
> 철근 같은 등뼈가 부서지도록 기지개를 하면서
> 그것이 곧 일어날 것 같아
> 그 알이 유난히 크고 위태로워 보였다.
> 거대한 도시의 소음보다 더 우렁찬
> 숨소리 나직하게 들려오고
> 웅크려 알을 품고 있는 어둠 위로
> 종일 빛이 내리고 있었다.
>
> ─김기택, 「꼽추」 부분

　지하도 계단을 오르내리며 보았던 노숙자 노인을 주관적 관점에서 다루고 있다. 특히 후반부 "그 알이 유난히 크고 위태로워 보였다. / 거대한 도시의 소음보다 더 우렁찬/ 숨소리 나직하게 들려오고/ 웅크려 알을 품고 있는 어둠 위"라는 표현은 생명에 대한 외경과 노인의 처지를 안타까워하는 시인의 주관적 연민이 보다 강화되어 있다. 이처럼 김기택 시의 묘사는 객관적 자세에서 점차 주관적 자세로 그 발상이 확장되면서 그의 상상력은 시적 탄력을 갖게 된다.

> 모가지가 길어서 슬픈 짐승이여
> 언제나 점잖은 편 말이 없구나.

관冠이 향기로운 너는

무척 높은 족속이었나 보다.

—노천명, 「사슴」(1938) 부분

"사슴"을 "모가지가 길어서 슬픈 짐승" 혹은 "관이 향기로운 너" "높은 족속" 등으로 보고 있음은 대상에 대한 새로운 관점, 곧 주관적 인식의 세계로 국면이 새롭게 창조되어 가는 과정이다. 이러한 인식은 시인의 체험과 깊이 관련된 주관적 입장의 서정이라 하겠다.

3) 심상적 묘사

심상 묘사는 자연 경물이나 마음에 품은 정감을 그대로 표출한 것이 아니라, 그 대상 속으로 들어가 고요해진 시인의 내면 상태, 곧 대상과 내가 일치된 자아와 세계의 동일성 혹은 세계의 자아화를 표현한 것이다.

때문에 객관적 외양 묘사(고정된 형상: 상형常形)를 넘어 그걸 통해 생의 비의(상도常道)가 그 안에 담겨져 있다. 진정한 화가가 경치에 머물지 않고 경치 속으로 들어가 그것과 하나가 된(외적인 감각을 차단하고) 동일성의 세계라 하겠다. 곧 관조의 상태에서 떠오르는 마음속의 풍경을 묘사한 경우이다.

이 비 그치면

내 마음 강나루 긴 언덕에

서러운 풀빛이 짙어오것다.

푸르른 보리밭 길

맑은 하늘에

종달새만 무어라고 지껄이것다.

—이수복, 「봄비」 부분

봄비가 그치면 강나루 언덕에 풀빛이 짙어오고 푸른 보리밭 맑은 하늘에 종달새가 노래할 것이라고 상상한다. 그러기에 이런 풍경은 실제 상황이 아니라 시인의 마음속에 떠오르는 주관적 심리의 풍경이다.

내 마음의 어딘 듯 한편에 끝없는
강물이 흐르네
돋쳐 오르는 아침 날빛이 빤질한
은결을 도도네
가슴엔 듯 눈엔 듯 또 핏줄엔 듯
마음이 도른도른 숨어있는 곳
내 마음의 어딘 듯 한편에 끝없는
강물이 흐르네

—김영랑, 「끝없는 강물이 흐르네」 전문

이 시에서의 강물이란 실제의 강물이 아니라 시인의 마음속 어딘가에 고요히 흐르고 있는 은밀하고도 아름다운 정서의 세계이다. "내 마음의 어딘 듯 한편에"라는 심리적 공간에서 도란도란 흐르고 있는 내면의 심상이 그것이다.

처서 지나고
저녁에 가랑비 내린다.
태산목泰山木 커다란 나뭇잎이 젖는다.
멀리 갔다가 혼자서 돌아오는
메아리처럼
한 번 멎었다가 가랑비는
한밤에 또 내린다.

—김춘수, 「처서處暑 지나고」 부분

위의 3행도 객관 묘사인 듯 보이나 실은 그 아래 행들 "멀리 갔다 혼자서 돌아오는/ 메아리처럼"과 연계된 시인의 쓸쓸한 심리가 투영된 주관적 심상의 상관물이다.

> 네가 오기로 한 그 자리에
> 내가 미리 와 너를 기다리는 동안
> 다가오는 모든 발자국은
> 내 가슴에서 쿵쿵거린다.
> 바스락거리는 나뭇잎 하나도 다 내게 온다.
> 기다려본 적이 있는 사람은 안다.
> 세상에서 기다리는 일처럼 가슴 애리는 일 있을까?
> 네가 오기로 한 그 자리, 내가 미리 와있는 이곳에서
> 문을 열고 들어오는 모든 사람이
> 너였다가
> 너였다가, 너일 것이었다가
> 다시 문이 닫힌다.
>
> —황지우, 「너를 기다리는 동안」 부분

기다리는 사람의 초조하고 불안한 심정을 꼼꼼하고 밀도 있게 그려주고 있다. "바스락거리는 나뭇잎"까지도, '내 가슴에 쿵쿵거리는 모든 발자국 따라—너에게 가고 있다'는 꼼꼼한 내면 묘사가 이 시에 두근거리는 긴장감을 고조시키고 있다. 이 모든 것들이 마음속에 떠오르는 생각이나 느낌이 중심이 된 주관적 심상의 시이다.

4) 서사적敍事的 묘사

어떤 사건이나 현상 등의 이야기 묘사를 통해 자신의 심정을 간접적으로

전달하는 서사적 서정의 세계이다.

    "털보네는 또 아들을 봤다우
    송아지래두 불었으면 팔아나 먹지"
    …(중략)…

    그가 아홉 살 되던 해
    사냥개 꿩을 쫓아다니는 겨울
    이 집에 살던 일곱 식솔이
    어데론지 사라지고 이튿날 아침
    북쪽을 향한 발자욱만 눈 위에 떨고 있었다.

    더러는 오랑캐령 쪽으로 갔으리라고
    더러는 아라사로 갔으리라고
    이웃 늙은이들은
    모두 무서운 곳을 짚었다.

                            —이용악, 「낡은 집」(1938) 부분

　시 속에 어떤 이야기 줄거리가 들어있다. 일제 침략기 일제의 탄압과 수
탈에 의해 어디론가(북쪽) 떠나야만 했던 "털보네" 집이라는 한 가족사의 이
야기를 통해 유랑민의 슬픔을 구체적으로 드러내고 있다.

    보름달은 밝아 어떤 녀석은
    꺽정이처럼 울부짖고 또 어떤 녀석은
    서림이처럼 해해대지만 이까짓
    산구석에 처박혀 발버둥친들 무엇하랴
    비료값도 안 나오는 농사 따위야

아예 여편네에게나 맡겨 두고
쇠전을 거쳐 도수장 앞에 와 돌 때
우리는 점점 신명이 난다.
한 다리를 들고 날나리를 불거나
고갯짓을 하고 어깨를 흔들거나

—신경림, 「농무農舞」(1971) 부분

　70년대 극심한 도시화, 산업화로 황폐해진 농촌에서 어쩔 수 없이 살고
있는 젊은이들의 비애와 좌절의 분노를 이야기체에 담아 사실적으로 그리
고 있다. 암담한 현실을 일상적 서술체에 담았으면서도 서사성과 서정성
의 조화로 대중적 감동을 불러일으키는 데 성공한 서사적 묘사의 서정시
라 하겠다.

섣달 그믐날
공연히 아이들 가슴 부풀어
이 골목 저 골목 뛰어다녔다

참새들도 덩달아
예서 쨱쨱거렸다

집집마다 굴뚝에선
흰 연기 피어오르고
방앗간에선
아낙네들 웃음이 피어났다

해가 한낮이 기울수록
떨어질 줄 몰랐다

아이는 바다를 바라보고

눈을 크게 떴다

행여나 울릉도 외삼촌이 오나 하고……

가마솥에선

묵은 때를 벗길 목욕물이 슬슬 끓고

굴뚝 모퉁이에선

아이들의 왁자지껄한 소리가

얼마 남지 않은 해를 붙들고 있었다

　　　　　　　　　　—이성교, 「섣달 그믐날」(2008) 전문

　이성교 시인은 강원도 삼척 출신이다. 설날을 하루 앞둔 섣달 그믐날, 어린 시절 그가 보았던 고향 마을의 분주한 그러면서도 흥겨운 설맞이 풍경을 마치 정지용의 「향수」처럼 세세하게 그려주고 있다. '집집마다 굴뚝에서 피어오른—흰 연기' '방앗간에서 피어난—아낙네들 웃음' '슬슬 끓는 가마솥의—목욕물' 등의 묘사가 그 시절 고향 마을의 풍경들이다.

　하지만 그의 이러한 객관적 묘사는 단순한 외면 묘사가 아니고, 그러한 풍경(이미지)을 내세워 그 속에 보다 순수한 동심의 설렘과 인간적인 체취 그리고 유년의 그리움 등을 전하고자 하는, 곧 입상진의立象盡意의 묘사라 하겠다.

　성탄절이 가까워지자 교회 안에선 하나님을 찬양하는 예배가 휘황찬란하게 쏟아지고 있건만 교회 밖에선 노숙자들의 언 손 위로 축복처럼 싸락눈이 내리고 있었다.

　　　　　　　　　　—김동수, 「안과 밖」

안과 밖, 이곳과 저곳에서의 모습이 다른 두 얼굴의 인간상, 마치 지킬 박사와 하이드처럼 밝음과 어둠 사이에서 서로 꼬이고 엇갈려 혼돈스런 사회적 병리 현상을 서사적 서정에 담아 전하고 있다.

제9장_비유比喩와 상징

1. 비유比喩

비유는 독자의 관심과 흥미를 끌고 문장에 생동감을 더하기 위해 그것(원관념)과 비슷한 다른 사물(보조 관념)에 빗대어 표현하는 방법이다. 이러한 비유는 원관념과 보조 관념 사이에 유추가 이루어질 수 있는 유사성, 혹은 동떨어진 것이라도 서로 결합하여 독자에게 새로운 경험의 세계를 보여 주는 효과가 있다. 직유, 은유, 풍유諷諭, 대유代喩, 활유活喩, 의인擬人, 의성擬聲, 의태법擬態法 등이 그것인데, 직유와 은유가 그 대표적이다.

〈직유直喩〉

＊ 비가   –   쇠못처럼   –   내렸다.

(원관념: 비유되는 것)   (보조 관념: 비유하는 것)   (서술어)

〈은유隱喩〉

＊ 비는   –   쇠못이다.   –   (   )

(원관념)   (보조 관념)   (생략)

직유(直喩, simile)

표현하고자 하는 대상(원관념)을 그와 유사한 다른 대상(보조 관념)과 직접 연결시켜 비유하는 수사법이다. '찢긴 깃발처럼 허공에서 홀로 펄럭이는'과 같이 '마치' '흡사' '–같이' '–처럼' '–양' '–듯' 등의 연결어를 사용한다.
이처럼 직유는 동일성(is, are)보다는 유사성(like, as)이 강조된다.

＊ 내 마음은 　－　　호수처럼　　－　　잔잔하다

　(A: 원관념)　　　　　(B: 보조 관념)　　　(C: 유사성)

(미지未知-추상적)　　(기지 旣知-구체적)　　　(공통성)

・강낭콩처럼 푸른 물결 위에(변영로, 「논개」)

・내 속이 숯검뎅이처럼 새까맣다.

・구름에 달 가듯이 가는 나그네(박목월, 「나그네」)

・The paper is as white as snow

멀리 갔다가 혼자서 돌아오는

메아리처럼

한 번 멎었다가 가랑비는

한밤에 또 내린다.

　　　　　　　　　　　　　─김춘수, 「처서 지나고」 부분

여승은 합장하고 절을 했다.

가지취의 내음새가 났다.

쓸쓸한 낯이 옛날같이 늙었다.

나는 불경처럼 서러워졌다.

평안도의 어느 산 깊은 금점판

나는 파리한 여인에게서 옥수수를 샀다

여인은 나어린 딸아이를 때리며 가을밤같이 차게 울었다.

　　　　　　　　　　　　　　　─백석, 「여승」 부분

간간이 개 짖는 소리만이 중세기처럼 들려오는 바다

　　　　　　　　　　　　　─ 노향림, 「유년」 부분

은유(隱喩, 暗喩, Metaphor)

영어 은유(Metaphor)의 본래 의미가 초월해서(meta = over, beyond) 다른 차원으로 옮겨(phora=carring) 간다는 어원적 의미를 지니고 있다. '종이가 눈(雪)처럼 희다'는 직유이고, '종이가 눈이다'는 은유다. 이처럼 은유란 두 대상 중 하나를 다른 것과 순간적으로 동일시하거나 같다고(어떤 면에서) 암시적으로 말하는 상징적 표현법이다.

- 시간은 돈이다.
- 인생은 연극이다.
- 이것은 소리 없는 아우성
- The paper is snow

은유란 한 대상을 성질이 다른 대상에서 유사성을 찾아 의미론적 전이轉移로 동일성(identity)을 모색해 간다. 위에서 예로 든 "인생"은 막연하고 파악하기 어렵지만, 보조 관념 "연극"은 구체적이고 분명하고 설명이 용이하다.

```
* 사랑,  새벽달,  시간      → 추상적 개념(Thought concept)
   ↓       ↓       ↓
  불꽃,   등불,   돈       → 체험적 개념(Experienced concept)


 (A는        =        B다)
 사랑은       -        불꽃이다.
 새벽달은     -     하늘의 등불이다.
    ↓                  ↓
(추상적 개념)      (체험적 개념/구체적)
```

1) 은유와 창조적 언어

① 일상적 진술 – 일상적 관습 어법에 충실

• 동해 바다에 – 붉은 해가 솟아오르고 있다.

• 이별은 – 슬픔이다

• 하느님은 – 사랑이다

'동해 바다'와 '해', '이별'과 '슬픔', '하느님'과 '사랑' 등의 연계는 동일한 개념 혹은 동일한 의미의 영역으로 상식적 연계에 해당된다. 이러한 원관념과 보조 관념의 통속적 연계는 독자에게 아무런 감동도 주지 못한 사비유死比喩에 지나지 않는다. 이에 비해

② 창조적 표현 – 원관념과 보조 관념을 낯설게 결합시킨 창조적·독창적 표현법

• 이별은 – 새로운 만남이다.

• 동해 바다가 – 빨간 눈썹 하나 낳고 있다.

• 사랑하는 나의 하나님 – 당신은 늙은 비애悲哀다.

위의 예문처럼 두 관념 사이의 거리가 멀면 멀수록 은유의 힘이 강해진다. 이는 현대인들이 잘 다듬어진 것, 조화되고 정제된 것보다, 날(生)것, 낯선 것, 괴이한 것에 매력을 느끼는 심리를 이용하여 일상적·관습적 표현에 충격을 주어 독자에게 신선한 경이감과 관심을 불러일으키고자 한 '낯설게 하기'의 일종이다.

＊ 여울에 몰린 은어 떼

—이동주, 「강강술래」 부분

* 낙엽은 폴란드 망명정부의 지폐

—김광균, 「추일서정」 부분

　　* 소낙비를 그리는 너는 정열의 여인女人

—김동명, 「파초」 부분

　　* 피릿소리가 아니라

　　　아주 큰 심포니일 거야

—박항식, 「눈 1」 부분

　　* 나비는

　　　나뭇가지 사이로 흐르는

　　　작은 구름

　　　꽃섬을 찾아

　　　음악처럼 떠가는

　　　나뭇잎 배

　　　천사가 접어 보내는

　　　편지

—김상길, 「나비 1」 부분

　　이 시는 이미지 중심의 시로서, '강강술래 = 여울에 몰린 은어 떼' '낙엽 = 망명 정부의 지폐' '파초 = 소낙비를 그리는 정열의 여인' '눈(雪) = (하늘에서 내리는) 커다란 심포니' '나비 = 작은 구름, 나뭇잎 배, 천사가 보내는 편지'라는 시각적 이미지로 전이轉移된 매우 독창적이고도 창조적인 은유(표현)의 시라 하겠다.

2) 은유의 속성

① 일상적 관념을 초월하여 두 이질성異質性에서 동질성同質性을 모색해
   가는 퓨전 방식의 창의적 표현법이다.
② 낡은 은유가 새로운 은유로 바뀔 때마다 지식은 새로워지고 자성의
   영역은 넓어진다.
③ 은유는 언어학적 표현에 그치는 것이 아니라 명령적(injunctive) 사역
   적使役的 힘을 지니고 있다.
④ 은유는 자기 달성적 예언(self- fulfilling prophecy)의 능력을 가지고 있
   다.

3) 은유의 종류

휠라이트(P. Wheelwrite)는 은유를 크게 두 가지의 방식으로 나누어 설명
하고 있다. 'A = B'의 형식과 'A:B'의 형식이 그것인데, 전자를 치환置換,
곧 동일성의 양식, 후자를 병치竝置, 곧 마주 놓기의 양식이라고 부른다.
그런데 '치환(epiphor)'의 어원을 보면, 'epi(확대)+phora(의미론적 이동)'로,
하나의 의미에서 다른 의미로 유사성을 확대하는 특성이 있고, 병치에서
의 '병치(dia=through: 관통)'는 서로 다른 이질적 요소들을 서로 합성하여 새
로운 의미를 창출해 보려는 실험적 창조의 정신이 들어 있다. 이를 좀더 구
별해 보면

치환은유置換隱喻-외유外喻	병치은유竝置隱喻-교유交喻
유사성 확산(원관념→보조 관념)	인과적 설명이 불가능한 관념들의 타협
언어 = 표시적	언어 = 제시적
유사성에 의한 의미의 탐색과 확대	병치와 합성에 의한 새로운 의미 창조

치환은유置換隱喩 – 옮겨 놓기

치환은유는 기지既知의 것을 토대로 미지未知의 것을 이해하는 방식이다. 예컨대 '사랑은 눈물의 씨앗' '이것은 소리 없는 아우성/ 저 푸른 해원을 향하여 흔드는 영원한 노스탤지어의 손수건'(유치환, 「깃발」) 등이 그것이다.

은유는 전이轉移이고 전이는 유사성이다. 그러므로 치환은유는 아직 모호하고 불확실한 것으로부터 상대적으로 이미 잘 알려져 있거나 보다 구체적인 것으로 옮겨지는 '의미론적 이동'이다.

위의 시에서도 '사랑'과 '눈물'이 어떤 유사성을 토대로 비교의 양식을 취해 결합되어 있다. 이러한 표현은 원관념 '깃발'이란 일상적 의미가, '소리 없는 아우성/ …(중략)… 노스탤지어의 손수건' 등 다른 의미(보조 관념)로 전이되는 의미의 변용 내지 확대로 치환되는 경우이다.

> 이는 먼
> 해와 달의 속삭임
> 비밀한 울음
>
> 한 번만의 어느 날의
> 아픈 피흘림
>
> —박두진, 「꽃」 부분

이 시에서도 우리가 일반적으로 이미 알고 있는 관념어인 "꽃"이 "해와 달의 속삭임" "비밀한 울음" "어느 날의/ 아픈 피흘림" 등으로 그 의미가 보다 구체적으로 다양하게 확대 · 변용되어 나타나 있다.

병치은유竝置隱喩 – 마주 놓기

'내 마음은 호수요'가 동일성 원리에 입각한 치환은유라면, 병치은유는 '나의 본적은 인류의 짚신'처럼 비동일성에 입각한 초월은유이기 때문에 치환은유에서 보여 준 유사성을 찾을 수가 없다. 이질적인 대상들이 병렬과 통합의 형태를 통하여 새로운 의미를 시도하는 일종의 의미론적 변용, 곧 창조적 은유가 병치은유이다.

이런 점에서 병치은유는 해체주의적 성격을 띤다. 이상의 초현실주의, 김춘수의 무의미시, 이승훈의 비대상시와 최근의 미래시 등 의미론적 불확실성이 이에 해당된다. 휠라이트는 이러한 순수한 병치은유가 음악이나 추상화에서 발현된다고 했다. 곧 병치은유는 일상적이고 논리적인 의미를 배제하는 예술의 독자적 자율 원리라고 할 수 있다.

> 석고를 뒤집어쓴 얼굴은
> 어두운 주간晝間
> 한발旱魃을 만난 구름일수록
> 움직이는 나의 하루살이 떼들의 시장.
> 짙은 연기가 나는 뒷간.
> 주검 일보 직전에 무고無辜한 마네킹들이 화장한 진열창.
> 사산死産.
> 소리나지 않는 완벽.
>
> —김종삼, 「십이음계의 층층대」 전문

읽어 내려가기가 쉽지 않은 시들이다. "석고를 뒤집어 쓴 얼굴"과 "어두운 주간", "한발을 만난 구름"과 "하루살이 떼들의 시장"이 병치를 이루어가다 곧이어 "짙은 연기가 나는 뒷간"의 풍경과 "마네킹들이 화장한 진열창" 등 비인과적非因果的 상황이 전개된다.

내용과 제목, 제시된 정황과 정황들 간의 유사성과 동질성을 찾아내기가 어려워 의미가 불확실한 상태에 유보된 시이다. 그러면서도 낮과 밤, 뒷간과 진열장 등 상반된 풍경들이 밝음과 어두움이라는 그로테스크한 음양의 구조 속에서 1960년대 군사정권에 억압된 시대 상황과 알레고리적 관계를 맺고 있다.

> 사랑하는 나의 하나님, 당신은
> 늙은 비애다.
> 푸줏간에 걸린 커다란 살점이다.
> 시인 릴케가 만난
> 슬라브 여자의 마음속에 갈앉은
> 놋쇠 항아리다.
>
> —김춘수, 「나의 하나님」 부분

이 시에서도 원관념이 "하나님"인데 이를 해명하려는 보조 관념인 "늙은 비애" "푸줏간에 걸린 커다란 살점"과 "놋쇠 항아리"에서 어떤 유사성을 발견할 수 없다. 강제적으로 결합된 이미지들이 제각각 독립적으로 늘어서 병치되어 있을 뿐이다.

이처럼 병치은유竝置隱喩는 전혀 다른 대상들, 현실 속에선 결코 아무런 관계를 형성할 수 없는 이질적 이미지들과 장면들이 서로 만나고 관계를 맺어 새로운 이미지가 탄생되는 창조적 실험의 은유라 하겠다.

풍유(諷諭: allegory)

표현하고자 하는 내용을 직접적으로 나타내지 않고 그 내용을 다른 이야기나 속담, 격언, 문장에 담아 간접적으로 나타내는 표현 방법이다. 나타내려는 내용을 속에 숨기고 암시하는 방법으로써, 이를 우의법寓意法이라고도 한다.

- 하룻강아지 범 무서운 줄 모른다.
- 백지장도 맞들면 낫다.
- 빈 수레가 요란하다
- 등잔 밑이 어둡다
- 오비이락烏飛梨落

대유代喩

사물의 일부를 보임으로써 전체를 나타내거나, 소속물로 주체를 나타내는 기법.

가. 제유법提喩法: 일부로써 전체를 대표하게 하는 경우

- 혈통(일부) → 종족(전체)
- 빵만으로 살 수 없다 (빵 – 음식물 혹은 물질의 일부)
- 약주를 잘 드신다 (약주 – 술의 일부)
- 빼앗긴 들에도 봄은 오는가? (들 – 국토의 일부)
- 내가 교단에 선 지 벌써 20년이 지났다. (교단 – 교사 생활)

나. 환유법換喩法

사물의 어느 한 특징(속성이나 성질)을 내보임으로써 전체를 환기시키는 표현 방법. '내가 바지저고리로 보이냐'(얼간이=바지저고리), '펜은 칼보다 강하다'(글=펜, 무력=칼) 등, 어떤 사물을 묘사하기 위해 그 사물의 속성과 관련된 다른 사물을 끌어들여 표현하는 수사법이다. 그러기에 유사성과 동질성에 근거하고 있는 은유에 비해, 환유는 그 사물의 속성과 관련된 인접성에 근거하고 있다.

- 육군본부에는 별들이 많다(장성=별).
- 청와대는 오늘 미 국무성 발언에 유감을 표했다(한국 정부=청와대).
- 붓을 들기 시작했다(글=붓).
- 요람에서 무덤까지(출생=요람, 사망=무덤)

   이처럼 환유는 어떤 사물을 표현하는데 그 속성 또는 그것과 밀접한 관계가 있는 사물로 표현하는 기법이다. 'age'를 가지고 'old man'을 표시하는 것처럼 환유는 구상적 명사(칼)를 가지고 추상적인 것(무력)을 대신한다.

활유活喩

무생물을 생물로, 비정물非情物을 유정물有情物로 나타내는 기법.

- 청산이 깃을 친다.
- 으르렁거리는 파도
- 목마른 대지
- 잠자는 바다
- 꿈틀거리는 산맥

의인擬人

   사람이 아닌 무생물이나 동식물에 인격적 요소를 부여하여 사람의 의지, 감성, 생각 등을 지니도록 하는 표현 방법이다. 이는 대상을 인격화하여 존엄성 있게 나타내는 데 의의가 있다. 일종의 은유법에 해당된다.

- 돌담에 속삭이는 햇살
- 샘물이 혼자서 웃으며 간다.

• 위엄 있는 바위

의성擬聲

표현하려는 사물의 소리를 음성(의성어)으로 나타내고, 또 그것을 연상하도록 표현하는 기법. 의성어에 의한 표현법(청각적 심상).

• 화살이 휙휙 스쳐간다
• 으르렁 콸 물 흐르는 소리
• 물이 설설 끓는다

의태擬態

사물이나 행동의 모양, 상태 등을 흉내 내어 그 느낌이나 특징을 드러내는 표현 기법(시각적 심상).

• 깡충깡충 뛰면서 어디를 가느냐?
• 힐끔힐끔 눈치를 본다.
• 야금야금 혼자 먹는다.

중의법重義

하나의 말이 둘 이상의 의미를 지니게 하는 기법.

청산리 벽계수야 수이 감을 자랑 마라
일도창해하면 돌아오기 어려워라
명월이 만공산하니 쉬어 간들 어떠하리
—황진이, 「청산리 벽계수야」 부분

이 시조에서 "벽계수"는 사람 이름(호)도 되고 동시에 시냇물도 된다. "명월" 또한 '밝은 달'도 되고 황진이의 기명妓名도 된다.

2. 상징(象徵, symbol)

상징은 교차로의 신호등이나 화폐, 졸업장, 면허증, 자동차 방향 표시등과 같이 어떤 것에 부합되는 '표시(mark)'나 '기호(sign)'로서 그것의 구체적인 의미를 암시하거나 환기시켜 주는 기능을 갖고 있다.

인간은 우주적 상징에 살고 있다. 우리들이 일상생활에서 사용하고 있는 언어와 문화 예술 그리고 각 민족의 신화들도 다 어떤 의미를 내포하고 있는 상징물들이다. 결혼반지나 선물, 미소를 짓거나 찡그리거나 윙크wink를 보내는 것 등, 그러한 것(물건, 표정, 동작 등)들이 자기의 마음을 대신 나타내는 상징적 도구가 된다. 그러기에 상징은 자기의 본마음(원관념)이 숨어버리고 그 대신 보조 관념(물건, 표정 등)만 나타나 원관념의 의미를 암시하고 있는 형태이다.

(원관념)		(보조 관념)		(서술어)	
• 내 마음은	–	호수처럼	–	고요하다	–직유
• 내 마음은	–	호수요	–	( )	–은유
• ( )	–	호수는	–	( )	–상징

　　　　　　* '호수는 밤이 되면 홀로 눈물을 삼킨다'(호월, 「호수는 밤에 운다」)

( )　–　님은　–　( )

　　　　　　* '님은 갔습니다'(한용운, 「님의 침묵」)

( )　–　풀이　–　( )

　　　　　　* '풀이 눕는다'(김수영, 「풀」)

아래의 김동명의 "호수"는 원관념인 '내 마음'과 보조관념인 '호수'와 '촛불'이 곧 바로 연결되어 있는 은유이지만, 그 아래 윤광재의 「호수」에선 보조 관념(호수)만 노출되어 원관념이 숨어있는 상징시이다.

〈은유 시〉

내 마음은 호수요

그대 저어 오오

나는 그대의 흰 그림자를 안고 옥같이

그대의 뱃전에 부서지리다.

내 마음은 촛불이요

그대 저 문을 닫아주오

─김동명,「내 마음은 호수요」부분

〈상징 시〉

이따금 바람 찾아와

춤을 추지만

예전 같지 않아

바람이 머물다 가면

그 빈자리엔

또다시 밀려오는 외로움

기다림보다

고통스러운 것이 있을까

비는 언제 오려나

—윤광재, 「호수」 부분

윤광재의 「호수」처럼 원관념(?)이 형태를 드러내지 않고 보조 관념(호수)만으로 함축된 의미를 유발하고 있기에, 상징에서의 원관념은 그만큼 암시성과 모호성이 강하다. 뿐만 아니라 그 의미가 다의적多義的이다. 이러한 상징의 암시적 효과는 시인의 내면과 상관성을 갖고 있으면서 문화적, 민족적 상징으로까지 확대된다.

예컨대, 우리는 '소나무'를 '절개'의 상징으로 보고 있는데, 이는 '절개'라는 원관념은 덮어둔 채 '소나무'라는 보조 관념만을 통해 절개를 상징하고 있다. 어린 아이가 손가락을 빨거나 입맛을 다시는 행위(보조 관념)를 통해 그 아이의 숨겨진 원관념(무언가 먹고 싶어 함)을 추리적으로 유추할 수 있음도 상징의 형태이다

이처럼 상징은 어떤 관념이나 사상을 가시적可視的 사물을 통해 암시하고 있다. 유치환의 「깃발」이나, 김동명의 「파초」 등도 모두 가시적인 구상물로서 불가시적인 '동경과 고뇌'나 '조국에 대한 향수 '등을 암시하기에 동원된 상징적 상관물이라 하겠다.

그러나 '소나무'와 '절개', '비둘기'와 '평화' 같은 상징은 그 의미가 습관화되어 고착되었기 때문에 이처럼 습관화된 상징은 이미 낡아 독자에게 신선한 감동을 주지 못한다. 이런 비유를 사비유死比喩라 한다.

1) 관습(문화)적 상징

한 문화권에서 오랜 세월 되풀이되어 사용해 온 관습적 · 제도적으로 널리 공인되고 보편화된 상징이다. 하지만 관습적 · 상징은 그 문화권에 속해 있는 사람들에게만 통용된다는 한계가 있다.

- 십자가 – 기독교
- 비둘기 – 평화
- 사군자 – 지조 있는 선비
- 연꽃 – 불교
- 소나무 – 절개

　관습적 상징은 사회적으로 널리 공인된 것이기 때문에 독창성이 없다. 그러나 개인적 상징은 개인이 독창적으로 만든 상징이다. 따라서 시와 문학에 있어서는 독창성을 존중하는 개인적 상징이 주종을 이루게 된다.

2) 개인적 상징

　관습적으로 두루 쓰이는 사회적 상징이 아니라 작가가 자신의 체험과 상상력을 통해 개인이 독창적으로 사용한 창조적 상징.

> 풀이 눕는다.
> 비를 몰아오는 동풍에 나부껴
> 풀은 눕고
> 드디어 울었다
>
> —김수영, 「풀」 부분
> ※풀 = 짓밟힌 민중/ 억눌린 피지배층……

> 지금은 어드메쯤
> 아침을 몰고 오는 분이 계시옵니다.
> 그분을 위하여
> 묵은 의자를 비워드리지요.

지금 어드메쯤
아침을 몰고 오는 어린 분이 계시옵니다.
그분을 위하여
묵은 의자를 비워드리겠어요.

먼 옛날 어느 분이
내게 물려주듯이

지금 어드메쯤
아침을 몰고 오는 어린 분이 계시옵니다.
그분을 위하여
묵은 의자를 비워드리겠습니다.

—조병화, 「의자」 전문

이 시에 등장하는 의자는 개인적 상징이다. 이 시에서의 의자는 실은 화자 자신이 "먼 옛날 어느 분"에게서 물려받은 것이다. 이러한 사실을 바탕으로 할 때 의자의 상징적 의미는 시간이 흐름에 따라 기성세대가 새로운 세대에게 필연적으로 물려주기 마련인 '시대의 주역의 자리'라는 해석이 나올 수 있다. 그러나 이 시에서의 '의자'는 보다 다양한 상징적 의미를 내포하고 있다 하겠다.

손이 비어 허전한 날
저잣거리로 나가
손은 자꾸만 악수를 하였다.

—김동수, 「악수」 전문

위의 시에서의 "손"은 여러 가지 해석이 가능한 개인적 상징이다. 이 다양한 가능성 속에서 어떤 해석과 느낌을 받게 되느냐는 시를 분석하고 이해하는 독자 개개인의 몫이다.

> 나 보고 명절날 신으라고 아버지가 사다 주신 내 신발을 나는 먼바다로 흘러내리는 개울물에서 장난하고 놀다가 그만 떠내려 보내버리고 말았습니다. 아마 내 이 신발은 벌써 변산 콧등 밑의 개 안을 벗어나서 이 세상의 온갖 바닷가를 내 대신 굽이치고 돌아다니고 있을 것입니다.
>
> …(중략)…
>
> 그래, 내가 스스로 내 신발을 사 신게 된 뒤에도 예순이 다 된 지금까지 나는 아직 대용품으로 신발을 사 신는 습관을 고치지 못한 그대로 있습니다.
>
> —서정주, 「신발」 부분

자신이 진정으로 원하는 나를 잃어버리고 육십이 될 때까지 아버지로부터 유산된 대용한 꿈만 가지고 있다는 내용을 상징하고 있다. 예순이 다 되었어도 자신의 진실한 꿈인 "이 세상의 온갖" 곳을 "돌아다니고" 싶어 하는 꿈을 실천하지 못하고 아버지 사다 주신 '대용한 꿈(신발)'을 신고 지금까지 살고 있다고 한다. 이 시에서의 주요 소재인 "신발"은 그의 '꿈(정체성)'을 대신한 개인적 상징물이다.

3) 원형적原型的 상징

원형은 인간의 잠재의식 속에 담겨 있는 대상에 대한 생각으로, 원형적 상징은 먼 옛날부터 인류에게 수없이 되풀이되는 원초적인 이미지, 곧 여러 민족의 신화나 전설에 등장하고 있는 공통적 심상이다. 이는 문화적,

지역적 한계를 넘어서서 전 인류가 보편적으로 갖게 되는 보다 유니버셜
Universal한 정서를 말한다.

- 물 – 죽음과 재생, 풍요와 성장
- 불 – 원시적 욕망과 파괴
- 강물 – 영원
- 해 – 희망, 생명, 기쁨
- 하늘 – 구원, 절대자
- 별 – 이상
- 달 – 그리움의 대상
- 비 – 슬픔, 눈물
- 비둘기 – 평화
- 검은색 – 공포, 어둠, 죽음,
- 어둠 – 암흑, 단절, 죽음

해야 솟아라. 해야 솟아라. 말갛게 씻은 고운 얼굴 고운 해야 솟아
라. 산 너머 산 너머서 어둠을 살라 먹고, 산 너머서 밤새도록 어둠을
살라 먹고, 이글이글 앳된 얼굴 고운 해야 솟아라.

—박두진, 「해」 부분

고향에 돌아온 날 밤에
내 백골이 따라와 한방에 누웠다.

어둔 방은 우주로 통하고
하늘에선가 소리처럼 바람이 불어온다.

어둠 속에서 곱게 풍화작용하는

백골을 들여다보며

눈물짓는 것이 내가 우는 것이냐

백골이 우는 것이냐

아름다운 혼이 우는 것이냐

지조 높은 개는

밤을 새워 어둠을 짖는다.

어둠을 짖는 개는

나를 쫓는 것일 게다.

가자 가자

쫓기우는 사람처럼 가자

백골 몰래

아름다운 또 다른 고향에 가자.

—윤동주, 「또 다른 고향」전문

　'어둠'을 쫓고 있는 개의 고독한 모습에서 식민지 상황에서의 윤동주의 소명 의식을 발견하게 된다. 그러나 마음 놓고 짖을(저항) 수만도 없는 역사적 상황이 더욱 불안감을 고조시켜 주고 있다. 개의 짖음은 어둠 속에 묻혀 있는 시대의 양심이다. 불안과 공포의 식민지 현장에서 쫓기는 사람처럼 다시 고향을 떠나야 하는 윤동주. 식민지의 지식인으로서 굴욕스럽게 살아가고 있는 현실적 자아로서의 '나'와, 이상적 자아로서 미래의 조국인 "아름다운 혼", 이 양자 사이에서 적과 맞서 싸우고 싶은 저항심, 그러나 그러지도 못해 마냥 부끄럽고 어두운 본능적 자아로서의 "백골"이 그의 내면에 숨겨져 있는 정신 구조의 원형으로 드러나 있다.

제10장_시와 알레고리

1. 알레고리Allegory란?

알레고리란 A를 말하기 위해 B를 사용하여 암시적으로 표현하는 방법이다. 구체적인 이야기를 도구 삼아 어떤 관념(교훈)을 풍자하는 것을 알레고리Allegory라 한다. 알레고리는 그리스의 'allegoria'에서 유래된 말로서 '이중적 의미를 가진 이야기'라는 뜻이다. 우리가 흔히 즐겨 쓰는 속담이나 격언 그리고 이솝 우화 등이 바로 그것이다. 자기가 말하고자 하는 속뜻(원관념)을 감추고 다른 이야기(보조 관념)를 내세워 본래의 이야기를 독자들이 스스로 생각하고 느낄 수 있도록 암시적으로 표현하는 비유법이다. 그래서 풍유법諷諭法, 우의법寓意法이라고도 한다.

원관념을 숨기고 보조 관념만을 내세워 전달하고 있다는 점에 있어서는 상징과 같다. 그러나 상징이 추상적인 것을 눈앞에 보이는 기호나 사물로 표현한다면, 알레고리는 이야기 전체가 하나의 은유(보조 관념)로 되어 있기 때문에 이를 '확장된 은유'라고도 한다.

'이솝 우화'나 속담, 그리고 '까마귀 노는 골에 백로야 가지 마라'는 시조가 등이 단순한 이야기가 아니라, '동물들의 이야기를 통한 교훈'과 '풍자' 그리고 '의롭지 못한 무리들에 대한 경계'를 당부하는 메세지가 그 이면에 깔려 있듯, 알레고리는 겉으로 드러난 이야기보다 그것이 은유하고 있는 본래의 속뜻을 먼저 파악하는 것이 중요하다.

2. 시와 알레고리

시의 특징은 간접화·암시화에 있다. 그러기에 시대 상황이 아무리 급박하다 하더라도, 시인들은 그것을 격문이나 선동 선전 문구가 아닌, 시로서의 형식을 취하고자 할 경우, 알레고리를 선택하게 된다.

참여시 계열을 읽을 때 아쉬움은 왜, 메시지를 직접 드러내는가에 대한 것이다. 시대 상황이 급박하여 직접 드러내 놓고 비판하고자 하더라도, 이를 시로 표현할 경우, 시는 역시 시의 아름다움을 갖추어야 하는 것이 아닌가 한다. 이때 필요한 것이 알레고리이다. 일제시대나 70, 80년대 군부독재 시절 노골적·직설적으로 표현하면 법에 저촉되니까, 고육지책으로 알레고리를 쓴다고도 생각할 수 있으나, 시의 본질이 간접화나 우회에 있는 것이라면, 역시 알레고리는 시를 시답게 하기 위해서 유효한 것이다.

—이상옥, 「알레고리를 활용하자」 부분

현대시조의 위기도 이 같은 경우의 하나이다. 시조의 고유한 '수사학적 세계의 상실', 곧 세계에 대한 비판적 '알레고리의 상실'이 그중의 하나이다. 현실에 초점을 맞추지 아니하고 정지된 영원성 혹은 초시간적 상징에 기댄 채 세태를 담아내지 못하고 있는 요즘의 현대시조의 현실이 그것이다.

3. 알레고리 시(상징과 다른)

알레고리는 글 속에 등장한 이야기(보조 관념)를 통해 그 이면에 깔려 있는 작자의 본래의 의도(원관념)를 금방 알아차릴 수 있도록 쓴 우회적 수사법의 글이다. 『이솝 우화』에 나온 「토끼와 거북이」 「개미와 베짱이」의 이야기가 그것이다. 누가 읽어도 '재주만 믿고 게으름만 피운 토끼'보다 '느리더라도 끝까지 노력하는 거북이의 끈기와 노력' 그리고 '놀기만 좋아하고 게으른 베짱이보다 부지런히 일하며 매사를 미리미리 준비하는 개미를 칭찬하고자' 하는 작자의 의도(주제)를 금방 알아차릴 수 있도록 쓴 글을 알레고리 수법의 글이다.

그러나 상징시는, 한용운의 「알 수 없어요」나 김수영의 「눈(雪)」에서처럼 그 원관념이 알레고리보다 다양한 상징에 가려져 있어 주제 파악에 어려움이 있다. 이처럼 상징시에 있어선 원관념(주제)과 보조 관념(스토리)의 관계가 김수영의 시 「눈(雪)」처럼 '1:多'로 다양한 해석이 가능한 반면, 알레고리시는 그 주제가 아래의 시조에서처럼 '1:1'의 대립 관계로 분명하게 드러나면서 세태를 풍자하거나 깨우쳐주는 교시적 기능을 갖고 있다.

> 까마귀 검다 하고 백로야 웃지 마라
> 겉이 검은들 속조차 검을소냐
> 겉 희고 속 검은 이는 너뿐인가 하노라
>
> ─이직(1362–1431)

고려의 유신으로서 조선의 개국공신이 된 이직이, 조선 왕조에 가담한 자신의 처세를 변호한 시조이다. 겉으로는 군자인 체하면서도 속으로는 그렇지 못한 위선자들을 백로에 비유하여 자신(까마귀)을 변명하고 있는(주제가 분명한) 알레고리의 시조이다.

> 산과 다람쥐가 서로
> 말다툼을 했는데
> 산이 다람쥐 보고 '꼬마 거드름장이'라고 하자
> …(중략)… 다람쥐가, 나는 내가 다람쥐임을
> 별로 부끄럽게 생각지 않네.
> 내가 자네만큼 덩치는 크지 못하지만
> 자네는 나처럼 작지도 않고
> 나의 반만큼도 재빠르지 못하지 않은가.
> 나도 자네가 나를 위해서
> 오솔길을 만들어준다는 사실을 시인하네.
> 그러나 재능은 제각기 고루고루일세.

나는 등에다 숲을 지지 못하나

자네는 도토리를 깔 수가 없지 않은가

—에머슨, 「우화」 부분

'산'이라는 '거대한 존재'와 '다람쥐'라는 '왜소한 존재'의 알레고리를 통해
나름대로의 존재 가치와 상호 호혜의 교훈을 깨우쳐주고 있다. 이처럼 알레
고리는 자신이 전달하고 싶은 속뜻을 직접 설명하지 아니하고 '산과 다람쥐'
의 이야기를 대신 내세워 암시적으로 메시지를 전달하고 있다.

어제 나는 내 귀에 말뚝을 박고 돌아왔다

오늘 나는 내 눈에 철조망을 치고 붕대로 감아버렸다

내일 나는 내 입에 흙을

한 삽 처넣고 솜으로 막는다

날이면 날마다

밤이면 밤마다

나는 나의 일부를 파묻는다

나의 증거 인멸을 위해

나의 살아남음을 위해

—황지우, 「그날 그날의 현장 검증」(1983) 전문

이 시는 80년대 초 군부독재의 강압적 언론 통제하에서 살아남기 위해
"눈"과 "입"을 막고 살아야 했던 자신의 비겁함을 자조적으로 표현한 현실비
판의 시이다. 오규원의 지적(『현대시 작법』)처럼, "말뚝" "철조망" "붕대" "흙"
"솜"이 본래의 의미를 숨기고 있는 풍유(알레고리)이다. 이 구체적인 사물들
은 그 이면에 '귀막음·눈가림·입막음'이라는 관념적 의미의 층을 숨기고
있다. 물론 이 모두는 "살아남음을 위해"라는 변명 위에 행해진 우리들의 비

겁함이라는 작가의 질타(의도), 곧 원관념이 쉽게 드러나 있다.

> 껍데기는 가라
> 동학년東學年 곰나루의 그 아우성만 살고
> 껍데기는 가라
>
> 그리하여 다시
> 껍데기는 가라
> …(중략)…
>
> 껍데기는 가라
> 한라에서 백두까지
> 향그러운 흙가슴만 남고
> 그 모오든 쇠붙이는 가라
>
> ―신동엽, 「껍데기는 가라」 부분

위 시에서는 보조 관념인 "껍데기"와 "알맹이"의 의미가 1:1로 확연히 드러나면서 '시대의 위선'을 폭로하고 있다. 화자는 "동학년 곰나루의 그 아우성"과 '4 · 19 정신'을 "알맹이"로 확정하면서 그것이 아닌 "그 모오든 쇠붙이"를 "껍데기"로 분명하게 지시(암시가 아니라)하고 있다.

그러니까 이 시에서의 중심 이미지인 "껍데기"는 동학혁명과 4 · 19 의거를 관류하는 정신에 위배되는 부정적 상황과 허구성의 알레고리이다. 그러한 "껍데기"를 화자는 "가라"는 명령적 어조에 담아 '민족 주체성의 순수성을 절규'(김준오)하고 있다. 그것은 동학혁명과 4 · 19 의거의 정신을 민족정기의 "알맹이"로 본다는 화자의 자의적 판단에 근거를 두고 있는 발언이다.

> 늑대들이 왔다

피 냄새를 맡고
눈 위에 꽂힌 얼음칼* 주변으로 모여들었다

얼음을 핥을수록 진동하는 피비린내
눈 위에 흩어지는 핏방울들

늑대의 혀는 맹렬하게 칼날을 핥는다
자신의 피인 줄도 모르고
…(하략)…

　　　　　　　　　　　　　—나희덕, 「늑대들」 부분

　시적 메시지가 확연하게 전달되고 있다. '먹는 것이 먹히는 것이라는 것
도 모르고, 눈먼 탐욕이 스스로를 해치는 줄도 모르고, 그 어떤 것에 탐닉
하여 멈출 줄 모르는 인간의 끝없는 욕망을 '칼날의 피를 핥고 있는 늑대'를
등장시켜 세태를 풍자한 알레고리의 시라 하겠다.

님께서 새 나막신을 사 오셨다
나는 아이 좋아라
발톱을 깎고
발뒤꿈치와 복숭아뼈를 깎고
새 신에 발을 꼬옥 맞추었다

　　　　　　　　　　　　　—송찬호, 「분홍 나막신」 부분

　'나막신'은 획일화되고 정형화된 세속적 가치와, 사회적 통념에 따라 멈

＊ 에스키모의 늑대 사냥법으로, 날카로운 칼에 동물 피를 발라서 얼려서 둔다.

출 수 없는 인간의 무지한 욕망에 대한 풍자의 알레고리 시이다. 알레고리는 이처럼 다른 것을 말하기(otherspeaking) 위해 인물, 행위, 배경, 사물 등의 1차적인 의미와 2차(내면)적 의미를 모두 가지도록 고안된 '은유의 이야기'이다.

4. 알레고리의 교훈성과 상징의 상상력

알레고리는 당대적 삶의 문제에 관심을 갖고 그 지시 대상의 의미가 분명하게 확정되어 있다. 원관념(본래의 뜻)이 숨고 보조 관념(내세운 이야기)만 나타나 있으므로 상징과 유사한 형태를 보여 주고 있다. 하지만, 알레고리는 풍자, 비판, 교훈을 목적으로 시대적 정직성을 기본으로 하고 있다는 점에서 암시적 상징과 다르다.

뿐만 아니라 시대정신, 곧 어떤 이념이나 비판의 정당성을 확보하기 위해 보편적 가치가 있는 도덕적 관념을 선호하기 때문에 그만큼 시적 자유와 상상력을 일정한 틀에 가두는 한계가 있다. 이에 대해 이상섭은 아래와 같이 말한다

> 세상의 모든 사물이 확정된 정신적 의미를 감추고 있다고 믿었던 과거에는 알레고리를 즐겨 사용했지만, 복잡해진 현대사회에서는 막연하고 불확실하고 암시적인 것에 가치를 느껴 상징을 즐겨 사용한다.
> —이상섭, 『문학비평용어사전』

만해의 「님의 침묵」이나 김수영의 「풀」에서, '님'이 부처님, 조국, 연인, 소망, 진리 등, 그리고 '풀'이 연약한 존재, 강인한 생명력, 억눌린 민중 등 다양한 암시와 함축성을 지니고 있음이 그것이다. 이처럼 상징은 1:다多의 드러냄과 감춤의 이중적 신비 때문에 우리의 상상과 지적 추리를 확대 심화

시켜 주는 기능을 갖고 있다.

하지만 벤야민의 지적처럼 상징시는 이미지와 실체를 결합하여 어떤 초월적 진리를 암시하려는 듯한 비현실적인 측면이 문제로 남는다.

> 죽는 날까지 하늘을 우러러
> 한 점 부끄럼이 없기를,
> 잎새에 이는 바람에도
> 나는 괴로워했다.
> 별을 노래하는 마음으로
> 모든 죽어가는 것을 사랑해야지.
> 그리고 나한테 주어진 길을
> 걸어가야겠다.
>
> 오늘 밤에도 별이 바람에 스치운다.
>
> ─윤동주, 「서시」 전문

"별을 노래하는 마음으로/ 모든 죽어가는 것을 사랑해야지"라는 구절이나 "잎새에 이는 바람에도/ 나는 괴로워했다"에 드러나 있는 '별/바람/잎새' 등은 모두 자연 현상의 상징물로서 다의적 성격을 지니고 있다(마광수).

그러나 이 또한 어떠한 고난 속에서도 '별'(이상, 순수, 양심……)을 향해 부끄럼 없이 살기를 소망한다는 자기 고백적 도덕성(주제)을 상징적으로 승화시킨 알레고리적 상징시가 아닌가 한다.

제11장_비유와 창의創意

비유比喩는 창의적 사고의 산물로서, 하나의 사물을 다른 사물과 관련시켜 표현함으로써 상대의 마음을 사로잡는 데 효과적이다. 여기에서 대상의 본질이 보다 분명하게 드러난다. 때문에 비유는 문학에서 뿐만 아니라 대화를 할 때에도 즐겨 쓴다. 적절한 비유는 공감 능력을 향상시켜 상대의 마음을 움직이게 할 뿐만 아니라 거기에서 새로운 의미가 발생되어 우리의 마음을 움직이게 한다.

누군가 절망과 실의에 빠져있을 때, '눈물은 아래로 떨어지지만 밥숟가락은 위로 올라간다'는 비유나 '너는 내 심장이다' '이 안에 너 있다' 등의 드라마 극 중의 대사도 우리에게 깊은 감동을 주는 대사로써 많은 이들로부터 사랑을 받고 있다. 이러한 비유는 창의력과 직결되어 있기 때문에 평소 비유를 많이 사용하는 습관이 창의력과 공감력 향상에 크게 도움이 된다.

1. 비유는 동질성이다.

비유는 서로 다른 두 사물 사이에서 공통점을 발견하여 동일시하는 표현 방식이다. 이는 직관과 상상력의 산물로서 자아와 외부 세계를 하나로 결합하고자 하는 인간의 기본 욕구요 시정신이기도 하다. 직유와 은유가 비유의 대표적 양식이다.

'가르마 같은 논길'(직유), '내 마음은 호수'(은유) 등과 같은 표현들이 그것인데, 이러한 비유가 성립되기 위해서는, 두 대상 사이에 공통점(similaity)이 내재되어 있어야 한다. 하지만 '쟁반같이 둥근 달' '인생은 나그네 길' 등과 같은 낡은 비유는 감동을 주지 못한다. 좋은 비유가 되기 위해서는 두 대상 사이에 '유사성이 있으면서도 차이성'이 있어야 신선한 비유가 된다.

1) 직유(直喩, simile): 유사성에 의한 1:1의 지시성.

	(원관념)		(보조 관념)	(유사성: 드러나 있다.)
	산이	=	고슴도치(처럼)	웅크리고 있다.
	가을이	=	개(같이)	쳐들어온다.

＊직유에서는 동일성(identity)보다는 유사성(similarity)이 강조된다.

2) 은유(隱喩, metaphor): 직관에 의한 1:다多의 암시성.

	(원관념)		(보조 관념)	(유사성: 숨어있다.)
	인생은	=	연극이다.	( )
	내 성공은	=	어머니의 눈물이다.	( )
	정의正義는	=	저울이다.	( )

시인이 본래 표현하고자 하는 원관념(인생)이 너무 막연하고 추상적이어서 보다 구체적이고 분명한 보조 관념(연극)을 끌어들여 '인생=연극'으로 설명해 주고 있다. 때문에 보조 관념은 원관념에 비해 그 모습(image)이 보다 생생하게 떠오를 수 있는 구체적 사물이어야 한다. 위의 예문에서와 같이 '성공'보다 '어머니의 눈물', '정의'보다 '저울'이라는 보조 관념이 더 구체적이고 선명하게 다가온다.

원관념과 보조 관념 사이의 차이성이 클수록 참신성은 강화된다. 참신한 표현일수록 독자들이 긴장하게 되고 상상력도 더 발휘되기 때문에, 유사성 속에서도 차이성이 있어야 한다. '겨울=강철로 된 무지개'(이육사, 「절정」), '낙엽=폴란드 망명 정부의 지폐'(김광균, 「추일서정」), '그믐달=우리 님의 고운 눈썹'(서정주, 「동천冬天」) 등이 참신한 비유(은유)라 할 수 있다. 때문에 시인들은 이러한 비유, 곧 구체적 사물이나 상황(보조 관념)을 시 속에 끌어들여 자기 생각이나 느낌을 보다 창의적·개성적으로 표현하면서 독자들에게 새로운 감동을 주고 있다.

2. 비유의 힘

〈좋은 비유는〉

① 새로운 의미를 만들어낸다.
비유는 우리의 인습과 고정관념의 타성에서 벗어나 새로운 세계를 확대·심화시켜 준다.

> 사랑하는 나의 하느님, 당신은
> 늙은 비애다
>
> —김춘수, 「나의 하느님」 부분

② 시인의 독창적인 인식을 가시화可視化한다.

> 술 취한 아버지 대낮에도 벌겋게 달아오른 얼굴을 하고 …(중략)… 자
> 꾸 넘어지며(후략)
>
> —권대웅, 「가을 산」 부분

③ 시적 의미를 암시해 사고력을 자극해 준다.

> 내 마음은 호수요

그대 저어 오오

—김동명, 「내 마음」 부분

④ 정서적 충격을 준다.

개 같은 가을이 쳐들어온다.
매독 같은 가을

—최승자, 「개 같은 가을이」 부분

'개 같은 가을이 쳐들어온다' '동의하지 않아도 봄은 온다' '이렇게 살 수
도 없고 이렇게 죽을 수도 없을 때 서른 살은 온다'로 시작되는 최승자 시
의 첫 문장들은 그녀의 고독과 절망의 무력증을 충격적으로 전달하는 데 성
공하고 있다.

⑤ 새로운 이미지를 만들어낸다.

풀잎마다 가득
바람을 먹고 있는
돛자락들

—성원근, 「이슬」 전문

⑥ 시적 대상을 보다 선명하고 구체적으로 표현한다

여울에 몰린 은어 떼

삐비꽃 손들이 둘레를 짜면
달무리가 비잉 빙 돈다

—이동주, 「강강술래」 부분

이런 독창적인 비유를 통해 한 편의 시가 더욱 생생하고 심오한 힘으로 다가온다.

3. 창의력이란?

창의력이란 '새로운 관계를 보는 능력', 전통적인 사고 패턴에서 벗어나 '새롭고 신기한 것을 산출하는 능력'이다. 이들의 핵심은 '새로움'이다. 뒤집어 생각하는 역발상, 상식이 아닌 것에서 답을 찾고, 평범 속에서 비범을 찾는 비논리의 논리, 관계없어 보이는 것 속에서 유사성을 찾아 하나로 이어주는 문제 해결 능력 등이 창의성이다.

그렇다고 하여 완전히 새로운 것을 발명해 내는 것이 창의력이 아니다. 기존에 있던 지식이나 경험, 곧 인문학적 소양을 바탕으로 대상을 새롭게 변화시키고 조직하는 능력이다. 무無에서 유有를 찾는 것이 아니라, 이미 자신의 머릿속에 간직된 지식이나 경험을 바탕으로, 새롭고 유용하게 그것들을 결합해 감으로써 문제를 풀어가는 능력이다. 때문에 다양한 지식과 경험이 창의력의 바탕이 된다.

아무도 생각하지 않았던 것을 생각하는 힘이 바로 시요 창의력이다. 시인들은 다양한 가능성의 문을 열어두고 문제(원관념)를 풀어가고자 해답(보조 관념)을 찾아 나선다. '얼음이 녹으면 무엇이 될까?'라는 질문에 대부분 아이들은 곧바로 '물이 된다'고 답한다. 또 어떤 아이는 '봄이 온다'고 답할 수도 있다.

눈앞의 현상에만 매달려 문제를 풀어가는 사람도 있고, 보다 거시적인 관점에서 문제를 풀어가는 사람도 있다. 조금은 낯설지만 다른 관점에서 답을 찾다보면, 의외의 답이 나올 수도 있다. '얼음'의 문제를 얼음에만 국한시켜 풀어가지 않고, 그것의 전후, 곧 '물'과 '봄'으로 연결시켜(얼음이 녹으면– 봄이 온다) 풀어가는 이러한 문제 해결 능력이 곧 창의력이다.

비유는 '정의는 저울이다'처럼 보이지 않는 관념(정의)을, 보이는 형상(저울)으로 풀어가기도 하고, '초록 치마를 입고/ 빨간 리본 하나로 서있는 少女(박항식, 「코스모스」)'에서처럼, 대상을 보다 선명한 이미지로 환치하여 연결하는 것도 창의적 비유다. 시는 대체로 이러한 창의력에 의해 새로운 사유의 지평을 열어가게 된다. 가슴 설레는 기쁨은 '새로움과의 만남'에서 온다. 그러기 위해서는 발상의 전환이 있어야 한다. 늘 그 자리, 익숙한 것에 있다 보면 발전이 없다. 창의력은 새로운 세계를 찾아 나서는 탐구력이다.

① 창의력은 보이지 않는 것을 보이게 만들어내는 재주이다.
 −사랑은 빗물 같아요.
② 창의력은 확산적 사고력이다.
 −탐구하고 예견하고 아이디어를 산출하는 고등 정신 능력이다.
③ 창의력은 계발·육성된다.
 −창의력은, 개발하면 더 많은 아이디어를 생각해 낼 수 있다. 자신감, 진취적 태도, 통솔력 등에서도 탁월한 능력을 보인다.
④ 창의력은 도전적이다.
 −창의력이 높은 사람은 독립적, 진취적이며 지배성이 강하고 기성의 권위나 규범에 도전적이며 비판적인 면이 있다.

4. 창의성을 기르는 5가지 방법[*]

1) 남과 다르게 생각하라.

창의력은 남과 달리 생각하는 능력, 새로운 방법으로 문제를 해결할 수

---

[*] 김순식, 「창의력을 어떻게 신장시킬까」에서 발췌.

있는 능력이다.

그러기 위해선 먼저 고정관념이나 편견, 선입견 등, 경직된 사고에서 벗어나야 한다. 착각과 오류, 실수와 오해도 모두 고정관념 때문에 생겨난다. 유연한 사고를 하려면 일상적인 상식을 의심하고, 다른 사람의 생각을 경청해서 자신이 고정관념에 빠져있는지 살펴봐야 한다.

2) 호기심을 가져라

어떤 의문이나 호기심을 가지고 생각할 때 창의성이 발휘된다. 호기심이 있으면 세상에 지루한 일은 단 한 가지도 없다. 다양한 종류의 책을 많이 읽는 것도 좋다. 반드시 어떤 지식을 전해 주는 전문 잡지나 위인전 등을 읽는 것뿐만 아니라 흔히 접해 보지 않은 분야의 책들을 고루 읽음으로써 상상력의 한계를 조금씩 넓혀 갈 수 있다.

3) 문제의식(?)을 가져라.

문제란 것은 자신이 정한 '기준'과 '실제'에서의 차이로부터 비롯된다. 현실과의 차이를 의식하고 그 간격을 좁히려는 사고방식이 문제의식이고, 그 문제의식에서 창의성은 발생된다. 가능한 한 많은 경험을 해보는 것이 좋다. 인간의 뇌는 외부로부터의 끊임없는 자극을 통해 발달되기 때문이다.

4) 기초를 튼튼하게 하라.

기초 지식이 없으면 어떤 아이디어도 만들어낼 수 없다. 건물을 지을 때 기초공사를 제대로 하지 않으면 그 위에 지은 건물이 안전하지 못한 것처럼 기초가 확실하지 않으면 언젠가는 무너지기 마련이다. 때문에 학창 시절의 독서는 창의성을 넓히는 밑거름이 되어 이후 더 발전된 생각이 나올 수도 있고 창의적인 사고도 할 수 있게 된다.

5) 성취감을 맛보라.

자기가 계획했던 무엇을 해내었다는 결과에 대하여 기쁨을 느끼게 되면, 일을 더 적극적으로 할 것이다. 성취감을 맛본다는 것은 창의력 향상에 무엇보다 중요한 요소로 작용한다.

5. 창의력 단계

창의력은 서로 다른 대상과 대상을 연결시키는 능력이다. 하지만 창의력은 순간의 영감이 아니라 꾸준한 훈련과 노력을 통해 강화된다. 빌게이츠도 '창의력은 무에서 유를 찾아내는 것이 아니라 유에서 유를 찾아내는 것이다' 라고 하였다. 그러기에 나이가 들고 지식이 늘어날수록 오히려 발달할 수 있다'고 한다. 모든 창조는 이미 존재하는 것의 또 다른 편집, 곧 '시적 발상'이다. '호수의 물결=어머니의 눈가에 이는 잔주름' '새벽달=누가 놓고 간 등불인가' 등의 시구詩句도 이미 있는 서로 다른 것에서 동질성을 찾아 연결하는 창의적 사고력이다.

1단계: 유사 창의(원관념≒보조 관념)

※모양이 비슷한 경우

- 전구가 태양처럼 밝다.
- 달이 쟁반같이 둥글다.

2단계: 속성 창의(원관념≒보조 관념)

※모양은 달라도 외면적 속성이 같을 경우

- 소나기가 장대처럼 내린다.
- 소녀의 눈빛이 별처럼 빛난다.

3단계: 영감 창의(추상→구상화)

※다르면서도 내면적 속성이 같을 경우

- 사랑은 빗물 같아요(흘러감)
- 그리움이란 여름날의 폭우(멈출 수 없음)

4단계 창조적 창의(구상→추상화, 추상→추상)

※이질 속에서 동질성 탐구(보다 창의적)

- 머언 곳에 여인의 옷 벗는 소리(그리움 환기)

—김광균, 「雪夜」 부분

- 나의 하느님, 당신은/ 늙은 비애다(힘이 없다)

—김춘수, 「나의 하느님」

- 감당할 수 없는/ 뜬소문이/ 성욕처럼 일어서고 있다(주체하기 어려움)

—박이도, 「안개주의보」

창의적 비유는 생존의 수단으로서 발생된다. 그 결과 우리의 삶이 보다 편리해지고 되풀이되는 일상생활에서 새로운 활력을 얻게 된다. 이러한 비유의 힘은 문화 예술 분야에서 뿐만 아니라 개인과 국가와 인류 발전의 원동력이 되기도 한다.

제12장_시와 운율

언어에는 시각적 요소와 청각적 요소가 있는데 시에서의 리듬과 운율은 음의 강약과 장단 고저가 일정하게 반복적으로 나타나는 현상을 말한다. 이러한 리듬과 운율은 시뿐만 아니라 우주와 자연현상에서 두루 나타나는 생명현상이다. 마치, 해가 뜨고 지고, 달이 차고 기우는 춘하추동의 순환 과정에 다름 아닌 우주 질서라고 본다.

그래서인지 소리의 규칙적 반복을 바탕으로 성립되는 리듬의 규칙성은 인간에게 안정적 쾌감을 줄 뿐만 아니라, 그 꿈틀거리는 생명감으로 단조로운 삶에 어떤 감흥을 일게 하는 힘이 있다. 특히 시는 음악적인 요소, 곧 가락을 지닌 운문으로 이러한 시의 음악성이 정서적 환기와 흥취를 더해 시의 뜻을 더 깊고 높게 심화시켜 준다.

고려가요를 비롯한 우리의 전통 시가들의 경쾌한 리듬과 부드러운 화음들이 정서적 환기에 기여하고 있음도 그것이요, 소월이나 미당의 시가 그렇게 사랑을 받는 것도 이러한 운율의 힘에 의존하는 바 크다 하겠다.

- 시는 율어에 의한 모방이다(아리스토텔레스).
- 시는 미의 운율적 창조다(에드거 앨런 포).
- 모든 예술은 음악의 상태를 동경한다(쇼펜하우어).
- 시를 구성하는 두 개의 주요 원리는 운율과 비유다(월렉과 워렌).
- 리듬은 모든 시를 개성화한다(카이저).

※ 리듬rhytm은 소리의 강약에서 오는 '흐름'이고, 운율(meter)은 이러한 '흐름의 반복된 패턴'이지만, 본고에서는 편의상 이를 '운율'이라 통칭하고 있다.

1. 운율의 효과

소리의 반복은 인간의 감정을 고조시키는 데 효과적이다. 시의 운율 역시 소리의 규칙적 반복으로 다음과 같은 시적 효과를 유발시킨다.

(1) 심리적으로 안정감을 준다.

(2) 반복된 음운이 미적 쾌감을 유발한다.

(3) 정서적 환기와 흥취를 더해 준다.

(4) 이미지와 결합되어 상징적 암시성을 높인다.

(5) 주제와 연결되면서 독특한 어조를 이룬다.

2. 운율의 갈래

외형률外形律

운율이 시의 표면에 드러나는 객관적 운율을 외형률이라고 하는데 이에는 음위율音位律, 음수율音數律, 음보율音步律, 음성율音聲律 등이 있다.

1) 음위율音位律

특정한 위치에 동일 음운, 동일 음절, 동일한 낱말이 반복되는 현상을 말한다. 반복되는 위치에 따라 두운頭韻, 요운腰韻, 각운脚韻으로 구분된다.

> 꽃가루와 같이 부드러운 고양이의 털에
> 고운 봄의 향기가 어리우도다.
>
> 금방울과 같이 호동그란 고양이의 눈에
> 미친 봄의 불길이 흐르도다.
>
> ―이장희, 「봄은 고양이로다」 부분

각운(-에/ -다)과 요운(-러운/ -호동그란), 두운(고운/ 미친)이 고루 들어있다.

산山속에 속속들이 처녑 속 깊은 산山이
나무 나무 나무들이 서로 어깨 짜고 서서
두류천년頭流千年 장壯한 뜻을 몸짓으로 나토니라.

눈에 보이잖는 실낱 같은 사연들이
골짜구니 세세구비 이야기를 모아다가
섬진강蟾津江 띠를 둘러서 가고 오고 흐르니라.

산山이야 강江물이야 하늘 푸른 청학동靑鶴洞에
백닥이 전나무처럼 살고 늙어 말라 서서
푸르러 사는 이치를 지켜보고 싶구나.

—박항식, 「노고단老姑壇」 전문

　　지리산 노고단의 울창한 숲과 그 숲에 들어차 있는 나무들, 그리고 섬진
강의 원경遠景으로 푸른 하늘을 이고 속세와 멀어져 의연하게 살아가고 있
는 노고단의 위용을 그리면서 아래와 같이 운율을 잘 살리고 있다.

- 각 수 초장 첫 구의 '山-, 눈-, 山-'이라는 동일 음운(ㄴ)의 배치 효
  과를 노리는 두운
- 초장과 종장에 각각 밑줄 친 '-이(에), -니라(나)'와 '-서서'에서 오
  는 각운

'산山 속에 속속들이 처녑 속 깊은'(1연)에서 　　　　　　　　　〈속〉
나무 나무 나무들이(1연)----전나무'(3연)에서 　　　　　　　　〈나무〉
'산山 속에 …(중략)…산山이(1연)/ …(중략)…/ 산山이야(3연)에서 　〈山〉

—박항식, 「노고단」 부분

위와 같이 "나무" "속" "산山" 등의 반복어 병치가 한 편의 시 속에서 반복적으로 수식되어 읊조릴수록 다른 시에서 느낄 수 없는 단아하고 그윽한 정제미를 느끼게 된다.

2) 음수율音數律

음절의 수가 규칙적으로 반복됨으로써 이루어지는 운율을 음수율이라 한다.

우리 시에서는 3 · 4조, 4 · 4조(시조, 가사), 3 · 3 · 2조, 3 · 3 · 4조, 7 · 5조 등의 음수율이 나타난다. 그러나 기본 음수율이 그대로 지켜지는 경우보다 그것을 근간으로 한 변조의 형태를 보이는 경우가 많다.

시조의 경우(3 · 4조)

태산이 높다 하되 하늘 아래 뫼이로다

오르고 또 오르면 못 오를 리 없건마는

사람이 제 아니 오르고 뫼만 높다 하더라

—양사언

고려속요의 경우 (3 · 3 · 2조)

살어리/ 살어리/ 랏다// 청산에/ 살어리/ 랏다

—「청산별곡」 부분

민요의 경우 (3 · 3 · 4조)

아리랑/ 아리랑/ 아라리요// 아리랑/ 고개로/ 넘어간다

—「아리랑」 부분

현대시의 경우 (7 · 5조)

그립다 말을 할까/ 하니 그리워// 그냥 갈까 그래도/ 다시 더 한 번

—김소월, 「가는 길」 부분

산 너머 남촌에는/ 누가 살길래// 해마다 봄바람이/ 남으로 오네

―김동환, 「산 너머 남촌에는」 부분

피리 불고 가신 님의/ 밟으신 길은/ 진달래 꽃비 오는/ 서역 삼만 리

―서정주, 「귀촉도」 부분

3) 음보율音步律

운율의 기본 단위는 음절(syllable)이다. 이 음절에는 강세(stress)가 있는 것과 없는 것이 있는데, 이러한 음절 두세 개가 한 호흡이 되어 규칙적으로 반복되는데 이를 음보(foot)라 한다. 그리고 이 음보의 단위가 모여 행行을 이룬다.

우리나라의 시가는 크게 3음보율(고려속요)과 4음보율(가사, 시조, 판소리)로 나뉘며 어린 아이들의 동요와 같은 형태에서는 2음보율이 나타나기도 한다.

① 2음보의 경우
애들아/ 오너라// 달 따러/ 가자
망태 들고/ 장대 메고// 뒷동산/ 으로

―어린이 동요, 「달 따러 가자」 부분

쓸쓸한/ 뫼 앞에// 후젓이/ 앉으면
마음은/ 갈앉은// 양금 줄/ 같이
무덤의/ 잔듸에// 얼굴을/ 부비면

―김영랑, 「쓸쓸한 뫼 앞에」 부분

② 3음보의 경우

　가시리/ 가시리/ 잇고// 바리고/ 가시리/ 잇고

　　　　　　　　　　　　　　　　—고려가요, 「가시리」 부분

　나 보기가/ 역겨워/ 가실 때에는// 죽어도/ 아니 눈물/ 흘리오리다.

　　　　　　　　　　　　　　　—김소월, 「진달래꽃」 부분

③ 4음보의 경우

　홍진紅塵에/ 뭇친 분네/ 이내 생애/ 엇더한고// 녯사람/ 풍류를/ 미
찰가/ 못 미찰가

　　　　　　　　　　　　　　　　　—가사, 「상춘곡」 부분

　청산리/ 벽계수야/ 수이 감을/ 자랑 마라
　일도一到/ 창해하면/ 돌아 오기/ 어렵나니

　　　　　　　　　　　　　—황진이, 「청산리 벽계수야—」 부분

4) 음성률音聲律

　음성률이란 시에서 소리의 강약, 장단, 고저와 같은 말소리가 적절히
배열되어 나타나는 운율을 말한다. 한시의 평측법平仄法*과 영시의 리듬
rhythm과 율격(meter)이 음성률에 해당된다. 따라서 음성률은 알파벳처럼

---

* 평측법平仄法: 한자는 각 글자마다 평성(平聲: 가장 낮은 소리) · 상성(上聲: 처음이
낮고 나중이 높은 소리) · 거성(去聲: 가장 높은 소리) · 입성(入聲: 짧고 빨리 닫는 소
리)의 네 성조(聲調: 말소리의 가락)를 지니고 있다. 평성을 제외한 나머지 삼성을 측
성이라한다.
한시를 지을 때, 이러한 각 한자가 각기 지니고 있는 음의 가락을 일정한 규칙에 의거
하여 평성과 측성을 음악적으로 배열하여 글을 짓는 규칙이 평측법이다.

악센트가 있는 언어나 중국어처럼 평상거입平上去入의 사성에 따라 고저를 가진 언어에서만 가능하다.

우리나라의 언어는 ':발(簾)'과 '발(足)' ':손(客)'과 '손(手)' ':배(腹)'와 '배(船)' ':병(病)'과 '병(瓶)'처럼 음의 장단이 언어의 의미를 구분하는 역할을 하고 있다. 하지만 음의 고저나 강약은 표준화되어 있지 않기 때문에 우리나라 언어로 음성률을 나타내는 데에 있어서는 어려움이 있다.

5) 동일 어조 반복에 의한 운율의 형성

동일한 문장 구조를 반복 배치함으로써 운율적 인상과 의미의 강조 효과를 동시에 노리는 방법이다.

별 하나에 추억과/ 별 하나에 사랑과/ 별 하나에 쓸쓸함과/ 별 하나
에 동경과/ 별 하나에 시와/ 별 하나에 어머니, 어머니

—윤동주, 「별 헤는 밤」 부분

해야/ 솟아라// 해야/ 솟아라// 말갛게/ 씻은 얼굴// 고운/ 해야/
솟아라

—박두진, 「해」 부분

그곳이 참하 꿈엔들 잊힐리야(후렴구)

—정지용, 「향수」 부분

※ 동일한 시행이 전 5연의 매 연마다 반복된다.

내재율內在律

시의 표면에 드러나지 않고 시의 내면에 존재하는 주관적, 정서적 운율

을 말한다. 즉 시인이 형상화하고자 하는 주제 의식에 의해 이루어지는 주
관적 운율로서 개개의 시 속에 흐르는 시인의 특유한 맥박과 호흡이라 할
수 있다.

> 내 마음의 어딘듯 한편에 끝없는
> 강江물이 흐르네.
> 돋쳐 오르는 아침 날빛이 빤질한
> 은결을 도도네
> 가슴엔듯 눈엔듯 또 핏줄엔듯
>
> 마음이 도론도론 숨어 있는곳
> 내 마음의 어딘듯 한편에 끝없는
> 강江물이 흐르네.
>
> —김영랑, 「끝없는 강江물이 흐르네」 부분

　외면적으로 형식화한 것은 아니지만 시인의 내면에 흐르고 있는 음악적
가락이라고나 할까? 두운(내), 요운(-ㄴ), 각운(-네)들의 음악적 운율이 리
드미컬하게 시의 주제와 어울리면서 내면적 율조를 이루고 있다.

> 고향에 고향에 돌아와도
> 그리던 고향은 아니러뇨.
>
> 산꿩이 알을 품고
> 뻐꾹이 제철에 울건만,
>
> 마음은 제고향 지니지 않고
> 머언 항구港口로 떠도는 구름.

오늘도 뫼 끝에 홀로 오르니
흰 점꽃이 인정스레 웃고,

어린 시절에 불던 풀피리 소리 아니 나고
메마른 입술에 쓰디쓰다.

고향에 고향에 돌아와도
그리던 하늘만이 높푸르구나.

　　　　　　　　　　　　　—정지용, 「고향」 전문

　김소월, 김영랑, 박목월 등의 자연파 시인들은 음악적인 리듬을 중시하는 시를 많이 남기고 있다. 정지용의 「고향」이란 시도 3·3·4의 리듬이 변형을 이루면서 내면적 율조의 음악적 효과를 잘 나타내면서 시적 흥취를 돋우고 있다.

제13장_시와 구조(Structure)

아리스토텔레스는 『시학』에서 '시의 본질은 감정이 아니라 사건과 이야기를 전개하는 '줄거리plot'라 하였다. 하이데거도 '시는 언어의 건축물'이라 하였다. 시에서 '내용'보다 그 이야기를 '어떻게 구성'하느냐가 더 큰 비중을 차지하고 있음을 강조하고 있다. 그러고 보면 한 편의 시는─내용이 아니라─구조와 방법에 의해서 좌우되는 셈이다. 구조가 바뀌면 내용도 바뀌기 때문이다.

1. 표현 원리

표현 기교

1) 비유법

비유법은 어떤 대상을 그와 공통점을 지니고 있는 다른 대상에 빗대어 표현하는 방법으로서 독자에게 신선한 현장감과 신뢰감을 동시에 주는 효과가 있다.(직유, 은유, 의인 등)

2) 강조법

어떤 부분을 특히 강하게 표현하여 독자에게 깊은 인상을 주고자 할 때 쓰인다.(과장법, 과소법, 반복법, 영탄법, 점층법, 대조법 등)

3) 변화법

문장의 단조로움을 깨트려 글에 신선함을 주고자 할 때 쓰인다.(도치법, 설의법, 역설법, 대구법, 반어법, 현재법 등)

* 글씨 한번 잘 썼다(아주 서툰 글씨를 보고): 반어법
* 문 밖으로 나섰다, 바람이 차다, 몸이 으스스 떨려온다: 현재법
　　　　　　　　　　　　　※글에 현장감과 생동감을 준다.

문체(文體: style)

문체는 글의 성격, 곧 글의 내용, 의도, 분위기와 시인의 개성에 따라 선택된 최적의 표현 수단이다. 때문에 문체를 잘 선택해야 글의 효과도 살아나고 작가의 개성도 살아난다. 그래서 뷰폰도 '문체는 사람이다'고 하였고, 쇼펜하우어도 '문체는 마음의 외형外形이다'라고 하였다.

* 간결체 / 만연체
* 강건체 / 우유체
* 건조체 / 화려체

접속어와 지시어

문맥의 긴밀성, 곧 유기적 상관성을 돕기 위해서는 '그리고, 그러나, 그런데, 그러므로'와 같은 접속어와 '이, 그, 이러한, 그러한' 등과 같은 지시어를 적절하게 활용하여 표현 효과를 높일 수 있다.

어순語順

어순을 바꾸어놓으면 글의 분위기가 달라진다.

* 이 아름다운 조국 강산을 보아라. → 보아라, 이 아름다운 조국 강산을.
* 국화꽃 한 송이를 피우기 위하여 → 한 송이의 국화꽃을 피우기 위하여

종결어미語尾

시에서의 종결 어미는 말하는 이의 심리 상태를 나타내기 때문에 시의 내용과 밀접한 상관관계를 맺고 있다. 때문에 어미를 바꾸면 그에 따라 내용도 바뀌어야 하고, 내용이 바뀌면 어미 또한 바뀌어야 표현 효과가 높아진다.

> [평서형 어미]
> 주점에 기어들어 나를 <u>마신다</u>.
>
> —조병화, 「주점」 부분

> [감탄형 어미]
> 빨리 가자 우리는 밝음이 오면 어딘지 모르게 숨는 두 <u>별이어라</u>.
>
> —이상화, 「나의 침실로」 부분

> [의지형 어미]
> 별을 노래하는 마음으로/ 모든 죽어가는 것을 사랑<u>해야지</u>/
> 그리고 나한테 주어진 길을/ 걸어가야<u>겠다</u>.
>
> —윤동주, 「서시」 부분

> [의문형 어미]
> 아아 누구<u>던가</u>?/ 이렇게 슬프고도 애닯은 마음을/ 맨 처음 공중에 달 줄 안 그는
>
> —유치환, 「깃발」 부분

> [명사형 어미]
> 길은 <u>외줄기</u>/ 남도南道 <u>삼백 리</u>// 술 익는 마을마다/ 타는 <u>저녁놀</u>//
> 구름에 달 가듯이/ 가는 <u>나그네</u>
>
> —박목월, 「나그네」 부분

[호소형 어미]

절망은 포기가 아니었<u>어</u>. / 그것은 탈출을 향한 / 뜨거운 몸부림// 투명한 항아리 속에서/ 텅 빈 공간을 타 내리는/ 하나의 작은 꽃뱀이 <u>었어</u>.

—김동수, 「꽃뱀」 부분

[명령형 어미]

아라스카로 가라! / 아라비아로 가라! / 아메리카로 가라!

—서정주, 「바다」 부분

[청유형 어미]

젊은 시인이여 기침을 하자

—김수영, 「눈」 부분

[설의형 어미]

가난하다고 해서 외로움을 모르겠는가?

—신경림, 「가난한 사랑 노래」 부분

어조(語調: tone)

어조란 시인의 말투 곧 어투語套에서 비롯된다. 따라서 시인이 독자에게 들려주는 말투의 분위기와 태도는 시인의 심리적 상태를 엿볼 수 있을 뿐만 아니라 청자聽者에 대한 태도 혹은 자세로서 시의 분위기를 이해하는 데 중요한 단서가 되기도 한다.

- 남성적 분위기 / 여성적 분위기
- 딱딱함 / 부드러움
- 거만함 / 겸손함
- 직선적 / 완곡婉曲적
- 냉정함 / 감정적 등

[남성적 어조]

삭풍은 나무 끝에 불고 명월은 눈 속에 찬데

만리변성에 일장검 짚고 서서

긴파람 큰 한 소리에 거칠 것이 <u>없애라.</u>

　　　　　　　　　　　　　　　　　—김종서 시조

지금 눈 나리고/ 매화 향기 홀로 아득하니/ 내 여기 가난한 노래의

씨를 뿌려라.// 다시 천고千古의 뒤에/ 백마 타고 오는 초인이 있어/

이 광야에서 목 놓아 부르게 <u>하리라.</u>

　　　　　　　　　　　　　　　　　—이육사, 「광야」 부분

김종서는 조선 세종 때의 충신이며 두만강에 육진을 설치하여 여진족의 침략을 막은 장군이다. 이육사는 일제 침략기 때 17회나 투옥되었다 순사한 절개 높은 독립투사이다. 그래서인지 두 편 다 그 기상이 웅혼하고 거침없는 남성적 어조(없애라/하리라)를 이루고 있다. 이에 비해

[여성적 어조]

나는 나룻배

당신은 행인

당신은 흙발로 나를 짓밟습니다.

나는 당신을 안고 물을 건너갑니다.

나는 당신을 안으면 깊으나 옅으나 급한 여울이나 건너갑니다.

만일 당신이 아니 오시면 나는 바람을 쐬고 눈비를 맞으며 밤에서 낮

까지 <u>당신을 기다리고 있습니다.</u>

　　　　　　　　　　　　—한용운, 「나룻배와 행인」(1926) 부분

모란이 피기까지는

나는 아즉 나의 봄을 기둘리고 있을 테요.

…(중략)…

모란이 지고 말면 그뿐

내 한 해는 다 가고 말아
삼백三百예순 날 하냥 섭섭해 <u>우옵내다.</u>
모란이 피기까지는
나는 아즉 기둘리고 있을 테요.
찬란한 슬픔의 봄을.

— 김영랑, 「모란이 피기까지는」 부분

한용운은 「나룻배와 행인」에서 당신을 위한 한국적 여인의 인내와 희생을 절절한 여성적 어조로 읊어 감동을 주고 있다. 김영랑 역시 모란이 피기를 기다리며 사는 인생의 찬란한 슬픔을 '-테요'나 '-우옵내다' 등과 같은 여성적 어조로 표현하면서 기쁨과 슬픔, 기대와 상실의 상반된 감정을 극복해 가고 있다. 이 외에도

- 어머니, 아직 촛불을 켜지 말으세요 (신석정)
- 13인의 아해가 도로를 질주하오. (이상)
- 아프리카로 가라. 아니 침몰하라 침몰하라. (서정주)
- 향그러운 흙만 남고 그 모오든 쇠붙이는 가라. (신동엽)

등에서 다양한 화자(시인)의 심리적 상태를 엿볼 수 있다.

제목 바꾸기

같은 내용이라도 제목에 따라 시가 죽기도 하고 살기도 한다.

신록/사랑

어이할거나
아— 나는 사랑을 가졌어라.
남몰래 혼자서 사랑을 가졌어라!

천지엔 이미 꽃잎이 지고
새로운 녹음이 다시 돋아나
또 한번 날 에워싸는데

못 견디게 서러운 몸짓을 하며
붉은 꽃잎은 떨어져 나려
펄펄펄 펄펄펄 떨어져 나려

신라 가시내의 숨결과 같은
신라 가시내의 머리털과 같은
풀밭에 바람 속에 떨어져 내려

올해도 내 앞에 흩날리는데
부르르 떨며 흩날리는데……

아— 나는 사랑을 가졌어라
꾀꼬리처럼 울지도 못할
기찬 사랑을 혼자서 가졌어라.

—서정주, 「신록新綠」 전문

위 시의 내용은 전반적으로 '사랑에 관한 이야기'이다. 그러기에 제목을 '짝사랑' 혹은 '사랑'이라고 해도 무방할 것이다. 그런데도 작자는 이 시의 제목을 굳이 '사랑'의 의미가 전혀 들어 있지 않은 "신록新綠"이라 했다. 때문에 삼라만상에 물이 오른 어느 봄날, "신록"처럼 솟구쳐 오르는 사랑을 가졌으면서도 그 사랑을 전할 길 없어 냉가슴만 앓고 마는 화자의 서러움이 "신록"이라는 제목에 의해 보다 암시적 상승효과를 올리고 있다. 만약 이 시의 제목을 '짝사랑' 혹은 '사랑'이라 하여 시의 주제가 직접적으로 드러나 있었더라면, 이 시가 주는 입체적 감흥과 시적 아우라가 그만큼 줄어들었을 것이다.

교룡산성蛟龍山城/업業

    희뿌연 안개 서기처럼 깔리는 굴형.새롬새롬 객사기둥만 한 몸뚱어리를 언뜻언뜻 틀고, 눈을 감은 겐지 뜬 겐지 바깥소문을 바람결에 들은 겐지 못 들은 겐지 어쩌면 단군 하나씨 때부터 숨어 살아온 능구렁이.

    보지 않고도 섬겨왔던 조상의 미덕 속에 옥중 춘향이는 되살아나고 죽었던 동학군들도 늠름히 남원골을 지나가고 잠들지 못한 능구렁이도 몇 점의 절규로 해 넘어간 주막에 제 이름을 부려놓고 있다.

    어느 파장 무렵, 거나한 촌로에게 바람결에 들었다는 남원 객사 앞 순댓국집 할매. 동네 아해들 휘둥그래 껌벅이고 젊은이들 그저 헤헤 지나치건만 넌지시 어깨 너머로 엿듣던 백발 하나 실로 오랫만에 그의 하얗게 센 수염보다도 근엄한 기침을 날린다.

    산성山城 후미진 굴형 속, 천년도 더 살아있는 능구렁이, 소문은 슬금슬금 섬진강의 물줄기를 타고 나가 오늘도 피멍진 남녁의 역사 위에 또아리 치고 있다.

—김동수, 「교룡산성」 전문

위 시의 제목을 처음에는 '업業'이라 하였다. 우리의 민속 신앙에서 구렁이나 두꺼비 등을 신성시하여 한 집안의 살림을 보호하고 늘게 해주는 동물로서 이를 '업業'이라 칭하여 왔다. 그러나 이러한 '업業'의 민속적 의미를 잘 모른 탓인지 혹은 제목과 본문과의 유기적 상관성을 쉽사리 발견해 내지 못해서인지 반응들이 별무別無했다. 그래 고심 끝에 제목을 지금의 "교룡산성蛟龍山城"으로 바꾸었더니 반응들이 좋아 이 시가 필자의 등단 천료작薦了作 중의 하나가 되었다. 아마 "산성山城"이라는 성城터의 이미지가 시의 내용에 상징적 암시성을 가加해 시적 의미망을 보다 함축적으로 극대화하는 데 기여했던 모양이다.

시각적 형태 기술

문장 부호 · 한자 · 외래어 · 토속어의 사용 여부와 띄어쓰기에 따라 글의 무게나 분위기가 달라진다.

2. 구성 원리

1) 연과 행의 배치

연과 연, 행과 행의 배열 순서를 바꾸거나 같은 내용이라도 이를 자유시로 쓰느냐 산문시로 쓰느냐에 따라 표현 효과가 달라진다.

2) 구성 방식

① 시간 구성, 공간 구성
시간의 경과에 따른 순행 구성과 공간의 이동에 따라 글을 구성하는 방식.

② 논리적 구성

인과법, 수미쌍관법, 점층법, 열서법 등이 이에 해당된다.

　김소월의 「진달래꽃」에서처럼 '나 보기가 역겨워/ 가실 때에는'이라는 구절이 시의 첫 구절과 끝 구절에 수미쌍관首尾雙關으로 구성되어 있다. 다음은 점층법으로 엮어진 로랑생의 「잊혀진 여자」다.

　　　버림받은 여자보다
　　　더 가엾은 것은 의지할 데 없는 여자다.

　　　의지할 데 없는 여자보다
　　　더 가엾은 것은 쫓겨난 여자다.

　　　쫓겨난 여자보다
　　　더 가엾은 것은 죽은 여자다.

　　　죽은 여자보다
　　　더 가엾은 것은 잊혀진 여자다.

　　　　　　　　　　　　　　　─마리 로랑생, 「잊혀진 여자」 부분

　또한 김동명의 시 「내 마음」에서는 1연 ~ 4연에 '내 마음은 호수, 촛불, 나그네, 낙엽' 등으로 각 연마다 시상이 병렬식으로 열서列敍되어 있다.

③ 2단 구성: 선경후정先景後情
　　(일반적 인식 → 개인적 느낌)

　　　함박눈은 솜인가 봐
　　　장독 위에 하얀 함박눈　　　　　　　→ 대상 묘사(景)

장독이 얼어 깨질까 봐

소복소복 쌓여 있지요.   → 느낌(情)

　　　　　　　　　　—문호성, 「함박눈」 전문, 전북 임실국 2

아파트 공터 한 귀퉁이

속도를 잊은 폐타이어

땅속에 반쯤 묻힌 깊은 침묵 속

햇빛을 둥글게 가두어놓고

동그랗게 누워있다   → 대상 묘사(景: 객관적 인식)

…(중략)…

그가 속도의 덫에서 풀려나던 날

온몸이 닳도록 달려온 일생을 위로하듯

바람은 그의 몸을 부드럽게 핥아주었다

잠시 뒤의 어떤 바람은 풀씨랑 꽃씨를

데리고 와서 놀아주었다

벌레들의 따뜻한 집이 되었다   → 개인적 느낌(情: 주관적 인식)

　　　　　　　　　　　　　　—김종현, 「폐타이어」 부분

④. 3단 구성

　(대상 묘사 – 의문 제기 – 문제 해결)

　　천불산 골짜기 운주사 돌부처님들   → 대상과의 만남

　　구름을 둥글게 말아 공놀이 실컷 하셨는지   → 의문 제기

　　시방은 앉거나 누워 거친 숨결 고르시네   → 해결

　　　　　　　　　　　　　—손종호, 「운주사 석불」 전문

모과나무는 한사코 서서 비를 맞는다.   → 대상 묘사

빗물이 어깨를 적시고 팔뚝을 적시고 아랫도리까지

번들거리며 흘러도 피할 생각도 하지 않고

비를 맞는다, 모과나무

저놈이 도대체 왜 저러나   → 문제 발생

갈아입을 팬티도 없는 것이 무얼 믿고 저러나?

나는 처마 밑에서 비 그치기를 기다리고 있다가

모과나무, 그가 가늘디가는 가지 끝으로

푸른 모과 몇 개를 움켜쥐고 있는 것을 보았다.   → 문제 해명

끝까지, 바로 그것, 그 푸른 것들만 아니었다면

그도 벌써 처마 밑으로 뛰어 들어왔을 것이다.

—안도현, 「모과나무」 전문

⑤ 4단 구성(기-승-전-결)

가시리 가시리잇고 나난

바리고 가시리잇고 나난   → 이별 상황에 직면 – (기)

날러는 엇디 살라 하고

바리고 가시리잇고 나난   → 주저앉을 조짐이 안 보임(갈등 심화) – (승)

잡사와 두어리마는

선하면 아니 올셰라   → 새로운 선택(전환) – (전)

셜온님 보내옵나니 나난

가시는 듯 도셔 오쇼셔 나난   → 다시 돌아오기를 소망 – (결)

—「가시리」

술병은 잔에다

자기를 계속 따라주면서

속을 비워간다   → 속을 비워가는 소주병(기)

빈 병은 아무렇게나 버려져

길거리나

쓰레기장에서 굴러다닌다   → 버려져 있는 소주병(승)

바람이 세게 불던 밤 나는

문밖에서

아버지가 흐느끼는 소리를 들었다   → 버려져 흐느끼고 있는 아버지(전)

나가 보니

마루 끝에 쪼그려 앉은

빈 소주병이었다   → 빈 병이 되어 앉아있는 아버지(결)

                                    ─공광규, 「소주병」 전문

3) 리듬과 율격의 변형

리듬은 시간적 규칙적 반복에서 오는 음악적인 가락으로서 그 기운생동
한 리듬은 꿈틀거리는 생명감으로 단조로운 문장에 정서적 환기를 더해 준
다. 알렉산더 포프의 '소리(운율)는 의미의 반향이다'라는 말처럼 반복적 리
듬이 시적 흥취와 감정 고조에 기여할 뿐만 아니라 율격의 충동과 거기에
서 오는 제3의 소리까지 창출되면서 시에 상징적 암시성을 더욱 띠게 한다.
따라서 시에서 리듬과 운율이 바뀌면 시의 내용도 이에 따라 영향을 받기
마련이다.

- 시는 율어律語에 의한 모방이다(Aristoteles).

- 시는 미의 운율적 창조(E. A. Poe)

- 시를 구성하는 주요 원리는 운율과 비유이다(Wellek & Warren).

- 시에 리듬을 외면하면 정서를 상실하게 된다.

- 리듬은 시인과 독자의 내적 움직임, 곧 감정과 사상의 흐름을 본뜬 것이다.

제14장_시와 의인법

무생물이나 동물, 추상적 관념을 인간의 형상, 정신, 감수성으로 바라보는 의인법(擬人法: personification)과 그것을 살아있는 하나의 생명체로 보는 활유법活喻法, 이 두 시각을 합쳐 의활법擬活法 혹은 의인법이라 한다. 이는 상상력을 통하여 무생물이나 동식물에 사람의 의지, 감성, 생각 등 인간적 생명의 속성을 지니도록 하는 은유의 일종으로서 '해님이 방긋방긋 웃고 있다' '바다가 날 오라고 손짓한다' '봄비가 속삭이고 있다' 등이 그것이다.

이때 '해님' '바다' '봄비' 등은 현실적인 존재 양태를 벗어나 어느새 인간의 마음을 갖게 되는 질적 변용變容을 일으킴으로써 대상의 인간화 혹은 정령화精靈化가 이루어진 셈이다. 이는 모든 자연 대상물에 영혼이 깃들어 있다고 믿어온 범신론적 사상에 연유한 것으로, 주체와 객체가 정서적으로 일치되는 주객일체의 소통(communication) 과정에서 이루어진 화해의 세계이기도 하다.

1. 의활법으로 이루어진 시

우산 속은
엄마 품속 같아요.

빗방울들이
들어오고 싶어

두두두두
야단이지요.

— 문삼석, 「우산 속」 전문

이제 막 알에서 깨어난
새끼 비둘기 같은 숫자들이

반듯반듯한 창문을 열고 나와

줄을 지어 앉아있다.

하루가 열려 오면

푸드득!

잠든 하늘을 깨우며 날아오를 것 같은 숫자들

또 하루가 열려 오면

살풋!

꽃씨를 물고 내려앉을 것 같은 숫자들

—서재환, 「새 달력」(2004) 부분

　문삼석의 「우산 속」과 서재환의 「새 달력」, 이러한 시적 대상물들은 무생물로서의 '빗방울'과 '활자'들이 아니다. 이미 인간의 마음을 지닌 정령화精靈化된 '빗방울'과 '활자'들이 되어 "두두두두" 우산을 두들기거나, '하늘로 날아오를 것 같은' 생명체로 시적 변용을 일으키면서 영적 세계의 주체로 드러나 있다.

　이처럼 시에서의 의활법은 상상력을 통해 살아 움직이는 생명체로 존재의 의미가 전환되면서 신비로운 시적 세계를 펼치게 된다.

바다엔

소라

저만이 외롭답니다.

허무한 희망에

몹시도 쓸쓸해지면

소라는 슬며시

물속이 그립답니다.

해와 달이 지나갈수록
소라의 꿈도
바닷물도 굳어간답니다.

큰 바다 기슭엔
온종일
소라
저만이 외롭답니다.

―조병화, 「소라」 전문

하루 종일 빈집엔
석류가 입을 딱 벌리고
그 옆엔 황소가
누런 하품을 토하고 있다.

청군 이겨라.
백군 이겨라.

온갖 산들이
모두 다 고개를 늘이면
바람은 어느새 골목으로 왔다가
오색五色 테이프를 몰고 갔다.

―이성교, 「가을 운동회」(1974) 부분

물속을 그리워하며 외로워하고 있는 "소라"나 "입을 딱 벌리고" 있는 "석류", 그리고 모두 다 떠들썩한 운동장 쪽으로 "고개를 늘이"고 있는 산맥, 이 모두가 인간의 마음을 지닌 유정물로서 시에 생동감을 더한 의활법이다.

다음은 추상적 관념의 의인화이다.

1. 추상적 관념의 의인화

고독은 단 하나의 친구라고 할까요.

그는 고요한 사색의 호숫가로
나를 달래 데리고 가
내 이지러진 얼굴을 비추어줍니다.

—노천명, 「고독」부분

슬픔은 내가
나를 안는다,
아무도 개입할 수 없다.

슬픔은 나를
목욕시켜 준다,
나를 다시 한 번 깨끗하게 하여 준다.

—김현승, 「슬픔」부분

봄은 땅과 약속을 했다.
나무와도 약속을 했다.
그 약속을 지키기 위해
새싹을 틔웠다.
작은 열매를 위해
바람과 햇빛과도 손을 잡았다.
비 오는 날은
빗방울과도 약속을 했다.

엄마가 내게 준 약속처럼

뿌리까지 빗물이 스며들게 하였다.

—노원호, 「작은 약속」(2006) 전문

　"고독"과 "슬픔" 그리고 "봄"이라고 하는 추상적 관념들이 마치 인간의 마음처럼 의인화되어 "호숫가로/ 나를 달래 데리고 가"기도 하고 "나를 목욕 시켜" 주는가 하면 때로는 '땅과 나무와도 약속'을 하고 '햇빛과도 손을 잡는' 다정한 나의 친구가 되기도 한다. 이러한 의인법으로 이루어진 김선영 시인의 「오월의 편지」를 보자

그대에게 쓰는 편지에서 파도 소리가 난다

문자들이 파도 속에서 줄을 서 나온다

밀봉한 봉투 안에

갇힌 바다가

터질 듯 포효하는 소리

그리움을 강타하고 있다

—김선영, 「오월의 편지」 부분(『문파』, 2018. 여름호)

　"문자들이 파도 속에서 줄을 서 나"오고 "바다(파도)가" "그리움을 강타"하는 등 무생물들이 온통 살아있는 생명체들처럼 '걸어 나오고' "강타"하는 활유법으로 시에 생동감과 신비감을 더하고 있다. 예세닌의 「목로 술집의 모스크바」 한 편을 더 예로 들어보자.

내가 없는 동안

나지막한 집은 구부정하게 허리를 구부릴 것이고

내 늙은 개는 오래전에 죽어버렸다.

구불구불한 모스크바의 길거리에서
죽은 것이 아무래도 내 운명인 성싶다.

나는 이 수렁 같은 도시를 사랑하고 있다.
설사 살갗이 늘어지고 설사 쭈글쭈글 늙어빠졌다손 치더라도
조는 듯한 황금빛 <u>아시아</u>가
성당의 둥근 지붕 위에서 잠들어 버렸다.
　　　　　　　　　　—예세닌, 「목로 술집의 모스크바」 부분

　예세닌은 톨스토이의 손녀 소피아와 재혼했으나 폭음과 마약으로 달래던 우울증에서 벗어나지 못해 서른 살 나이에 자살한 러시아 시인이다. 죽기 전 얼마 전에 쓴 이 시에서 시인은 좀처럼 의인화할 수 없는 "집"과 "아시아"를 의인화하고 있어 놀랍다.

3. 정지용과 박항식의 의인법

바다는 뿔뿔이
달어날랴고 했다.

푸른 도마뱀 떼같이
재재발렀다.

꼬리가 이루
잡히지 않았다.

…(중략)…

찰찰 넘치도록

돌돌 굴르도록

희동그란히 바쳐 들었다.

지구地球는 연蓮닢인 양 옴으라들고…… 펴고……

—정지용, 「바다2」 부분

정지용은 바다를 "푸른 도마뱀" "연蓮닢인 양 오므라들고…… 펴고" 등 참
신한 감각으로 표현하는가 하면 "뽈뿔이" "찰찰" "돌돌"의 음성 상징으로도
생동감 있게 조소彫塑하면서 한국 시에 '현대의 호흡과 맥박을 불어넣은 최
초의 시인'이란 찬사를 받았다(김기림). 그러나 박항식 시인은

> 이미지만을 위주로 한 시를 읽다 보면 그 신통한 재주에 끌리다가도
> 나중에는 남는 것이 없다. 보다 생명적인 것이 빠져있다는 허망한 아
> 쉬움—그것은 그 도입 과정에서부터 표현 방법론에 치우친 나머지 포
> 말泡沫과 같은 감각적 이미지만을 손끝으로 매만졌을 뿐, 인식의 깊이
> 를 지니지 못한 내용의 공소성空疎性 때문이다. 이것이 한국의 초기 이
> 미지 시들이 안고 있는 취약점이었다.

—박항식

박항식 시인도 여타 이미지즘 계열의 시인들처럼 감각적 이미지를 그의
시에 즐겨 사용하였으면서도 그들과 또 다른 세계의 추구, 소위 은유적 의
활법擬活法을 적용하고 있었다. '이는 무생물 또는 생물에 인간의 감정을
이입함으로써 그것을 약동 내지는 정화靜化시키는, 말하자면 세계를 유정
화有情化하는 방법이므로 나는 이것을 조화적 수식造化的 修飾이라고 이름
짓는다'고 하였다.

옛날 사람들은 천지만물에 대해서 '생명의 힘' 혹은 '영靈의 힘이 있는 것'
으로 보았다. 따라서 우주의 모든 현상에 대해서도 '왜 그런 것일까? = why'

하는 과학적 방법에 따른 생각이 아니고 '누가 그랬을까? = who' 하는 경이驚異와 외경의 대상으로 생각했다. 이러한 초자연적 정령감각精靈感覺이라는 신비주의를 박항식은 한국의 이미지즘(모더니즘)에 접목시켜 그동안 이들의 시가 안고 있던 주제의 가벼움을 극복해 가고 있었다.

> (나의 시에는) 은유와 은유보다 더 빠른 정령적精靈的이며 초자연적
> 인 감각이 들어있을 것이다.─헌데 감각에 대해서는 하나 재미난 사
> 실이 있다. 지용芝溶의 것은 몰고 내려오다가 섬광閃光과 같이 반짝하
> 고 떨어져 버리는데 나의 것은 몰고 내려오다가 아리잠직하게 승화시
> 키고 있다. 이것은 지知와 정精과의 한계 상황이리라.
> ─박항식, 「서문」(시조집 「노고단」, 1976) 부분

"포말泡沫"과 "승화昇華", 이것이 정지용과 박항식의 차이다. "몰고 내려오다가 섬광과 같이 반짝하고 떨어져" 물거품처럼 사라져버리고 마는 지용의 「바다 2」, 그것은 어찌 보면 현상만 있고 본질이 비어있는 현란한 껍질의 편린이라면, 박항식의 「새벽달」과 「여인도麗人圖」 「포풀라」 등은 애니미즘적 정령감精靈感이 응축된 동양적 신비의 정령 미학이 아닌가 한다.

> 새벽길 어머니가 물동이를 이고 간다
> 동이 위 바가지가 당글당글 즐거웁다
> 동이 위 바가지 따라 새벽달이 웃고 간다
>
> 호박꽃 밝음 속에 하늘은 카랑한데
> 상기도 깨지 않는 꼬마들의 꿈을 싣고
> 실구름 목에 감고 새벽달이 웃고 간다
> ─박항식, 「새벽달」 부분

닫았던 눈까풀 열고 광채光彩 뿜는 눈동자

투기는 방울마다 영롱한 주옥珠玉인데

아무 일 하나 없구나 백합百合 하나 웃고 섰다.

　　　　　　　　　　　　　　—박항식, 「여인도麗人圖」 부분

　'새벽길 어머니의 물동이 위에서 당글당글 뒹구는 바가지를 따라 새벽달
이 웃고 간다'는 표현은 시적 대상(새벽달)에 대한 의인적 정령감각이다. 그
런가 하면 벽에 걸려 있는 그림 속에서 고운 여인이 '눈까풀을 열고' '눈동자
에 광채를 뿜으며' '조용히 웃고 있는' 정경 또한 아리잠직한 신기神氣를 불
러일으키는 혼령 사상이다.

미류나무 바람나무 포풀라 나무

박제가朴齊家 모양 이름이 셋씩이나 되는 나무

높은 뜻 호리한 몸매 시를 읊고 섰는 나무

　　　　　　　　　　　　　　—박항식, 「포풀라」 전문

　길게 서 있는 "포풀라"를 보고 "높은 뜻 호리한 몸매(로) 시를 읊고 섰는
나무"라고 나무에게까지도 의인적 정령감각을 불어넣고 있다. 이외에도
「늦가을」이 '대롱대롱 감 하나씩 달고' 있는 등, 그의 시에선 온통 이처럼
애니미즘적 정령精靈이 시적 배경을 이루면서 시의 깊이와 차원을 달리하
고 있다.

　소위 지용의 지知에다 정령적이며 초자연적 세계까지도 추구하여 정신세
계를 달리하고자 했던 통합적 지향의 정신세계라고나 할까? 박항식은 이처
럼 평소 정지용에 대한 불만의 대안으로서 '초자연적 정령감각'을 그의 이미
지즘에 가미加味하여 새로운 서정 미학을 구축하였다.

　한국 현대시의 흐름이 '나'라는 화자를 통해 시인의 감정을 직설적으로 드
러내는 소위 김소월류의 '자아 표출의 시'에서, 보다 객관적이고 주지적인

지용의 '대상 묘사의 시'로 발전되어 왔다고 본다면, 호운의 시는 거기에서 한 발 더 나아가, 객관적 표현 기법을 단순한 매커니즘으로 받아들이지 않고, 거기에 어떤 정신까지도 함께 담아내고자 했던 지정합일의 승화, '은유보다도 더 빠른 의인적 정령감각'의 정신세계가 아니었던가 한다.

제15장_동시童詩와 상상력

1. 인간과 동물

인간은 생각하는 동물이다. 그러나 동물들도 인간들처럼 도구를 이용하고 상대를 속이기 위해 거짓 행동을 하기도 한다. 그중 침팬지는 인간과 98.8%나 유전자가 닮아 고릴라보다 오히려 인간에 가까운 '인간의 사촌'이라고 한다. 그런데 침팬지와 같은 유인원들이 왜 인간과 같은 고등 동물이 되지 못했을까? 그것은 그들에게 문자가 없기 때문이라고 한다.

인간보다 힘도 세고 기억력도 좋지만 그들에게는 문자 언어, 곧 글자가 없기 때문에 학습을 받지 못해 동물의 상태를 벗어나지 못했다는 것이다. 교육을 받지 못하고 학습을 하지 않으면 사람도 '인도의 늑대 아이'처럼 짐승의 상태에 머물게 된다는 것이다.

2. 문자와 상상력

인간은 문자를 통해 많은 지식과 정보를 얻어 이를 바탕으로 상상력이 풍부해져 다른 동물들보다 앞설 수 있었다. 비록 갈대처럼 약하나 문자를 통한 상상력의 확대로 위대한 존재가 될 수 있었다는 것이다.

문자로 형성된 책을 많이 읽으면 전두전야 부분의 뇌가 발달하여 상상력이 증가된다는 주장이다. 때문에 책을 많이 읽은 사람이 책을 적게 읽은 사람보다 상상력이 풍부하여 남보다 앞선 삶을 누리게 된다는 것이다.

3. 글짓기와 '생각의 집짓기'

글쓰기란, 나무토막 쌓기나, 블록으로 집을 지어 올리듯, 하고 싶은 이야기를 글자로 지어가는 '생각의 집'이다

1) 무엇을 쓸 것인가?

─엄마나 친구에게 꼭 하고 싶은 이야기를 하듯이 쓴다.

- 재미있었던 일
- 즐거웠던 일
- 괴로웠던 일
- 슬펐던 일들 중에서
- 하고 싶었던 말을
- 말이 씨가 되어 자기가 말하는 대로 이루어지기 때문에, 자기의 마음을

2) 어떻게 쓸 것인가?

- 솔직하게 쓴다.
- 착하고 아름답게 쓴다. 그래야 아름다운 사람이 된다.
- 새로운 사실을 발견하여 쓴다.
- 사물을 살아있는 사람의 마음처럼 감정을 담아 쓴다(의인법).
- 자세하게. 그림을 그리듯이 묘사한다.
- * 그냥 그렇게 쓰면 = 글이 된다.

3) 동시와 산문

동시
- 예쁜 생각을
- 짤막하게 내용을 간추려
- 리듬(운율)에 맞춰서 쓴다.

산문

- 이야기하듯이 쓴다.
- 자세하고 재미있게 설명하면 된다.

동시 감상

목욕을 하고 나면
내 배에 작은 옹달샘이 생기지요.

옹달샘을 쭉 짜면
아주 작은 그릇이 되지요.

　　　　　　　　—신서윤, 「배꼽 옹달샘」(주생초등학교, 2학년)

키가 큰 해바라기
담 밖을 내다본다

학교 간 민서가
언제나 돌아오나 하고

　　　　　　　　　　　　—하송, 「해바라기」

'배꼽'='옹달샘'='그릇'이 되는 상상의 은유법과 '해바라기'가 사람처럼 담 밖을 내다보고 있다는 의인법으로 사물(배꼽, 해바라기)을 표현하고 있다.

밤새 함박눈이
하얗게 내렸어요

장독 위에도

지붕 위에도

소복소복 쌓였어요.

─홍길동, 「함박눈」(초등학교 2학년)

위의 시에서 홍길동은, 눈(雪)에 대한 '새로운 생각' '새로운 사실(진실)의 발견'이 없다. 누구나 그냥 쉽게 생각할 수 있는 '눈'을 평범하게 이야기 하고 있다.

함박눈은 솜인가 봐

장독 위에 쌓인 눈

장독이 얼어 깨질까 봐

소복소복 쌓여 있어요.

─문호성, 「함박눈」(초등학교 2학년)

문호성은, 눈(雪)에 대한 '새로운 생각', '왜, 함박눈이 저렇게 밤새 조용히 내려 쌓여 있는 걸까?' 하고 생각에 생각을 거듭한 끝에, '아하! 장독이 깨질까 봐'라는 새로운 생각, 새로운 사실을 발견(상상)하게 된다. 이처럼 '왜, 그럴까?' 하고 생각(상상)하여 쓴 것이 동시이고 글이다. 그렇게 '새로운 생각'을 바탕으로 글을 써야 읽은 사람들이 그 사람의 생각에 공감을 하여 감동과 박수를 보내게 되는 것이다.

키장다리 포플러를

바람이

자꾸만 흔들었습니다.

포플러는

커다란 싸리비가 되어

하늘을 쓱쓱 쓸었습니다.

구름은 저만치 밀려가고

해님이 웃으며

나를 내려다보았습니다.

—어효선(1925~2004), 「포풀러」 전문

"포풀러"에 대한 새로운 생각, 곧 '포풀러 = 싸리비'가 되어 '하늘을 쓱쓱
쓸자 구름이 저만치 밀려갔다'는 기발한 발상과 그걸 보고 "해님이 웃으며/
나를 내려다보았"다는 의인법이 이 시에 신선한 청량감을 더해 주고 있다.

우리들의 웃음소리

하늘로 올라가

금실 은실 되어

보슬보슬 내리네요.

우리들의 노랫소리

하늘까지 번져 올라

비단 실오라기 되어

솔솔 내리네요

—이미옥, 「보슬비」(5학년)

'웃음소리 = 금실 은실'로, '노랫소리 = 비단 실오라기'로 예쁘게 비유하
여 한 편의 아름다운 동시를 리듬감 있게 창작해 내고 있다. 이처럼 '웃음
소리 = 금실 은실' '노랫소리 = 실오라기'로 'A = B'라고 표현하는 수사법을
'은유법'이라고 한다.

아빠가

나를 생각할 때

아빠 마음은 봄이다

친구들과

사이좋게 지내는 우리를 보시는

선생님은 기쁜 봄이다

우리 가족이

즐겁게 웃으면서 지낼 때

우리 집은 행복한 봄이다

지구에

행복한 마음이 자꾸 쌓여서

따뜻한 봄이 되고 있다

—유현수, 「봄」(간중초등학교 6학년)

"따뜻한 봄"은 '아빠가 나를 생각하는 마음'이고, '친구들과 사이좋게 지 내는 모습'이며, '가족들이 즐겁게 웃고 지낼 때', 그런 마음들이 모여 '봄이 된다'는 새로운 발상(은유)이 한 편의 아름다운 동시를 낳고 있다.

나비는

나뭇가지 사이로 흐르는

작은 구름

꽃섬을 찾아 음악처럼 떠가는

나뭇잎 배

천사가 접어 보내는
편지

눈이 아직 남아있는
내 마음의 풀밭에
따뜻하게 내려앉은
봄

햇살

—김상길, 「나비 1」 전문

　이 시도 "나비"에 대한 '새로운 인식의 세계', 곧 '나비＝작은 구름, 나뭇
잎 배, 편지, 봄 햇살'이라는 비유(은유)의 세계가 황홀하고 신비롭다.

제16장_시와 낯설게 하기

'낯설게 하기'를 영어로 'Defamiliarization'이라 한다. 이는 낯익은(familiar) 기법이나 습관, 형식을 멀리(de=away)하여 새로운 감동을 맛보고자 하는 욕망에서 비롯되고 있다. 시인들은 일상 언어로는 경험할 수 없는 낯선 생각과 표현을 다양하고 새롭게 시도하여 새로운 감각을 일깨우고자 노력한다. '친숙한 것'(familiar)들보다 '낯선 것'(de+familiar)에서 더 미학적 가치를 느낀다는 것에 주목하였기 때문이다.

같은 일을 반복하다 보면 긴장이 풀어져 주의를 기울이지 않게 되기 때문에 예술 창작에서도 '낯설게 하기'를 즐겨 사용하고 있다. 익숙한 표현은 독창성을 잃고 틀에 박힌 습관이 반복되어 신선한 맛을 잃어버리게 되는데 이를 매너리즘Mannerism이라 한다.

그렇다고 억지로 만든 단순한 생소함이나 당혹스런 충격만을 앞세운 것은 아니다. 낯설고 새로운 것 속에 웅크리고 있는 신비스러움이 감동의 요체이다. 그러기에 시인들은 독특한 언어 구성을 통해, 단순한 듯하면서도 비약되고, 평범한 듯하면서도 비범한 형식으로, 새로운 감동을 낳고자 심혈을 기울이게 된다.

- 비어있는 손은 아름답다. 우리의 내일이 그 안에 들어있기 때문이다.
- 매춘부는 불결하지 않다. 다만 성실한 육체노동자일 뿐이다.
- 돼지는 더러운 동물이 아니다. 다만 더러운 환경을 잘 참아낼 뿐이다.
- 꼴지는 결코 불행하지 않다. 희망만이 남아있기 때문이다.
- 자연은 결코 아름답지 않다. 치열한 생존 경쟁의 터전일 뿐이다.

봄이 온통
벗나무 가지에 붙어있다.

멀리서 보면
솜사탕을 꽂아놓은 듯

가까이서 보면

팝콘을 튀겨놓은 듯

봄이 온통
벚나무 가지에 다닥다닥 붙어있다.

―「벗꽃」(작자 미상)

위 시에서도 "봄이 온통/ 벚나무 가지에 <u>붙어</u>있다"고 낯설은 표현을 하고 있다. 이 또한 물리적·객관적 사실(fact)의 세계가 아니다. 그것을 바라보는 시인의 주관적 느낌에 충실한 표현이다. 사실 '봄이 벚나무 가지에 붙어 있'을 수도 없고, '노을이 어둠을 갉아 먹'을 수도 없는 극히 주관적인 느낌이다. 하지만 이런 주관적 느낌이 우리의 삶을 이끌어가는 정서적 바탕이 된다.

인간의 삶이란 객관적 사실보다는, 그것에 대한 우리의 주관적 느낌, 곧 그것을 어떻게 느끼고 해석하느냐에 따라 우리의 삶이 보다 큰 영향을 받게 된다. '꽃 → 봄'으로, '피어 → 붙어'로 시적 변용(deformation)한 낯선 표현, 낯선 인식 또한 시인의 주관적 느낌에 충실한 새로운 감동이 아닌가 한다.

따라서 시詩의 언어는 일상 언어와는 달리 리듬, 비유, 역설 등의 낯선 결합 규칙을 사용한다. 때로는 행과 연의 길고 짧음, 행간 걸침 등 표현 형식에 주의를 기울임으로써 자동화된 인습적 지각에 충격을 주어 신선한 감각을 일깨우기도 한다.

어, 오리 모가지다.
들리지 않니?
꽃부리에서
오리 우는 소리
꽥!

꽥!

꽥!

—서재환, 「목련 2」 전문

　내용과 형식에서 모두 낯설다. 우선 "목련"을 "오리 모가지"로 인식하는 발상 자체가 낯설고 특이하다. 더 나아가 거기에서 오리 우는 소리까지 연상해 내는 판타지가 가히 경이롭다. '목련꽃'이라는 시각적 이미지가 "오리 모가지"로 1차적 의미 전환을 일으키고 거기에서 다시 "오리 우는 소리"라는 청각적 이미지까지 연상해 내면서 마지막엔 "꽥!" "꽥!" "꽥!" 오리 울음 소리를 한 행씩 내려 처리해 가는 것이 마치 봉긋봉긋 피어나는 목련 꽃송이를 보는 듯한 공감각적 이미지를 불러일으켜 입체적 생동감을 갖게 된다.

누가 구름 위에
물 항아리를 올려놓았나
조용한 봄날 내 창가를 지나가는 구름

누가 구름 위의 물 항아리를 기울여
내 머리맡에 물을 뿌리나
조용한 봄날 오후
내 몸을 덮고 지나가는 빗소리

졸음에 겨운 내 몸 여기저기서 싹트는 추억들

—남진우, 「봄비」 전문

　"구름 위의 물 항아리" "싹트는 추억" 등 경이로운 은유들이다. '구름-비-물 항아리'라는 시적 연상과 "추억"이라는 추상적 관념을 '싹튼다'는 동적 감각으로 시각화하는 변용 능력이 이 시에 새로움을 더하고 있다. 이처럼 '낯설게 하기'란 갈 수 없는 길을 가고, 가능하지 않는 일들을 꿈꾼다. 그래서 그 길은 언제나 우리에게 낯설고 새로운 처녀림의 오솔길이 된다.

> 개구리 우는 무논에 달이 피었다.
> 사과꽃 진 허공에도 달이 피었다.
>
> 달을 만나면
> 달에서 물소리가 난다.
>
> 허공에
> 저 물소리가
> 물소리 따라 꽃잎이 왔다 꽃잎이 간다.
>
> 어차피 밤은 깊었고 밤은 또 밤을 부른다.
>
> 달이 무논을 첨벙첨벙 지나간다.
> 삶도 물소리처럼 지나간다.
>
> 달이 피었다.
> 물소리가 난다.
>
> —김성춘, 「달을 듣다」 전문(『현대시학』, 2004년 7월호)

"무논"과 "허공"에 "달"이 '떴다'가 아니라 "피었다"로 낯선 표현을 하고 있다. 달(月)은 생물도 아니고 더구나 꽃도 아니다. 그러기에 무논에서 꽃처럼 피어날 수가 없을 뿐만 아니라 허공에서 저 홀로 피어날 수가 없음은 정한 이치이거늘 "무논"과 "허공"에서 달이 꽃처럼 피어나고 있음은 시인의 주관적 느낌에 충실한 감정의 실체를 그대로 표현한 것이다.

"달에서 물소리가 난다". "달이 무논을 첨벙첨벙 지나간다". 이쯤 되면

이 시에서의 달은 이미 무생물적 자연물이 아니라 살아 꿈틀거리고 있는 생명체로 상상적 의미의 전환, 곧 존재 변용을 일으킨 셈이다. 그래서 "달이 무논을 첨벙첨벙 지나"가는 상상의 진경이 황홀하게 펼쳐지게 되는 것이다. 한 편의 시가 온통 물활론적 비유와 낯선 판타지로 심미적 감흥을 유발하면서 신선한 충격으로 다가온다.

초여름 밤 무논에서
개구리들이 목청껏 줄다리기를 하고 있다

소리로 엮은 새끼줄이 팽팽하다

갑자기 왼쪽 논 개구리들의 환호성
소리 폭죽을 터뜨린다.

방금
오른쪽 논의 개구리 소리 줄이 왼쪽으로 기울었나 보다
　　　　　　　　　　　　　　　　　　　─강명수, 「줄다리기」 전문

강물 위로 새 한 마리 유유히 떠오르자
그 아래쪽 허공이 돌연 팽팽해져서
물결이 참지 못하고 일제히 퍼덕거린다
물속에 숨어있던 수천의 새 떼들이
젖은 날갯죽지를 툭툭 털며 솟구쳐서
한순간 허공을 찢는다. 오오 저 파열음
　　　　　　　　　　　　　　　　　　　─이정환, 「새와 수면」 전문

　순수 직관으로 자기 느낌에 충실한 동심이다. 시란 평소 일상에서 사용하는 언어와 다른 형식의 언어, 곧 '낯설게 하기'로 창작한 결과물이라고 볼 수 있다. 일상에서 반복하는 언어보다 존재의 모습을 낯설게 해석하여 일 상에 둔감해진 우리 지각이나 인식의 껍질을 벗고 거기에 새로운 가치와 미를 창조하는 세계이다.

모더니즘 이후 등장한 이 '낯설게 하기'라는 문화적 코드는 이제 모든 예술의 지상 명제가 되어가고 있다. 대중음악과 영화, 무용뿐만 아니라 우리의 생활 전반에까지 파급되어 21C의 성공 코드가 되어가고 있다. 지식 정보 시대에는 아무도 가지 않은 길을 맨 처음 간 사람이 남보다 앞서간다. 이러한 문화적 코드는 한동안 이 시대를 지배하게 되리라 본다.

거듭 반복되는 우리의 삶은 의미도 방향도 모른 채 매너리즘에 빠져있다. 바닷가에 사는 사람들이 파도 소리를 듣지 못하고, 숲속에 사는 사람들이 새소리를 듣지 못하듯, 우리들 또한 우리들은 펼쳐내는 삶의 빛깔과 소리들을 듣지 못한다. 이러한 일상적 삶의 틀에서 벗어나 경이에 찬 동심의 눈길로 세상을 낯설게 바라보아야 한다. 어찌 보면 그것은 일상적 언어의 이면에 완강하게 붙박인 자동화된 삶에 대한 저항이 아닌가 한다.

오리 모가지는
호수를 감는다.

오리 모가지는
자꾸 간지러워

—정지용, 「호수 2」 전문

「호수 2」도 마찬가지 관점이다. 오리가 호수에서 고개를 들고 물살을 저으며 나가는 형상을 목이 간지러워 호수를 그 목에 감는 동작으로 새롭게(낯설게) 보고 있다. 그런가 하면 보다 충격적인 낯설게 하기도 있다.

언덕은 꿈을 꾸는 짐승

언덕을 깨우지 않으려고
유월이
능금꽃 속에 숨어 있었다.

—김요섭, 「옛날」 부분

    시인은 대뜸 "언덕"을 '웅크리고 있는 짐승'이라 선언(은유)함으로써 우리의 인식에 강렬한 충격을 준다. 그리고 "유월"이 그 짐승(언덕)을 "깨우지 않으려고" "능금꽃 속에 숨"었다는 초월적 발상 또한 절창이다. 이는 과학적 인식으로는 불가능한 느낌상 정감의 세계를 생명적 감각으로 표현한 신선한 시적 발상이라 하겠다.

    김종수 80년 5월 이후 가출
소식 두절 11월 3일 입대 영장 나왔음.
귀가 요 아는 분 연락 바람 누나
829-1551

    이광필 광필아 모든 것을 묻지 않겠다.
돌아와서 이야기 하자
어머니가 위독하시다.

    조순혜 21세 아버지가
기다리니 집으로 속히 돌아와라
내가 잘못했다.

나는 쪼그리고 앉아

똥을 눈다.

　　　　　　—황지우, 「심인尋人」(『새들도 세상을 떠나는구나』, 1983.) 전문

　이 시도 형식과 내용에 있어서 극단적인 낯설게 하기 방식을 취하고 있
다. 이러한 실험적 형태시는 언어 조직의 시적 성격을 고의적으로 파괴, 현
실 비판의 산문정신에서 비롯되는데 신문 광고 기사를 그대로 인용하여 군
대, 가출, 지명 수배 등으로 불안하게 떠도는 민초들의 절박한 삶의 단면(
이름)들을 시의 전면에 내세우고 있다.

　진실이 왜곡되어 있던 군부 독재 시절, 그 수많은 신문 기사들 중에서 무
엇이 진실이고 거짓인가가 구별되지 않던 80년대, 시인은 우연히 신문 한
귀퉁이에 실려있는 단면 광고에 눈이 머문다. 아무도 주의를 기울이지 않는
그곳에서 시인은 어떤 신문 기사보다도 절실한 기사를 발견하게 된다. 진실
이 외면된 시대의 폭력 앞에 시인이 할 수 있는 유일한 저항, 그것은 배설의
장소에서 신문을 읽는 것뿐이라는 자조적 저항성이 그 배경에 깔려 있다.

2. 행간 걸침(enjambment)

　통사(統辭: 말을 체계 있게 배열) 구조상 앞 행의 끝에 있거나 아니면 아래 행
의 첫 구에 배치되어 있어야 할 시어가 두 행의 중간 위치에 걸쳐있는 경우
이다. 이는 율격과 통사의 구조적 충돌에서 얻어지는 효과를 이중으로 노
리는 표현 기법이다. 율격 시행의 진행하려는 힘과 작품시행의 단절시키
려는 힘이 서로 부딪히면서 긴장이 유발되어 시적 탄력이 높아지게 된다.

　　어져 내 일이야 그릴 줄을 모로다냐

이시랴 하더면 가랴마난 **제 구태여**

보내고 그리난 정은 나도 몰라 하노라

—황진이, 「어져 내 일이야」 전문

   중장의 마지막 구句 '제 구태여'는 통사 구조상 종장 첫 구 앞에 놓여 있어야 맞는 '행간걸침'의 시작법이다. 이러한 '행간걸침'은 음악적 배려와 의미상 교합의 이중적 효과를 지니고 있다. 즉 4음보의 율격을 지키면서도 의미적으로는 중장의 '있으랴 하였더라면 제 구태여 가셨겠는가'의 도치법으로 쓰이면서 '제 구태여/ 보내고 그리는 정을 나도 몰라 하노라'로 종장의 의미와도 연결되어 있다. 이처럼 이 시조에서의 "제 구태여"는 떠나는 남자(님)와 보내는 여자(화자) 모두에게 걸리는 이중적 의미를 지니고 있는 '행간 걸침'의 경우라 하겠다.

> 나는 시방 위험危險한 짐승이다.
>
> 나의 손이 닿으면 **너는**
>
> 미지未知의 까마득한 어둠이 된다.
>
> 존재存在의 흔들리는 가지 끝에서
>
> 너는 이름도 없이
>
> 피었다 진다.
>
> 눈시울에 젖어드는 이 무명無名의 어둠에
>
> 추억追憶의 한 접시 불을 밝히고
>
> 나는 한밤내 운다.
>
> 나의 울음은 차츰 아닌 밤 돌개바람이 되어
>
> 탑塔을 흔들다가

돌에까지 스미면 금金이 될 것이다.

……얼굴을 가리운 나의 신부新婦여.』

—김춘수, 「꽃을 위한 서시」 전문(『문학예술』, 1957. 7.)

이 시에서 "너"와 "신부"는 시적 자아가 끊임없이 추구해 오던 존재의 본질로서 나는 아직도 사물의 본질적 의미를 제대로 알지 못하는 무지한 존재이다. 따라서 "나의 울음"과 "돌개바람" 또한 사물의 본질을 인식하기 위한 몸부림에 다름 아님으로 보아진다. 이 시에서 그러한 무명의 '나'와 본질적 존재인 '너'와의 대립적 관계 그리고 그 사이에 "까마득한 어둠"이 가로놓여 있음을 강조하고자 그 중간 지점에 '너는'이라는 구문을 걸쳐놓은 행간걸침의 기법을 드러낸 시라 하겠다.

우리 잠든 사이 **눈은**

더욱 깊게 내릴 것이며

우리들의 숲은 더욱 굳게

노을 속으로 잠길 것이리

—김수옥, 「우리가 잠든 사이」 부분

상처는 온다.

살(矢)을 맞은 코끼리처럼

살펴 돌아가지

못한 상처가 또 피를 흘린다.

—김동수, 「상처」 부분

김수옥의 시에서 첫줄의 끝구 "눈은"은 통사 구조상 2연의 첫 구에 와야 한다. 그럼에도 불구하고 이렇게 첫 줄과 둘째 줄의 중간에 배치함으로써 '우리의 잠'과 '눈'과의 관계 그리고 그 눈의 '내밀한 속성'을 더욱 깊고 밀도 있게 연계시켜 주는 효과를 발하게 된다. 김동수의 「상처」 2연 2행 첫 구句 "못한"이라는 조동사 또한 '행간 걸침'에 해당된다. 구문상으로 본다면 이 "못한"은 그 위 행 끝 구句로 올라가 '살펴 돌아가지 <u>못한</u>'이 되어야 한다. 그 럼에도 이를 아래 행 첫 구에 배치함으로써 '살펴가지 못한 불찰에 대한 후 회스러움'의 여진을 아래 행에까지 끌어오면서 그 뒤에 이어지는 "상처"와 도 매치match되는 이중 효과를 노리고 있다.

3. 내세우기(前景化, Fore-ground)

낯설게 하기의 한 방법으로서 일상적인 어법을 후경(後景, background)으로 하고, 시적 어법을 전경(前景, fore-ground)에 노출시키면서 전경과 후경의 충돌을 통해 시적 감동을 고조시키는 기법이다. 이는 탈선(deviation), 곧 일상의 언어 사용법에서 벗어난 독특한 언어 조립으로서 독자를 각성시켜 상투적 독자를 새로운 지각 작용에 이르게 하고자 하는 일종의 탈자동화 표현 형식이라 하겠다.

때문에 의도적으로 작품의 어느 한 부분을 강조하기 위해 연행聯行을 띄엄띄엄 늘어뜨려 놓는다거나 행두行頭를 들이거나 그대로 두어 들쭉날쭉한 형태로 주의를 환기시킨다거나 독자들의 시각 영상에 직접 호소하기 위한 시각(그림) 형태 도입 등도 이에 해당된다 하겠다.

나 보기가 역겨워

가실 때에는

죽어도 **아니 눈물** 흘리오리다.

—김소월, 「진달래꽃」 부분

'죽어도 아니 눈물 흘리오리다'는 도치법을 써서('아니'를 강조하여 앞에 내세움으로써) 은연중 터져 나오는 눈물을 억지로 참고 있다는 작자의 속내를 강조하고 있다.

> 봄은 바람 속에 있었다.
> 아이가 돌리는 팽이의 주축主軸에서
> 한참
> 머,
> 물,
> 다,
> 가,
> 눈동자에
> 쓱
> 들어간다.
> 아이는 웃었다.
> 나의 눈은 커서
> 봄이 뿌였다.
>
> 봄은 바람 속에 있다.
> ─임진수, 「눈 속에 들어가는 봄」 부분

"머, / 물, / 다, / 가,"의 시각적 효과를 통해, 기존의 문법을 파괴하면서까지, 바람 속에 있는 봄의 이미지를 선명하게 강조하고 있다.

> 모래밭에서
> 수화기受話器
> 여인의 허벅지

낙지 까아만 그림자

비둘기와 소녀들의 랑데부우
그 위에
손을 흔드는 파아란 기폭들

—조향, 「바다의 충계」 부분

　　그런가 하면 조향의 「바다의 충계」는 행 배열의 위치를 일부러 들쭉날쭉
변형시켜 가면서 산문적 설명적 요소를 철저히 배제, 상상의 영역에 절대
의 자유를 부여한 초현실주의 경향을 보이고 있다.

4. 창조적 오용誤用

　　일상 대화에서 장애가 될지도 모르는 말의 쓰임이 문학성의 중요한 원천
이 되는 수가 있다. 이를 '창조적 오용' 혹은 '시적 자유(Poetic license)*라 할
수 있는데 이것도 '낯설게 하기'의 일종이다. 이는 일상 언어에서 장애가 되

＊ 시적 자유(Poetic license)
　• 압축과 암시가 풍부한 내용을 담고자 할 때
　• 특별한 효과를 내고자 할 때
　• 운율상의 제약이 따르기 때문에 통상의 산문과는 다른 자유로운 언어의 사용이 허용
　　된다. 다음 사항들이다.
　　　① 어순의 전환이나 불완전 문장의 사용
　　　② 신조어의 사용
　　　③ 고어, 사어의 사용
　　　④ 단축형의 사용
　　　⑤ 발음의 변경
　　　⑥ 품사의 전용 등

는 모호성이 시에서는 오히려 시의 묘미를 배가시켜 주는 미덕이 될 수 있다는 점을 이용한 시인들의 특권이다.

　적정한 수준의 모호성은 실상 시적 자산의 일부가 되기 때문이다. 정지용의 시 「향수」에서 '그곳이 참하 꿈엔들 잊힐리야'의 구절 중 '참하'도 이에 해당된다. 문맥으로 보아 '참하'가 없는 것이 일상적 언어 문법이다. '참하'가 들어감으로써 문맥상 혼란이 오지만 이 시에서 '참하'가 빠졌다면 얼마나 맥 빠진 시가 되었겠는가? 그러기에 시에서 '참하'라고 하는 창조적 오용은 의도된 트릭trick으로서 그 시를 시답게 만드는 요체임을 간과해서는 안 될 것이다.

> 개가 울고 종鐘이 **들리고**
> 기적 소리가 **과연** 슬프다 하더라도
> 너는 결코 서둘지 말라
> 서둘지 말라 나의 빛이여
> 오오 인생人生이여
>
> 　　　　　　　　　　　　　　—김수영, 「봄밤」 부분

　위의 시행에서 "들리고"가 아니라 '울고'가 맞겠지만 앞의 "개가 울고"와의 중복을 피하기 위한 창조적 오용이다. "과연"도 결코 잘못 씌어져 있지는 않다. 그리하여 "기적 소리가 과연 슬프다 하더라도"란 대목을 우리의 기억 속에 입력시켜 준다. 그 순간 "과연"은 이 시에서 낯선 그러나 새롭고 아름다운 또 하나의 생명적 시어로서 새롭게 자리매김하게 된다.

> 황토 담 넘어 돌개울이 타
> 죄罪 있을 듯 보리 누른 더위—
> 날카론 왜낫(鎌) 시렁위에 거러노코
> 오매는 몰래 어듸로 갔나

바윗속 산山되야지 식 식 어리며
피 흘리고 간 두럭길 두럭길에
붉은옷 닙은 문둥이가 우러

땅에 누어서 배암 같은 계집은
땀 흘려 땀 흘려
어지러운 나-ㄹ 엎드리었다.

―서정주, 「맥하麥夏」 전문

"죄罪 있을 듯 보리 누른 더위"도 모호하고 아리숭한 낯선 표현의 문장이
다. "땀 흘려 땀 흘려"는 누구에게 걸리는 것인가? 계집인가 나인가 아니면
모두에게 걸리는 것인가? "어지러운 나-ㄹ 엎드리었다". 이는 문법적 파격
이지만 유혹의 불가항력성을 암시하는 '창조적인 오용'의 한 사례라 하겠다.

제17장_반어(irony)와 역설

반어(反語: irony)는 원래 하고자 하는 말을 의도와 다르게(반대로) 표현하는(표현≠의도) 일종의 냉소적 비꼬기이다. 마음에 들지 않는 사람에게 "너, 잘났어" 하거나, 예쁜 아이에게 "요, 얄미운 것" 하는 등의 표현 방법이 반어적 수사법이다. 그러나 역설(逆說: paradox)은 문자 그대로 앞뒤 말이 논리상 맞지 않는 모순 어법(앞말≠뒷말)이다.

그렇지만 이들의 특징은 모두 내용(반어)과 표현(역설)을 직접 설명하지 않고 서로 대조, 상반되어 거기에서 오는 강렬한 인상을 오래 남기고자 하는 창조 정신에 바탕을 두고 있는 역설적 강조법이라 하겠다. 그러기에 시인들은 오히려 이러한 반어와 역설을 통해 자신이 전하고자 하는 심리 상태를 보다 강렬하게 전달하게 된다.

1. 반어와 역설

1) 반어(反語: irony)
—자기의 뜻과 반대로 말을 해서 오히려 자기의 뜻을 강조하려는 '모순 어법'

상대를 비아냥하거나 자신의 의도를 숨기기 위한 표현법으로 칭찬하는 듯하면서도 비난하는 악의적인 반어가 있고, 비난하는 듯하면서도 속으로는 칭찬하는 선의적(善意的)인 반어가 있다.

- '아이구, 잘 했다. 또 깨라' ← 물건을 깬 걸 나무랄 때
- '꼴 좋다' ← '못된 꼴'을 보고
- 참, 많이도 주네. ← '조금 준다'는 뜻
- 잘들 논다. ← '행동거지'가 못마땅하다는 뜻
- '요, 얄미운 거' ← 아기의 귀여운 재롱을 보면서
- '이제 속이 시원하다' ← 딸 시집 보낼 때, 서운한 마음을 감추려고
- '참 빨리도 왔구나.' ← 지각생을 나무랄 때
- '너, 말 한번 이쁘게 잘 하는구나' ← '얄밉게' 말하는 사람에게

나 보기가 역겨워

가실 때에는

죽어도 아니 눈물 흘리우리다.

—김소월, 「진달래꽃」부분

"죽어도 아니 눈물 흘리우리다" ← 겉으로는 눈물을 흘리지 않겠다고 했지만 너무 슬퍼 눈물을 흘릴 수밖에 없다는 의미다. 하지만 화자의 애달픈 심정과는 다르게 아무렇지도 않은 듯 '눈물 흘리지 않겠다'고 표현했으므로 반어법이다.

먼 훗날 당신이 찾으시면

그때에 내 말이 '잊었노라'

당신이 속으로 나무라면

'무척 그리다가 잊었노라'

그래도 당신이 나무라면

'믿기지 않아서 잊었노라'

오늘도 어제도 아니잊고

먼 훗날 그때에 '잊었노라'

—김소월, 「먼 후일」전문

위 시에서도 말은 아무렇지도 않은 듯, "잊었노라"를 반복하고 있지만, 사실은 네가 그리워 '잊지 못하겠다는 그리움'을 내면에 깔고 있는 역설적 표현이다. 반어에는 이런 서브텍스트가 그 이면에 숨겨져 있는 '모순 어법'이다.

한 줄의 시는커녕

단 한 권의 소설도 읽은 바 없이

그는 한평생을 행복하게 살며

많은 돈을 벌었고

높은 자리에 올라

이처럼 훌륭한 비석을 남겼다

그리고 어느 유명한 문인이

그를 기리는 묘비명을 여기에 썼다

비록 이 세상이 잿더미가 된다 해도

불의 뜨거움 굳굳이 견디며

이 묘비는 살아남아

귀중한 사료史料가 될 것이니

역사는 도대체 무엇을 기록하며

시인은 어디에 무덤을 남길 것이냐

—김광규, 「묘비명」 전문

"많은 돈"과 "높은 자리"에 비해 시인을 한낱 초라한 존재로 그리고 있다. 이는 물질문명의 위력 앞에 왜소해진 정신문명의 가치를 안타까와 하는 반어적 아이러니가 배면에 깔려 있다. 수단 방법을 가리지 않고서라도 "많은 돈"과 "높은 자리"에 오르면 그게 성공이요, 행복이라는 등식을 내세우고 있다. 반면 시인은 그를 기리는 글로써 빈약한 물질을 취하고 있다는 사회적 병리 현상을 아무렇지도 않듯 꼬집고 있다. 인간다운 삶보다 세속적 가치만을 추구한 속물적 인간들이 도리어 성공한 것처럼 여겨지는 세태를 냉소적으로 고발한 반어적 수사법의 시이다.

아이러니의 특질

① 자기 비하의 양식이다. 아이러니는 언제나 자신의 참모습을 숨기고
  겉으로만 부족한 체, 못난 체(simulation) 상대를 속이고 있다.
② 약하고 겸손하고 못난 체하지만 실은 영리하고, 강하고 오만하고 잘
  난 체하지만 실은 우둔하다. 때로는 힘이 없는 척 변장하여 독자를
  속이고 골탕 먹여 결국 굴복시킨다.
③ 아이러니는 거리감, 자유로움, 재미가 있다. 그것은 풍자극에서처
  럼 언제나 관찰자와 관객이 거리를 두고 있기 때문이다.
④ 극적 효과를 노리거나 비꼼(sarcasm)의 성격을 지니기도 한다.
⑤ 아이러니의 어조는 언제나 냉정하고 객관적이고 논리성을 지닌다.
⑥ 무지無知를 가장하여 상대의 무지를 폭로하는 방법을 취하기도 한다.

2) 역설(逆說: Paradox)
 ─앞뒤 말이 맞지 않는 표현상의 모순 어법
  그리스어로 para(반대) + doxa(의견) = 역리逆理, 이율배반

 역설은 얼핏 보기에는 앞뒤 말이 맞지 않는 모순된 논리 같으나, 깊이 생
각해 보면 그 말 속에는 이성적理性的으로는 이해할 수 없는 초논리적 진리
가 숨어있다. 시인들은 이러한 통찰의 세계를 보다 밀도 있게 압축한 역설
의 언어를 통해 시의 영역을 넓혀 가고 있다.

  • 작은 거인 (작은 사람을 거인이라 했으니 모순된 표현)
  • 아는 것이 병 (알면 좋을 것인데 '병'이라 했으니 모순된 표현)
  • 살고자 하면 죽고, 죽고자 하면 산다.
  • 그는 죽었지만 살아있다.

- 지는 것이 이기는 것이다.
- 침묵이 곧 웅변이다.
- 미운 자식 떡 하나 더 주고, 예쁜 자식 매 한 대 더 때린다.
- 괴로웠던 사나이, 그러나 행복했던 예수
- 사형은 오히려 그에게 내릴 수 있는 최대의 자비였다.
- 이것은 소리 없는 아우성 (유치환, 「깃발」)
- 님은 갔지만 나는 님을 보내지 아니하였습니다. (한용운, 「님의 침묵」)
- 찬란한 슬픔의 봄 (김영랑, 「모란이 피기까지는」)
- 고와서 서러워라. (조지훈, 「승무」)
- 가깝지만 먼 나라―일본

'작은 거인' '소리 없는 아우성' '고와서 서러워라' 등, 이는 앞뒤 말이 맞지 않는 모순 어법이다. '가깝지만 먼 나라 일본'이라는 역설도 지리적으로는 '가깝지만' 정서적으로는 '멀다'인 것을 알 수 있게 된다. 그러기에 '역설'은 표현만 보면 앞뒤가 모순된 것처럼 보이지만 그 의미를 곰곰이 생각해 보면 해석이 가능하게 된다.

> 지금 대낮인 사람들은
> 별들이 보이지 않는다
> 지금 어둠인 사람들에게만
> 별들이 보인다
> 지금 어둠인 사람들만
> 별들을 낳을 수 있다
> 지금 대낮인 사람들은 어둡다
>
> ―정진규, 「별」 부분

"어둠" 속에서만 "별"이 보인다고 한다. 이는 '삶이 고단할수록 꿈과 희망이 더욱 영롱해진다'와도 같은 역설적 표현이다. 그러고 보면, '어둠이 곧 빛'이고, '빛이 곧 어둠' '색즉공, 공즉색'이라는 불교의 초월적 진리와도 동맥을 이룬 역설적 구조가 아닌가 한다.

> 삶은 계란의 껍질이
> 벗겨지듯
> 묵은 사랑이
> 벗겨질 때
> 붉은 파밭의 푸른 새싹을 보아라
> 얻는다는 것은 곧 잃는 것이다
>
> —김수영, 「파밭가에서」 부분

'얻는다는 것은 곧 잃는 것이다' '번뇌가 곧 보리(菩提: 깨달음의 지혜)' '고통 속에 영광'(성경)이라는 기표적 표현은 모순된 어법이다. 하지만 이러한 역설도 결국엔 사고의 유추 과정에서 중간 과정이 생략된 압축적 사고 구조에 다름 아니다.

'하나를 버림으로써 또 다른 하나(새싹)를 다시 얻을 수 있고, 고통(번뇌)을 통해 마침내 우리의 삶이 더욱 강하고 자유롭게 풀려 간다는 사고의 전 과정을 한마디로 압축시킨 초월적 논리의 역설이라 하겠다. 그러기에 역설은 기표적記表的 의미를 넘어 그 이면에 숨어있는 보다 크고 깊은 기의記意의 전 과정을 찾아 해석해 가는 비약적인 문장 구조라 하겠다.

2. 역설의 미학

사물이 여러 모습으로 변해 가면서도 그 근본은 서로 연결되어 있기에, 역설逆說은 원인이며 동시에 결과인 셈이다. 원인과 결과 그 사이에 다만 중간 변화 과정이 생략되어 있는 상태, 그것이 역설의 모습이다.

신경림의 시 「농무」에서도 농촌의 절망과 울분을 자조적으로 고발 · 토로하고 있다. 그러면서도 '쇠전을 거쳐 도수장 앞에 와 돌 때/ 우리는 점점 신명이 난다'라는 반어적 표현을 통해 농촌 젊은이들의 울분과 좌절을 더욱 고조시켜 주고 있다. 의도는 '울분과 좌절'인데 표현은 '신명이 난다'다. 그러니 이러한 표현은 의도와 표현의 불일치에서 오는 반어反語요, 또한 그렇게 앞뒤가 맞지 않는 내용이니 역설이 되기도 한다.

영화 〈챔프〉에서도 엄마와 이혼한 아빠 밑에서 홀로 자란 아이가 어느 날 아빠와 함께 엄마를 찾아가는데, 아빠가 엄마를 만나러 가는 사이, 다리 난간에서 우두커니 홀로 서서 강변을 바라본다. 그때 오리 떼 일가족이 엄마 오리를 따라 나와 옹기종기 모여 재미있게 노는 장면이 나온다.

아이는 혼자 외로운데 오리들은 엄마 오리와 함께 모여 재미있게 놀고 있다. 아이의 외로움과 오리들의 즐거움이 불일치하니 역설이다. 시인과 예술가들은 이러한 역설과 반어를 통해 주인공(아이)의 외로움을 고조 · 대비시켜 주는 미학 장치를 즐겨 구사한다.

3. 역설과 연기론緣起論

시의 반전反轉과 역설逆說의 배경에는 연기론적 사고가 바탕에 깔려 있다. '구름'이 비가 되고, 비가 내려 식물의 뿌리와 줄기에 스며들어 꽃이 되고, 또 그것이 열매가 되어 맛있는 '과일'로 익어가는 끊임없는 변전變轉의 과정, 그것은 동일성(identity)의 연장선상에서 바라보면 그리 놀라운 변전이 아닌 변화 과정상의 하나의 흐름일 뿐이다.

        어둠은 출발이다.
        깊은 나락에서

즈믄 밤을 뒤척이다가도

끝내 홀로 일어서야 하는

침묵

그것은 안으로 안으로 덮쳐 오는

어둠을 살라 먹고

산처럼 다가오는

아픔을 살라 먹고

때가 되면

밖으로 튀어나오는

빛살의 물결

어둠은 결코 어둠이 아니다.

길고 긴 인고의 세월 끝에

쌓이고 모인

말씀과 말씀들이

이렇게 두 손 털고 일어서는

생명의 숲이다.

찬란한 탄생의 눈부심이다.

—김동수, 「어둠의 역설」 전문

이별이 새로운 희망의 출발이 될 수도 있고, 어둠이 새로운 탄생의 눈부심이 될 수 있음은 얼핏 보아 논리적 모순 같으나 그 이면을 곰곰이 헤아려 보면 그 속에 생의 비의秘義가 숨어있음을 알게 된다. 어둠의 밤을 지나지 않고 아침의 밝음이 올 수 없듯이, 그리고 보면 어둠은 어둠이 아니라 곧 밝음의 시발점이요, 밝음 또한 어찌 보면 어둠의 시작과 맞닿아 있는 게 아닌가? 그래서 색즉시공色卽是空이요 공즉시색空卽是色이라는 연기론적 발상이 탄생하게 된 것이다.

4. 역설과 깨침

　역설은 사고의 압축과 깨침의 언어라 말할 수 있다. 진리에 반대하는 듯 보이나, 잘 음미하면 진리의 비밀이 담겨 있기에 역설은 우주의 신비요, 지혜요, 기이함이다. '실패는 성공의 어머니' '살고자 하면 죽고, 죽고자하면 산다'의 경구도 그러한 우주적 진리가 아닌가 한다.

제18장_통찰과 역설의 미학

동양인들은 자연을 일종의 유기체(organism)로 간주하여 인간과 만물은 하나가 된다고 믿어왔다. 이러한 관점에서 세상의 모든 현상은 그것이 낱낱의 개체로서 독립된 존재가 아니라 서로가 상관체로 연기되어 있다고 믿어왔기에 '온 우주는 한 몸이다'라는 인식을 갖고 있다. 그러기에 멀리 떨어져 있어도 완전하게 구분하여 생각할 수 없는 연동체로서 서로가 조건적으로 연계되어 있기에 세상의 모든 현상은 고정되지 않은 불확정성의 존재, 연속적이고 순환적인 인과因果의 상태에 놓여 있다고 본다.

1. 연기적緣起的 상상력

연기론은 모든 존재와 현상이 스스로 존재한 것이 아니라 어떤 조건에 의해 이루어지고 있음을 설명한 인과법因果法이다. 시에서 흔히 보게 되는 기상奇想과 역설逆說의 배경에도 이러한 연기론적 사고와 그에 따른 상상력이 그 기저에 깔려 있다. 구름이 빗물이 되고, 빗물이 얼어 얼음이 되고, 그 얼음이 녹아 식물의 뿌리와 줄기에 스며들어 꽃이 되고 열매를 맺는 끊임없는 변신變身, 그러나 동일성의 연장선상에서 바라보면 그것은 그리 놀라운 변신이나 기상奇想도 아닌 불일불이不一不二의 다른 모습들일 뿐이다.

어떤 사람이 얼음(氷)을 보고 이것이 '물(水)'이라고 아는 것이 견성見性이다. 변하지 않는 것이 성性이고, 인연(조건) 따라 변하는 것이 상相이다. 그러고 보면 견성이란 끊임없이 변해 가는 상相을 보고 그것의 본성(identity)을 알아차림에 다름 아니다. '얼음'과 '물'처럼 모양相은 달라도 그 본성本性은 동일하기 때문이다.

그러기에 변화란 공간적, 정태적 개념이 아니라 시간적·역동적 개념이다. 이러한 연기의 망網을 깨닫는 것이 각覺이고 불교적 상상력이다. 그러므로 불교적 상상력의 핵심은 연기론과 그에 따른 깨달음, 곧 견성見性에 다름 아니다.

물은
나뭇가지로 기어올라
파란 잎과 예쁜 꽃을
피게 하고

사과 알을 굵게 한다.
이슬 되어
풀잎에 앉아 쉬고

거미줄에 달려서
대롱대롱 그네 뛰다가

따스한 햇살 타고
하늘로 오르면

구름 되어 어디론지
훨훨 날아간다.

　　　　　　　　　　　　　　　　—김종상, 「물」(1964) 부분

　이 시에서도 불교의 연기론적 인과(因果) 과정이 그대로 드러나 있다. 물
이 수증기가 되었다가 구름이 되었다가 비가 되어 땅으로 스며드는, 그리
하여, 나뭇가지로, 잎으로, 꽃으로, 때로는 "사과 알"로 존재하기도 한다.
그야말로 변화무쌍한 존재다. 하지만 현실적, 물리적 현상 세계에서 보면
"물"은 나뭇가지도 아니요, 꽃도 아니고, "사과 알"도 아니다. 그렇다고 구
름도 아닌, 다양한 공간에서 다양한 모습으로 변신한 모습들이다.
　그렇지만 그 근원(identity)을 살펴보면 어디까지나 물(水)에서 벗어남이 없
는 불이(不二)의 세계다. 이것이 바로 《반야바라밀다심경》에서 말하는 '색즉

시공色卽是空 공즉시색空卽是色'의 세계, 곧 불교적 연기의 상상력에서 오는 혜안의 세계다.

　　매운 계절의 채찍에 갈겨
　　마침내 북방으로 휩쓸려 오다.

　　하늘도 그만 지쳐 끝난 고원
　　서릿발 칼날진 그 위에 서다.

　　어디다 무릎을 꿇어야 하나
　　한 발 재겨 디딜 곳조차 없다.

　　이러매 눈 감아 생각해 볼밖에
　　겨울은 강철로 된 무지갠가 보다.

　　　　　　　　　　　　　—이육사,「절정」 전문(『문장』, 1940.)

　육사는 독립투사로서 일제의 감시와 압제에 쫓겨 "서릿발 칼날진" 북방 고원으로 밀려나 있다는 인식이다. "하늘도 그만 지쳐 끝난 고원" "한 발 재겨 디딜 곳조차 없다"는 절망적 상황이 그것이다.

　하지만 이 시에서의 핵심은, '겨울은 강철로 된 무지개'에 있다. '겨울이 오면 봄이 머지않으리'라는 셸리Shelley의 시구처럼, 겨울은 우리에게 시련을 안겨 주는 계절이기도 하지만, 그 겨울이 또한 봄과 여름으로 이어지는 징검다리 계절이라는 점에서 '겨울은 강철로 된 무지개'라는 역설로 우리를 위로하고 있다.

　강철처럼 차가운 겨울을 끝까지 참고 견디는 자만이 무지개의 봄을 맞이할 수 있다는 자연의 이법을 통해 삶을 통찰하고 있었기에 그의 "겨울"은 죽지 않고 '봄'이 될 수 있었고 '무지개'가 될 수 있었던 것이다.

2. 통찰(洞察: insight)

통찰은 직관直觀을 통해 여러 부분을 연결시켜 사물을 유기적 구조(gestalt)로 지각한다. 마치 의사가 CT나 MRI로 감추어진 신체의 안(in)을 들여다보고(sight) 진단하듯 사물이나 현상을 환히 꿰뚫어 상황을 재조직함으로써 문제를 해결해 가는 혜안이다.

> 대청봉 위에서 맑게 솟는
> 물을 마시니
> 티벳 영산 물 한 모금이 줄었다
>
> 설악에 엎드린 내가
> 히말라야 성수를 끌어 마셨구나.
>
> ―이성선, 「산상山上에서」 전문

대청봉 위의 물 한 모금과 티벳 영산의 물 한 모금이 분리되어 있는 것이 아니라 서로 연기緣起되어 있음을 동양의 만물일여萬物一如 사상으로 통찰하고 있다. 삼라만상이 개별적 존재가 아니라 하나의 형태로 연결되어 있다는 인식으로 대청봉의 물 한 모금과 히말라야 성수를 극적으로 형상화하고 있다.

때때로 이러한 통찰은 영감처럼 갑자기 일어나기 때문에 '아하'라는 감탄을 동반함으로 '아하 현상(aha phenomenon)'이라고도 한다. 교육학에서 학습이, 시행착오나 무의식적 충동의 발산으로써 이루어지는 것이 아니라 문제 장면에 대한 통찰에 의해서 이루어진다는 쾰러의 통찰 이론 혹은 수행 과정 중 갑자기 깨닫게 된다는 불교의 돈오頓悟와도 같은 맥락의 세계다.

길을 돌아가지 않으면 철망 너머로 보이는 먹이를 먹을 수 없는 상황에서 굶긴 개를 이용하는 실험에서, 개는 먹이를 보고 한순간 멍한 자세로 있다가, 곧 행동을 바꾸어 길을 돌아가서 먹이를 얻었다고 한다. 이처럼 인간뿐만 아니라 다른 동물들도 부분과 부분을 인지하여 사고思考를 형성하는 것이 아니라, 전체를 통찰하여 사물과 현상을 지각한다는 것이 형태심리학자들의 주장이다.

'전체는 부분의 총합과 다르다'는 그들의 명제가 이를 입증하고 있다. 이같은 통찰은 시인과 예술가들에게서 흔히 볼 수 있는 영감뿐만 아니라 도구의 발견과 사용, 물건의 제작 과정에서도 흔히 볼 수 있는 일이다.

3. 역설逆說

역설은 모순 어법으로 일종의 '낯설게 하기'이다. 얼핏 보기에는 모순된 논리 같으나 사실은 초월적 논리, 곧 진리를 품은 깊은 뜻이 숨어있는 압축된 표현법이다. 시인들은 이러한 초월적 사유의 세계를 보다 밀도 있게 압축한 역설의 언어를 통해 시적 탄력을 높혀 가고 있다.

'침묵이 웅변'이라는 모순 어법도 그렇고, '으뜸이 되고자 하는 자者는 종이 되어야 한다'(마 20:27), '보이는 것은 잠깐이요 보이지 않는 것이 영원하다'(고후 4:18)는 성경, 그리고 '위기가 곧 기회' '지는 게 이기는 것' 등의 속담 등이 그것인데, 바른 말로 해서 일깨워 줄 수 없는 견성見性의 세계를 통찰洞察의 눈을 통해 비약적 · 직선적으로 본질의 돈오를 촉구하는 지혜로운 선문답이다.

만상은 인연因緣에 따라 형상을 달리하고 있을 뿐, 그 밑바닥에 흐르고 있는 본질(identity)에는 변함이 없다. 아버지가 나에게 물려준 가난 때문에 내 인생이 고생의 연속이었고, 그것 때문에 더욱 노력하여 부富와 명예를 얻게 되었다면, 결국 오늘 그의 성공의 배후에는 '아버지로부터 물려받은 가난'이라는 유산이 자리하고 있는 셈이다.

이런 맥락에서 '얼음이 곧 구름'이 되고, '아버지가 나에게 물려준 선물은 가난이었다'라는 역설적 은유가 탄생된다. 이는 분명 기상奇想이요 또 역설逆說로서 '낯설은 표현'이다. 이같이 탄생된 현대시에서의 역설적 변용은, 결국 순차적인 연기론적 인과因果 과정에서 중간의 변화 과정을 건너뛴 압축 구조에 다름 아니다.

눈앞에 보이는 현상들은 조건에 따라 여러 모습으로 변해 간다. 하지만 그것들의 밑바닥에 흐르고 있는 본질의 속성들은 하나의 원리에 의해 끊임없이 그대로 이어져 간다. 그러한 자연의 이법을 깨쳐 알고 있기에 역설은 원인이며 동시에 결과인 셈이다. 다만 원인과 결과 그 사이에 가로놓여 있는 중간의 변화 과정이 생략된 압축 구조, 아니 논리적 추론 과정을 뛰어 넘어 그 본질을 꿰뚫어 내는 직관력直觀力과 통찰력이 역설의 배경에 깔려 있다. 동일성(identity)의 연장선상에서 보면 역설은 기상奇想이 아닌 연기적緣起的 과정에 놓여 있는 다른 모습들에 대한 통찰일 뿐이다.

4. 만해의 역설 미학

1920년대 한용운은 당시 풍미하고 있던 낭만적 퇴폐주의와 KAPF의 목적주의를 극복하고 존재의 근원에 대한 끊임없는 구도 정신과 현실 인식을 바탕으로 우리 시단에 형이상학적 깊이를 더한 시인이다. 아래의 시 역시 그러한 불교적 역설의 미학이 잘 나타나 있다.

이별은 미美의 창조입니다.
이별의 미美는 아침의 바탕(質) 없는 황금과 밤의 올(絲)없는 검은 비단과 죽음 없는 영원의 생명과 시들지 않는 하늘의 푸른 꽃에도 없습니다.
님이여, 이별이 아니면 나는 눈물에서 죽었다가 웃음에서 다시 살아날 수가 없습니다. 오오, 이별이여.

미美는 이별의 창조입니다.

　　　　　　　　　　　　　　　　　　　—한용운,「이별의 창조創造」전문

　"이별이 미美 의 창조"라는 역설이다. 이별의 전래적 통념이 어찌할 수 없이 맞게 되는 소멸적 이별이라면, 만해의 이별은 오히려 그것이 '새로운 만남의 계기'가 된다는 생성적 인식의 이별이다.

　이러한 생성적 역설 구조에는 회자정리會者定離, 거자필반去者必返의 세계와 같은 공사상空思想이 그 배경에 바탕에 깔려 있다. '이별은 눈물'이라는 일반적 부정을 넘어, 그것이 '웃음으로 다시 살아나'는 긍정에 이르고(1, 3연), 그것을 다시 2연(시들지 않고는 꽃이 다시 필 수 없습니다)에서 부정함으로써 더 큰 이별의 의미를 일깨워 주는, 이른바 이중 부정의 재생 구조라 하겠다. 그러기에 이 시에서는 이별을 부정하거나 두려워하지 않고 더 크고 빛나는 만남을 위한 새로운 창조의 기회로 생각하고 있다.

　　　사나이 가는 곳 어디나 고향인데

　　　그 누가 오래토록 객수에 젖어있나

　　　한번 큰 소리로 천지를 뒤흔드니

　　　눈 속에 핀 복사꽃 흐드러져 날리네

　　　　　　　　　　　　　　　　　　　—한용운,「오도송悟道頌」전문

　만해가 어느 겨울 오세암에서 좌선할 때, 문득 깨치게 되었다는 선시禪詩다. 고향이 따로 없고 "눈 속"에서 "복사꽃"이 핀다는 생각. 이는 시간과 공간을 초월한 역설逆說의 세계다. 하지만 선의禪意에서 보면, 인생 자체가 이 세상 나그네에 지나지 않고, 봄에 피는 꽃도 실은 겨울의 눈 속에서 이미 배아胚芽되어 그것이 자라 변해 가는 연장선에 다름 아니다. 그리하여, '같이 있지만 서로 조금씩 다른 모습으로 변해 가는' 흐름의 한 과정이요, 동일성의 연장선에 불과하다는 선적 깨침의 시다.

그러고 보면, 시에서 흔히 보게 되는 유有와 무無 그리고 공空과 색色을 넘나드는 다양한 반전과 역설 등도 사실은 보이지 않는 본질에서 분리되지 않는 '하나의 세계'이다. 그것은 그것과 그것들이 서로 '같다(the same)'는 의미가 아니라, 결국 '동일선(the identical)상'에 놓여 있는 '같은 것들의 다른 모습'이요, '서로 다르면서도 다르지 않은 하나, 곧 불일불이不一不二'의 세계라는 의미이다.

역설逆說은 사고의 단계적 변화 과정을 뛰어넘는 압축된 형태의 선적 깨침의 언어이다. 그리고 그 배경에는 이러한 불교적 상상과 통찰이 있다. 얼핏 진리에 어긋나 보이는 듯하나, 잘 음미해 보면 그 내면에 깊은 진리가 깔려 있음을 알게 된다. 그러기에 역설(逆說, paradox)은 그 어떤 지혜와 진리의 비밀이 담겨 있는 역동적 주문呪文이다.

예수님이 말씀하신 "심령이 가난한 자가 복이 있나니 천국이 그들의 것임이요"(마 5:3)도 그것이고, '번뇌가 곧 보리요 생사가 곧 열반'(煩惱卽是菩提 生死不異涅槃, 《직지심경》)이라는 부처님의 말씀도 이와 다르지 않는 역설의 세계다.

역설의 깊이는 깨달음의 깊이다. 깨달음의 깊이는 묵상의 깊이다. 그러기에 묵상을 통한 깨침, 곧 직관적 통찰이 없다면 어찌 진정한 역설의 이치를 깨달았다 하리오.

제19장_시와 선禪의 만남

1. 언어와 선禪

시는 영취산에서 가섭이 지었던 '염화시중의 미소微笑'다. 범왕이 영취산에 와 설법해 줄 것을 청하자 석가모니가 연꽃을 따서 제자들에게 들어 보였다. 아무도 그 뜻을 몰라 의아해할 때, 가섭迦葉만이 그 뜻을 알아차려 빙그레 웃었다.

이후 '염화미소'는 중국 선종에서 종지宗旨를 드러내는 방법으로 자주 거론되었다. 선사禪師들은 무어라 설명하기 어려운 삶의 화두를 직관을 통한 사물(이미지)로써 표현한다. 글은 말을 다하지 못하고, 말은 뜻을 다하지 못하므로[書不盡言 言不盡薏(공자)] 시인들은 본래의 존재로 되돌아가고자 선禪의 언어, 사물의 언어를 찾게 된다. 색色으로써 공空을, 사물로써 시詩를 쓴 셈이다.

선시는 시간과 공간을 초월하여 나(我)도 없고 물物도 없는 자리, 일체의 경계가 허물어지고 난 텅 빈 허공에서 본래의 그것, 존재의 근원을 찾는 데서부터 시작된다. 하지만 그 뜻이 '묘오妙悟'한 말 속에—고도의 절제와 응축의 상징으로—숨어들어(詩禪在妙悟) 있어 미묘하면서도 창조적이고, 창조적이면서도 혁명적이다. 단절과 비약, 침묵과 여백을 동반한 초월적 문자 속에 감싸여 일반적인 관점에서는 파악하기 어려운 데가 있다.

> 시는 천기天機에서 발發해서 스스로 조화의 공을 이룬다. 천기天機란 하늘의 비밀이다. 이는 시인의 영감 , 즉 신비로운 정신의 경지다. 천기에서 조화의 신비를 이끌어낸다는 것은 시인이 스스로 신비로운 정신의 경지를 이룩하고 그 시 의식을 통해서 반영된 시 세계를 구체화해야 한다는 것이다. 이것이 바로 직관과 영감의 신비를 그 본질로 이해한 묘오妙悟의 세계다.[*]

---

[*] 전영대 외, 『한국고전시학사』, 홍성사, 1979, p381.

'직관과 영감' 이것이 묘오妙悟의 세계요, 시의 세계다. 당나라 여본중도 '글을 짓는 데는 반드시 깨달아 들어가는 부분이 있어야 한다. 깨달아 들어 가는 '오입悟入'이 시의 관건이 되어야 한다고 주장한다. '선시의 언어는 논리와 상식을 초월한 언어, 마음에서 마음으로 전하는 교외별전敎外別傳, 문자로서는 세울 수 없는 글자 밖의 '불립문자不立文字', 일체의 경계가 허물어진 허공에서 탄생하게 된다.

선시가 초현실주의超現實主義 시와 흡사한 점(언어의 단절성과 초월성)이 있으나 결합 방식에서 차이가 있다. 선禪이 본질에 직핍하는 '깨달은 자의 표현'임에 비해, 초현실주의의 시는 종교와 합리주의에서 벗어나 무의식에 의한 찰나적 우연과 이성의 해체가 중심을 이루고 있음이 다르다.

2. 한국 현대시에 나타난 선禪의 세계

직관은 선禪으로 가는 길이다. 정지용의 시 「춘설春雪」을 보면 첫 행에서 '문 열자 선뜻/ 먼 산이 이마에 차라'는 시구詩句가 나온다. 어느 봄날 아침 문을 열자 밤새 내린 눈에 놀라 자기도 모르게 토해 내는 말, 곧 직관적 표현이다. 여기에는 설명이나 논리가 끼어들 틈이 없다. 논리의 사고 과정을 거치지 않고 단숨에 시공을 뛰어넘는 본능적 감지感知의 세계이다.

유치환의 시 「깃발」에서, '이것은 소리 없는 아우성'이라는 단도직입單刀直入적 묘파描破도 이와 다르지 않다. 현대시에서 이러한 직관적 표현은 주로 불교의 선시禪詩에 많이 드러나 있다.

> 당신의 소리는 침묵沈黙인가요.
> 당신이 노래를 부르지 아니하는 때에 당신의 노랫가락은 역력히 들
> 립니다 그려.
> 당신의 소리는 침묵沈黙이어요.

당신의 얼골은 흑암黑暗인가요.

내가 눈을 감을 때에 당신의 얼골은 분명히 보입니다 그려.

당신의 얼골은 흑암黑暗이어요.

—한용운, 「반비례」 부분

　침묵 속에서 당신의 소리를 들을 수 있고, 눈을 감음으로써 당신의 얼굴을 볼 수 있다는 역설적 표현, 이것은 없음 속에서 있음을 발견, 곧 님의 부재를 통한 존재의 확인이라는 반상합도反常合道의 세계다. 표면상으로는 정상에서 어긋나(反常) 서로 상치된 듯하나 보다 큰 차원에서 보면 내용적으로 그것들이 합도合道 되어가는 오묘한 이치의 표현법이다. 색色은 가상의 세계이고, 공空은 본질의 세계다. 이 "가상과 본질의 절묘한 모순 어법이 한용운 시 전반에서 시적 긴장과 함께 우리를 진리의 눈뜸과 황홀한 대자유로 접인"**시키고 있다.

섭섭하게,

그러나

아주 섭섭치는 말고

좀 섭섭한 듯만 하게,

이별이게,

그러나

아주 영 이별은 말고

어디 내생에서라도

다시 만나기로 하는 이별이게,

** 송준영, 선시의 표현 방법론에 관한 연구(2), 『유심』, 2004년 가을호.

연꽃

만나러 가는

바람 아니라

만나고 가는 바람같이……

엊그제

만나고 가는 바람 아니라

한두 철 전

만나고 가는 바람같이……

　　　　　　—서정주, 「연꽃 만나고 가는 바람같이」 전문

　세상에 변하지 않는 것은 하나도 없다. 무릇 생生하는 것은 멸滅하기 마련이다. 모든 것은 무상(諸行無常)하니, 이것이 생生하고 멸滅하는 생멸의 법(是生滅法)이다. 노자老子도 『도덕경』에서 '나는 돌아감을 볼 뿐이다. 대저 온갖 것은 풀처럼 쑥쑥 자라지만 모두가 결국에는 각기 뿌리로 돌아갈 뿐이다(吾以觀復 夫物蕓蕓, 各復歸其根)'라고 하였다.

　생生 뒤에는 결국 이별의 빈자리(滅)로 되돌아오기 마련이다. 시작 뒤에 곧 이별의 끝이 뒤따라옴을 알기에 어느 한곳에 편벽되어 '만나러 가는 바람'처럼 들뜨지만 말고 마음의 중심을 잡아 담담여여淡淡如如하게 중심을 잡아 살아가라는 깨우침의 법문이다. 이것이 생성과 소멸의 순환 법칙을 하나로 연계하여 그 중심에서 평상심平常心을 잃지 않는 도道의 길(平常心是道)이요, 집착에 매어있지 않은 중도中道 미학의 세계가 아닌가 한다.

숲속의 샘물을 들여다본다

물속에 하늘이 있고 흰 구름이 떠가고 바람이 지나가고

조그만 샘물은 바다같이 넓어진다.

나는 조그만 샘물을 들여다보며

동그란 지구의 섬 우에 앉았다.

—김달진, 「샘물」 전문

샘물을 들여다보다가 그 속에서 광대무변하게 펼쳐진 우주의 허공을 발견하고 자신이 그것을 바라보는 지구상의 조그마한 존재임을 직감한다. 부분 속에서 전체, 색色 속에서 공空을 발견하는 견성의 시간, 그리하여 자신도 곧 우주의 일원이라는 깨침 속에서 자기 확대의 연기론적 범우주관이 펼쳐진다. 직관에 의한 절대 순수와 절대 고독이 한 폭의 동시처럼 선명하게 그려져 있다.

고인 물 밑

해금 속에서

꼬물거리는 빨간

실낱같은 벌레를 들여다보며

머리 위

등 뒤의

나를 바라보는 어떤 큰 눈을 생각하다가

나는 그만

그 실낱같은 빨간 벌레가 된다.

—김달진, 「벌레」 전문

위의 시 「샘물」이 우주로 확대된 시상이라면, 이 시 「벌레」는 화자가 "실낱같은 벌레"로 작아지는 자기 축소의 세계이다. 하지만 그의 축소가 축소에 그치지 않고 그의 시적 상상은 "어떤 큰 눈"을 매개로 다시 무한대로 확대되면서 나(빨간 벌레)를 중심으로 또 하나의 우주(큰 눈)를 발견, 곧 나(相)와 우주(性)가 하나가 되는 만물일여의 거시적 초월 경지에 이르게 된다.

이처럼 시인들은 때때로 모든 자연 사물 속에서 우주를 직감直感, 결코

그 무엇에도 물들지 않고, 이성과 지식, 따짐과 헤아림을 떠난 순수 직관의
세계에서 새로운 선정禪定에 들곤 한다.

> 큰 절이나
> 작은 절이나
> 믿음은 하나
>
> 큰 집에 사나
> 작은 집에 사나
> 인간은 하나
>
> ─조병화, 「해인사」 전문

　　"큰 절"이나 "작은 절"이나 결국은 믿음 하나로 되돌아오듯, "큰 집"에 사
는 사람이나 "작은 집"에 사는 사람들이나 결국은 '사람 하나'로 귀결됨을 우
주적 관점에서 살피고 있다. 우리의 눈앞에 드러나 있는 현상(色)은 "절"과
"집"이지만 결국 그것들의 마지막 귀결처는 그 배후에 있는 우주 자연의 본
향(空)으로 되돌아감을 관觀하고 있다.

> 나비가 동에서 서로 가고 있다
> 돌이건 꽃이건 집이건
> 하늘이건 나비가 지나가는 곳에서는
> 모두 몸이 둘로 갈라졌다가
> 갈라진 곳을 숨기고 다시
> 하나가 된다
> 그러나 공기의 속이 굳었는지
> 혼자 길을 뚫고 가는 나비의 몸이
> 울퉁불퉁 심하게 요동친다.
>
> ─오규원, 「봄과 길」 전문

인간 중심의 세계가 아니라 우주적 관점에서 상식적 인식을 뛰어넘는다. 나비가 지나가는 공간(공기 속)이 둘로 갈라지고, 또 지나가고 나면 그곳이 공기로 다시 채워져 봉합된다는 것이다. 이처럼 사물을 객관적·초현실적으로 바라보는 시적 발상은 삼라만상을 있는 그대로 직관直觀하여 사물과 현상의 실재實在에 가까이 다가가고자 하는 우주적 관점에서 비롯된다.

> 담쟁이덩굴이 가벼운 공기에 업혀 허공에서
> 허공으로 이동하고 있다.
>
> 새가 푸른 하늘에 눌려 납작하게 날고 있다
>
> 들찔레가 길 밖에서 하얀 꽃을 버리며
> 빈자리를 만들고
>
> 사방이 몸을 비워 놓은 마른 길에
> 하늘이 내려와 누런 돌멩이 위에 얹힌다
> ─오규원, 「하늘과 돌멩이」(1999) 부분

시인은 보이지 않은 허공의 공기를 보고 있다. 인간 중심의 관점에서 보면 아무것도 없는 공간처럼 보이는 것들도 실은 우주의 중요한 구성 요소 중의 하나로 존재하고 있다는 직관이다.

주객의 자리바꿈을 통한 시선 전환으로, 세계에 대한 인식의 새로움을 꾀하면서 부분과 전체, 중심과 주변, 있음(有)과 없음(無)이 하나로 융합된 무위자연無爲自然의 실재를 그대로 보여 주고자 한다.

> 나뭇잎 하나가

아무 기척도 없이 어깨에
툭 내려앉는다.

내 몸에 우주가 손을 얹었다.

너무 가볍다

　　　　　　　　　　　　—이성선, 「미시령 노을」 전문

　천지만물이 한 몸으로 연결되어 나와 함께 살아가고(天地與我竝生) 있는 물아합일物我合一의 세계를 이루고 있다. 나뭇잎 하나가 제 수명을 다하고 마침 바로 내 어깨 위에 내려와 열반에 든다. 순간 번뜩 거기에서 어떤 우주의 섭리, 곧 불성佛性을 감지한다. 일체의 집착을 버렸기에 저렇게 가벼울 수 있다는…… 그래서 '아, 너무 가볍다'를 탄歎하게 된다. 집착과 분별의 경계에서 벗어나 자유자재한, 그리하여 비로소 가볍게 열반에 드는 낙엽의 가벼움, 그래서 시의 제목도 그냥 "미시령"이 아니고, '낙엽'과 '노을'과 '열반'이 하나의 이미지로 연결되어 「미시령 노을」이 되었다.
　이성선의 다른 시 "대청봉 위에서 맑게 솟는/ 물을 마시니/ 티벳 영산 물 한 모금이 줄었다// 설악에 엎드린 내가/ 히말라야 성수를 끌어 마셨구나" (「산상山上에서」)에서도, 대청봉 위의 물 한 모금과 티벳 영산의 물 한 모금이 서로 연기緣起되어 있다. "모든 것은 어떠한 인연에 의해 생겨났다는 사실을 자각하는 순간 우리의 삶은 즐거울 수밖에 없다. 오늘의 나의 성취가 내 혼자만의 힘으로 이루어진 것이 아님을 자각하게 되면 그 성취를 뭇 인연들에게 다 돌려주는 이타행이 가능해 질 것이다."***

***　고영섭, 「한국현대시에 나타난 불교」.

하늘 끝은 텅 비었다, 고 한다. 텅 빈 것이 더 눈부시다./ …(중략)…/ 안개 속으로 간, 빈 하늘을 밟고 간 빈 흔적이 무겁다.

　　　　　　　　　　　　　　　　　　　—조영서, 「단장短杖」 부분

　참된 도道는 오직 공허 속에 모인다는 노장老莊의 '유도집허唯道集虛'처럼, 도의 근원은 이 공空으로부터 비롯된다. 그러기에 '비어있음'이 '눈부시고' 또 '무겁다'. '빔(空)'은 가시적 물체만 없을 뿐 실재實在가 없는 것은 아니기 때문이다. 없음(無)으로 채워진 있음(有)의 세계, 곧 무유無有, 혹은 있음(有) 속에 내재된 없음(無), 곧 색즉공色卽空의 세계이기도 하다.

　"양자론에서 보면 진공眞空이란 아무것도 없는 상태가 아니다. 관측되지 않을 뿐 입자와 반입자의 생성과 소멸이 끊임없이 일어나는 상태다. 방대하고도 무소부재한, 그러기에 무無는 무無이면서 무한無限이다."**** 그 속에 무궁한 변화의 에너지가 새로운 세계를 만들어 우주의 중심이 된다. 이게 진공묘유眞空妙有 곧, 공空의 묘미이다. 이러한 맥락에서 '비어있음은 눈부시고, 비어있기에 오히려 무엇이든지 채울 수 있어 무겁다'는 역설적 진리가 탄생하게 된다.

　　　아이가 낮잠 자는 옆에
　　　햇볕이 한 조각 누워있다
　　　가만 보니 손바닥만 한 햇볕이
　　　커졌다 작아졌다 커졌다 작아졌다 한다
　　　창밖 감나무 그늘이 햇살을
　　　밀었다 당겼다 하는 것이다
　　　모든 반복은 이처럼

**** 이성희, 「장자의 실재관」, 부산대학교 동양사상 연구회, 1977.

아이 숨결과 하나 되어 꿈을 꾸는 일

어느 사이 햇살이 들어오고

그늘이 찾아들고

한 세계와 큰 우주가

조그만 방 안에 가득 채워진다.

　　　　　　　　　　　　　　　　　—강명자, 「숨결」 전문

　노장의 선계仙界를 보듯 아무것도 없는 듯하면서도 그러나 가득 차 자족自足한 풍경이다. 아이와 햇볕과 감나무 잎이 하나의 숨결, 하나의 우주가 되어 숨을 쉬고 있다. 이는 전체 속에 부분이 포함되어 있고, 부분 속에 전체가 함장된 유기체적 전체론(holism)을 배경으로 우주와 내가 하나로 천화天和를 이루고 있다. 몸과 마음이 따로 움직이지 않고 일체를 순리(천지자연의 인과 법칙)에 맡겨 얽매임이 없는 자유자재自由自在한 절대 해방과 무애無碍의 임운任運 사상, 그리하여 비어있으면서도 오히려 가득 찬 선禪의 세계가 아닌가 한다.

빗장을 걸고 집을 나섰다.

그 사이 거미가 집을 지었다.

집을 비우고 나오는 사이

마당은 더욱 가벼워

바람을 불러들였다.

햇살이 고루 들어

저 홀로 들어왔다 저 홀로 나가고

모처럼 서재 안에 갇혀있던

컴도 집 뒤안 툇마루로 나와

감나무 그늘을 덮고 잠이 들었다.

문을 걸어 잠그고

낯선 곳을 기웃거리고
다니는 동안
구석에 밀려 있던 먼지들도
모처럼 제자리로 나와
한낮을 즐기고 있다.
문門 간에 풀(木)도 한두 포기 돋고 있다.
　　　　　　　　　　—김동수, 「한가閑暇」 전문

　이 시에서의 집은 '아상我相' 혹은 '개체적 자아'의 집이다. 이런 아상의 집을 비우고 나오니 마당(세상)이 더욱 가벼워진다. 햇살과 바람, 서재 안에 갇혀 있던 컴퓨터와 먼지들도 모처럼 한낮을 즐기고 있다. 일체가 다 한가의 무위無爲 속에서 여여如如한 생생生生을 즐기고 있다. 개체의 비움을 통해 전체의 근원과 하나가 되는 소위 장자莊子의 물아일체物我一體 지경이라고나 할까.

　선시禪詩는 이처럼 자아를 버리고 사물과 하나가 되어 물物과 아我 사이를 가로막는 일체의 경계를 허물어 내가 우주가 되고, 우주가 내가 되는 존재의 변환을 가져오는 정경교융 원융무애의 경지에서 탄생된다.

　그러기에 문간門間에 풀도 한두 포기, 내가 나를 비우고 소요유逍遙遊하는 사이 모든 것들이 한가롭게(閑) 하나가 되어 스스로를 즐기는 지미至美 지락至樂의 세계가 아닌가 한다.

날 새고 눈 그쳐있다
위에 두고 온 세상
온갖 괴로움 마치고
한 집의 수의에 덮여 있다
때로 죽음이 정화라는 걸
늙음도 하나의 가치라는 걸 일러주는 눈발

살아서 나는 긴 그림자를, 그 위에 짐 부린다.

—황지우, 「설경」 전문

눈이 내린 어느 아침, 세상이 온통 눈(雪)에 덮여 고즈넉하게—마치 죽음처럼—잠들어 있다. 적멸지경이다. 이러한 적멸지경은 눈의 죽음이 있기에 가능하다. 하늘의 생을 마치고 지상이라는 한 집에 마치 수의壽衣처럼 내려 최후를 맞이하는 눈의 일생. 죽음이라는 열반을 통해 다른 한 세상이 정화될 수 있다는 이 장엄한 깨침은 마침내 화자의 무거운 짐—긴 그림자—을 부리게 되는 계기로 이어지면서, 이전 그의 리얼리즘이나 해체시와는 사뭇 다른 적멸의 세계를 보여 주고 있다.

뜰이 고요하다
꽃이 피는 동안

하루가 볕바른 마루 같다

맨살의 하루가
해종일
꽃 속으로 들어간다
꽃의 입시울이 젖는다

하늘이
향기 나는 알을
꽃 속에 슬어 놓는다

—문태준, 「꽃이 핀다」 부분

선禪은 일반 대중들이 알아보지 못한 우주적 인식, 영원성의 추구, 존재론적 본질 탐구, 심원한 자연 관조라는 형이상학적 깨달음의 세계를 보여 주고, 알려 주려는 의도로 기술된 초월적 비약의 세계다.

제20장_시와 패러디

패러디parody는 남의 작품이나 이야기의 전반적 흐름을 풍자적으로 모방하는 것을 말한다. 하지만 진정한 의미의 패러디는 표절 같은 단순한 모방이 아니라, 원작의 의미를 새로운 내용으로 변형시켜 재생산해 내는 '원전의 풍자적 모방' 또는 '원전의 희극적 개작'이라 하겠다.

패러디parody의 어원에는 '반대의 입장에서 불려진 노래(paradia)'라는 의미와 '모방하는 것(paradio)'이라는 의미가 합쳐져 만들어진 말이다. 결국 '반대'와 '모방'이라는 양면성이 패러디의 원뜻이다. 이는 오랫동안 무비판적으로 받아들여진 정전正典의 중앙집권적 권위나 기존 양식에 대한 비판과 도전 정신에서 비롯된 일종의 변혁적 창작 행위라 하겠다. 착한 심성의 《흥부전》을 《놀부전》으로 바꾸어, 흥부는 게으르고 헛된 꿈만 꾸는 사람, 귀가 얇아 사기꾼에게 속아 논밭을 빼앗겨 알거지가 되는데도 일하지 않고 형에게 기댈 생각만 한다고 개작한 《놀부전》 등이 그것이다.

이처럼 패러디는 원작의 진지하고 엄숙한 문체와 어조를 저급한 주제로 바꾸어놓는 저급 패러디와, 저급한 형식과 문체를 진지하고 품위 있는 주제로 바꾸어놓는 고급 패러디가 있다. 이러한 패러디에는 풍자, 재해석, 환기, 모방 등이 있다.

1. 풍자諷刺

풍자는 겉모양은 같지만 읽어보면 다른 내용의 모동심이模同心異로서 기존의 권위에 대한 도전과 비판이 그 안에 담겨 있다. 김춘수의 「꽃」을 패러디한 장정일과 장경린의 시도 그 중의 하나다.

> 원작
> 내가 그의 이름을 불러주기 전에는
> 그는 다만
> 하나의 몸짓에 지나지 않았다.
>
> ─김춘수, 「꽃」 부분

패러디

내가 단추를 눌러주기 전에는
그는 다만
하나의 라디오에 지나지 않았다.

내가 그의 단추를 눌러주었을 때
그는 나에게로 와서
전파가 되었다.

내가 그의 단추를 눌러준 것처럼
누가 와서 나의
굳어버린 핏줄기와 황량한 가슴속 버튼을 눌러다오.
그에게로 가서 나도
그의 전파가 되고 싶다.

우리들은 모두
사랑이 되고 싶다
끄고 싶을 때 끄고 켜고 싶을 때 켤 수 있는
라디오가 되고 싶다.
　　　　—장정일, 「라디오와 같이 사랑을 끄고 켤 수 있다면」 전문

　원텍스트인 김춘수의 「꽃」을 가볍게 패러디한 시다. 장정일은 원작의 "이름"을 "단추"로, "꽃"을 "라디오"로 전환시키면서 요즈음의 사랑을 "끄고 싶을 때 끄고 켜고 싶을 때 켤 수 있는/ 라디오"같이, 오늘날 우리 사회에 만연해 있는 인스턴트식 사랑의 가벼움과 기능주의 세태를 비판하고 있다.

　아래 장경린의 시도 인간의 존엄과 그러면서도 물질과 자본에서 자유로울 수 없는 오늘의 자본주의 현실을 포착하여 원작에 대한 새로운 해석과

비판의 자세를 취하고 있다.

원작

너는 나에게 나는 너에게

잊혀지지 않는 하나의 눈짓이 되고 싶다.

—김춘수, 「꽃」 부분

패러디

우리들은 서로에게

꽃보다 아름다운 체子가 되고 싶다.

—장경린, 「김춘수의 꽃」 부분

2. 재해석

원작의 주제를 변화시켜 재해석한 패러디다. 기존의 『춘향전』을 재해석한 임철우의 『옥중가』가 그것이다. 둘 다 전체적인 이야기 흐름은 거의 같지만, 속을 보면 춘향전과 정반대다.

춘향전에서는 춘향이 열녀로 나오지만, 『옥중가』에서는 그러한 춘향의 행동을 달리 해석해 보고 있다. 옥에 들어가고 수청을 들지 않는 것도 다 같지만, 열녀라서 그런 게 아니라 잇속이라 재해석하고 있다.

우리들은 약속 없는 세대다. 하므로, 만났다 헤어질 때 이별의 말을 하지 않는다. 우리들은 헤어질 때 다시 만나자는 약속을 하지 않는다. …(중략)… —그러니까 우리는 100%, 우연에, 바쳐진 세대다.

—장정일, 「약속 없는 세대」 부분

이 산문시는 만해의「님의 침묵」을 패러디한 작품이다. 원작과의 차이는 '약속 있는 세대'와 '약속 없는 세대'와의 차이로 드러나 있다. '우리는—떠날 때에 다시 만날 것을 믿습니다'라는 원작이 '우리는—헤어질 때 다시 만나자는 약속을 하지 않는다'로 바뀌어 있음이 그것이다.

만해 시에서의 '이별'이 '떠날 때에 다시 만날 것을 믿는', 그리하여 비록 힘들어도 언젠가는 다시 만날 수 있는 희망과 신념의 고통이었지만, 장정일의 시에서의 '이별'은 "헤어질 때 다시 만나자는 약속을 하지 않는" 세태를 반영, 그 가벼움을 갈파하고 있다.

> 지금 하늘에 계신다 해도
> 도와주시지 않는 우리 아버지의 이름을
> 아버지의 나라를 우리 섣불리 믿을 수 없사오며
> 아버지의 하늘에서 이룬 뜻은 아버지 하늘의 것이고
> 땅에서 못 이룬 뜻은 우리들 땅의 것임을, 믿습니다
> (믿습니다? 믿습니다를 일흔 번쯤 반복해서 읊어보시오)
> 오늘날 우리에게 일용할 고통을 더욱 많이 내려 주시고
> 우리가 우리에게 미움 주는 자들을 더더욱 미워하듯이
> 우리의 더더욱 미워하는 죄를 더, 더더욱 미워하여 주시고
> 제발 이 모든 우리의 얼어 죽을 사랑을 함부로 평론하지 마시고
> 다만 우리를 언제까지고 그냥 이대로 내버려 둬, 두시겠습니까?
> 대개 나라와 권세와 영광은 이제 아버지의 것이
> 아니옵니다(를 일흔 번쯤 반복해서 읊어보시오)
> 밤낮없이 주무시고만 계시는
> 아버지시여
>
> 아멘
>
> —박남철,「주기도문, 빌어먹을」(1984) 전문

진지하고도 엄숙한 성경 주기도문의 권위에 도전하여 우리에게 새로운 각성을 촉구한 시이다. '대개 나라와 권세와 영광이 아버지께 영원히 있사옵니다'라는 긍정과 낙관의 세계를 "대개 나라와 권세와 영광은 이제 아버지의 것이/ 아니옵니다"의 부정의 세계로 바꾸면서 '하나님의 사랑을 받을 수 없는 세태'에 대한 풍자와 하나님을 내세워 사랑을 위장하고 있는 자들에 대한 야유, 곧 신성 부재의 현실을 비판하고 있다.

'인간이라면 한번쯤 품었을 신이 있었다면 선하게 사는 사람은 저렇게 고통받는데 그렇지 않은 사람은 호위호식하며 사는 것이 과연 정당한가라는 의문에 일침을 가한 시라고 생각한다. 그런 의미에서 이 시는 통쾌하다'(이상조).

프랑스 시인 랭보Rimbaud의 「도시 위로 부드럽게 비가 내린다」를 패러디한 베를랜느Verlaine와 아폴리네르Apollinaire의 시도 있다.

원작
도시 위로 부드럽게 비가 내린다.

—랭보Rimbaud

패러디 1
도시에도 비가 내리니
내 마음에도 비가 내린다
내 마음을 적시는
이 슬픔은 무엇인가

—베를랜느Verlaine

패러디 2
기억에서 마저 지워져 버린 여인네들의 목소리처럼
비가 내린다.
내 생애의 경이로운 만남들이여

오, 빗방울들이여!

—아폴리네르Apollinaire

3. 환기喚起

환기란 '원래의 것을 떠올리게 만듦'이란 것이다. 그러기에 환기성 패러디란 기존의 것대로 이야기가 흐르게 된다는 기대감을 갖게 하다가 마지막에 이야기가 전환되면서 독자를 속이게 된다. 이는 고정관념을 충격적으로 파괴시키는 효과가 있다.

기존의 유명세를 이용한 현실 비판과 고발이기도 하다. 이명박 대통령 재임 시 광우병 파동 때 등장한 '웰컴 투 미친소' 포스터가 등장하였는데, 이는 당시에 인기를 끌었던 영화 '웰컴 투 동막골'을 패러디한 미국산 소고기 수입 반대 포스터로 세인들의 주목을 받기에 충분한 환기성 패러디였다.

이러한 패러디가 근래에 와선 원작의 대사나 스토리를 우스꽝스럽게 변조, 풍자해 낸 일종의 모방 콩트와 TV 코미디, 오락 프로그램에 하나의 장르로 자리 잡고 있다.

4. 모방

원전의 문체, 곧 어조나 어미, 율격, 분위기 등을 그대로 살려 가는 모동심동模同心同의 패러디. 곧 원작을 재현한 표절에 가까운 패러디다.

원작
그러나 잠시 뒤에 나는 고개를 들어,

허연 문창을 바라보든가 또 눈을 떠서 높은 천장을 쳐다보는 것인데,

이때 나는 내 뜻이며 힘으로, 나를 이끌어 가는 것이 힘든 일인 것을 생각하고,

이것들보다 더 크고, 높은 것이 있어서, 나를 마음대로 굴려 가는 것을 생각하는 것인데,

이렇게 하여 여러 날이 지나는 동안에,

내 어지러운 마음에는 슬픔이며, 한탄이며, 가라앉을 것은 차츰 앙금이 되어 가라앉고,

외로운 생각만이 드는 때쯤 해서는,

더러 나줏손에 쌀랑쌀랑 싸락눈이 와서 문창을 치기도 하는 때도 있는데,

나는 이런 저녁에는 화로를 더욱 다가끼며, 무릎을 꿇어보며,

어느 먼 산 뒷옆에 바우섶에 따로 외로이 서서,

어두워오는데 하이야니 눈을 맞을, 그 마른 잎새에는,

쌀랑쌀랑 소리도 나며 눈을 맞을,

그 드물다는 굳고 정한 갈매나무라는 나무를 생각하는 것이었다.

—백석, 「남신의주 유동 박시봉방」부분(『학풍』, 1948.)

싸락눈이 소리 없이 내리는 어느 추운 겨울 석양 무렵, 낯선 타향을 홀로 떠돌다 빈방 안에서 홀로 화로를 끌안고, "먼 산 뒷옆에 바우섶에 따로 외로이 서서, / 어두워오는데 하이야니 눈을 맞을 …(중략)… 갈매나무라는 나무를 생각하는" 백석의 외로움이 절절하다.

패러디
눈은 지지리도 못난 삶의 머리끄덩이처럼 내리고
여우 한 마리가, 그 작은 눈을 글썽이며

그 눈 속에도 서러운 눈이 소문도 없이 내리리라 생각하고 나는

문득 몇 해 전이던가 얼음장 밑으로 빨려들어가 사라진

동무 하나가 여우가 되어 나 보고 싶어 왔는지도 모른다는 생각을 하고

자리를 차고 일어나 방문을 확 열어제껴 보았던 것인데

눈 내려 쌓이는 소리 같은 발자국 소리를 내며

아아, 여우는 사라지고—

여우가 사라진 뒤에도 눈은 내리고 또 내리는데

그 여우 한 마리를 생각하며

이렇게 눈 많이 오시는 날 밤에는

내 겨드랑이에도 눈발이 내려앉는지 근질근질거리기도 하고

가슴도 한없이 짠해져서 도대체가 잠을 이룰 수가 없었던 것이다.

—안도현, 「그리운 여우」 부분

   이렇게 눈이 많이 오는 날 밤, '눈 속으로 사라지는 여우'를 생각하는 안
도현의 고독한 내면의 응시가 위 백석의 시와 문체와 정서적 측면에서 매우
닮아있다. '눈이 오는 밤' '산속에서—눈을 맞고 있을 대상(갈매나무/여우)'을
생각하는 '외로운 화자'의 설정 등, 시에 나타나 있는 시공간적 배경과 '—는
데' '—고' '~것이다' 등의 어조와 정조 그리고 분위기 등이 원작(백석의 위 시)
과 닮아있다. 이런 점에서 패러디는 원전에 대한 모방이요, 해석이며, 비
평이란 점에서 메타 시(meta-poetry)의 일종이라 하겠다.

제21장_하이쿠와 선禪

하이쿠는 일본의 전통 시가로서, 5·7·5의 3구句 17음을 기본 음절로 이루어진 매우 짧은 정형 시가이다. 그 특징은 절대적 자연의 흐름 속에서 찰나적 순간의 단면을 극도의 절약 어조로 노래한 일종의 선시禪詩라 하겠다. 곧 인생에 대한 깊은 탐구를 반전과 대립의 구조에 담아 최소한의 상징적 시어로 존재의 본질에 다가가는 자연주의적 심미관이다. 그래서인지 하이쿠는 최소한의 소재 배치만 있을 뿐, 서술을 과감히 여백 처리함으로써 오히려 다양한 해석과 함축성으로 무한 감동을 자아내게 한다.

대표적인 일본의 하이쿠 시인으로 마츠오 바쇼(松尾芭蕉)와 부손(與謝無村)이 있다. 바쇼는 고행자이고 구도자적인 성격을 지녔으며, 부손은 화가와 같은 원근감과 시공간 배치에 능했다. 그리고 고바야시 이싸(小林一茶, 1763-1827)는 시적 에너지가 넘친 인간주의자였다.

1. 바쇼(松尾芭蕉, 1644-1694)의 하이쿠

바쇼는 계절의 감각을 나타내는 말을 앞세워, 짧은 형식 안에, 자연과 세상에 대해 번뜩이는 지혜를 담고 있다.

서늘하게/ 벽에다 발을 얹고/ 낮잠을 자네
—바쇼(계어季語: 서늘하다-가을)

아침 이슬에/ 얼룩져 시원하다/ 참외의 진흙
—바쇼(계어季語: 참외-여름)

맨드라미여/ 기러기 날아올 제/ 더욱 붉어라
—바쇼(계어季語: 맨드라미-가을)

계어季語는 계절을 드러낸 상징적인 언어로써 일본인들은 이러한 계절감 속에서 살고 있다. '어느 초가을 피로에 지친 이가 서늘한 벽에 발바닥을 얹고 낮잠을 잔다. 발바닥에 전달되는 싸늘한 감촉이 가을을 감지케 한다. 여름날 이른 아침 밭에 나가 보니 밤새 내린 이슬을 맞아 촉촉이 젖어 있는 진흙 묻은 참외의 싱그러움이며, 기러기가 날아올 무렵 더욱 붉어진 맨드라미가 눈앞에서 붉게 타는 듯하구나' 등이 그것이다. 찰나 속에서 영원을 보고, 영원 속에서 찰나의 미를 찾고자 하는 일본인들의 미의식이 드러나 있다. 이는 윤선도가 「오우가」에서 추구하는 '변함없는 윤리'가 아니라, '세상이 무상하기 때문에 인생이 아름다운 것이다'라는 일본인들의 세계관이기도 하다.

바쇼의 작품 속에는 문학을 뛰어넘는 것, 예술 너머의 것이 있다. 그는 시란 미적 추구가 아니며, 도덕적인 교훈도, 그렇다고 지적인 재치도 아니라고 하였다. 어떤 학자들은 그것이 바쇼가 불교의 선禪을 배운 결과라고 지적한다. 바쇼는 그의 문하생이던 기가쿠(基角)에게 말했다.

"그대는 무엇인가 특별한 것을 말하려는 약점을 갖고 있다. 멀리 있는 것들 속에서 반짝이는 시구詩句를 찾으려고 하고 있다. 그러나 사실 그러한 것들은 모두 그대 가까이에 있는 사물들 속에 있다."

바쇼는 '소나무에 대해서는 소나무한테 배우고, 대나무에 대해선 대나무한테 배우라'라는 사상을 잃지 않았다. 뛰어난 하이쿠가 그렇듯이 바쇼의 시는 단순하고, 쉽고, 운율이 있으며, 시적이다. 동시에 단검으로 찌르듯 짧은 순간에 신神과 접촉, 생의 핵심에 도달한다.

너무 울어
텅 비어버렸는가
매미 허물은

— 바쇼, 「너무 울어」 전문

이 가을
나는 왜 이렇게 나이를 먹는 걸까?
새는 구름 속으로 숨고

—바쇼, 「이 가을」 전문

병이 들었지만
이 국화는
그래도 꽃망울을 맺었구나.

—바쇼, 「병이 들었지만」 전문

달이 동쪽으로 옮겨 가자
꽃 그림자
서쪽으로 기어가네.

—바쇼, 「달이 동쪽으로 옮겨 가자」 전문

• 마른 가지에 *까마귀* 앉아있네, 늦가을 저녁(바쇼)
• 오래된 연못에 *개구리* 뛰어들어 물 치는 소리(바쇼)
• 한적한 바위에 스며드는 *매미* 울음소리(바쇼)
• 사립문 너머 마른 잎, *찻잎* 날리는 소리(바쇼)

  위의 시 밑줄처럼 하이쿠는 한적함과 고요함이라는 우주 자연의 영겁성(靜的)과, 그 안에 덧없고 왜소한 생명체의 유한성(動的)을 대비시킨 정경교융의 선시禪詩로서 오늘날 이미지즘의 원조라 하겠다. 추상적 관념 대신 구체적 사물의 형상화가 그것이다. 그러면서도 계절감이 느낄 수 있는 계어季語가 시의 끝부분에서 시공간적 배경을 이루고 있다. 이처럼 하이쿠는 적막과 고요한 자연 속에서 덧없고 허망한 인간 존재의 왜소한 모습을 순간적으로 포착, 간결한 선불교적 메시지에 담아 전달하고 있다.

2. 부손(與謝無村, 1716-1783)의 하이쿠

부손은 부유한 집안에서 태어났지만, 예술가가 되기 위해 집을 떠나 지방을 널리 여행하면서 여러 대가들에게 하이쿠를 배웠다. 1751년에 직업 화가로 교토에 정착하여 거의 평생 동안 그곳에 머물렀다. 그래서인지 그의 시는 그림에 대한 관심을 반영하여 감각적이며 시각적인 세부 묘사가 많다 특히 선명한 대비와 역설의 구도 속에 대상에 대한 심층적 통찰로 존재의 내면을 다양하게 탐구해 가도록 신선한 화두를 던지고 있다.

> 도력 높은 스님
>
> 가을 들판에
>
> 똥 누고 계신다.
>
> —부손, 「도력 높은 스님」 전문

> 이 달팽이, 뿔 하나는 길고
>
> 뿔 하나는 짧고
>
> 무슨 생각을 하는 걸까.
>
> —부손, 「이 달팽이」 전문

> 두 그루 매화 얼마나 보기 좋은가
>
> 하나는 일찍 피고
>
> 하나는 늦게 피고
>
> —부손, 「두 그루 매화」 전문

> 재 속의 숯불아, 이름 없는 내 집은 눈 속에 갇혔네.
>
> —부손, 「재 속의 숯불」 전문

바로 위의 시「재 속의 숯불」은, 펑펑 내리는 함박눈 속 집을 배경으로, 그 집안에 화로가 있고, 그 화로 잿더미 속에 숯불을 배치해 놓고 있다. 시인은 희뿌연 재 속의 발그레한 숯불에서 눈 속에 묻힌 자기 집을 생각하면서, 함박눈 속에 쌓인 거대한 세계와 화로 속 조그마한 숯불을 동일시한다. '하얀 눈'과 '발그레한 숯불'의 선명한 대조미가 한 폭의 그림처럼 산뜻하고 강렬하다.

> 겨울비가 내립니다
> 쥐 한 마리가 달립니다
> 샤미센의 현들 위로
>
> —부손,「쥐 한 마리」 전문

시인의 눈은 이처럼 천지만물을 하나의 관점으로 관조하고 있다. 인간도 신도 없는 하찮은 일상 속에, 밖에서는 겨울비가 내리는데, 쥐 한 마리가 주인공이 되어 샤미센 현을 건드리고 달려간다

3. 이싸(小林—茶, 1763-1827)의 하이쿠

그의 시에는 유달리 죽음과 생명과 외로움이 많이 등장하고 있다. 다음은 보다 생명 의식으로 시적 에너지가 가득 찬 이싸의 작품들이다.

> 내민 찬합에
> 동전 서너 개 딩구네
> 저녁 겨울비
>
> —이싸,「내민 찬합에」 전문

벼룩, 너에게도 역시
밤은 길겠지
밤은 분명 외로울 거야

　　　　　　　　　　　—이싸, 「밤은 분명히」 전문

강물에 떠내려가는
나뭇가지 위에서
아직도 벌레가 노래를 하네

　　　　　　　　　　　—이싸, 「아직도 벌레가」 전문

　찬합 속에서 을씨년스럽게—주변과 어울리지 않게—뒹굴고 있는 동전 서너 개, 마치 '저녁에 내리는 겨울비'처럼, 그런가 하면, 외롭고 긴 밤, 홀로 돌아다니는 여행길. 어느 숙소에서 벼룩과 마주친다. 그 보잘것없는 벌레를 보며 중얼거린다. 너에게도 역시 '밤은 길겠지'. 밖에서는 바람이 낙엽을 몰아가고 있고, 아무리 작은 존재라 해도 너도 밤이면 분명히 외로운 거야. 이 순간 한 시인의 외로움은 세상과 화해한다. 왜냐하면 아무리 작은 미물일지라도 외로움을 공유하는 또 다른 존재가 그의 곁에 있기 때문이다. "강물에 떠내려가는/ 나뭇가지 위에서/ 아직도" 노래를 부르고 있는 벌레를 보면서 또 다른 나 자신의 모습을 발견한 이싸. 이처럼 이싸는 한 줄의 시 속에 드넓은 공간을 담는 남다른 재능을 지녔다. 특히 땅과 하늘 그 사이에 인간을 한 장소로 끌어들일 줄 안다.

오월 장맛비 속에
집 두 채가 강을 사이에 두고
마주 보고 있다

　　　　　　　　　　　—이싸, 「장맛비 속에」 전문

내게 길을 묻던 사람

들판의 풀들을 흔들며

멀리 사라져가네

—이싸, 「길을 묻던 사람」 전문

　　장맛비 속에 강이 불어날 것을 예감하고 긴장한 채 서로 마주하고 있는
두 채의 집, 그리고 들판을 흔들며 멀어져 가는 시공간 속의 나그네. 그것
을 시인은 단 한 줄의 시로 표현해 낸다. 하이쿠는 압축하고 생략한다. 말
을 하다가 마는 것, 그것이 하이쿠의 특성이다. 시는 하나의 말없음표……
그 말없음표로 자신의 가장 내밀한 것을 표현하고자 한다. 인간의 언어는
기본적으로 내면 깊은 곳에 있는 진실한 감정이나 깨달음 같은 것을 표현하
기에는 턱없이 부족하기 때문이다.

4. 모습을 먼저 보이고 마음은 뒤로 감추라.

　　시는 그 의미를 뒤로 감추고 모습(形) 혹은 풍경을 먼저 보이라는 것이 하
이쿠의 특징이다. 설명하지 말고 묘사하라는 것이다. 이것이 하이쿠의 선
적 이미지즘이다. 자신의 감정을 직접적으로 토로하는 것은 이류 시인이나
하는 짓이다. 하이쿠는 눈으로 보이고 손으로 만질 수 있는 가시적인 것들
을 보여 준다. 그러나 그것은 단순히 서정적으로 풍경을 묘사하기 위함이
아니다. 그 한 줄의 풍경을 읽는 순간, 시에 묘사된 가시적인 풍경이 갑자
기 존재의 깊이로 내면화되어야 한다.
　　그러기에 하이쿠 속에는 문학을 뛰어넘는 그 무엇이 있다. 내적 추구도,
도덕적 교훈도 아님을 일깨워 주고 있다. 그것은 영원과 순간, 우주와 시공
간 그 사이에서 하나의 점으로 한때를 살고 가는 유한자로서의 고행과 구도
자적 모습이 한 줄의 시 속에 드넓은 공간을 담보하고 있다.

사물의 본질을 자세히 보고 깊게 보고 넓게 보는 것, 거기에 시의 본질이 있다. 태양은 비치고, 바람은 불고, 눈은 내린다. 풀은 푸르고, 꽃은 붉다. 이처럼 하이쿠는 계절의 단면 속에서 찰나적 아름다움을 꿰뚫거나 우리가 잊고 있던 계절적 정서에 대한 향수를 불러일으키기도 한다.

- 비가 내리는 날이면/ 허수아비는/ 사람처럼 보이네.
- 저무는 가을/ 거지가 내 옷을/ 오랫동안 쳐다보네.
- 내가 책을 읽는 사이/ 나팔꽃도/ 최선을 다해 피었구나.(교쿠)
- 눈 속에서도/ 보리들/ 푸르게 살아있네.(이언,「보리」- 겨울)
- 서리 까마귀/ 나무 위에서/ 먼 산을 보고 있다(이언,「까마귀」- 가을)
- 연못가의 고추잠자리/ 날개 접고/ 졸고 있네.(이언,「고추잠자리」- 초가을)
- 산비둘기/ 떠난 자리/ 깃털만 남아있네.(이언「산비둘기」- 가을)

제22장_시와 도道

1. 시와 우주적 자아

단군조선의 역사를 기술한 『환단고기』를 보면 우리 한민족은 유, 불, 선, 기독교 등의 외래 종교가 들어오기 이전부터 하느님을 신앙하며 살았는데, 이 하느님을 삼신상제三神上帝라 불렀다. 곧 '천天, 지地, 인人 삼계三界'가 그것으로 모든 도道의 근원이 이 삼신으로부터 나온다고 보았다(道之大原出於三神也). 오늘날에도 쓰이는 '삼신할머니' '옥황상제'라는 말도 여기에서 유래되었다.

중국(梁) 문학의 고전 『문심조룡』에서도 "글의 덕은 참으로 위대한 것이다. 그것이 하늘과 땅과 생성을 같이했으니 어찌 아니 그러하랴, 인간은 만물을 형성하는 오행 중에서도 정화이며, 실로 천지의 마음인 것이다. 이 천지의 마음이 생김으로써 언어가 나타나고, 언어가 나타나면서 문장의 형태가 밝게 모습을 드러낸다. 이것이 바로 자연의 도道인 것이다"(文之爲德也大矣 與天地竝生者何哉 ~ 爲五行之秀 實天地之心 心生而言立 言立而文明 自然之道也)고 하였다. '도'가 곧 하늘(天)과 땅(地)과 인간의 글(文)이 하나로 연동되어 있음을 밝히고 있다.

시는 이처럼 인간뿐만 아니라 그 어떤 자연 현상에도 '천지의 마음'이 들어있다고 보는 '천지=자연=사람'이라는 유기체적 우주관을 바탕에 깔고 자연의 본성인 도道를 직관, 그것과의 일체감 속에서 정신적 위안을 얻고자 하였다. 그리하여 문명 세계에서 원시의 세계로, 인간과 자연이 하나로 용해되어 불변의 우주적 자아로 거듭나고자 한다. 이것이 바로 시詩요, 선禪이요, 도道의 세계인 것이다.

> 한 송이의 국화꽃을 피우기 위해
> 봄부터 소쩍새는
> 그렇게 울었나 보다.

한 송이의 국화꽃을 피우기 위해
천둥은 먹구름 속에
또 그렇게 울었나 보다.

…(중략)…

노오란 네 꽃잎이 피려고
간밤엔 무서리가 저리 내리고
내게는 잠도 오지 않았나 보다.

—서정주, 「국화 옆에서」 부분

국화꽃을 중심으로 우주의 순환 과정을 그리고 있다. 하찮은 생명이라도 그 탄생을 위해서는 전 우주적 참여가 있어야 함을 국화꽃 한 송이를 통해 보여 주면서 그게 바로 자연의 모습이요 시적 자아의 모습임을 암시하고 있다. 그러기에 "한 송이 국화꽃" 속에는 햇빛과 구름과 흙의 자양분과 더불어 우주의 모든 기운들이 다 들어있는 우주 그 자체, 곧 전일성全一性의 세계이다.

계절이 지나가는 하늘에는
가을로 가득 차 있습니다.

나는 아무 걱정도 없이
가을 속의 별들을 다 헤일 듯합니다.

…(중략)…

이네들은 너무나 멀리 있습니다.

별이 아스라이 멀듯이
어머님
그리고 당신은 멀리 북간도에 계십니다.

나는 무엇인지 그리워
이 많은 별빛이 나린 언덕 우에
내 이름자를 써 보고
흙으로 덮어버리었습니다.

…(중략)…

그러나 겨울이 지나고 나의 별에도 봄이 오면
무덤 우에 파란 잔디가 피어나듯이
내 이름자 묻힌 언덕 우에도
자랑처럼 풀이 무성할 거외다.

—윤동주, 「별 헤는 밤」(1941. 11. 5.) 부분

별빛이 내리는 언덕 위에서 그 "별빛"을 통해 '멀리 북간도에 계신 어머니'를 그리워한다. 그것은 '개체적 자아'가 '본래적 자아'와 분리되어 있는 데서 오는 일종의 불안 의식이다. 그러면서 "봄이 오면/ 무덤 우에 파란 잔디"로 다시 피어나기를 염원한다. 소외와 단절의 '개체적 자아'가 '우주적 자아', 곧 우리의 본성인 대우주 자연으로 되돌아가 합일되고자 하는 반본환원返本還源의 모습이다.

인간의 모든 이념은 궁극적으로 우주의 본성을 지향한다. 이러한 절대 지향적 시상은 자아 분열의 현대 문명사회에서 원시 자연과의 합일을 꿈꾸는 영원회귀의 원초적 본능에 다름 아니라 하겠다.

숲에 가서 나무 가시에 긁혔다. 돌아와서 그걸 들여다본다. 순간.
선연하게 신선하다. (숲 냄새, 초록 공기의 폭발, 깊은 나무들, 싱글
거리는 흙, 메아리와도 같은 하늘……) 우리가 살다가, 어떻든, 무슨
생채기는 날 일이다. 팔이든 다리이든 가슴이든 생채기가 난 데로 열
리는 서늘한 팽창…… 지평선의 숨결, 둥글게 피어나는 땅, 초록 세
계관, 생 바람결……

…(중략)… 그렇다면 시의 언어는 우리의 생채기이니

그건 실로 우주적 풀무가 아니겠느냐

—정현종, 「생채기」(1984) 부분

'시의 언어는 우리의 생채기'라는 인식이다. 그 "생채기"가 우리 몸의 열
기를 우주로 뿜어내는 "풀무"라고 했다. 그러기에 숲에서 난 생채기는 자신
의 육체가 우주를 향해 열리는 문門이다. 이 "생채기"를 통해서 시인은 숲과
나무와 공기와 흙이 서로 교통할 수 있다는 인식이다. 이처럼 이 시는 상처
를 통해 우주와 숨 쉬고 우주와 교감하면서 우주와 하나가 되어가는 도道의
세계를 지향하고 있다.

나무는 몰랐다.

자신이 나무인 줄을

더욱 자기가

하늘의 우주의

아름다운 악기라는 것을

그러나 늦은 가을날

잎이 다 떨어지고

알몸으로 남은 어느 날

그는 보았다.

고인 빗물에 비치는

제 모습을.
떨고 있는 사람 하나
가지가 모두 현이 되어
온종일 그렇게 조용히
하늘 아래
울고 있는 자신을.

—이성선, 「나무」 전문

　살다 보니 어느 날 자기도 우주의 하나, '우주의 악기'라는 것을 알게 되었다는 것이다. 주어진 시간과 공간 내에서 자기도 잠시 하나의 음악이 되어 울려 퍼지다가 또 때가 되면 떨어지는 낙엽처럼 조용히 사라지고 마는 '우주의 악기' 그게 바로 지금 잠시 이 세상에 살고 있는 자신의 모습이라는 것이다.

　마치 흘러가는 계곡 물소리에 크게 깨달음을 얻게 되었다는 당나라 소동파의 무정설법無情說法처럼, 이성선 시인도 늦은 가을 "잎이 다 떨어지고/ 알몸으로 남은 어느 날" "고인 빗물에 비치는/ 제 모습을" 보고 가상假想과 실상實相의 중도에서 나무와 하나가 되어있는 우주적 자아의 모습이다.

강가에 키 큰 미루나무 한 그루 서있었지
강물에 눈이 오고 있었어
강물은 깊어졌어
한없이 깊어졌어

강가에 키 큰 미루나무 한 그루 서있었지 다시 봄이었어
나, 그 나무에 기대앉아 있었지

—김용택, 「나무」 부분

이 시에서도 "나무"와 "강물"과 "나"가 물아일체되어 있다. 이처럼 자연 지향적 시인들은 있는 그대로의 자연과 하나가 되는 우주적 합일을 꾀하면서 정서적 안정을 취하고 있다. 그리고 보면 시는 색色 속에서도 공空을 찾아 가상假相이 아닌 실상實相, 현상이 아닌 본질, 부정 속에서도 긍정을 찾고, 긍정 속에서도 부정을 찾아 합도되는 반상합도反常合道, 무한실상無限實相의 세계가 아닌가 한다.

2. 시와 영통靈通의 세계

노자『도덕경』에 '도道를 도라 하면 도가 아니고'(道可道 非常道) 그것을 그것이라 이름 붙여 부르는 순간, '그것은 이미 그것의 진정한 이름이 아니다'(名可 非常名)라고 하였다. 그러기에 시의 언어는 '명名'을 전달하는 '기호의 언어'가 아니라, 무어라 아직 이름 붙일 수 없는 무명無名의 언어, 곧 천지 그 자체인 '존재(being)의 언어'를 지향한다.

그리하여 시인들은 진리 그 자체에 가까이 다가가고자 일상의 언어를 버리고 존재의 언어, 사물의 언어를 선택, 현실에서 신화로, 의식에서 무의식으로 인간과 본성이 하나로 융합되는 원시의 언어를 택하게 된다. 이처럼 시가 자연성 혹은 절대성을 붙잡는 시적 직관 속에서 탄생되기에 시의 언어를 '신神을 닮은 인간의 눈' 혹은 '샤먼의 언어'라고도 한다.

서정주의 「상가수의 노래」 「해일」 「신부」 등도 자연과 인간, 이승과 저승을 넘나드는 무당처럼 신이神異한 세계를 보여 준다. 이러한 "서정시의 원천은 접신接神 직전의 도취 상태다. …(중략)… 이때의 신어神語는 미당 자신의 퍼소나이면서 동시에 미당과의 내적 상관물로서 현실과 이상 사이를 긴밀하게 왕래하는 투영물이 된다"(박형준)고 했다.

바닷물이 넘쳐서 개울을 타고 올라와서 삼대 울타리 틈으로 새어 옥

수수밭 속을 지나서 마당에 흥건히 고이는 날이 우리 외할머니네 집에
는 있었습니다. 이런 날 …(중략)…

　우리 외할아버지는 배를 타고 먼바다로 고기잡이 다니시던 어부로,
내가 생겨나기 전 어느 해 겨울의 모진 바람에 어느 바다에선지 휘말
려 빠져버리곤 영영 돌아오지 못한 채로 있는 것이라 하니, 아마 외할
머니는 그 남편의 바닷물이 자기 집 마당에 몰려 들어오는 것을 보고
그렇게 말도 못 하고 얼굴만 붉어져 있었던 것이겠지요.

—서정주, 「해일海溢」 부분

　바닷물이 할머니를 만나러 마당으로 넘쳐 들어오는 장면은 산 자와 죽은
자가 하나가 되어 만나는 영통靈通의 세계, 곧 접신接神의 공간이다. 이처
럼 '현실적 시공간을 넘어 영원성을 획득하는 영통에는 인간의 신성성 회복
이라는 존재론적이고 영적인 의미가 개재되어 있다'(손종오) 생生과 사死, 이
승과 저승을 넘나드는 초월적 상상은 단생적인 인간의 유한성을 자연의 영
원성과 결합시켜 자연과 인간이 하나가 되고자 하는 절대지향의 전일성全
一性이라 하겠다.

　동서양을 막론하고 사람들은 모든 삼라만상이 어떤 보이지 않는 생명
의 힘(靈)에 의하여 운행되는 것으로 믿었기에, 그 초월적 힘을 인간의 편
으로 유도함으로써 닥쳐올 불행을 예방하고 정서적 안정감을 유지할 수 있
었던 것이다.

　이러한 초자연적 정령감각精靈感覺을 그의 시에 접목시켜 세계를 유정
화有情化한 시인도 있다.

　　새벽길 어머니가 물동이를 이고 간다
　　동이 위 바가지가 당글당글 즐거웁다
　　동이 위 바가지 따라 새벽달이 웃고 간다

…(중략)…

실구름 목에 감고 새벽달이 웃고 간다.

—박항식, 「새벽달」 부분

시는 궁극적으로 신神집힌 자의 언어이다. 물동이 위에서 새벽달이 "실구름을 목에 감고" "웃고" 가는 초월적 직관도 시적 대상(새벽달)에 대한 정령감각이다. 이러한 정령 사상은 그의 다른 시에서도 산견散見된다. 길가에 서있는 「포풀라」가 '높은 뜻 호리한 몸매로 시를 읊으며 서있고', 「늦가을」이 '대롱대롱 감 하나씩 달고 있다'. 그의 시는 온통 자연을 살아있는 존재자로 보는 애니미즘적 정령감각으로, 묘사 위주에 그친 기존의 이미지즘에 신령스런 정기精氣를 더해 차원을 달리하고 있다.

신神이 사라진 오늘의 문명시대에 종교 의식을 대신하여 신과 접할 수 있는 존재가 시이다. 때문에 시는 '존재의 내면에 깃든 신성의 뿌리를 향한 모색의 궤적'(조창환)에 다름 아니라 하겠다.

고요한 밤에
들려오는 소리가 있어

문밖에서 조용히
날 부르는 그림자가 있어
벌레처럼 긴 밤을 뒤척이곤 한다.

심원도 알 수 없는
먼 곳에서
허기진 영혼을 적셔주는
추억의 가랑비처럼
이 밤도

뜻 모를 설레임에 뒤척이노니

내 가는 곳마다
차가운 그림자 되어

문밖에서
서성이다 돌아가는
알 수 없는 종鍾의 울림이여

우리는
이 밤도 너무 멀리
헤어져 있구나.

—김동수, 「그림자의 노래」 부분

"문밖에서 조용히/ 날 부르는 그림자가 있"는 것 같아 긴 밤을 뒤척이고 있다. 이 순간, 시인은 "종의 울림"을 듣게 된다. 그게 바로 '또 하나의 그', 신성神性과 접합된 영지적靈知的 순간이다. 시인은 때때로 이러한 초월적 영성의 감지를 통해 존재의 내면에 깃든 신성의 뿌리를 순례하면서 그의 정신세계를 넓혀 가고 있다.

3. 시와 선禪의 언어

시의 언어는 선禪의 언어와 같다. 시선일여詩禪一如가 그것이다. 시와 선이 다르지 않다는 말이다. 때문에 시의 언어는 논리적 추리나 사고를 초월한 역설적, 상징을 통해 우주의 본성, 곧 보다 근원적이고 본원적인 현묘지도玄妙之道에 다가가고자 한다.

그것은 '지시적 기호'를 넘어선 생명의 직관 속에서 탄생된 '존재의 언어', 마치 불가佛家의 선문답禪問答처럼, 글자에 매달려(그 말의 본뜻을 놓친 채) 글자 그대로 해석하는 축자주의逐字主義에서 벗어나 언어이면서 언어를 초월한 화두의 언어, 그리하여 무無이면서도 그 안에 유有가 있고, 동動 속에서도 정靜을 지향하는 불립문자不立文字, 그게 바로 선의 언어가 아닌가 한다.

김상용의 시 「남南으로 창窓을 내겠소」에서 '왜 사냐건/ 웃지요'라는 선문답처럼 그것은 질문에 대한 충실한 답이면서도 동시에 질문의 논리를 넘어선 역설과 모순의 불립문자요, 인간과 우주의 근본(道)을 깨닫게 하는 자유자재한 선禪의 언어이다. 이처럼 선시禪詩는 언어 속의 설명적 요소를 절제하면서 최소의 언어로 깨달음의 묘미를 최대한 함축하고 있기에 그만큼 해석하기에 어려움이 있다.

> 대 그림자 뜰을 쓸어도(竹影掃階)
> 먼지 하나 일지 않고(塵不動)
> 달빛이 물밑을 뚫고 들어가도(月穿潭底)
> 수면엔 흔적 하나 남지 않네.(水無痕)
>
> ─야부冶父

어디에도 물들지 않고, 어디에도 흔적을 남기지 않는 도道의 모습이다. 그리하여 대상에 집착하거나, 감정에 젖지 않는 허정의 자연계를 방편 삼아 넌지시 깨우쳐주고 있다. 이러한 선시들은 일상적 의미를 넘어선 초월적 직관의 화두에 해당된다. 그것은 마치 '도道'가 무엇이냐고 묻는 한 구도자에게 뜰에 서있는 '한 그루 잣나무'를 가리켜 보이는 선사의 모습과도 같이, 선시는 초월적 직관의 암시로 이야기의 맥락을 무너뜨리면서 우주의 실상에 접근하고 있다.

① 산은 산이요, 물은 물이다.	(부분성/상식) = 色
② 산은 산이 아니요, 물은 물이 아니더라……	(부정성/깨달음) = 見性
③ 산은 산이요, 물은 물이다.	(전일성/중도) = 空

'산은 산이요, 물은 물이다'. 이는 성철 스님이 즐겨 인용했던 화두요 법문이다. 일상적, 표면적으로 보면 ①과 ③은 같은 세계로 보인다. 그러나 깨침의 세계에서 보면 ①과 ③은 다른 차원의 정신세계이다.

이는 마치 밥과 똥을 구분하여 서로 다르게 분별하고 있던 어린 시절의 나의 밥(①)과, 밥이 똥이 되고, 그 똥이 다시 밥이 됨을 깨달아 밥과 똥이 크게 다르지 않은 불이不二의 세계임을 통찰하고 있는 오늘 나의 '밥(③)'이 다르듯이, 산은 같은 산이라도 ①의 '분별의 산'과 ③의 '합도合道의 산'의 의미는 분명 다르다.

이는 미혹의 현상계를 초월해 있으면서도 일상을 버리지 않는 중도中道의 세계로서, 소아小我의 '나'에서 대아大我의 '나'로 세상을 관조하고 있는 도道의 세계(③)이다. 이것이 바로 일상의 산山이 대승大乘의 산, 곧 '우주적 자아'로 거듭나 자연과 내가 하나가 되어있는 물아일체 전일성全一性의 세계이다. 나이 들어 이제 보니, 밥은 밥이로되 이전의 밥이 아니요, 산은 산이로되 이전의 산이 아닌 것이다.

부정과 갈등, 대립의 과정을 거친 연후에야 비로소 새롭게 열리는 통찰의 세계, 그리하여 이미 이전의 내가 아닌, '본래적 자아' '절대적 자아'로 거듭나 가는 화엄의 세계이다. 이처럼 시詩는 눈앞에 놓여 있는 형상(色)을 통해 형상 너머에 실재하는 우주 절대 자연의 법계(空)를 넌지시 엿보고 있다.

제23장_시조의 혁신과 경계

1. 현대시조의 혁신과 경계

　—제諸 견해

　시조의 형식을 변화시키려는 실험은 가람 이병기 이후 끊임없이 이어져 왔다. 그러나 근자에 이르러 시조에 대한 다양한 실험성이 또 다른 문제를 낳게 되었다. '이것이 과연 시조인가? 아니면 자유시인가?'라는 시조의 정체성에 대한 논의가 그것이다.

　시조의 정격적 율조, 곧 시조가 지니고 있는 정형적 구조가 담보하고 있는 미적 기능이 도외시된 채, 단순한 형식의 파괴와 소재의 변화가 '시조의 현대화'인 양 무분별한 시조의 양산이 그것이다. 그 결과 '이것도 시조인가?' 아니면 '자유시 흉내 내기인가?'라는 논쟁으로 이어지고 있다.

　'시조詩調'는 '시詩'가 아니라, '노래'라는 의미, 곧 '시절가조時節歌調'의 약칭이다. 이러한 노래가 3장 6구 12음보音步라는 독특한 구조와 기승전결起承轉結이라는 형식미가 그 안에 깔려 있다. 때문에 시조는, 단순히 가사(45자 내외)에 의한 의미 전달이 목적이 아니라, 노래, 곧 음악적 율조에 의한 미학과 기승전결이라는 우주관이 그 안에 내재內在되어 있어야 한다. 이것이 시조의 형식이 갖고 있는 본질적 특성이요 시조의 정체성이다.

　신범순 교수도 "사실 노래를 시조에서 삭제하는 순간, 시조의 정형定型이 갖는 진정한 형이상학은 사라지게 된다. 그렇게 되었을 때, 음악의 비본질적 요소인 자수율에 대한 논의들이 시조 형식에 대한 논의에서 중심적인 것처럼 논쟁의 초점이 된다"고 말한다. 마치 한시의 오언절구五言絶句나 칠언절구七言絶句 같은 율조와 기승전결의 구도가 3장 6구와 어우러져 강물처럼 자연스러운 미학으로 자리 잡게 되었다는 것이다.

　이것이 자연의 도道요, 천지인天地人이 합치된 우주적 질서로 이어지고 있다. 정완영 시조 시인도 시조는 '천지의 말씀을 담는 그릇'이라고 하는가 하면, '절제와 갈힘의 미학'(권갑하) 등, 3장 6구 기승전결이 지닌 형식적 미학의 특성을 강조하고 있다.

그런가 하면 현대시조가 위기에 봉착하게 된 또 하나의 이유로 '수사학적 세계의 상실', 곧 인간 세계에 대한 비판적 알레고리allegory*의 상실을 원인으로 꼽는 이가 있다(장경렬). 현실에 초점을 맞추지 아니하고 정지된 영원성 혹은 초시간적 상징에만 기댄 채 시대를 담아내지 못하고 있음이 그것이다.

때문에, 오늘의 현대시조가 시조 고유의 형식미학을 지키면서도, 초월적 상징과 난삽의 모호 속에서 벗어나, 시대적 고난과 문제에 대한 알레고리로 세상을 새롭게 일깨워 갈 때, 다시 국민의 사랑을 받게 되리라고 본다.(김동수)

2. 현대시조의 나아갈 길

1) 정형시의 틀을 지켜야 한다.

고시조집에 실린 고시조(단시조)들은 일정 형식과 거리를 둔 들쭉날쭉의 경우가 많기 때문에 이를 두고 정형시라 말하기엔 곤란하다고 생각하기에 이른 것이다. 그래서 정형시로서의 단단한 형식(음절 수의 조정)을 갖춘 시조 탄생을 주장하기에 이르렀다. 이 작업은 고심 끝에 이룬 훌륭한 일이었다. 실지로 이 형식에 맞추어 최남선, 이병기, 이은상을 비롯하여 정인보, 조운, 그 뒤를 이어 이호우, 김상옥, 조남령, 장응두, 오신혜, 이영도 등 여러 분들이 시조의 모범을 보였다.

　　　수집어 수집어어서 다 못 타는 연분홍이

---

* 알레고리: A를 말하기 위해 다른 B를 사용하여 암시적으로 주제를 나타내는 수사법.

브끄려 부끄러서 바위틈에 숨어 피다

그나마 남이 볼세라 고대 지고 말더라

—이은상, 「진달래」

이즐어 여윈 저 달 밤새껏 갔건마는

반쪽 난 몸을 끌고 빨리 갈 수 있었으랴

한낮이 기운 하늘에 애처로이 떠있네

—오신혜, 「반달」

현대시조를 개척해 내려 했던 시인들은 초장: 3·4‖3(4)·4 중장: 3·4‖3(4)·4 종장: 3·5‖4·3 여기서 벗어나려 하지 않았다…… 위 작품들은 음보식으로 묶어 표기하였다. 이 시조 형식은 무턱대고 만든 게 아니다. 고시조의 각 장을 네 토막 내고 각 토막을 평균 내어보니 이 형식이 되었고, 이렇게 시험 삼아 지어보니 형식으로 훌륭하다 여겨 이걸 시조 형식이라 하자는 것이었다. 그래서 이 형식으로 훌륭한 시조 작품들이 다량 만들어져 왔다. 우리가 학교에서 시조를 배울 때에는 시조 형식은 이래야 된다고 배워왔다. 시조의 형식은 이것이라고 여겨왔는데 요즘 들어 이걸 흩어뜨려 가려는 사람들이 있으니 욕먹기에 마땅하다. 이렇게 되면 정형시로서의 시조는 언제 되는가. 아니 그럴 이유가 뭔가가 납득되지 않는다.

　2) 시조 시인들이 시조를 망치고 있다.

　시조 시인의 수가 많아야 시조 전성기를 맞는 것은 아니다. 아무리 시인의 수가 많아도 작품 질이 떨어진다면 전성기라 할 수 있겠는가. 그리고 시조 형식을 표현의 한계라 인정하면 안 된다. 시조 형식은 오히려 시조다움으로 견인하는 적극적 장치라 해야 옳다. 정형적 사고가 식민지적 사고라는 말은 영 이해되지 않는다. 무슨 말을 이렇게 함부로 하는가.

여기다 현대 사설시조라는 작품을 쓰는 사람들도 상당수 있다. 사설시조는 정형시가 아니다. 형식이 일정하지 않기 때문이다. 그래서 사설시조는 자유시라고 주장하는 학자도 있는 것이다. 자유시가 만연한 이 시대에 일정 형식을 갖추지 못한 사설시조가 무슨 의미로 어떠한 형태로 존재할 수 있는가 하는 점도 의문이고, 열린 시조 운운하는 사람들도 있는 모양인데 무얼 열어야 하는지 그래야 할 당위가 과연 무엇인지 궁금하다. 이런 논리대로라면 과연 무엇이 시조인가에 대해서도 필자는 강한 의문을 가진다.

다시 말하지만 정형시는 일단 율독律讀한 소리가 소리로서의 정형화를 이루어야 하고, 들어서 쉽게 시의詩意가 이해될 수 있어야 한다. 귀로 들어서 음악성이 분명히 드러난 시가 정형시라는 말이다. 그런데 정형시의 이러한 속성을 이해하지 못하는 시조 시인들이 많고, 시조의 형식인 3장 6구를 이해하지 못하는 시조 시인들이 많으니 이게 작은 문제라 생각 들지 않는다.

어떤 이는 시조를 3행시라고 하는 분도 있다. 그러나 시조의 장章은 자유시의 행(line)과는 다르다. 시조가 3장으로 이루어졌다 함은 세 개의 의미 단위가 유기적으로 연결되어 한 작품을 이루어낸다는 뜻이다. 한 장 안에 구가 두 개 들어있어서 모두 6구로 되어있는데 구는 장보다는 작은 의미 단위로서 두 구가 결합될 때 보다 큰 의미 단위인 장이 이룩된다. 한 구는 정확히 2음보가 되고 구와 구의 연결도 몇 가지 방식에 의해서 만들어진다.

시조의 이 같은 형식을 부수는 것에서 현대시조의 그 현대에 값한다는 이상한 경향이 시조 문단에 있는 것 같다. 시조의 형식을 부수어버리면 시조가 되지 못하는 것 아닌가.

①
작은 방
창 너머엔
매미 우는 환한 푸름

그 풍경에 머리 두고
너는 꿈꾸는 창이

시詩일까
행복한 소나기
잠시 흥건하다.

─김○○, 「낮잠」 전문

②
바다가 보이는 마당에서 <u>어머니는</u>
햇살을 버무려 독 안에 담으신다.
맵고 짠 소망 한 동이 채워놓고 다독이신다

─이○○, 「겨울바다」 부분

③
갇혀 사는 안락은 그날 같은 하루
일어나 밥 먹고 자다 깨다
창밖은 사철 바빴다
꽃이 피고 또 지고

골은 속은 지푸라기 하나 잡아두지 못해
허영의 흔적
위태한 거울처럼 걸려 있다
오래된 당초무늬 벽지
그 속의 목근처럼

─양○○, 「벽」 전문

④

잎사귀들은 끊임없이 떨어져 내렸다
앞서거니 뒤서거니 떨어져 내렸다
참거나 참지 못하거나 떨어져 내렸다

—이○○, 「십일월」 전문

표기를 시조처럼 3장으로 구분하였다고 해서 시조 아닌 것이 시조로 둔 갑되지는 않는다. ①, ②의 밑줄 그은 부분들은 시조답게 보이기 위하여 3 장 구분을 억지로 해놓은 경우다. '시詩일까'란 서술어는 위로 붙어야 하고 (그렇게 되면 종장이 4음보가 되지 못한다) '어머니는'이란 주어는 아래로 붙어야 한다(그렇게 되면 초장이 4음보가 되지 못한다).

시조는 통사 구조를 아무렇게나 해서 만들어지는 그런 시가 아니다. 시 조에 있어서의 장(章)은 형태상으로 월의 꼴을 갖추었거나 그렇지 않으면 의 미상으로 월의 꼴을 갖추고 있는 것이다. ③은 시조의 음보 개념을 무시하 였기 때문에 시조답지 않은 작품이 시조집에 실린 경우다. 이 작품을 두고 누가 시조답다고 하겠는가. ④는 어떤가. 시조는 대체로 초장에서 시상을 일으키고 중장에서 이를 보완 보충하고 종장에서 시의를 마무리 짓는 시다. 음보만 맞춘다고 시조가 되는 것이 아니다. 시적 논의를 마감해야 하는 게 종장인데 종장 구실을 못 하고 있지 않는가. 그리고 시조가 자유시와 다른 점(장점이라 해야 하나) 중 하나는 시의를 함축하는 데 있다. 시조는 말을 남 용할 겨를이 없는 시다.

①, ②, ③, ④의 경우처럼 시조 형식을 파괴하는 작품들이 자주 보이니 이게 작은 일이라 할 수 없다. 일이 이렇게 된 것은 시조를 잘못 쓰는 시인 들만 탓할 일이 못 된다. 무엇이 잘못 쓰인 시조인가를 가르쳐주는 이론가 가 없었고, 있다 해도 제 역할을 다하지 못해 왔다는 점이 더 큰 이유라 생 각 들기 때문이다.(임종찬: 시조 시인, 부산대 명예교수, 「현대시조의 나아갈 길」『월 간문학』, 2016. 12.)

3. 시조가 나아갈 길

음보율에서 중요한 요소는 음보 간 긴장 구조다. 시조는 초장과 중장에서 '전단前短(3)/후장後長(4)'의 비교적 안정적이고 규칙적인 흐름을 유지해 율격적인 개방성과 시상의 연속성을 부여한다. 종장에서는 이를 일시에 차단해 호흡을 비대칭적으로 긴장시켰다가 풀어주는 형태로 완결성을 취한다. 즉 종장 첫 음보(3음절)를 지렛대로 시적 긴장감을 고조시켰다가 다음 음보에서 초·중장의 흐름과는 반대인 '전장全長(4)/ 후단後短(3)'으로 되감아 마감하는 식이다. 초장에서 중장으로 이어지는 평이한 걸음걸이에 종장 가서는 비대칭적인 탄력을 줘 통사적으로 여기에 시적 긴장이 모이도록 하는 시적 구조다.

여기서 중요한 것은 종장의 전환 구조다. 이는 절대다수의 옛시조에서 파악되는 특징인데, 뛰어난 예술 감각으로 우리 선조들이 창조해 낸 시조만의 고급스런 시적 장치라 할 수 있다. 그로 인해 시조의 멋과 여유, 격조를 한껏 끌어올릴 수 있게 되었다. 또한 시조 종장의 이러한 구조는 자유시와 구별되는 중요한 특징으로 시조를 시조답게 하는 핵심 속성으로 작용하고 있다.

그렇다면 시조가 나아갈 길은 분명하다. 우선 시조의 본령인 단시조 창작에 충실해야 한다. 심미적 완결성을 지향하는 3장 6구 12음보의 단시조는 형태적으로도 다양한 전개 유형이 가능하며 내용적으로 무한히 열려 있는 큰 그릇이다. '절제된 언어' '간명한 이미지' '함축적인 진술'을 시조 미학의 요체로 들고 있는 장경렬의 논지는 그런 점에서 현대시조가 지향해야 할 미학적 지향점이라 할 수 있다.

시가 길어야 할 이유가 없다. 더구나 긴 시는 시조의 몫이 아닐 뿐더러 독자로부터도 외면당한다. 이미 스마트폰 세대들은 1분 이상 소요되는 긴 글은 읽어주지 않고 5행 이상의 글도 외면하는 상황이다. 종장은 감동의 문제로 연결된다. 시조도 감동을 창출하지 못하면 살아남을 수 없다. 필자는 시조 형식의 예술적 구조를 오늘날로 치면 '개그gag'와 유사하다고 보고 있다. 초장에서 중장으로 시상을 전개하다 종장에서 대반전을 꾀해 독자(관중)에게 감동을 주는(웃기는) 구조다. 따라서 시조가 종장에서 대반전의 묘를 얻지 못하면, 개그로 치면 '썰렁 개그'가 되고 만다. 초장과 중장에서 마디(음보)의 연결이 끊어질 듯 팽팽하면서도 유연하게 출렁대는 율격적 긴장미를 발휘하면서 종장에서 극반전의 묘를 꾀할 때 자유시와 구별되는 감동적인 시조의 예술적 세련성을 확보할 수 있다.(『월간문학』, 2016. 12.)

시조에도 그레마스(A. J. Greimas)의 3가지 구조, 즉 비주얼한 시각 기호로 구성된 '표층 구조'와 내러티브의 '서사 구조', 핵심 의미가 담긴 '심층 구조'로 이루어진다고 설명한다. 표층의 비주얼한 시각적 기호를 통해 심층의 핵심 의미를 추출하는 방식인데, 이는 선경후정의 원리와도 크게 다르지 않다.

> 천불산 골짜기 운주사 돌부처님들
> 구름을 둥글게 말아 공놀이 실컷 하셨는지
> 시방은 앉거나 누워 거친 숨결 고르시네.
>
> —손증호, 「운주사 석불」 전문

상상력이 돋보이는 이 작품은 중장에서 의문을 제시한 뒤 종장에서 이를 받아 수긍을 이끌어내는 기법을 구사하고 있다. "운주사 돌부처님들"이 "구름을 둥글게 말아 공놀이 실컷 하셨"을 것이라는 동화적 상상력은 이 시를 한 차원 높게 끌어 올린다. 화자의 주관적 상상이지만 이렇게 객관적 공감을 확보하면서 시는 새로운 경지를 열게 된다. (권갑하: 시조시인. 한국문협 시조분과회장, '시조가 나아갈 길', 「시조 3장의 원리와 의미의 구조」, 『월간문학』, 2018. 1.)

4. 현대시조 감상

〈평시조〉
　초장, 중장, 종장 3장 구성 6구 45자 안팎, 그러나 시조에서의 '전轉'은 '반전'의 미학에 있어야 한다.

　　　내가 사는 석촌호수
　　　밤이 점점 깊어가면　　　─(기)

　　　불빛도 물속에 들어가
　　　잠자리를 본답니다.　　　─(승)

　　　<u>가끔은 흔들립니다.</u>　　　─(전)
　　　아마 꿈을 꾸나 봐요.　　　─(결)
　　　　　　　　　　　　─정완영, 「꿈을 꾸나 봐요」 전문

　　　할머니
　　　물레 소리에
　　　감아두었던
　　　그
　　　시절이　　　─(기)

　　　어머니의 바느질로
　　　깁고 깁던
　　　그 푸른 꿈이　　　─(승)

　　　<u>아내의</u>
　　　<u>뜨개질 사이로</u>　　　─(전)
　　　풀려 오는

실

한 바람   ―(결)

―전원범, 「실」 전문

시조는 기승전결 논리가 있다는데   ―(기)

초장과 중장에서 잽잽을 날리다가   ―(승)

종장서 어퍼컷으로 ―(전) 때려눕힌다더더라   ―(결)

―이영대, 「시조는」

〈사설시조(엇시조)〉

초장, 중장 가운데 어느 한 장이 평시조보다 1음보 정도 더 길어진 엇시조와, 초장, 중장이 길어진 '사설시조'를 합쳐 최근 '사설시조'로 통칭하고 있다.

간밤에 시인들이 떼로 몰려왔습지요

연거푸 파지를 내며 머릴 쥐어뜯으며 밭두덕 비탈마다 술잔을 내던

지며 그렇게 온밤을 짓치던 하늘 시인들입죠

개울을 줄기째 들었다 태질을 치곤 했다는데요.

―박기섭, 「하늘시집」

＊ 자유시처럼 자유로우면서도 가락이 느껴져 흥겹다.

내 나이 일흔둘에 반은 빈집뿐인 산마을을 지날 때

늙은 중님, 하고 부르는 소리에 걸음을 멈추었더니

예닐곱 아이가 감자 한 알 쥐여 주고 꾸벅,

질을 하고 돌아갔다 나는 할 말을 잃어버렸다

그 산마을을 벗어나서

내가 왜 이렇게 오래 사나 했더니

그 아이에게 감자 한 알 받을 일이 남아서였다

오늘은 그 생각 속으로 무작정 걷고 있다

—조오현, 「나는 말을 잃어버렸다」(2012) 전문

시조를 잘 짓기 위해서는 종장 첫 음절의 3자 규칙을 지켜야 한다. 그래야 둘째 음보에 오는 5-7자와 운율이 맞아 시조 특유의 가락이 잘 살아나기 때문이다.

제24장_의식과 무의식의 세계

—S. Freud와 Carl Gustav Jung

오스트리아의 정신분석학자 지그문트 프로이트(Freud)는 인간의 의식 영역을 의식, 전의식, 무의식으로 구분하고, 또 성격 구조를 본능적인 이드(Id)와 자아(Ego), 초자아(Super Ego)로 구분하여 설명한 바 있다.

1. 의식의 구조에 의한 분류

프로이트는 이러한 인간의 정신 구조를 빙산에 비유하여, 수면 위로 보이는 의식이나 전의식은 수면 아래에 있는 무의식에 비해 극히 작은 부분에 지나지 않는다고 보았다.

1) 의식意識

의식은 우리가 일상생활에서 쉽게 떠올릴 수 있는 생각이다. 하지만, 이 경험도 잠시 동안 의식될 뿐 우리의 관심에서 멀어지게 되면 전의식의 일부가 되어 더 이상 의식되지 않는다. 우리의 정신 활동 중 의식은 바다에 잠겨 있는 빙산의 일각처럼 극히 적은 부분으로 우리들이 자주 쓰는 전화번호나 이름 등 바로 떠올릴 수 있는 것들이다.

2) 전의식前意識

전의식과 무의식은 둘 다 무의식에 해당되지만, 전의식이란 평소에는 의식되지 않으나 필요에 따라서 '의식'에 떠올릴 수 있는 의식과 무의식의 중간 영역이다. 때문에 의식으로 쉽게 들어갈 수는 없지만, 기억을 추적하여 알 수 있는 생각이다. 예컨대, 어제 저녁에 무엇을 먹었고, 며칠 전 친구와 왜 다투었는가? 등이 그것이다.

3) 무의식無意識

무의식은 평소 억압되어 있기에 의식처럼 표면에 떠오르지 못하고 있다. 하지만 이는 소멸되어 없어지는 것이 아니라 무의식 속으로 들어가 잠재되어 우리의 행동을 자기도 모르는 사이에 결정하는 주요인으로 인간의 정신 활동에 이 무의식이 중심을 이루고 있다.

이 무의식 속에는 지금까지 우리가 생활하면서 보고, 듣고, 맛보고, 느낀 오감을 저장해 놓은 저장 창고 같은 '잠재의식'과, 의식하지 않아도 우리 몸에서 저절로 활동하거나, 타고난 유전적 기질과 성향 등 보다 깊이 내면화되어 있는 '무의식'이 있다.

이러한 무의식은 우리들이 평소 말하거나 행동할 때 실수를 통해 나타나기도 하고, 술을 먹거나 의식의 방어가 약해질 때 드러난다. 술만 먹으면 우는 사람은 무의식 속에 웅크리고 있던 슬픔을 평소에는 의식적으로 눌러서 감추다가 의식의 방어가 술로 인해 약해지거나 풀리면서 무의식 속에 감춰져 있던 슬픔이 밖으로 드러나는 현상이다. 프로이트는 이것이야말로 그의 진짜 생각이라고 한다. 아동기의 상처(trauma), 부모에 대한 적대감, 억압된 성적 욕구 등이 이에 속한다.

· 무의식은 도덕과 무관하게 자신을 본능적으로 드러낸다.

무의식은 논리성이나 인과법칙과 무관하게 작동되며, 일단 맛보았던 쾌감을 반복해서 맛보고자 하는 성향을 지닌다. 그러기에 무의식에는 인간의 제반 활동에 에너지를 제공하는 힘을 지니고 있는가 하면, 동시에 의식의 질서를 파괴시킬 위험스런 욕구들 또한 담겨 있다.

때문에 인간은 무의식이 의식 표면에 분출되지 못하도록 많은 방어 에너지를 지출한다. 이때 방어 에너지를 과도하게 지출하게 되면, 자아 에너지가 고갈되어 각종 신경증에 걸릴 위험성이 높아진다.

• 무의식의 의식화

무의식의 상당 부분을 의식의 내용에 적극 받아들여 동화시킬 수도 있다. 이를 '의식화' 혹은 '깨달음'이라 한다. 종교적 수행이 이와 같은 경우인데 이는 일상적 자아의식을 초월, 신성한 힘과의 접촉을 통해 마음의 변화를 시도한 경우이다.

그러나 사람은 그러한 종교적 수행이나 무의식의 분석 작업을 하지 않아도 무의식을 깨달아나갈 수 있다. 그것은 무의식이 그 자체의 자율적인 의지에 의해서 의식을 자극하여 무의식을 깨닫도록 하는 능력을 가지고 있기 때문이다. 예컨대 운동을 할 때, 심장이 빨리 뛰는 이유는, 신체의 각 부위에 에너지와 산소를 공급하기 위해 피가 빨리 움직이기 때문이다. 또한 지나치게 이지적理智的인 남자가 꿈속에서 매우 비이성적인 행동을 하거나, 지나치게 소심한 사람이 취중에 공격적인 사람으로 변한다거나, 꿈에서 깃발을 들고 데모대의 선두를 달리는 모습으로 나타나는 것들도 신체의 이러한 자율적 보상 행위라 하겠다.

2. 성격 구조에 의한 분류

1) 이드(Id)

쾌락 원칙에 따라 본능적 욕구를 충족하려는 원시적 자아로서, 동물적 충동 에너지이다.

2) 자아(Ego)

원초적으로 볼 때, 이드(ID)를 보호하기 위해 변형된 현실적 자아(Ego)이다. 자아(Ego)는 이드(ID)의 소망 추구 활동에 대한 현실성 검열을 도우며,

현실 원칙에 맞지 않는 활동을 억제하고자 노력한다. 한편으로는 이드(ID)를 제어해야 하고, 다른 한편으로는 초자아(Super Ego)의 통제에 따르면서, 그 비난을 피하고자 노력한다.

이처럼 자아(Ego)는 다루기 힘든 상대(외부 상황, 이드, 초자아)를 가지고 있으므로 갈등을 일으키는 경우가 허다하다. 그러나 자아가 지나치게 강하면 아집이 센 사람이 되어 주변 사람들이 싫어하게 된다.

3) 초자아(Super Ego)

초자아超自我는 어렸을 때, 양친이나 이후 교육에 의해 형성되는 가치 덕목으로 문명 생활의 결과 나타난 규범, 도덕, 양심 등으로 자아와 이드를 검열한다.

> * '자아(ego)'가 약하면 이드(본능 충동)에 지배당해 죄책감, 열등감,
> 우울, 불안에 빠지기 쉽고, '초자아'가 강하면 심신이 경직되어 정신
> 질환에 시달리게 되므로 자아, 이드, 초자아가 조화를 이루어야 심
> 신이 건강하고 풍요로운 삶을 영위하게 된다.

3. 칼 융의 무의식

정신과 의사인 구스타프 칼 융(1875-1961)은 스위스에서 태어났다. 한때 프로이트의 영향을 받아 공동 연구를 하기도 했지만, 프로이트와 융의 결별은 리비도Libido에 대한 이해의 차이에서 비롯되었다. 리비도는 프로이트의 말처럼 오로지 성적(sex)인 것이 아니라 보편적인 마음의 에너지라는 것이다.

리비도가 외부 세계로 향할 때 외향형 성격이 빚어지고, 그것이 내면의

삶으로 향할 때 내향형 성격이 빚어지며, 그것이 무의식을 벗어나 의식화할 때 상징이 된다고 한다. 꿈의 해석에 있어서도 프로이트처럼 어릴 적 경험을 중시하지 않고 현재와 미래를 암시한 것으로 해석한 점 또한 크게 다르다.

융은 삶을 '자아(ego)가 본래의 자기(self)를 발견하는 과정'이라고 보았다. 그것은 무의식 속에 잠재된 가능성을 의식의 세계에 수용하여 실천에 옮기는 능동적 과정, 곧 페르소나에 가려서 보이지 않던 자신의 본모습을 찾는 작업이다. 하지만 그 과정은 그리 쉬운 일이 아니다. 이런 양성화의 작업을 '자기(아)실현(Self Realization)의 과정'이라 했다. 칼 융은 이러한 무의식을 다시 개인 무의식과 집단 무의식(collective unconscious)으로 구분하고 있다.

- 자아(ego): 현실적 자아, 경험적 자아
- 자기(self): 본래적 나, 선험적 나, 경험적 나

1) 개인 무의식(個人無意識, Personal Unconscious)

개인 무의식은 어릴 적부터 경험했지만 억압되거나 망각忘却되어 현재는 기억할 수 없는 상태. 곧 자아에 의해 필요치 않은 경험이 저장되는 곳이다. 프로이트(S. Freud)의 전의식前意識처럼 필요할 때에는 언제나 쉽게 의식의 세계로 끄집어 올릴 수 있는 것이며, 집단 무의식集團無意識과 대비되는 개념이다.

2) 집단 무의식(集團無意識, Collective Unconscious)

집단 무의식은 무의식의 한 부분으로 인류가 수많은 세대를 거치면서 축적된 집합적 기억과 사고 형태이다. 곧 누구에게나 공통적으로 유전되어 내려온 본능적 특성이다. 개인 무의식이 어떤 개인이 어릴 때부터 쌓아온

경험이 이후 그 사람의 생각과 행동에 영향을 주는 것인 데 비해, 집단 무의식은 옛 조상이 경험했던 의식이 쌓인 것으로서 모든 사람들에게 공통된 정신의 바탕이며 경향이다. 칼 융은 이를 원형(原型: Archetype)이라 불렀다.

그래서 융은 집단으로 전승되는 신화·전설·민담을 집단 무의식의 '원형'이 녹아들어 있는 지혜의 보고寶庫로 보고 있다. 예컨대, 우리가 '뱀'이나 '어둠'을 두려워하는 것은 오랜 세월 환경적 요인에 의해 유전적으로 이어받은 집단 무의식에서 기인한다고 본다.

이는 문학, 문화 인류학 연구의 새로운 계기가 되었다. 자기(self), 자아(ego), 무의식의 퍼스낼리티인 아니마(anima: 남성 속의 이상적 자아인 여성성), 아니무스(animus: 여성 속의 이상적 자아인 남성성), 사회적 자아인 페르소나(persona), 콤플렉스 등 지금은 익숙해진 심리학 용어들이 그것이다.

4. 무의식 속에 잠재되어 있는 또 다른 자기

1) 페르소나(persona: 가면, 탈) - 외면적 인식

페르소나는 극 중에서 특정한 역할을 하기 위해 쓰는 가면을 뜻하는 희랍어로서, 사회생활을 영위하기 위하여 외면적으로 보여지기를 원하는 '인격의 가면'을 뜻한다. 그러기에 페르소나는 진정한 자신의 모습이 아니라 사회적으로 만들어진 '체면의 얼굴'이다. 이렇듯 개인은 사회생활을 영위하기 위해 자기 자신의 성격이 아닌 다른 성격을 연기하며 살아가게 된다. 이를 통해 사회적 인정을 받을 뿐만 아니라, 못마땅한 사람과도 친교를 맺음으로써 심리적 안정을 획득할 수 있다.

사회생활을 하면서 우리를 있는 그대로 드러낼 수 없기에 자연스럽게 이 페르소나를 쓰고 생활하게 된다. 그러기에 결국 사람들이 보는 나는 본질적인 내가 아니라 그들 눈에 비친 나의 모습일 뿐이다. 때문에 상황에 따라 가장 편안하게 느껴지는 페르소나(가면)를 사용하여 정신적 평정을 얻게 된다. 그러나 페르소나에 지나치게 압도되면 본성(무의식)과 갈등을 일으켜 정신적 과부하로 우울증이나 노이로제 등을 일으키게 된다.

2) 그림자(shadow) – 내면적 인격

페르소나가 외면적 인격이라면 그림자는 자신이 인정하고 싶지 않아 무의식 속에 잠재되어 있는 열등한 자아이다. 내가 인정하기 싫고 사회적으로 받아들일 수 없기 때문이다. 사회적으로 학습하고 경험하며 수용할 수 있어 받아들일 수 있는 것들은 나의 의식 속에서 잘 성장하지만 내가 받아들이지 못하고 거부했던 것들은 무의식 속에 그대로 억압되어 그림자로 남아있게 된다.

인간의 내면에는 선과 악이 함께 존재하는데 의식적으로 한쪽으로만 치우치게 되면 그와 상반된 그림자는 현실에 자신의 모습을 드러내고자 기회를 엿본다. 융은 이러한 그림자를 잠재적으로 가장 위험하고 강력한 콤플렉스라 보았다. 그렇지만 자아가 이를 받아들여 자기의 온전한 성격 속에 편입시켜 잘 통합하게 되면 그림자가 오히려 우리를 완전한 존재자로 거듭나게 한다. 왜냐하면 한 인격 내에서 대립하고 억압했던 그림자가 화해되어 더 이상 대립 관계에 쓰일 에너지가 필요 없게 되니, 그것이 잉여 에너지가 되어 창조적 영감의 원천이 되기 때문이다.

융은, 사람들이 자신의 인정하기 싫은 그림자 부분을 외부에 투사하여 악惡이라 비난하면서, 그것이 자기와는 상관없는 것으로 여겨 비난의 대상으로 삼고 있다고 한다. 하지만 자신의 열등한 그림자를 외면하고 부정할 것이 아니라 그것을 우리의 인격 속에 통합시켜 인정하고 그것과 마주해야 한다는 것이다. 융은 이것을 '그림자의 의식화'라 하였다.

정신분석가를 찾아 자기의 무의식을 탐색하거나, 종교적 혹은 영적 수행 등도 어떤 면에서 무의식을 탐색하며 의식화하는 작업이다. 그런 작업을 통해 인간 정신의 창조적인 변형이 가능하기 때문이다. 이런 종교적, 영적 수행인 기도와 명상을 통해 나의 내면(무의식)과의 대화 속에서 새로운 자아를 발견하게 되어 우리의 삶이 변화하기 때문이다. 철학자들의 사유도 결국엔 인간의 내면에 파묻혀 있는 그림자를 통찰하는 것에 다름 아니다.

인간은 언제나 미완성이다. 그러기에 우리는 여전히 자라고 성장하면서 변화한다. 긴 세월 무의식 속에 잠재되어 있는 그림자를 의식의 밖으로 끌어올려 사회화시켜 가는 것이 자기완성의 길이다.

3) 콤플렉스complex

콤플렉스는 자기의 그림자(무의식) 속에 감춰져 있는 아픈 감정의 응어리이다. 대인관계에서 버럭 화부터 내는 것도 우리 무의식의 '아픈 곳'이 건드려졌기 때문이다. 때때로 사고의 흐름을 막고 당황하거나 분노에 차게 만들거나, 목메게 하여 자아가 전혀 통제할 수 없게 하는 감정의 한 덩어리이다. 때문에 열등감과 동일시하려는 경향이 있으나 그보다 격한 감정을 내포하고 있는 그림자의 일종이다.

학력, 지식, 직업, 건강, 신체, 외모, 습관, 행동 등 무의식 속에 가려져 있던 열등감, 혹은 한恨의 일종, 곧 역린逆鱗이다. 하지만 이러한 일부 약점(콤플렉스)을, 자기 인격의 전부인 양 과대 해석하여 자포자기에 빠지거나, 자신을 지나치게 자책하면, 삶 자체가 위축되고 망가진다. 하지만, 이러한 일부 약점(콤플렉스)을 고치거나, 그러한 약점을 오히려 발전의 동력으로 삼아 사회적으로 승화시켜 나아간다면 부분이 전체가 되어(약점이 강점이 되어) 크게 성공하는 경우가 많다. 루즈벨트 대통령의 신체장애나 링컨의 무학력, 나폴레옹의 단신 등이 자신의 약점을 강점으로 승화시킨 경우이다.

① '마음속의 아픈 곳'에 콤플렉스가 있다.

콤플렉스는 한 개인의 정신적 특성이나 삶의 원동력이 되기도 한다.

② 콤플렉스는 정서적 핵심이다.

콤플렉스는 우리가 살아가면서 특별하게 과민 반응을 나타내는 부분들로서 한 개인의 인격을 이루는 정서적 핵심이다.

③ 콤플렉스 자체가 부정적이거나 병적인 것만은 아니다.

콤플렉스가 신경증이나 그 밖의 정신질환 현상을 일으키는 것은 결코 병적인 성질의 것만이 아니라, 정신적 보상 행위로서의 생명현상인 것이다. 콤플렉스를 억압만 하려는 의식의 잘못된 태도 때문이다.

④ 콤플렉스를 의식화해야 성숙한 인격이 된다.

자기를 괴롭히는 콤플렉스를 해소하려면 불쾌감과 고통을 감수하는 용기가 필요하다. 자기의 약점이나 아픈 곳이 찔릴 때 움츠러들거나 회피하지 말고 그것을 의식의 세계로 끌어올려야 한다. 그것과 직면하고 소화시켜서 사회화시켜 나갈 때 비로소 바람직한 성숙이 이루어진다고 본다.

4) 아니마anima와 아니무스animus

페르소나(가면)가 외면적 인격이라면, 아니마와 아니무스는 내면적 인격에 해당한다. 아니마는 남성의 마음 깊은 곳에 숨어있는 이상적 여성성이고, 아니무스는 여성 내부에 숨어있는 이상적 남성성이다. 때문에 남성은 내부에 잠재해 있는 여성성(아니마)을, 여성은 내부에 있는 남성성(아니무스)을 드러냄으로써 인간의 내면에 잠재되어 있는 영혼의 본질을 찾아 비로소 심리적 안정을 얻을 수 있게 된다는 것이다. 아니마의 최초의 투영은 언제나 어머니이고, 아니무스의 최초의 투영은 아버지이다.

때문에, 남자가 어느 여자에게 긍정적 감정을 느끼게 되면, 그 여자는 그 남자의 아니마상과 동일한 성향을 갖고 있는 것이고, 반면 남자가 어느 여자에게 부정적 감정을 느끼면, 그 여자는 그 남자의 아니마상과 상반되는 성향을 갖고 있는 셈이다.

5) 자기自己(self)

프로이트는 '자아(ego)'와 '자기(self)'의 개념을 구분하지 않고 '자아(ego)' 속에 '자기(self)'를 포함시켜 사용하고 있지만, 융은 '자아(ego)'와 '자기(self)'를 구분하여 사용하고 있다. '자아(ego)'는 의식의 중심부로서 내가 의식하고 있는 나를 말한다.

그러나 '자기(self)'는 자신의 잠재성, 곧 무의식 속에 들어있는 자기실현의 시발점이자 종착점이다. 다시 말해, 의식과 무의식, 곧 자기 안에 잠재된 그림자, 아니마, 아니무스 등이 하나로 통합된 전체 정신, 무의식의 의식화를 통해 자기실현의 목표이며 이상이 자기다. 그러고 보면, '자아(ego)'는 협상을 위해 의식 밖으로 나온 '자기(self)'의 대리인에 불과한 셈이다.

이처럼, '자아(ego)'가 나 자신에 대한 이미지라면, '자기(self)'는 자신 안에 잠재되어 있는 '본래적 나' '원초적 나'이다. 그러기에 '자기(self)'는 발견되어야 하고 수용되어야 하고 실현되어야 할 어떤 것이다.

인간의 영혼은 무의식적인 부분이 의식적인 부분보다 훨씬 크다. 그리고 우리가 '나'라고 알고 있는 '자아(ego)'는 의식에 떠있는 작은 점에 불과할 뿐, 우리의 영혼의 중심점도 아니다. 인간의 영혼의 중심은 바로 무의식 속에 잠재되어 있는 '자기(self)'이다. 그러기에 우리가 의식하지 못하는 '자기(self)'를 때때로 잘 살펴야 한다.

> ＊ '자기(아) 실현'(self realization)
> '자아(ego)'는 의식의 세계이고, '자기(self)'는 무의식의 바다 깊은 곳에 있다. 이런 '자아(ego)'가 무의식의 깊은 곳에 웅크리고 있

는 '자기(self)'를 진지하게 들여다보고 거기에서 뿜어내는 진실한 목소리를 감지하여 그것을 사회화시켜 나가는 것, 그것이 칼 융이 말한 '자기(아)실현'의 역사이다.

우리의 의식은 오리지널 '자기'에서 떨어져 나온, 문명화되고 '파편화된 자기'이다. 때문에 '자아'는 우리의 중심이 아니고 '자기' 변방의 일부에 지나지 않다. 그러기에 잃어버린 꿈과 신화 그리고 상징을 통하여 '자기'의 세계에서 '자아'의 세계를 향해 건네주는 메시지에 우리는 귀를 기울여야 한다. 하지만 일반적으로는 자아와 자기를 합쳐 '자아'라는 말로 쓰고 있다.

6) 방어기제(defense mechanism)

방어기제는 프로이트가 처음 사용한 말로 개인이 불쾌한 정황이나 욕구불만에 직면했을 때, 자신을 방어하기 위해 자동적으로 취하는 적응 방법이다. 이러한 방어기제는 욕구불만, 불안, 갈등 등에서 오는 긴장을 감소시키는 방안으로 대부분 무의식적으로 나타난다.

신체적인 위험이 닥쳐올 때 본능적으로 자기 보존의 방위기제가 작용하듯이, 사람은 자기의 안정과 자존심에 위협을 받을 때, 방어의 기제가 작용하게 된다. 사람의 마음은 이같이 자동적이고 무의식적인 심리 과정을 통해서 심리적 평형을 유지한다.

김소월의 시 「진달래꽃」에서 자기를 버리고 떠나는 임에게 오히려 꽃을 뿌려주는 행위나, 김동수의 시 「나무」에서 길가에 홀로 서있는 외로운 자신의 심사를 오히려 '황홀한 가슴'이라 칭하는 경우들도 이에 해당된다.

① 억압(抑壓, suppression)
억압은 가장 초보적인 방어기제로서 현실이 너무나 고통스럽고 충격적일 때, 무의식 속으로 억눌러 버리는 것을 말한다. 불안감, 죄책

감, 기억상실증도 그중의 하나다.

② 합리화(合理化, rationalization)

잘못에 대하여 그럴듯한 이유를 대어 정당화하는 일이다. 예를 들어, 이솝 우화에서 '여우와 신 포도'라는 것이 대표적으로 거론되는데…… 먹고는 싶은데 능력이 닿지 않아 먹을 수 없는 포도를 보고 '저 포도는 신 포도라서 안 되겠다'고 말하는 여우의 심리이거나, 실연을 당했을 때 "나같이 괜찮은 여자를 볼 줄 모르는 바보 같은 놈, 저만 손해지" 이렇게 멋대로 해석하면서 마음의 평안을 지키는 경우가 바로 합리화에 해당된다.

③ 반동형성(反動形成, reaction)

자기의 소망이 억압당할 때, 그와는 반대의 경향을 나타내는 경우. 열등감에 빠진 사람이 오히려 자만과 허세를 부린다거나, "미운 놈에게 떡 하나 더 준다"는 속담처럼 무의식적 소망과는 반대되는 방향으로 행동하는 것. 다시 말해, 소망의 좌절로 감정이 위협을 받을 때, 이런 감정을 부인하기 위해 오히려 반대되는 행동으로 그것을 은폐하는 것을 말한다.

사랑이라는 가면으로 증오를 숨길 수도 있고, 부정적 반응을 숨기고 지나치게 친절하게 행동하여 잔혹함을 은폐할 수도 있다. 특히 어린 아이들의 경우, 여자아이를 좋아하는 남자아이가 좋아하는 마음을 표현하기 부끄러워 오히려 여자아이를 괴롭히는 행동도 일종의 반동형성의 경우라 볼 수 있다.

④ 투사(投射, projection)

이는 일종의 환각적 망상으로 예를 들면 '이웃집 남자가 자기를 덮칠 것'이라는 망상 혹은 짜장면이 먹고 싶은 형이 괜히 엄마 앞에서 동생

에게 '너 짜장면 먹고 싶지?' 하는 행위도 그의 심리가 투사된 행위에
다름 아니다. 이처럼 투사는 상대가 그랬을 것이라고 지레짐작하여
무의식적으로 책임을 상대에게 뒤집어씌우는 경우이다. 부처의 마
음에는 부처의 마음이 보이고 도둑의 마음에는 도둑의 마음이 보이
듯, 정신분열증에서의 환시, 환각, 망각 등이 다 투사에 해당된다.

⑤ 동화(同化, assimilation)

동화란 세계(외부)를 자신의 내부로 끌어들여 대상을 인격화, 곧 대
상을 주관적으로 해석하는 '세계의 자아화'이다. 정호승의 시에서
'가끔은 하느님도 외로워서 눈물을 흘리신다./ 새들이 나뭇가지에
앉아 있는 것도 외로움 때문이고/ 네가 물가에 앉아있는 것도 외로
움 때문이다./ 산 그림자도 외로워서 하루에 한 번씩 마을로 내려온
다'(「수선화에게」)와 같은 구절도, 사실은 자아의 외로움을 해소하기
위해 '하느님'과 '산 그림자' 등을 끌어들여 그들과의 동일화로 외로
움을 해소하고 있다.

조지훈 「승무」도 실제로는 자아와 갈등 관계에 있는 '번뇌'를 해소하
기 위해 열반의 세계인 '별빛'을 끌어들여 승화시켜 감으로써 고통을
해소해 가는 과정도 그렇고, 김동수의 「코스모스에게 부치는 엽서」
에서, 접할 수 없는 짝사랑의 대상인 '목이 긴 여승'을 작품 속에서나
마 '끌어안음(포옹)'으로써 타자와의 동일성을 획득해 가는 과정 등
도 그것들과의 동화에 의한 자기방어기제라 하겠다.

⑥ 고착(固着, fixation)

새로운 발달단계로 진행되어 가는 과정에서, 좌절과 불안이 그 개인
에게 너무 클 때, 성장이 일시적으로 또는 영구히 정지된다. 어른다
운 행동과 사고를 해야 할 대학생이 되었는데도, 여전히 중고등학교
수준의 행동 및 사고방식에 머물러있는 경우이다.

⑦ 퇴행(退行, regression)

퇴행退行은 방어기제의 하나로서, 동생을 본 아동이 나이에 어울리지 않게 응석을 부린다거나, 대소변을 갑자기 못 가리게 되는 경우, 혹은 학교에 처음 입학한 어린아이가 첫날 낯선 환경에 대한 두려움으로 운다든지, 손가락을 빠는 행동 등은 그 이전의 어린 시절로 돌아가는 퇴행 기제의 한 예이다.

⑧ 치환(置換, substitution)

다른 대상한테서 받은 불쾌한 감정을 보다 덜 위협적인 대상에게 발산하는 것을 말한다. '동대문에서 뺨 맞고 남대문에서 화풀이한다'는 경우나, 상사한테 꾸중 듣고 부하에게 화풀이하는 것 등이 그 예이다.

⑨ 승화(昇華, sublimation)

현실 세계의 질서나 가치, 실현 가능성 등에 배치되어 규제를 받아 오던 본능적 충동을 예술 활동이나 종교 · 사회 활동 등, 무의식을 현실 사회에 용인될 수 있는 바람직한 방향으로 바꾸어 실현하는 과정이다.

5. 의식과 무의식의 상호작용

의식과 무의식은 서로 약점을 보상하는 상보적 관계다. 의식이 억압을 받게 되면 무의식은 내향적 태도를 발달시킴으로써 보상을 하게 된다. 즉, 아름다운 여인을 만나지 못하면 작품 속에서 아름다운 여인을 그리게 된다거나, 키 작은 여자가 키 큰 남자를 좋아한 경우도 그중의 하나이다.

이처럼 의식과 무의식(예컨대, 페르소나와 그림자)이 서로 대립하면서 서로의 약점을 보상해 간다. 영화『서편제』에서 눈이 멀어 장님이 되자 소리(목소리)가 아름다워지거나 청각이나 촉각이 더욱 발달되어 가는 경우도 이에 해당된 보상의 결과라 하겠다.

예술 창작에서의 창의력과 영감도 의식과 무의식의 끊임없는 상호작용 끝에 나타난다. 외부 세계와 내면에서 마주치는 것들을 흡수, 새로운 것에도 귀 기울여 영감이 떠올랐을 때 지체 없이 표현할 수 있어야 한다. 그리하여 무의식과의 연계로 의식만으로는 역부족인 자아의 좁은 세계를 더욱 발달시켜 나가야 한다.

6. 프로이트와 융의 차이

	프로이트(Freud, 1856~1939) 오스트리아	융(Jung, 1875~1961) 스위스
인간 정신	빙산氷山	섬(島)
정신 구조	• 초자아(Super ego): 종교·도덕적 • 자아(Ego): 현실적 • 본능적 자아(Id): 성적 본능(libido) • 의식 • 전의식 • 무의식 → 억압된 관념	• 의식 • 무의식(개인적, 집단적) = 선조들로부터 물려받은 것 　→ 모든 행동의 동기
리비도Libido	성적性的 개념(생물학적)	생명 에너지(철학적)
무의식	의식이 억압하고 배제해 버린 의식의 침전물로서 억제해야 할 위험 세력(부정적, 승화의 대상)	의식 이전에 이미 존재하고 있는 본래적 나(self) (긍정적, 창조의 샘)
성격 형성	5세 전후 유아 경험이 결정적으로 좌우	과거 경험 + 삶의 목표 + 희망, 미래에 대한 열망 = 중년기 중요
꿈	어릴 적 경험	현재와 미래를 암시

＊ 원형적 상징의 이해와 증명

무의식은 상징을 산출한다. 때문에 우리는 상징 속에 숨겨져 있는 무의
식의 의미를 알아야 한다. 그래야 그것을 의식에 동화할 수 있다. 미지의
어떤 이미지의 뜻을 알기 위한 최선의 방법은 여러 가지 다른 분야에 나타
난 비슷한 이미지들을 비교하여 그 의미망을 넓혀 가야 한다. 이것을 '확충
(amplification)'이라 한다. 신화와 민담, 비교종교학, 원시인의 심성을 배
우는 까닭이 여기에 있다

제25장_초현실주의와 자동기술법

16세기 영국의 필립 시드니는 '시인이 신의 창조 능력과 닮은 능력을 부여받아서 시를 창조하는 까닭에 시는 사람이 만든 가장 고귀한 것 중의 하나'라고 말한 바 있다. 그러나 아무리 시가 없던 것을 만들어내는 창조의 세계라 하여도 단순한 꾸밈에 그친다거나 위장 혹은 조작이 되어서는 안 될 것이다. 그것은 바로 플라톤의 '시인추방론'*에 해당될 것이기 때문이다. 따라서 시인이 위대한 정신을 지닌 창조자가 될 것이냐, 아니면 단지 문장 기술을 습득한 교묘한 말재주꾼에 불과할 것이냐는 본인의 노력과 선택에 달려 있다.

1. 엘리엇의 '시는 개성으로부터의 도피'

예술적 창조나 미적 관조의 세계에 진입하기 위해서는 먼저 마음속의 아상我相을 비워 내야 한다. 그래야 비로소 이것과 저것의 실상實相이 보이게 된다. '도道는 텅 빈 곳에 모이기 때문에 허정虛靜의 상태를 굳게 지키면 만물은 일제히 일어나 생동하게 된다(致虛極 守靜篤 萬物竝作)'는 노자의 말도 그것이다.

시도 이와 같다. 개성, 곧 개인적 감정이 직접적으로 작품 속에서 그대로 표출되어(남아) 있으면 이는 마치 모태로부터 탯줄이 끊기지 않는 갓난아이처럼 독립된 존재가 되지 못한다. 엘리어트의 '개성으로부터의 도피'가 그것으로 시인 자신의 주관이나 개인적 정황에 매몰되지 않고 객관적 자세, 곧 객관적 상관물(objective correlative)을 제시함으로써 거기에서 새로운 존재의 세계를 경험하게 한다는 몰개성론沒個性論이 그것이다. 이로써 한 편의 시는 한 시인의 작품이면서 또 그 시인을 초월한 절대적 창조물이 된다.

---

* 시인추방론: 플라톤은 예술품이란 이데아(형이상학적 진리)의 짝퉁인 현상세계를 다시 모방한 짝퉁의 짝퉁이라고 보았다. 그러므로 시란 진리에서 두 단계나 멀어져 이상국가를 건설하는 데 방해가 된다고 보았다. 그러나 공자는 시를 순수한 생각, 곧 '사무사思無邪'라 하여 오히려 긍정적으로 보았다.

나무 하나 서서 이파리를 흔들고 있다.

무슨 할말 그리 많은지
나뭇잎 펄럭이며 이야기를 나누는데,

그냥 서서 펄럭이는 나무 하나.

나무 밑에 서있으면 무수한
말(言)들이 떨어진다.

떨어지는 것들은 말이 없다.
어디론가 쓸려 가 흙이 되거나,

더러는 어두운 하늘에 날아
반짝이겠지만, 그걸 바라보는 이는 드물다.

길 아닌 길가에서
스스로 길이 되어, 잎을 떨구고,
너와 나 사이에 나무 하나 서있다.

—김동수, 「말하는 나무」 전문

워즈워스가 '시는 감정의 유로다'라고 설파한 바 있지만, 이 시는 감정의 분출을 배제하고 객관적 상관물(나무, 이파리, 길)을 통한 암시로 새로운 존재의 세계를 제시(경험하게)해 주고 있다. 따라서 이 시에서도 시인의 개성이 드러나 있지 않다. 오히려 시인으로부터의 도피 그 자체일 뿐이다. 아무리 시가 인간 그 자체이고 삶의 표현이라고 하더라도 정제되지 않는 자기 감정과 일상적 현상 세계가 그대로 노출되어 있다면 누가 시를 미적 창조의 세계라 여길 것인가?

 "김동수의 「말하는 나무」는 자연의 나무가 아니다. 하나의 인격체로서 말하는 나무다. 그리고 나무는 "길"로 상징된 진리의 편에서 나무 스스로가 길이 됨으로써 잎을 떨구어 자기희생에 의한 구원의 길을 모색하고 있다. 그렇게 하는 것이 나무이고 나무의 일이며 본분이고, 나무가 사는 의미요 영원한 존재의 표상으로 그 값이 매겨진다. 이처럼 그는 형이상학적 논리를 구체적인 사물의 몇 가지 정황과 하나의 국면으로 표상하고 있다"(이운룡, 「계간 시평」, 『韓國詩學』, 2006. 가을호).

> 지리한 장마 끝에 서풍에 몰려가는 무서운 검은 구름의 터진 틈으로
> 언뜻언뜻 보이는 푸른 하늘은 누구의 얼굴입니까?
> 꽃도 없는 깊은 나무에 푸른 이끼를 거쳐서 옛 탑 위의 고요한 하늘을
> 스치는 알 수 없는 향기는 누구의 입김입니까?
> 근원은 알지도 못할 곳에 나서 돌부리를 울리고 가늘게 흐르는 작은
> 시내는 굽이굽이 누구의 노래입니까?
> 연꽃 같은 발꿈치로 가이없는 바다를 밟고 옥 같은 손으로 끝없는 하늘
> 을 만지면서 떨어지는 날을 곱게 단장하는 저녁놀은 누구의 시입니까?
> 타고 남은 재가 다시 기름이 됩니다. 그칠 줄을 모르고 타는 나의 가
> 슴은 누구의 밤을 지키는 약한 등불입니까?
>
> —한용운, 「알 수 없어요」 부분

 만해에게 있어서 자아는 유한한 것도 고정된 실체도 아니다. 자아는 언제나 자기 초월(非我)을 하기 때문이다. 비아非我로의 자기 초월을 만해는 '자아의 희생'이라고 말한다. 가족을 위하여 자기를 희생하는 것은 가족이 자아가 되는 것이요, 국가를 위하여 자기를 희생할 때는 국가가 자아가 된다. 자아는 초월을 통하여 주관적 자아에서 객관적 · 보편적 자아로 무한히 열려 있다.

'그러므로 자아의 희생은 자아 확대, 곧 현상적 자아에서 본질적 자아로, 소아小我에서 대아大我로 나아가는 자기 확대의 세계이다. 이런 끊임없는 자아 확대를 통하여 드디어 무한아, 절대아에 도달하게 된다. 이 무한아, 절대아가 바로 님인 것이라'고 김준오는 그의 『시론』(제2절 언어-II 존재와 언어)에서 말한다. 이처럼 끊임없이 자기를 억제하고 정화하는 자아 희생을 통해서 만해는 님의 경지에 도달하려는 노력을 기울인다. 이러한 시작詩作 태도는 의식의 해방과 확대를 통해 인간 능력의 폭을 넓히는 절대적 창조에 다가가고자 노력한 '몰개성론'과 일치된다. 이러한 비개성주의 맥락에서 초현실주의가 등장하게 된다.

2. 초현실주의超現實主義와 자동기술법自動記述法

초현실주의(surrealism, superrealism)는 1차 대전 후 합리주의와 자연주의에 반대하여 프로이트가 발표한 심리학설에 의거 잠재의식의 세계를 추구하여 표현의 혁신을 꾀한 프랑스 중심의 전위적 예술운동이다.

인간 정신의 여러 양상 중에 가장 중요한 것이 무의식인 만큼 이 무의식의 내용을 그대로 쏟아놓는 것이 가장 바람직한 시가 될 것이라는 주장에서 초현실주의가 출발하고 있다. 무의식이야말로 마음의 순수한 원형질이기 때문에, 그것의 탐구에 의하여 우리들은 사고의 진실한 과정을 얻어낼 수 있다는 주장이다. 이성理性의 지배를 받지 않고, 심미적 혹은 윤리적 관심에서 완전히 벗어난 자유로운 상태(잠재의식의 해방)를 중시하기 위해서는 이성과 개성으로부터 자유로운 꿈과 환상을 시적 순간의 주요 소재로 삼아야 한다는 것이다.

그러기 위해서는 이성 작용에 의해 억제되어 있었던 무의식이 자기를 지배하도록 '자기 최면'을 걸어야 한다. 그 순간의 시인은 자기 개성(이성)이 뚜렷한 사회인이 아니다. 사회와 단절되어 무의식의 지배를 받는 백지 상태(

아이)가 된다. 최면 상태에서 무의식이 하는 말을 자각 없이 받아들여 자기
도 모르는 사이에 무의식이 하는 말이 자기의 손을 움직여 글을 쓰는 자동
기계가 된다. 이것이 바로 초현실주의자들이 권유하는 시의 창작법, 곧 자
동기술법(automatic writing)^{**}인 것이다.

3. 자동기술법은 인간 의식의 해방과 확대

　엘리어트가 말한 '정서로부터의 도피'나 자동기술법은 개성의 부정이나
무성격 혹은 이질적인 것들의 단순한 배열의 집합체가 아니라 의식의 해방
과 확대를 통하여 인간 능력의 폭을 신장하는 창조적 인간 정신의 해방이
라 할 수 있다.

> 13인의아해兒孩가도로를질주하오.
> (길은막다른골목이적당하오.)
>
> 제1의아해가무섭다고그리오.
> 제2의아해도무섭다고그리오.
> 제3의아해도무섭다고그리오.
> 제4의아해도무섭다고그리오.

** 자동기술법(自動記述法, automatism): 브르통(Andre Breton, 1896~1966)이 창시
　한 초현실주의 시와 회화의 중요한 기법. 의식의 의도가 없이 무의식의 세계를 무의
　식 상태로 대할 때 거기서 솟구쳐 오르는 이미지의 분류噴流를 가능한 한 빠른 속도
　로 이성적 비판이나 수정 없이 그대로 기록하는 방법이다. 이처럼 기계적으로 창작될
　때, 그 시가 가지는 가장 큰 특징의 하나는 '우연성'일 것이다. 이럴 경우 이러한 우연
　성들의 편린들이 일상의 이성 세계에서 볼 땐 무질서하고 혼란스러워 보이지만 그러
　한 혼란의 편린들 속에서도 공통된 이미지를 끌어내어 연결시키면 필연적 결과를 추
　론해 낼 수가 있게 된다.

제5의아해도무섭다고그리오.

제6의아해도무섭다고그리오.

제7의아해도무섭다고그리오.

제8의아해도무섭다고그리오.

제9의아해도무섭다고그리오.

제10의아해도무섭다고그리오.

제11의아해가무섭다고그리오.

제12의아해도무섭다고그리오.

제13의아해도무섭다고그리오.

13인의 아해는무서운아해와무서워하는아해와그렇게뿐이모였소.

(다른사정은없는것이차라리나았소.)

그중에1인의아해가무서운아해라도좋소.

그중에2인의아해가무서운아해라도좋소.

그중에2인의아해가무서워하는아해라도좋소.

그중에1인의아해가무서워하는아해라도좋소.

(길은뚫린골목이라도적당하오.)

13인의아해가도로를질주하지아니하여도좋소.

—이상, 「오감도烏瞰圖—제1호」(1934) 전문

　이상이 연작시連作詩인 이 「오감도」를 조선중앙일보에 연재하다가 난해
시라는 독자들의 맹렬한 비난을 받고 15회로 중단했던 작품이다. 숫자 놀
음 같기도 하고 문자 놀음 같기도 한 이 시야말로 우리나라에서 최초로 무
의식의 메커니즘을 시 세계에 도입, 억압된 의식과 욕구 좌절의 현실에 새
로운 시상의 영토를 확장한 초현실주의의 선두 주자로서 종래 우리 시의 고

정관념을 크게 깨뜨린 파격적인 시이다.

「오감도」는 조감도鳥瞰圖에서 그 이름을 따온 듯 '까마귀와 같이 암울하고 불길한 시선으로 우리네 삶의 모습을 한번 내려다본다'는 희화적 의미인 듯, 발표 당시부터 제목과 "13인의아해" "도로로질주" "막다른골목" 등, 그 상징적 의미가 무엇인가 하여 많은 논란을 불러일으켜 왔다.

출구(희망) 없이 막다른 골목으로 내몰려 있는 비극적 역사 현실과 무엇인가에 쫓기고 있는 그것은 공포 그 자체였던 것이다. 피할 수 없이 엄숙하게 다가오는 공포를 즐기듯 감내해야만 하는 현실적 자아와 무의식적 자아가 대립되어, '거울속의나는참나와는반대요마는/ 또꽤닮았소/ 나는거울속의나를근심하고진찰할수없으니퍽섭섭하오'(「거울」)와 같이, 부정과 긍정의 이율배반적 자아 분열로 '천재 시인 이상'(이태준의 말)을 급기야 자학과 방탕의 늪에 가두고 만다.

"13인의아해"를, '이상李箱 자신의 분열된 의식의 파토스(pathos: 비애감)적 양상'(김선), 그런가 하면 당시 13도를 의미하는 것으로 식민지 조국의 상징으로 해석하는 이들도 있다. '도로'는 '역사의 노정' 혹은 당시 우리가 처해 있는 '불안한 삶의 공간'쯤으로 해석하는 것이 무난할 듯하다.

아무튼 이러한 삶의 현장을 배경으로 "13인의아해"가 도로를 질주하고 있다. 과거와 미래도 없이 오로지 막다른 골목을 달리고 있는 현실이 있을 뿐, 선택의 여지가 없다. 거기는 물러설 수도, 되돌아갈 수도 없는 일방통행로, 그 속에서 일고 있는 극도의 불안과 절망감, 그는 이것을 "무섭다"로 표현하고 있다.

일제 식민지 체제 속에서 구속(벽)과 풀려남(길)뿐만 아니라, 생사여탈권마저도 저당 잡힌 삶의 공포와 불안, 그리고 자신의 무력한 한계 상황에 대한 저항 심리를 '막다른 골목/뚫린 골목' '무서운 아이/무서워하는 아이' '질주하다/질주하지 아니하여도 좋다' 등 모순적 갈등 구도에 담고 있다. 띄어쓰기 무시도 이에 다름 아니다. 그는 이렇게 이성적 의식의 세계를 냉소하면서 그의 불안 의식을 자포자기적 피학증(被虐症, Masochism)으로 표현하고 있다.

> 벽이 걸어오고 있었다.
> 늙은 홰나무가 걸어오고 있었다.
> 한밤에 눈을 뜨고 보면
> 호주 선교사네 집
> 회랑의 벽에 걸린 청동시계가
> 겨울도 다 갔는데
> 검고 긴 망토를 입고 걸어오고 있었다.
>
> —김춘수, 「처용단장」(1974) 부분

> 사랑하는 나의 하나님, 당신은
> 늙은 비애悲哀다.
> 푸줏간에 걸린 커다란 살점이다.
>
> —김춘수, 「나의 하나님」(1974) 부분

관념을 배제하고 대상을 직관(환상)적 이미지만으로 풀어가면서 무의식 속에 잠재된 연상을 콜라쥬*** 수법으로 그리고 있다. "벽이 걸어오고" 벽 시계가 "검고 긴 망토를 입고 걸어" 나오, 하나님을 "늙은 비애" "푸줏간에 걸린 살점" 등 그의 내면에서 순간순간 떠오르는 다양한 이미지들을 그대로 그리고 있다. 고정 의미를 배제한 이미지와 이미지의 묘사만으로 한국 현대시의 진폭을 새로이 개척하고 있다.

시는 사상이나 철학 이전의 세계임을 강조하면서 시에서 관념과 철학성

*** 콜라주: 1912년경 입체파 화가들에 의해서 실험 시도된 표현 기법으로써 화포畵布 위에 신문지, 벽지, 악보, 담뱃갑, 화폐 등 종이(류) 등을 오려 붙여서 특수한(예상 외의) 표현 효과를 기대하는 표현 기법이다.

을 배제, 극단적 실험으로써 언어도단, 언어 해체를 주장, 소위 '무의미 시'
곧 초현실주의 기법의 시를 쓰고 있었다.

> 책상 위의 백지로 종이비행기를 접는다. 창밖으로 날려 보내기 전
> 양 날개에 적은 것들 오른쪽은 타인을 왼쪽은 나를, 비행기는 대체로
> 시계 반대 방향으로 원을 그리며 비행한다. 떨어질 때까지 일정량의
> 허공을 중심으로 맴돈다. 다음에는 곧바로 창문을 닫아야 한다. 이
> 방에서 나갔던 것은 다시 들어오지 못한다. 24시간 수도꼭지에서 물
> 이 새는 직육면체의 방. 그 안에서 문을 잠그면 거리의 비명은 비현
> 실로 남는다. (모든 정서적 감상은 창문 밖으로 던져야 한다) 유리창
> 너머로 흰 갈매기 떼가 날아와 부딪힌다. 인기척도 없는데 화장실 문
> 이 잠겨있다.
>
> —김효용, 「안으로 잠긴 추억」(2004) 전문

김효용 군(백제예술대 2년)의 작품이다. 내면의 심층에 도사리고 있는 어둠
의 추억을 이미지와 이미지의 연계로 그려내고 있다. 창밖으로 내보낸 메
시지가 돌아오지 않는 세상과의 단절, 그곳은 24시간 수도꼭지가 새는 좁
고 길다란 직육면체의 밀폐 공간, 화자는 그 안에 은폐되어 있다. 모처럼
날아온 갈매기마저 부딪힌, 폐쇄된 공간에 잠긴 추억. 이처럼 시의 전면에
깔려 있는 우울한 정서는 시종일관 제목과 유기적 상관성을 유지하면서 무
의식 속에 잠재된 자아들의 이미지의 충돌, 그러면서도 집중된 주제 의식
으로 새로운 감각의 시 세계를 열어가고 있다.

이와 같은 미술 용어 중에 '오브제'가 있다. '오브제'(objet)는 영어의 '오브
젝트(object)에 해당하는 말로서 '물건' '사물' '물체' 등의 통상적인 의미로 쓰
여지고 철학에서는 '대상' '객체' 등의 뜻으로 쓰여지고 있다. 다시 말해 인
간에 의해 일상적 의미가 부여되지 아니한 순수한 물질 그 자체로서의 존
재성을 의미한다. 그것은 보는 사람에 따라 달리 느끼고 생각하고 판단할

수 있다. 의미가 부여되기 전 하나의 순수한 대상으로서 존재하는 것을 의미한다.

이처럼 초현실주의와 자동기술법의 배경에는, 위의 '오브제'처럼, 대상물(객체)들을 통해 나름대로 독자의 감정을 유발하는가 하면(논리정연한 이성적 맥락의 의식 세계를 초월한), 제시된 작품의 구조 속에서 새로운 존재의 세계를 선입감 없이 순수하게 경험케 하고자 하는 욕망이 그 기저에 깔려 있다.

제26장_시적 발상과 창작

시 창작은 창의적 발상에서 온다. 창의적 발상은 기존의 틀에서 벗어나 이전과는 다른 세계를 받아들여 새로운 가치를 발굴해 내는 탐구 정신에서 온다. 그러기 위해서는 기존의 사고방식에서 벗어나 새로운 관점으로 건너뛰는 불연속적(non-algorithmic)인 양자 이동이 필요하다. 다시 말해 한 형태에서 다른 형태로 건너뛰는 패러다임의 전환, 곧 발상의 전환이 필요하다.

I. 발상의 전환

1. 주제 설정

창작 동기나 주제 의식이 불분명한 글은 초점이 흐린 사진처럼 독자에게 감동을 주지 못한다. 화살이 과녁에 꽂히듯 선명한 감동을 주기 위해선 하나의 명제命題가 먼저 설정되어 있어야 한다. 명제는 한 편의 시를 이루는 중심 사상으로서 어떤 판단을 언어로 표현한 문장이다. 이러한 명제가 때로는 새로운 아포리즘aphorism으로 이어지면서 시를 시답게 만들어주는 시작詩作의 단초端初, 곧 모티프motif가 되기도 한다.

어느 순간 영감靈感처럼 번뜩 떠오를 수도 있지만 일반적으로 하나의 명제가 설정되기까지에는 일정한 시간을 요하게 된다. 그러기 위해선 그 문제를 메모하여 정기적으로 되새겨 보는 것도 좋다. 가능한 한 자주 꺼내 읽어보면서 문제의 답 찾기에 전념해야 한다.

2. 소재의 선택과 기준

소재란 중심 사상을 효과적으로 드러내기 위하여 동원된 그것과 관련된, 또는 그것을 뒷받침하는 이야깃거리이다. 그러기에 소재가 선택되었다고 하는 것은 곧 시를 쓸 수 있는 여건을 마련한 셈이다. 때문에 소재 수집은 시작詩作을 순조롭게 풀어가는 최적의 방법으로. 다음 3가지 관점이 소재 선택의 기준이 된다.

1) 보편성

특이한 사건이나 상황을 소재로 사용하는 것은 좋지 않다. 나만 알고 남이 알지 못하는 특정한 사례는 당시 그 상황에 처해 있는 사람들에게는 설득력이 있을는지는 몰라도 시간과 공간을 초월하여 어느 시대 어느 사람에게나 똑같은 공감을 줄 수 없기 때문이다. 그러므로 특정 사례를 소재로 택할 때에는 신중해야 하고, 부득이할 경우에는 그 사건에 주註를 달아 독자의 이해를 도와야 한다.

> 낙엽은 폴란드 망명정부의 지폐
> 포화砲火에 이지러진
> 도룬시市의 가을 하늘을 생각게 한다.
> 길은 한 줄기 구겨진 넥타이처럼 풀어져
> 일광日光의 폭포 속으로 사라지고
>
> —김광균, 「추일서정秋日抒情」 부분

1940년 폴란드 망명정부나 도룬시市의 역사적 사건을 비유적 소재로 선택하여 가을의 고적감을 나타낸 이 시는 한국 시사에서 모더니즘 시의 전형으로서 참신한 발상과 회화미가 널리 알려진 작품이다. 하지만 소재가 어느 특정 사건에 집중되어 그 사건을 알지 못하는 독자들에겐 이해의 폭이 그만큼 줄어드는 약점이 있다.

2) 객관성

한 편의 시는 시인의 주관적 감정의 발로이지만 표현은 독자가 공감할 수 있도록 객관적 제시 장치가 필요하다. 때때로 신선한 이미지를 창출해 낼 요량으로 일상적 문법과 논리성을 파괴하면서까지 돌발적 이미지 결합을 시도하는 경우가 있다. 신기성新奇性 혹은 '창조적 오용誤用'이라는 실험적 시작詩作 태도가 그것이다. 하지만 이는 어디까지나 최소한 문맥상 의미의 축을 깨뜨리지 않는 범위 내에서만 가능하다. 때문에 일상 어법과 문맥 연결에서 벗어난 지나친 비논리적 연계는 독자의 공감 획득에 실패하고 만다. 소위 '의식의 흐름' '초현실주의' '아방가르드avant-garde'란 미명하의 섣부른 작품들이 객관적 논리성에서 벗어나 실패한 경우들이다.

　　낡은 아코디온은 대화를 관뒀습니다.

　　─여보세요!

　　〈뽄뽄다리아〉
　　〈마주르카〉
　　〈디젤 엔진에 피는 들국화〉
　　─왜 그러십니까?
　　　　　모래밭에서
　　수화기
　　　여인의 허벅지
　　　　낙지 까아만 그림자

　　비둘기와 소녀들의 〈랑데부우〉
　　　　　　　　　　　　─조향, 「바다의 층계」 부분

　　이 작품을 초현실주의 작품의 한 예로 든 평자도 있지만, 무리한 언어 결합으로 최소한의 의미망 구축에 실패, 시적 공감을 얻지 못하고 있다. 그러기에 시는 주관적 감정에서 출발하지만 표현은 어디까지나 객관적 논리의 틀을 벗어나서는 안 된다.

3) 참신성

예술적 감동은 참신한 발상에서 비롯된다. 참신성이란 서로 다른 것처럼 느껴진 사물들 속에서 유사성을 발견하는 것으로 개성적인 데가 있다. 개성적 시각을 갖기 위해서는 선입견과 고정관념에서 벗어나 새로운 관점, 다양한 시각으로 사물을 새롭게 바라보아야 한다. 그러기 위해서는, 주체와 객체를 바꾸어 표현해 보기, 다른 대상에 빗대어 표현해 보는 비유와 상징, 낯설은 제목 붙여 보기 등이 있다.

3. 소재 분석과 재편성

소재를 모았다면, 그 소재를 분석하여 주제를 부각시키는 방식으로 재구성해야 한다. 이러한 소재 개편 과정은 의식적인 단계와 잠재의식적인 단계 모두에서 일어나야 작품에 깊이를 더하게 된다. 정보 분석을 최대한 활용하여 세계 최강의 종합상사로 이끌어 올린 일본의 이토추(伊藤忠) 상사 회장인 세지마 류조(瀬島龍三)도 '세상 사람들은 나를 정보 인간의 보스인 것처럼 말하는 사람들이 있으나 내 정보원의 대부분은 국내외 신문 기사이다. 하나의 목적의식을 가지고 신문 자료를 읽다가 보면 여러 정보에서 수준 높은 새로운 정보가 생겨나게 된다'고 하였다.

미국 CIA가 수집한 정보도 80% 이상이 이미 공개된 정보라고 한다. 그러기에 60%의 정보만 들어오면 나머지 40%는 상상력을 발휘하여 나머지 행간을 채워 넣기만 하면 된다. 한 편의 시가 완성되어 가는 과정도 이와 다르지 않다. 이미 수집된 소재들을 기반으로 나머지 부분을 창의적 발상과 상상력으로 변주變奏해 가는 시작詩作의 '재창조 작업'이 뒤따라야 한다.

Ⅱ. 창의적 발상

1. 창의적 사고

천재나 발명가들을 대상으로 심리 연구를 실시해 본 결과 이들은 발명 과정에서 대부분 '유추적(analogy) 사고'를 한다는 공통점을 지니고 있다. 유추적 사고란 어떤 사물과 현상을 관찰하여 두 대상 사이의 형태적, 관계적, 구조적 유사성을 찾아내 이를 문제 해결에 적용하는 상상력, 곧 '이미지적 사고'이다.

라이트 형제가 독수리가 나는 행동을 관찰하여 비행기의 방향 조정과 안정성을 찾아내고, 박쥐의 행동을 통해 잠수함의 위치를 확인하는 수중 음파 탐지기를 만들어내는 유추적(관계적 추론) 사고들이 그것이다. 그러기에 주변의 사물로부터 무엇인가를 새롭게 추출해 내려면, 먼저 친숙해 보이는 상황에서 벗어나 친숙하지 않은 상황도 받아들일 수 있는 융통성이 있어야 한다.

직접적 유추(direct analogy)

주제와 닮은 것을 찾아 유추한다.

• 깃털처럼 자유롭다.

• 누나같이 다정하다.

역설적 유추(paradox analogy)

실제로 닮지 않은 두 이념을 하나로 결합해 가는 역설적 유추 방법이다.

• 어둠은 출발이다.

• 번뇌가 보리菩提다.

의인적 유추(person analogy)

자신이 직접 그 시적 대상이 되어 생각하고 느끼는 통찰적 유추

• 바다가 어서 오라 손짓한다.

• 어둠이 안개처럼 웅크리고 앉아있다.

상징적 유추(symbolic analogy)

두 대상 간의 유사 관계를 발견한 유추적 상징 관계

• 어머니는 대지다.

• 미세먼지가 나비처럼 날아다닌다.

공상적 유추(fantasy analogy)

모든 논리나 한계를 벗어난 상태에서 이루어진 이상적 사고

• 내가 만일 새라면 너에게 날아가리.

• 그날이 오면/ 종로의 인경을 들이받아 울리오리다(심훈, 「그날이 오면」).

2. 창의적 발상법

사물이나 현상을 볼 때 무심코 지나치는 것이 아니라 항상 새로운 발상과 아이템을 찾아야겠다는 의식, 곧 아이디어의 안경을 마음속에 갖고 있으면 작은 것도 크게 보이고, 없는 것도 있는 것처럼 보일 수가 있다. 그 발상법들을 열거해 보자.

단순화(subtract)

어떤 요소나 부분을 지우거나 생략하라. 압축시키거나 더 작게 만들어라. 어떻게 단순화하고 추상화하고 스타일화하고 생략할 것인가?

반복(Repeat)

모양, 색, 형태, 이미지 또는 아이디어를 반복하라. 모든 느낌(Feel

ing)은 반복에 의해 더욱 심화되는 경향이 있다.

결합(Combine)

함께 생각하도록 하라. 관계를 만들고 정리하고 연결하고 통일하고 혼합하고 융화시키고 결합하고 재배치하라.

덧붙여 보기(Add)

작품을 증대, 첨가, 전진시키면서 추가, 확장, 확대, 과장시켜라.

옮겨 보기(Transfer)

작품을 각색하고 순서를 바꾸고 재배치시키고 뒤죽박죽으로 만들어라. 자신의 작품이 어떻게 변형될 수 있는지 생각해라.

공감하라(Empathize)

거기에 감정 이입해라. 비非유기체라 하더라도 인간의 특성을 가진 것으로 생각하라.

중첩시켜라(Superimpose)

서로 유사하지 않은 상상이나 생각들을 겹쳐 만들어라. 새로운 이미지나 아이디어 그리고 새로운 의미를 만들어내기 위해 원근법이 서로 다른 것, 시간이 서로 다른 것 등을 겹쳐 놓아라.

대치하라(Substitute)

서로 맞바꾸거나 교환하거나 대치시켜라.

쪼개라(Fragment)

분리하고 나누고 쪼개라. 작품의 주제나 아이디어를 떼어내 비연속적인 것처럼 보이게 하라.

왜곡시켜라(Distort)

작가의 의도를 강조하기 위해 작품의 원래 모양, 비례, 의미를 비틀어 보아라. 더 길게, 더 넓게, 더 두껍게, 더 좁게 만들어보아라. 미술의 디포메이션deformation처럼 독특한 은유적 혹은 미학적 특질은 그대로 남겨 두고

위장하라(Disguise)

위장하고 은폐하고 속이고 암호화하라. 카멜레온이나 다른 종들이 자신들의 몸을 숨기듯 잠복한 이미지나 주제를 어떻게 숨기고 위장할 것인가?

부정하라(Contradict)

사물의 원래 기능을 모순되게 하고 번복하고 부정하고 발전시켜라. 사실상 많은 위대한 예술은 시각적, 지적 부정이다.

패러디하라(Parody)

우스꽝스럽게 하라. 흉내 내라. 조롱해라. 시각적인 농담과 익살로 변형해라.

애매모호하게 하라(Prevaricate)

두 가지 이상으로 해석될 수 있는 혼란스럽거나 현혹시켰던 애매한 정보를 표현하여 마음속으로 서로 모순되는 생각을 동시에 갖게 하라..

유사성을 찾아라(Analogize)

비교하여 서로 다른 것들 사이의 유사성을 찾아라. 과장된 유추는 상승효과, 새로운 지각 그리고 효능 있는 은유를 만들어낸다.

3. 생활 속의 발상법

창의적 발상법은 사람마다 달라 각기 자기에게 맞는 방법이 있다. 따라서 새로운 발상이 잘 떠오를 수 있는 때와 장소 선택도 중요하다.

TV 시청법
TV를 시청하면서 새로운 발상을 떠올리는 방법도 있다.

산책법
산책을 하다 보면 몸과 마음이 가벼워지고 잡념이 사라져 마음을 집중을 할 수 있다.

명상법
이성적인 정신을 넘어서 우주와 무의식에까지 접근해 가는 명상법이다

수면법
하루 종일 그 생각만 하다 보면 잠잘 때 꿈속에서도, 아침 잠에서 깨어났을 때에도 불현듯 멋진 아이디어가 생각날 때가 있다.

여행법
여행을 하거나, 출퇴근 시간에 대중교통 편을 이용할 때에도 좋은 발상이 떠오른다.

음악 감상법
분위기 좋은 찻집이나 레스토랑을 찾아 분위기에 맞는 음악을 듣고 있노라면 의외로 시상이 떠오를 수도 있다.

목욕탕법

대중탕에 들어가 릴랙스하게 몸을 풀고 휴식을 취하거나 잠시라도 눈을 붙이고 나면 새로운 발상이 떠오를 수도 있다.

화장실법

화장실에 앉아있으면 잊었던 것이 생각나는 경우가 있다.

Ⅲ. 발상의 전환법

1. 다르게 생각하기

창조적인 천재들은 비난받는 바보짓이나 남들이 손가락질하는 엉뚱한 시도를 많이 한다. 새로운 의사 결정이나 발견은 딱딱한 계산이나 분석이 아니라 처음 보는 신기한 장난감을 갖고 노는 어린아이처럼 열린 마음으로 자유분방하게 다양한 실험과 시도를 해야 한다.

'코페르니쿠스적 전환'도 새로운 발상이다. 이는 천동설天動說을 완전히 뒤집는 새로운 학설인 것(지동설)이다. 이처럼 기존의 생각, 곧 고정관념을 깨고 생의 의미를 새롭게 열어가게 한다.

2. 단어에서 단어 연상

원숭이 엉덩이는 빨개, 빨가면 사과, 사과는 둥글다, 둥근 것은 하늘……이런 식으로 '원숭이 엉덩이는 빨개'가 아니라 '원숭이 엉덩이는 사과'에서 '둥글다'를 거쳐 급기야 '원숭이 엉덩이'가 '하늘'이 된다.

'원숭이'와 '하늘'만 놓고 본다면 도저히 연결될 수 없는 관계이다. 하지만 이처럼 한 단어에서 연상되는 단어를 쭉 나열하다 보면 엉뚱한 단어가 연상되기 마련이다. 이 엉뚱한 단어가 때로는 한 편의 시에서 의외로 참신하고 새로운 차원의 시어가 되기도 한다.

- 아! 우수수 떨어지는 <u>말씀의 영토</u>　　(원고지 = 말씀의 영토)
- 먼 고가선 위에 <u>밤</u>이 켜진다.　　(등불 = 밤)

3. 어원의 뿌리를 통해

- <u>상처</u>는 나아도, <u>흉터</u>는 남는다.
- <u>안</u>고 싶은 저 <u>아름다움</u>이여

4. 1 : 1 언어 조합

단어 하나를 가지고 거기에서 연상되는 유사어를 다른 쪽과 하나씩 조합하여 맞추어나가는 방식이다.

- 누가 놓고 간 <u>등불</u>인가　(새벽달)
- 붉그스레한 <u>달(月)</u>이 / 이웃집 <u>아저씨 얼굴</u>같이 떠올랐다.

5. 낯설게 하기

관계가 없는 것을 강제로 결부시켜 새로운 시상을 불러일으키는 방법

- 찬란한 <u>슬픔의 봄</u>
- 겨울은 <u>강철</u>로 된 <u>무지갠</u>가 보다.

Ⅳ 새로운 발상

발상의 전환을 하게 되면 사물에 대한 새로운 안목이 열리게 된다. 시는 머리로 이해하고 해석하는 논리가 아니라, 가슴으로 다가오는 주관적 느낌과 깨달음의 세계다.

- 봄이 오니 산에 꽃이 피네(×)
  → 둘이 앉아 술잔을 드니 산山꽃이 망울 버그네(○)
  ('兩人對酌山花開', ―이백 「與山中幽人對酌」)

- 상추를 뜯었더니 또 새싹이 돋아났구나.(×)
  → 상추들이 송두리째 뽑히지 않기 위해 서둘러 푸른 세포들을 채웠구나(○)

- 가을이 오니 단풍이 드는데(×)
  → 초록이 지쳐 단풍이 드는데(○)

이러한 시적 발상이 아래와 같은 또 다른 개성적인 작품을 만들어내게 된다. 이는 현상계의 가시적 세계를 뛰어넘어 실체에 보다 가까이 접근해 가는 계기가 될 것이다.

　　　나뭇가지의 끝에는 뾰족한 하늘이고
　　　의자의 끝에는 절벽의 하늘이다

　　　잠자리와 나는 뾰족한 하늘과
　　　절벽의 하늘에 붙어있다.
　　　　　　　　　　　　　―오규원, 「잠자리와 날개」 부분

주객의 자리바꿈을 통한 시선 전환, 그것은 부분과 전체, 중심과 주변, 있음과 없음이 상하의 수직 구조가 아니라 상호 수평적 연관 관계라는 새로운 인식의 세계를 보이고 있다. 인간 중심의 언어 구조에 매달리지 않고 사물 자체가 시라는 현상학적 인식, 오규원의 시는 이처럼 현대 사회의 지나친 인간 중심의 획일적 사고를 경계하며 자연과 인간, 우주와 생명을 거시적으로 바라보는 우주적 통찰의 세계로 우리의 시야를 넓히고 있다.

> 너희들의 비상은
> 추락을 위해 있는 것이다.
> 새여,
> 알에서 깨어나
> 막, 은빛 날개를 퍼덕일 때
> 너희는 하늘만이 진실이라 믿지만,
> 하늘만이 자유라고 믿지만
> 자유가 얼마나 큰 절망인가를
> 비상을 해보지 않고서는 모른다.
> 진흙밭에 뒹구는
> 낱알 몇 톨,
> 너희가 꿈꾸는 양식은
> 이 지상에만 있을 뿐이다.
> 새여,
> 모순의 새여,
>
> —오세영, 「지상의 양식」 전문

"새"는 흔히 '순수' '자유' '비상'의 이미지로 노래되어 왔다. 하지만 시인의 예리한 눈은 그러한 재래의 통념을 뛰어넘어 처음부터 "너희들의 비상은/ 추락을 위해 있는 것이다"라고 말함으로써 "새"에 대한 새로운 인식의 지평을 열어가고 있다.

이처럼 발상의 전환으로 시를 새롭게 쓰기 위해서는 먼저 주변의 사물들을 세심하게 관찰하고, 상식의 벽을 허물어뜨리며, 자기 내부에 도사리고 있는 모든 관념적 선입관을 비워내야 한다. 현실적 이해관계나 일체의 도덕 의식과 목적의식을 배제하고 어린아이와 같은 천진함과 현상의 전말을 꿰뚫어 보는 통찰력을 가져야 한다.

이러한 통찰력을 통해 새로운 관점에서 사물을 새롭게 바라보게 되면, 우리의 몸과 정신에 새로운 활력이 생기게 된다. 이는 좀더 넓은 시각으로 삶을 바라볼 수 있는 영적 세계로서 우리의 삶에 창조력을 불어넣어 새로운 지평이 열리게 된다.

Ⅴ. 시를 어떻게 쓸 것인가*
—나의 9가지 생각

시가 무엇인가 하는 물음을 나는 자주 듣는다. 인류가 시를 처음 가진 날로부터 끝없이 묻고 대답했을 이 화두에 나는 "사람의 생각이 우주의 자장을 뚫고 만물의 언어를 캐내는 것"이라고 적은 일이 있다. 어차피 시를 가리키는 말은 허사虛辭일 뿐 적확한 풀이는 한 편 한 편의 시가 그 답을 주고 있는 것이다. 다시 말하면, 시가 무엇인가에 대한 정답은 세상에 별처럼 깔려 있는 시만큼 무량하다 하겠다.

시를 어떻게 쓸 것인가에 대한 방법론 또한 바둑의 정석처럼 정해진 것이 없다. 나는 시인이라는 이름을 얻은 지 50년을 넘겼고 그동안 대학에서 시

---

* 이근배(대한민국예술원문학분과회장·중앙대초빙교수), 「시를 어떻게 쓸 것인가—나의 9가지 생각」.

쓰기를 가르쳐왔으나 정작 나는 시에 대해 아는 것이 없을 뿐 아니라 시 쓰기에 대해서는 매뉴얼을 갖고 있지 못한다. 그렇게 시 쓰기를 가르칩네 하고 보따리를 들고 헤매다가 내가 꺼내 든 "이근배 시작법 9가지"라는 것을 약방문처럼 팔고 다닌다. 약효가 없는 것인 줄 알면서 처방을 달라는 청을 받고 그 풀이를 몇 마디 쓰고자 한다.

첫째 '시의 첫 줄은 신이 준다'

프랑스의 시인 폴 발레리의 말이다. 시의 글감을 얻고 붓을 들었을 때 첫 줄을 얻기 위해서는 영감(inspiration)이 떠올라야 한다. 시의 끝줄이 완성되어야 비로소 말문이 열리는 것이다. 신이든 악마이든 오랜 글감 익히기와 생각의 천착穿鑿이 없는 사람에게 한 편의 시를 선사할 까닭이 있겠는가. 하늘은 스스로 돕는 자를 돕는다는 격언처럼 생각의 깊이와 넓이가 얼마인가에 시의 완성도도 결정된다.

둘째 '총은 내가 먼저 쏜다'

마카로니웨스턴 영화에서 오디 머피 같은 명사수는 총을 0.1초라도 먼저 뽑아야 상대를 쓰러뜨릴 수 있다. 시는 극도의 언어의 절약이 기본이다. 달리 말하면 언어의 핵무기라고나 할까. 언어를 농축하고 농축해야 그 감동의 폭발력을 뿜어낼 수 있다. 따라서 불필요한 서론은 생략하고 바로 시의 핵심으로 들어가야 한다.

셋째 '송편에는 소를 넣어라'

우리가 일상적으로 쓰는 말에도 열쇠가 있다. 이른 바 키워드key word가 그것이다. 곧 시인이 의도하는 시적 의도가 중심에 자리 잡고 있어야 한다. 그러면 송편의 "소"에 해당되는 시의 알맹이는 무엇인가. 이솝 우화에 나오는 여우나 두루미가 사람의 알레고리allegory이듯이 시의 오브제objet는 꽃, 새, 바람, 산, 강……, 그 어느 것이든 사람을 쓰는 것이며 사람 속에서 시인 자신이 들어있어야 한다. 말라르메는 "시는 감성이 아니라 체험"이라고 했으며 IA 리처드는 "시인은 왜 언어의 지배자인가 그는 체험의 지배자이기 때문"이라고 했다. 시라는 송편에 넣는 "소"는 바로 "나"라는 것이다.

넷째 '꼭 집어서 김자옥'

탤런트 김자옥이 여학생으로 분장했던 코믹 시트콤에서 한 아주머니가 여러 여학생들과 함께 있는 김자옥에게 "애, 예쁜 애!"라고 하자 김자옥은 "그냥 예쁜 애라고 하지 마시고 꼭 집어서 김자옥이라고 불러주세요" 하는 장면이 있었다. 외롭다, 슬프다, 기쁘다, 아프다, 라는 실체가 없는 표현은 시어가 되지 못한다. 살아 움직이는 구체적 사실을 적시해야 한다.

다섯째 '게딱지는 떼고 먹어라'

일상어에는 사물에 상투적으로 따라다니는 형용사와 부사가 있다. "따뜻한 봄날" "추운 겨울날" "푸른 하늘" "하얀 눈" 같은 이름을 깬 것이 "찬란한 슬픔"(김영랑 「모란이 피기까지는」)이다. 게딱지처럼 붙어 다니는 껍질 언어를 과감히 떼어내고 속살 언어를 붙여야 한다.

여섯째 '바늘 가는 데 뱀이 간다'

다섯 번째가 낱말과 낱말 사이의 간격 넓히기라면 이것은 문장(행)과 문장 사이의 건너뛰기이다. 윤동주의 「서시」에서 "죽는 날까지 한 점 부끄럼이 없기를" 다음에 "잎새에 이는 바람에도 나는 괴로워했다"가 오롯이 행간의 의미는 넓을수록 시적 효과가 높아지는 것이다.

일곱째 '아는 길은 돌아서 가라'

시인은 언어의 창조자라고 한다. 이미 일상 속에 널리 쓰이는 국어사전에도 있는 낱말이지만 200만을 헤아리는 우리의 모국어를 새로 조합해서 새 낱말을 만들어내기 때문이다. 시의 발상법도 그렇다. 평소에 익숙하게 들린 이야기가 아닌 새롭고도 낯선 이야기일 때 새 맛을 낼 수 있다. 누구도 가보지 않고 나도 가보지 못한 새 길을 가는 것이 창조이다.

여덟째 '꼬리가 길면 밟힌다'

수필이나 소설 같은 산문을 마라톤, 또는 중거리에 비유한다면 시는 100미터 경주라 할 수 있다. 스타트도 몇백분의 일 초라도 빨라야 하지만 골인 지점에서도 마지막 스퍼트가 승패를 결정한다. 엿가락 늘이듯 시를 오래 끌지 않고 도마뱀 꼬리 자르듯 버리고 멀리 뛰어야 한다.

아홉째 '닭 잡아먹고 오리발 내밀기'

성덕대왕신종(에밀레종)의 여운은 마지막 타종이 멀리 보낸다. 시의 끝 구절은 영화의 라스트 신처럼 오래 가슴에 여운으로 남는다. 오 헨리의 콩트처럼 극적 반전까지는 아니더라도 시의 끝 구절은 비약, 상승, 반전을 이룰 때 화룡점정이 되는 것이다.

제27장_상상력과 문학

상상력이란 영감에서 직관에 이르는 인간의 정신 영역으로, 이것과 저것을 연결하는 초현실적 창조 능력이다. 이러한 상상력의 세계는 이성적 논리로써 설명할 수 없는, 아니 이성이 팽개쳐 버린 모든 것에서 새로운 가치를 발견하는 순수 본질의 신화적 세계라 하겠다.

아인슈타인도 "상상력은 지식보다 중요하다, 지식은 한정되어 있지만 상상력은 세계를 누비고 다니기 때문에 상상력은 자유로운 것이다"라고 하였다. 현실과 동떨어져 있기에 가끔은 엉뚱하기도 하지만 그 엉뚱함이 때론 새로운 세상의 단초가 되기도 하고 세상을 새롭게 열어가게 하는 희망이 되기도 한다.

이러한 상상력을 바탕으로 사람들은 현존하지 않는 내일을 구체화시켜 나가게 된다. '당신의 미래는 당신이 꿈꾸는 대로 될 것이다(Your future will be just what you imagine it)'라는 선언적 명제도 우리의 미래가 상상력에서부터 시작되고 있음을 깨우쳐주고 있다. 그만큼 상상력은 보이지 않는 경쟁력이요 생존의 원동력이라 할 수 있다.

1. 상상의 힘

페르시아만의 작은 포구에 지나지 않던 사막의 두바이가 세계의 기적을 이루어낼 수 있었던 원동력도 모하메드 국왕의 상상력에서 비롯되었다. 척박한 사막 위에 세계 최고층 빌딩과 수중 호텔, 스키장과 지하철 등 '사막의 신기루' 왕국의 건설이 그것이다.

모하메드 국왕은 현실을 냉철하게 진단하는 통찰력과 미래를 설계하는 상상력으로 마침내 사막 위에 세계 최고의 관광 도시 국가를 건설하게 되었다.

상상력은 자기 암시를 통해 키워갈 수가 있다. 매일 일정 기간 과녁 앞에 앉아서 다트를 던지는 상상만 해도 실제로 연습한 것과 같은 효과를 거둘 수 있다고 한다. 에밀 쿠에의 위약偽藥 효과(placebo effect)도 상상력이 의지보다 강함을 입증한 사례들이다. 진중권도 '아는 것이 힘이 아니라 상상하는 것이 힘이요 생산력'이라고 말한다.

2. 상상력과 문학

문학의 힘도 상상력에 의존하고 있다. 그것은 문학의 내용, 곧 작품의 스토리가 상상력에 의해 지탱되고 있기 때문에, 우리의 정신과 삶을 두텁게 하는 문학도 결국 상상력의 소산에 다름 아니다.

산 위에 두둥실 떠있는
흰 구름, 저 녀석
조금 전까지만 해도 내 몸 안에서
뛰어놀던 바로 그 숨결
　　　　　　　—나태주, 「멀리까지 보이는 날」 부분

비어있는 손은 아름답다
거기에 우리의 내일이 들어있기 때문이다.
　　　　　　　—김동수, 「빈 손의 노래」 부분

시적 상상력은 결핍되고 훼손된 삶에 생기를 더한다. 이는 창조의 원천이요 진리에 이르는 또 다른 경로이다. 대상과 대상의 분화 속에서 새로운 가치를 발견하여 양자를 하나로 소통시켜 주는 힘, 그것이 상상력이다. 이러한 상상력은 직관과 통찰에 의한 발상의 전환으로 우리의 삶에 새로운 가치를 낳게 하는 원동력이 되기도 한다.

1) 직관(直觀: intuition)

직관은 문제의 핵심을 직각直覺으로 꿰뚫어 대상을 순간에 깨닫는 능력이다. 외면을 보고 그 내면을 순간적으로 파악하는 것, 이성에 의존하지 않고 필요한 핵심을 순간적으로 파악하는 것, 한 걸음씩 단계를 좇아서 나아가는 분석적 사고와 추론, 입증의 단계를 거치지 않고 문제의 의미와 중요성을 단번에 파악하는 힘이 직관이다. 새로운 사실의 발견, 예술 작품의 창의적 발상 등도 이러한 초이성적 직관에서 출발한 경우가 허다하다.

2) 통찰(通察: insight)

통찰이란 MRI나 CT처럼 '안(in)'을 꿰뚫어 본질에 다다르는 힘이다. 표면 아래 숨어있는 진실, 혹은 남들이 보지 못하는 것들을 보는 안목이다. 이들의 공통점은 사물이나 사태의 보이지 않는 내면까지 통시적·공시적으로 꿰뚫어 보는 투시력이다.

그것은 단순한 경험의 집적集積이 아니라 경험을 재구성하는 인지 구조의 변화요, 우연한 시행착오가 아니라, 문제 해결의 열쇠가 되는 중요한 부분들의 관계를 유기적으로 분석하고 통합하는 과정에서 얻어진 값진 결론이다. 이러한 통찰력은 수많은 경험과 관찰을 통해 그들의 상관성을 파악해 내는 훈련 속에서 강화되기도 한다. 세상에는 99%의 잉여 인간이 있고, 0.1%의 천재, 그리고 그 천재를 보고 미래를 준비하는 소수(0.9%)의 통찰력을 가진 사람들이 있는데, 이들이 이 세상을 이끌어간다고 한다.

3) 동양적 일원론一元論

하늘, 땅, 인간의 관계를 서로 소통하는 유기체로 인식하는 동양의 형이상학, 그것은 느낌과 생각, 행위와 의식을 서로 분리시키지 않고 상호 연관되어 자극을 주고받는 일원론적 세계관이다.

삼라만상은 끊임없이 변해 가고 있다. 그러기에 그 변화를 깨달아 가는 과정에서 통찰력이 생기게 된다. 때문에 부분만 보지 말고 그 전체성과 구조를 종합적으로 통찰洞察한다. '물'을 물로만 보지 않고, 물이 얼면 얼음이 되고, 그 얼음이 녹으면 다시 물이 되고, 그 물이 증발하면 다시 수증기가 되는 일련의 과정을 동시에 꿰뚫어 보는 전체론적(holism) 혜안이 동양적 일원론이다.

> 무르익은 과실果實이
> 가지에서 절로 떨어지듯이 종소리는
> 허공에서 떨어진다. 떨어진 그 자리에서
> 종소리는 터져서 빛이 되고 향기가 되고
> 다시 엉기고 맴돌아
> 귓가에 가슴속에 메아리치며 종소리는
> 웅 웅 웅 웅 웅……
> 삼십삼천三十三千을 날아오른다 아득한 것
> 종소리 우에 꽃방석을
> 깔고 앉아 웃음 짓는 사람아
> 죽은 자가 깨어서 말하는 시간
> 산 자는 죽음의 신비에 젖은
> 이 텅 하니 비인 새벽의
> 공간을
> 조용히 흔드는
> 종소리
> 너 향기로운
> 과실이여!
>
> —조지훈, 「범종」(1964) 전문

  허공에서 태어나 허공애서 지고 마는 종소리, 하지만 꽃처럼 터져 한때는 과실이 되고 향기가 되고 웃음이 되어 엉기고 맴돈다. 죽음(떨어짐)이 다시 생명(엉기고 맴돎)이 되고, 비움이 다시 충만으로 이어져 가는 이 우주적 생성, 이는 공空이 색色이 되고, 색이 다시 공이 되는 저 종소리처럼, 이 텅 빈 새벽의 고요에 생生과 사死, 찰나와 영원이 한자리에 앉아있다는 불교적 상상의 우주론이다. 이러한 상상력은 바로 인간과 자연, 우주 공간 사이의 교감에서 걸러지는 무정형의 영혼이다.

그러기에 먼저, 현상만 보지 말고 '연기緣起의 망網'을 읽어내야 한다. 오늘의 궂은일이 내일의 좋은 일로, 오늘의 어려운 일이 내일의 기쁜 일로 전개될 수도 있다. '새옹지마塞翁之馬' 고사의 이야기가 그것이다.

둘째, 물질(色)을 보거든 마음(空)을 먼저 읽어야 한다. 이는 현상 너머에 본질이 숨어있기 때문이다. 수면 위에 떠있는 작은 빙산氷山, 그 아래에 거대한 빙산이 가려져 있음을 알아야 하고, 이유 없이 우는 아이가 없으니 그 아이가 왜 우는지를 먼저 살펴보아야 한다.

셋째, 대붕大鵬의 시각으로 사물을 관觀하자는 것이다. 우주적 입장에서 보면 밤과 낮, 동東과 서西가 따로 없으니, 자기의 편협(분별)된 입장에서 벗어나 보다 큰 시각으로 세상을 통째로 관觀하자. 사물이란 으레 가까이 있는 것이 커 보이고, 멀리 있는 것이 작아 보이지만, 이는 상대적 시각일 뿐 절대적 기준이 아니다. 그러기에 원근법遠近法의 시각에서 벗어나 있어야 한다.

4) 발상의 전환

발상의 전환은 객관적 사실(fact)보다 그 사건에 대한 주관적 해석에서부터 시작된다. 통찰력을 가진 이들은 내게 일어난 사건 사고는 10%밖에 되지 않고, 오히려 그 사건에 대해 취할 수 있는 대응 방식에 따라 사안의 내용이 90% 달라질 수 있다고 본다. 이는 객관적 사실 뒤에 숨겨져 있는 새로운 가치(진실)를 직관, 이를 중시하고 있기 때문이다.

만해 한용운도 「님의 침묵」에서, 조국과의 이별이라는 객관적 사실(슬픔)에 얽매이지 않고 이별을 '새로운 만남의 시작'으로, 남들과 달리 깨쳐(해석하여), 새로운 출발의 계기로 삼고 있다. 생각이 바뀌면 지옥도 천국으로 바

꿰게 된다. 일체유심조一切唯心造, 모든 게 마음먹기에 달려 있다. 같은 사건이라도 이를 어떤 관점에서 어떻게 받아들이고 있느냐에 따라 그의 삶이 달라지기 때문이다.

1991년 일본 아오모리현에서 '태풍에 떨어진 사과' 사건이 있었다. 대부분의 과수원 주인들은 일 년 농사를 망쳐버린 태풍을 원망하며 절망에 젖어 있었다. 그러나 그중의 한 사람, 그는 절망 대신에 아직 사과나무에 매달려 있는 10%나 되는 사과에 주목하고 있었다. 그는 이 사과에 '태풍에도 떨어지지 않는 사과'라는 이름을 붙여 수험생들에게 팔았다. 보통 사과보다. 10배나 비싸게 팔아 수익을 올렸다. 절망 속에서도 찾아낸 '긍정의 씨앗', 이것이 바로 상황을 전환시킨 '창조적 발상'이다.

5) 무용無用의 유용有用

화려한 성공 뒤에는, 보이지 않는 곳에서 그 밑받침이 되어준 그늘이 있다. 성공 뒤에 숨어있는 가족과 부모님들의 헌신도 그것이고, 화려한 유용有用의 성과 뒤에 가려져 있는 무용지물無用之物들의 희생도 그것이다.

조각가의 손을 거쳐 만들어진 조각 작품을 보며 감탄을 하면서도, 그 작품을 위해 말없이 깎여져 나간 수많은 잡석雜石들의 희생에 대해서는 잊기 마련이다. 유용有用의 가치에 눈이 어두워 무용無用의 공功을 잊고 있는 셈이다.

화려한 유용有用의 뒤에서 조용히 그것의 배경이 되어준 무용無用의 희생과 노고를 새삼 깨닫는 것도 아름다운 세상에 대한 새로운 가치의 발견이다.

성당의 종소리 끝없이 울려 퍼진다
저 소리 뒤편에는
무수한 기도문이 박혀 있을 것이다

백화점 마네킹 앞모습이 화려하다

저 모습 뒤편에는

무수한 시침이 꽂혀 있을 것이다

뒤편이 없다면 생의 곡선도 없을 것이다

—천양희, 「뒤편」 전문

"성당의 종소리 끝없이 울려 퍼진다. / 저 소리 뒤편에는/ 무수한 기도문이 박혀 있을 것이다"와 같은 통찰적 직관도 무용無用의 유용有用에 대한 새로운 인식의 지평의 아닐 수 없다.

3. 상상력이 필요한가?

모든 문화와 예술은 상상력의 산물이다. 우리의 감각에 주어지는 어떤 지각과 내용을 새롭게 형상화하는 기술이 상상이요, 예술이기 때문이다. 70인의 노벨상 수상자에게 물었다. 어떻게 하면 당신처럼 창조적 성과를 낼 수 있느냐고? 한결같이 자기가 좋아하는 일을 하라(Do What you love)고 했다.

당신도 상상력이 필요한가? 그렇다면

첫째, 적당한 휴식이 상상력 증진에 도움이 된다. 그러기에 재충전을 위한 여가 시간이 필요하다. 일에만 몰두하다 보면 몸과 마음이 경직되어 오히려 능률이 떨어지게 된다.

둘째, 고전을 많이 읽어야 한다. 고전은 인류 지혜의 보고로서 무의식 속에 잠재되어 있는 정신적 자원(mental resource), 곧 상상력을 의식 밖으로 밀어 올려주는 힘이 있기 때문이다. 사회적 지도자나 CEO들이 고전을 즐겨 읽은 것도 모든 고전이 인문학을 바탕으로 하고 있기 때문이다.

셋째, 새롭게 디자인Design하자. 디자인은 우리 삶에 활기를 줄 뿐 아니라 매출과도 관련이 된다. 디자인을 1% 바꾸면 수익률이 3-4% 증가한다고 한다. 새로운 변화를 시도하면 새로운 활기를 얻고 영역이 확장되기 때문이다.

넷째, 나만의 스토리story를 개발하자. 당신의 상상이 현실이 될 수 있도록 인생 설계도를 구체적으로 만들어보라.

다섯째, 몰입沒入하라. 몰입하지 않으면, 불광불급不狂不及, 그 어떤 성취도 이룰 수 없다. 세계적인 인물들의 성공과 명품, 명작 뒤에는 일생을 그 일에 몰입한 그들의 광기가 있다.

4. 상상력과 창조력

문학은 자신의 체험과 이상을 작품 속에 구체적으로 담기 위해 상상력에 의존한다. 이런 상상력은 현실에서 만날 수 없는 새로운 세계를 구체적으로 형상화하는 창조력이다. 이런 점에서 상상력은 영감靈感이나 직관과 비슷하다.

하지만 상상력을 상상만 할 뿐, 그것을 현실화시키지 못한다면 그 상상력은 공상이 되고 만다. 그것을 실천에 옮길 때에만 비로소 상상의 창의적 힘이 빛을 발하게 된다. 상상력이 힘을 한번 얻게 되면 그 상상력은 점점 높은 단계로 나아가려는 속성을 지니고 있어 문학 작품 속의 창의적 표현, 곧 환상적인 비유나 이미지들의 근원이 되기도 한다.

그러기에 문인들은 창작에 몰입沒入한다. 몰입은 상상력을 또 다른 창의력으로 실행하는 과정에서 드러나는 현상이다. 내가 좋아하고, 즐거워하고, 재미있어 하기 때문에 몰입은 점차 심화되면서 상상력에 가속加速을 더하여 마침내 깊고 심원한 작품을 탄생하게 한다.

제28장_낭만에서 포스트모더니즘을 넘어

―한국 현대시의 흐름

1. 낭만적 감정의 자아 표출

19C에 들어 영국의 워즈워스와 독일의 하이네, 릴케 등의 낭만파 시인들은, 고전주의의 이성과 합리에 반대하여 감성과 상상을 중시하였다. 그리하여 형식보다는 내용과 개성을 중시하면서 자기 감정 표출에 적극적이었다.

> 하늘의 무지개 보노라면
> 내 가슴은 뛰노라.
> 내 삶이 시작될 때도 그러했고
> 어른이 된 지금도 그러하나니
> 나 나이 들어서도 그러하리라.
> 그렇지 않다면 나 죽어도 좋으리!
> 어린이는 어른의 아버지
> (The child is father of the man)
> 바라건대 내 생의 하루하루가
> 그렇게 자연에 대한 경건함으로 이어져 가기를……
> ──윌리엄 워즈워스William Wordsworth(1770~1850), 「무지개」

사람이 어린이들처럼 순수한 마음으로 돌아가야 한다고 역설하고 있다. 아름다운 무지개를 보고 감동할 줄 모르는 인생은 무의미하며 차라리 죽는 게 낫다며 어린 아이와 같은 천진함을 잃지 않는 삶이 되기를 간구하고 있다.

낭만주의는 이처럼 먼 곳에 대한 향수와 동경으로 때로는 자연을 가까이 끌어들이기도 한다. 격식과 질서에 초점을 둔 고전주의에 비해 그만큼 자유분방하고 서민적인 데가 있다.

산산이 부서진 이름이여!

허공중에 헤어진 이름이여!

불러도 주인 없는 이름이여!

부르다가 내가 죽을 이름이여!

심중에 남아 있는 말 한마디는

끝끝내 마저 하지 못하였구나.

사랑하던 그 사람이여!

사랑하던 그 사람이여!

—김소월, 「초혼招魂」(1925) 부분

격한 어조와 호흡으로 자신의 슬픔을 여과 없이 그대로 토로하고 있다. 이처럼 절절한 감정의 강렬한 물결은 독자들에게 쉽게 공감을 불러일으키는 요인이 되기도 하지만 지나친 주관적 감정이 객관성의 결여라는 아쉬움으로 이어지기도 한다.

1920년대 한국의 낭만주의는 감성, 허무, 좌절에서 오는 울분 등이 주조를 이루고 있다.

2. 모더니즘Modernism의 '대상 묘사 시'
—회화성 중시의 즉물적即物的* 감각의 형상 미학

우리나라 시에서의 모더니즘은 '이미지즘imagism'과 동의어로 쓰일 만큼 대상에 대한 이미지(회화성) 묘사에 중점을 두었다. 과학의 발달로 비과학적

---

* 즉물적: 관념이나 추상적인 사고가 아니라 실제의 사물에 비추어 생각하고 행동하는 것.

이고 불가시적인 주관적이며 자의적 세계에 대한 불만에서 가시적이고 실
증적인 과학적 합리주의가 등장하면서 20세기를 전후하여 모더니즘(이미지
즘)으로 변모해 가는 계기가 된다.

1920년 우리나라의 경우엔 김소월류의 감상적 낭만시가 그 주류를 이루
었는데, 1930년대에 이르러 김광균, 정지용, 김기림 등에 의해, 화자의 감
정 대신에 사물(이미지)을 시의 전면에 내세우게 된다. 때문에 시인의 감정
을 알기 위해서는 시에 노출되어 있는 사물(객관적 상관물)을 통해 시인의 심
상을 유추하게 된다. 직설적 자아 표출의 시에서 대상 묘사의 간접 표현 방
식으로 한국 시가 발전해 갔다.

바다는 뿔뿔이
달어날랴고 했다.

푸른 도마뱀 떼같이
재재발렀다.

꼬리가 이루
잡히지 않었다.

흰 발톱에 찢긴
산호珊瑚보다 붉고 슬픈 생채기!

가까스루 몰아다 부치고
변죽을 둘러 손길이여 물기를 시쳤다.

…(중략)…

찰찰 넘치도록

돌돌 굴르도록

휘동그란히 받쳐 들었다!

지구地球는 연잎인 양 오므라들고…… 펴고……

　　　　　　　　　　　　　　　　　—정지용, 「바다 2」(1934) 부분

　지용은 일상적 바다를 "연잎"이라는 기발한 이미지들로 새롭고 낯설게 묘사하면서, '지구가 오므라들고, 펴고' 등 생동감 있는 표현을 하고 있다. "바다" 하면 흔히 연상되는 '절벽'이나 '바위' 또는 '백사장'이나 '갯벌'이란 시어를 결코 사용하지 않고, 그런 말 대신에 "도마뱀" "발톱" "생채기" "지구" "연잎" 같은 기발한 이미지를 활용하여, 밀물의 힘찬 물살과 썰물로 드러난 절벽 그리고 백사장 뒤로 멀리 보이는 바다의 거대한 원경을 우주적 시각으로 감각화하고 있다.

　이것이 바로 감각적 형상화를 중시한 모더니즘(이미지즘) 시의 특징이라 하겠다. 이로부터 한국의 현대시가 새로운 장을 열게 되었던 것이다.

피아노에 앉은

여자의 두 손에서는

끊임없이

열 마리씩

스무 마리씩

신선한 물고기가

튀는 빛의 꼬리를 물고

쏟아진다.

　　　　　　　　　　　　　　　　　—전봉건, 「피아노」(1969) 부분

많은

태양이

쬐그만 공처럼

바다 끝에서 튀어 오른다.

일제히 쏘아 올린 총알이다

짐승처럼

우르르 몰려왔다가는

몰려간다.

능금처럼 익은 바다가 부글부글 끓는다.

일제사격

벌집처럼 총총히 뚫린 구멍 속으로

태양이 하나하나 박힌다.

바다는 보석 상자다

—문덕수, 「새벽 바다」 전문

"피아노" "새벽 바다" 모두 시의 메시지보다는 대상에 대한 즉물적 이미
지에 치중하고 있다. 그로 인해 감각적 인상은 선명하나 그것을 통해 우리
의 삶에 주는 감동의 메시지가 상대적으로 약화되어 있음이 1930년대 한국
의 모더니즘이 안고 있는 내용의 공소성이다. 이러한 연유로 한국의 모더
니즘은 '권위적 형식주의와 비역사적 심미성 추구'로 또 다른 비판의 대상
이 되기도 한다.

3. 포스트모더니즘Post-modernism 시
—중앙집권적 정형성의 해체로 '다양성과 차이성' 존중

포스트모더니즘은 모더니즘의 연속선상에 있으면서 동시에 그에 대한 비

판적 반작용으로 1960년대에 일어난 대중문화 운동이다. 그 특징은 비역사성, 비정치성, 주변적인 것들에 대한 관심, 주체 및 경계의 해체로 탈장르적 특성을 갖는 일종의 탈중심적 예술운동이다.

이전의 합리적 이성과 논리의 교과서적 정답에서 벗어난 후기 모더니즘, 그리하여 모더니즘이 지니고 있던 형식주의의 획일성과 통일성에서 벗어난 탈이성 중심의 문예사조思潮이다. 모더니즘이 20세기 전반의 경향이었다면 이는 20세기 후반의 경향으로서 모더니즘보다 혁신적인 면모의 계승 발전이라 하겠다.

  김종수 80년 5월 이후 가출
  소식 두절 11월 3일 입대 영장 나왔음
  귀가 요 아는 분 연락 바람 누나
  829 — 1551

  이광필 광필아 모든 것을 묻지 않겠다
  돌아와서 이야기하자
  어머니가 위독하시다

                              ─황지우「심인尋人」부분

1980년대 군부독재 시절, 광주 민주 항쟁 시 행방불명이 된 동생을 찾고 있는 신문 광고 문안이다. 그것을 그대로 인용함으로써 시적 언어와 형식의 파격적인 실험성과 자조적 저항성이 두드러진 포스트모던한 해체시이다.

파격적인 언어와 형식을 통해 시의 일상성에서 크게 벗어난 이 시를 통해 억압적 분위기의 사회에서 느끼는 좌절감과 무력감을 풍자적으로 희화화하고 있다.

  살펴보면 나는

나의 아버지의 아들이고
나의 아들의 아버지이고
나의 형의 동생이고
나의 동생의 형이고
나의 아내의 남편이고
나의 누이의 오빠고
나의 아저씨의 조카고
나의 선생의 제자고
나의 제자의 선생이고
나의 나라의 납세자이고
나의 마을의 예비군이고
나의 친구의 친구고
나의 적의 적이고
나의 의사의 환자고
나의 단골 술집의 손님이고
나의 개의 주인이고
나의 집의 가장이다.
그렇다면 나는

…(중략)…

나는 무엇인가
그리고 지금 여기 있는
나는
누구인가

─김광규, 「나」 부분

진정한 '자기(self)'를 찾지 못하고 사회적 관계 속에서 존재하는 '나(ego)'로 살아가고 있는 자신의 존재에 대한 골똘한 질문을 던지고 있다. 이처럼 포스트모더니즘 계열의 시들은 기존의 시법詩法을 '해체'하는 자기 질문적 성찰을 보이고 있는 시들이 많다. 이들은 '죽음'의 문제나 그간 억압받았던 육체의 본질과 의미에 집중적으로 착목하면서 정신주의나 서정주의에 치중한 우리 시의 전통에 반기를 드는 '몸의 시학'을 나타내기도 한다.

복개 안 된 하수도
썩은 물 위로 달이 걸어간다
내가 긁어낸 십일 주의 난자
죽은 쥐새끼처럼 버려진 달이
맨발로 걸어간다 유리 조각을 밟고
발바닥이 찢어지는 달
하늘에 싸늘히 떠있는 달과
개흙 위를 절름절름 걸어가는
발바닥 찢어진 달은
같은 달일까…… 달일까
젖은 개털 같은 삶 하나
부르르 전신을 떨며
달을 따라
절룩절룩 걸어가는 밤

—김언희, 「동행」 전문

11주 동안 몸안에 있다가 밖으로 "죽은 쥐새끼처럼 버려진 달이"다. 찢겨져 나온 그 "달이/ 맨발로" "유리 조각을 밟고" 간다. 절룩이며 "발바닥 찢어진" "젖은 개털 같은 삶 하나"가 "하늘에 싸늘히 떠있는 달"을 따라 "절룩절룩 걸어"간다. 이럴 수밖에 없다는 여성의 몸에 관한 자조적 비판의 페미니즘 시학이 아닌가 한다.

그러나 지나친 탈중심과 해체로 인한 무질서와 혼란에서 독자들은 또 다시 새로운 시법詩法과 시정신(esprit)을 요구하게 된다.

4. 형이상적 이미지즘
—형이상적 관념 + 감각적 이미지

형이상적 이미지즘은 '사상을 장미의 향기처럼' 즉각적으로 느낄 수 있도록 이미지로써 전달하자는 주장이다. 이미지 속에 정신이 깃들어 있도록 표현하라는 말이다. 최규철 시인은 「형이상시의 특징과 현대적인 이해」라는 평론에서 '우리 한국시의 흐름이 19세기의 주관적인 감정과 개성을 중시하던 낭만주의 시에서, 20세기에 들어와서는 개인의 감정보다 지성을, 의미성보다 회화성을 추구하는 모더니즘으로 이어졌다. 그리고 모더니즘의 틀과 결구력을 해체하고 풀어 쓰기, 이야기시, 고백시 등의 자유분방한 시법을 구사하는 포스트모더니즘의 해체 이론으로 진행되면서 오늘의 한국 시가 방향감각을 잃고 표류하고 있는 실정이다'라고 말한 바 있다.

일반적으로 '존재(물질적)'는 '보인다' '만져진다' 등으로 감각되어진다. 그러다 보면 보이지 않는 정신적 존재는 배제되기 때문에 시인들은, 일반적 '존재'의 의미를 넘어, 그 '속성'까지를 포괄하는 본질적 실재에까지 관심을 갖게 된다. 이것이 감각적 이미지를 넘어선 형이상학적 이미지즘의 추구, 지정합일의 선적禪的 은유의 세계가 아닌가 한다

이러한 관점에서 한국 시의 방향이 영혼과 육체, 이성과 감성, 사상과 사물 등, 상반되고 이질화된 경험을 통합하여 하나의 생명체로 재창조되는 시법을 추구하게 된다. 이들은 언어의 시적 효과를 최대한 살리고자 하는 창조적 태도와, 궁극적 존재나 진실에 대한 지향 의지를 형이상적 이미지에 담아 전달하고 있다.

청산靑山을 사랑에 눈뜨게 한

도라지꽃 피었네

청산靑山을 반半만 취하게 한

한들한들 도라지꽃 피었네

청명淸明한 가을날

풀 푸른 내 고향故鄕 뒷산山에

이쁜 고집固執으로 도라지꽃 피었네

—박항식, 「도라지」 전문

이미지(도라지꽃)가 정신(이쁜 고집)으로 승화되어 있다. 그 순간, 순수 의
식은 시공을 초월하여 일념즉영겁一念卽永劫의 세계와 이어지게 된다. "청
명淸明한 가을날"이라는 시간 감각과 "풀 푸른 내고향 뒷산"이라는 공간 감
각이 다시 "이쁜 고집"이라는 정신주의와 지정합일知情合一로 육화肉化되어
있다. '이쁜 고집으로 한들한들 피어 있는 도라지꽃' 그것은 아무리 바람이
불고 혹한의 겨울이 몰아쳐도 흔들리지 않고 소리치지 않는 고결한 그의 정
신주의, 그러면서도 '한들한들' 우유부단 유연한 자세로 화이부동和而不同하
는 도인의 풍모가 한 송이의 '도라지꽃'을 통해 전달되고 있다.

박항식 시인은 누구보다도 명징하고 화려한 이미지를 구사한 언어의 귀
족이었으면서도 거기에 머무르지 않고, '내용의 깊이와 차원'에 남달리 관
심을 두었다. 자신의 시를 스스로 한국 모더니스트의 대가라 일컫는 정지
용 시와 비교해 가면서 '지용의 것은 내려오다가 반짝하고 떨어져 버리는
데, 나의 것은 내려오다가 아리잠직하게 승화'되어 있다고 자칭自稱하였다.
그것은 사물(도라지꽃)과 정신(고집)이 하나로 융합된 한국적 형이상적 직관
의 이미지즘이 아닌가 한다.

당신의 불꽃 속으로
나의 눈송이가
뛰어듭니다.

당신의 불꽃은
나의 눈송이를
자취도 없이 품어줍니다.

—김현승, 「절대신앙」 전문

이 시에서 우리는 영적인 것과 육적인 것, 정신과 사물이 융합하는 형이상시의 진경을 발견하게 된다. 두 개의 사물, 곧 '화자의 눈송이'가 '절대자의 불꽃' 속으로 뛰어 들어가 연소되는 지정합일의 모습, 불꽃 속으로 뛰어들어 자신은 사라지고 절대자 속에서 다시 살아나는 영광스런 상태로 승화된 모습이다.

이것은 꽃나무를 잊어버린 일이다.

그 제각祭閣 앞의 꽃나무는 꽃이 진 뒤에도 둥치만은 남어
그 우에 꽃이 있던 터전을 가지고 있더니
인제는 아조 고갈枯渴해 문드러져 버렸는지
혹은 누가 가져갔는지,
아조 뿌리채 잊어버린 일이다.

어떻게 헐가.
이 꽃나무는 시방 어데 가서 있는가
그리고 그 씨들은 또 누구누구가 받어다가 심었는가.
그래 어디 어디 몇 집에서 피어있는가?

지난번 비 오는 날에도

나는 그 씨를 간 데를 물어 떠나려 했으나 뒤로 미루고 말았다.

낱낱이 그 씨들 간 데를 하나투 빼지 않고 물어 가려던 것을 미루

고 말았다.

그러기에 이것은 또 미루는 일이다.

그 꽃씨들이 간 곳을 사람들은 또 낱낱이 다 외고나 있을까?

아마 다 잊어버렸을는지도 모른다.

그렇다면 이것은 외고 있지도 못하는 일.

이것은 이렇게 꽃나무를 잊어버린 일이다.

　　　　　　　　　　　　　—서정주, 「무無의 의미意味」 전문

　　화자는 꽃나무를 잊어버리는 일이라고 거듭 얘기하면서, 그 씨들마저 간
곳을 다 모르고 있다고 말을 하지만, 사실을 "무無의 의미", 곧 불교의 형이
상학적 '공空'의 의미를 강조하고 있다. 서양의 무無는 유有에 대한 무無이지
만, 동양의 무無는 생生과 사死를 넘나드는 우주 자연 그 자체를 의미한다.
존재 이전에서 시작되어 존재 이후에도 멸滅하지 않고 그대로 존재하는 영
원성, 곧 '절대의 무無'에 대한 형이상학적 탐구와 그 질문에 다름 아니다.

　　가야 할 때가 언제인가를

　　분명히 알고 가는 이의

　　뒷모습은 얼마나 아름다운가.

　　봄 한철

격정激情을 인내한
나의 사랑은 지고 있다.

분분한 낙화…
결별이 이룩하는 축복에 싸여
지금은 가야 할 때,

무성한 녹음과 그리고
머지않아 열매 맺는
가을을 향하여
나의 청춘은 꽃답게 죽는다.

헤어지자
섬세한 손길을 흔들며
하롱하롱 꽃잎이 지는 어느 날.

나의 사랑, 나의 결별,
샘터에 물 고이듯 성숙하는
내 영혼의 슬픈 눈

―이형기, 「낙화」 전문

　　꽃이 지는 모습을 사랑하는 사람과의 이별하는 모습처럼 노래하고 있다.
삶과 존재가 조락하고 소멸하는 것이 오히려 "성숙"이라는 형이상학적 아
포리즘―가야 할 때가 언제인가를/ 분명히 알고 가는 이의/ 뒷모습은 얼마
나 아름다운가―형이상시는 이처럼 철학적 잠언의 형태를 취하면서 우리
를 조용한 침잠의 세계로 안내한다. 다음에는 '깨어져서 완성된다'는 오세
영의 형이상시를 보자.

흙이 되기 위하여
흙으로 빚어진 그릇
언제인가 접시는
깨진다.
…(중략)…

물로 반죽되고 불에 그슬려서
비로소 살아있는 흙,
…(중략)…

흙이 되기 위하여
흙으로 빚어진
모순의 그릇.

—오세영, 「모순의 흙」 전문

"깨어져서 완성되는" "모순의 그릇" 이것이 바로 '그릇'이 지니고 있는 숙명의 한계와 운명이라는 형이상학적 인식이다. 그러면서도 동시에 인간이 완성되어 가는 과정을 그릇이 완성되어 가는 과정에 빗대어 "물로 반죽되고 불에 그슬려서/ 비로소 살아있는 흙"이 된다는 존재의 실존을 불교적 사생관死生觀으로 준엄하게 깨우쳐주고 있다.

누가 비워 놓았을까
너와 나의 사이
피할 수 없어
우린 하나의 허공이 되었다.
좀 더 넓거나 좁거나
그 사이로

바람이 들랑거리고

간간이 하늘이 내려와

새들이 날아오르기도 한다.

쓰러지지 않기 위해

다치지 않기 위해

서로가 몸을 움츠려

아직 그대로 남아있는

여백의 성지聖地

　　　　　　　　　　　　　　　　—김동수, 「간격」 부분

　사람과 사람, 나무와 나무 사이의 간격과 거리에 대한 형이상학적 인식에 골똘하다. 그러면서도 그러한 관념(간격)의 세계를 "허공" "새" "여백의 성지" 등 '간격'의 형이상학적 의미를 시각적 이미지(사물)로 대체시켜 표현하고 있다.

　요즈음 새로 유행하고 있는 디카시도 일종의 형이상적 이미지즘의 시라고 본다. 디지털카메라로 자연이나 사물에서 시적 영감을 포착하여 찍은 영상과 그것을 문자로 표현한 시가 그것이다. 실시간으로 소통하는 디지털 시대의 새로운 문학 장르로, 언어예술이라는 기존 시의 범주를 확장하여 영상과 문자를 하나의 텍스트로 결합한 멀티 언어예술이다. 영상 이미지와 형이상학적 의미를 동시에 담아내고자 한 노력의 결과라 하겠다.

빈 까치집이라고 함부로 말하지 마라.

폐가도 아니고 저것은 약속이다.

까치가 한 배를 치고 떠나며 남긴

봄을 물고 돌아온다는 결연한 약속이다.

바람 불수록 더 얽혀 단단해지는 약속이다.

　　　　　　　　　　　　　　　　—김왕노, 「약속」 전문

버스가 들어오니
우르르 몰려간다
인도에 모였던 낙엽들이
버스라도 타고 갈 양
떼로 달려가 부딪쳐 넘어진다.

　　　　　　　　　　　　　　—김옥순, 「11월의 정류장」 전문

　높다란 미루나무 끝에 아슬하게 얹혀 있는 "까치집"과 인도에 휩쓸리고
있는 "낙엽" 그리고 버스를 타려고 몰려드는 '인파'(풍경)를 보면서 치열한
생의 실존과 존재의 의의를 다시 생각게 하는, 이 역시 형이상적 질문을 던
지는 이미지즘의 시라 하겠다. 이(디카시)들은 주로 주변에서 흔히 볼 수 있
는 지극히 일상적이고 사사로운 것들을 시적 대상으로 삼아 거기에 담긴 생
의 진경들을 순간적으로 포착, 그걸 날것 그대로 독자에게 선문답처럼 화
두로 제시하고 있다.

　　나아갈 길이 없다 물러날 길도 없다
　　둘러봐야 사방은 허공 끝없는 낭떠러지
　　우습다
　　내 평생 헤매어 찾아온 곳이 절벽이라니

　　끝내 삶도 죽음도 내던져야 할 이 절벽에
　　마냥 어지러이 떠다니는 아지랑이들

　　　　　　　　　　　　　　—조오현 스님, 「아지랑이」 부분

　오도悟道의 세계인 공空의 세계를 아지랑이를 통해 형상화하고 있다. 인
생을 깨닫고 보니 내가 그동안 실체가 없는 아지랑이를 붙들고 있었음을 깨
달아 자탄한다. 세상은 참으로 허망한 환상과 같고, 물거품과 같다. 죽음

을 등에 지고 벼랑 끝에 서있는 어리석은 인생, 허공에 핀 꽃을 찾아 일생을 헤매는 허망한 인생, 그것이 곧 아지랑이요 인생이라는 오현 스님의 오도송이다.

제29장_나의 시작법詩作法

1. 마음 비우기에서부터

나의 시작詩作은 일상적 구속에서 비교적 자유로울 수 있는 연휴나 방학 기간에 집중되고 있다. 하지만 날씨가 좀 선선하고 낙엽이 지기 시작하는 가을 그리고 하루 중 저녁보다는 잠을 깊이 자고 난 이른 새벽녘의 맑은 시간을 택하여 집필하기도 한다.

원고 청탁서를 접수하고 난 후 맨 먼저 시도되는 나의 시작은 '마음 비우기' 혹은 '걸러내기'에서부터 시작된다. 그동안 세속에 흐리고 탁해져 있는 내 정신의 심연沈淵을 말끔하게 씻어내고 굳어져 있는 상상력을 끄집어내 거기에 생기를 불어넣는 작업이다. 이러한 일련의 과정을 나는 '진공화眞空化 작업'이라 이름 붙이고 싶다. 그러나 그게 어디 쉬운 일이던가? 세속적 이해관계와 외물外物의 자극으로 한동안 흐리고 탁해진 일상적 삶의 찌꺼기들을 말끔히 씻어내고 닦아내기엔 몇 날 며칠 혹은 일주일 이상이 소요되기 때문이다.

이러기 위해 몇 날 며칠이고 자기최면自己催眠을 걸어야 한다. 견고하게 늘어붙어 있는 일상적 세속성을 우려내기 위해 그동안 밀려있던 책을 읽거나, 음악을 듣거나, 산보를 하면서 가슴에 고여 굳어 있는 세속의 때(편견과 선입견)들을 하나씩 하나씩 퍼내고 헹구어내야만 한다. 맑고 깨끗한 물이 고일 때까지 일주일이고 열흘이고 간에 정신적 진공화가 이루어질 때까지 이러한 나의 작업은 구상에 앞서 선행되어져야 할 우선 작업이다.

이러한 마음 비우기 노력은 비움 그 자체에 목적이 있는 게 아니다. 비워진 그 자리에 새로운 시상을 채우기 위한 전 단계 작업이다. 따라서 이 두 작업은 부지불식간에 동시동행同時同行으로 이루어지고 있는 시작 과정의 초입 단계이다. 그러기에 이 과정은 시작의 반절 이상을 차지할 만큼 나에게선 몸살을 앓을 만큼 어렵고도 중요한 과정이 된다.

2. 형이상적 깨달음

물이 명경지수처럼 맑아야 사물의 본모습이 보다 선명하게 투영될 수 있듯이, 시적 창조의 세계에 진입하기 위해서는 먼저 시인의 마음이 맑고 고요해야 한다.

우리의 눈앞에 나타나 있는 현상만이 아니라 그 현상 너머의 이면에 가려져 있는 절대 본질, 곧 우주의 본성本性과 만나야 한다. 그러기 위해서는 먼저 아상我相을 비워 텅 빈 진공 상태가 되어야 한다. 진공으로 마음이 맑게 비워져 있을 때 비로소 이것과 저것의 실상實相, 곧 사물의 본질(참모습)이 바로 보이게 된다.

이러한 접신接神의 순간을 맞이하기 위해 붓을 들기 전에 먼저 고요히 시적 공간에 몰입沒入하게 된다. 그리하여 고요하게 맑아진 수면水面 위에 어느 순간, 형이상학적 깨달음이나 찰나적 개안開眼이 번뜩 떠오르는 순간, 그때부터 나의 시작詩作은 시작된다.

3. 소재의 선택과 배열

한 편의 시를 쓴다는 것은 마치 주부가 국거리를 장만하여 맛있는 국을 끓이는 과정과 다름이 없다고 생각된다. 일단 소재 선택이 끝나면 국거리 장만이 다 끝난 주부처럼 이젠 작품이 하나 되겠구나 하는 안도감에서 이제까지의 조바심에서 벗어나게 된다. 물론 국거리가 좋다고 하여 꼭 맛있는 국이 된다는 보장이야 없겠지만 그래도 일단은 국거리(재료)가 좋고 보아야 한다. 얼마나 주제를 효과적으로 부각시킬 수 있는 소재를 선택하고 확보하였느냐에 따라서 작품의 성패가 달려 있다고 보아도 과언이 아니기 때문이다.

다음 단계는 같은 국거리라 하더라도 이것을 어떤 순서로 국물에 투입하여 조리하였느냐에 따라 그 국 맛이 다르듯, 선택된 소재를 어떻게 유기적으로 배열하여 상호 간에 상승 작용을 일으키게 하느냐가 시의 성패에 또 하나의 중요한 관건이 된다고 본다.

흔히 소재의 배열(여기엔 시어도 포함됨)은 공간적, 시간적, 논리적, 인접성에 근거하고 있지만 이를 다른 각도에서 좀더 쉽게 설명하자면 어린아이들의 나무토막 쌓기(積木)에 비유하여 설명할 수도 있다. 그것은 같은 토막을 갖고 적목積木을 하더라도 그 나무의 크기와 모양, 그리고 그것을 어떻게 배열하고 구성하였느냐에 따라 그 작품의 정도와 수준에 차이가 있음과 같을 것이다.

군사 전략에 있어서도 양병養兵 못지않게 중요한 게 용병用兵이듯이, 훌륭한 운동선수의 코치나 감독이 되기 위해선 무엇보다도 용병술이 뛰어나야 한다. 육상 계주에서 스타팅 멤버의 순서를 정하는 것만 보아도 그렇다. 이미 하나의 관례처럼 시행되고 있는 전략이겠지만 대부분의 코치들은 네 명의 주자走者 중에서 가장 우수한 선수 두 명을 스타트와 라스트 자리에 배치한다. 순발력 있고 담대한 선수를 제1주자로 그리고 주력走力이 가장 좋고 지구력 있는 선수를 맨 나중에 배치하는 달리기 계주 전략에서 우리는 한 편의 시를 완성하기 위한 소재 배열의 원리를 터득하게 된다.

그래서 예로부터 시 습작생들에게 글의 '시작'과 '끝'의 중요성을 강조하면서 "시는 '인상 깊게' 시작하여 '감명 깊게' 끝나야 한다"고 한다. 곧 독자의 궁금증을 유발하거나 시의 내용을 상징적으로 압축 요약하여 독자의 주목을 끌 수 있는 강렬한 '첫 구'로 시작해서, 시의 주제가 오랫동안 가슴에 남아있을 감동적 문구로 '종결'을 맺어야 한다.

도입부

- 이것은 소리 없는 아우성 (유치환, 「깃발」)
- 낙엽은 폴란드 망명정부의 지폐 (김광균, 「추일서정」)
- 모가지가 길어서 슬픈 짐승이여 (노천명, 「사슴」)

- 누가 떨어 뜨렸을까 (문덕수, 「손수건」)

종결부

- 구름에 달 가듯이 가는 나그네 (박목월, 「나그네」)
- 샘터에 물 고이듯 성숙하는/ 내 영혼의 슬픈 눈(이형기, 「낙화」)
- 개처럼 하루 한낮을 기어 다녔다. (오탁번, 「밤 냄새」)
- 모두 병들었는데도 아무도 아프지 않았다. (이성복, 「그날」)

4. 제목 붙이기

한 편의 글 속에서 제목이 차지하는 비중은 모든 장르의 글에서 중요시되고 있지만 본문과 제목 간의 상호 관계가 시에서처럼 그렇게 직접적으로 크게 영향을 주고 있는 것도 없다.

실제로 본문의 내용보다도 매력적인 제목 때문에 덕을 보는 시가 있는가하면, 본문의 내용은 그런대로 잘 짜여져 있건만, 제목이 단순하거나 빈약하고 엉성해 시 전체가 죽게 되는 경우를 종종 보게 된다.

소식도 모르고
나는 굴러가네

그가 어디로 가고 있는지도
모르는 채

소리도 없이
눈 감고 있는데

어디론가 굴러가 버린

나의 동그라미여

　　　　　　　　—김동수, 「동그라미」 전문

　원래는 제목을 '굴렁쇠'라고 했다. 그런데 그 제목이 지나치게 구체적으로 내용을 드러내고 있어 시적 매력이 감소된다는 생각에 그와 유사한 의미의 "동그라미"로 바꾸었다. '동그라미'란 순환적 고리 혹은 '안이 비어있다'는 중의적 의미를 지니고 있다. 그러기에 이 시에서의 '동그라미'는 비어 있는 허전함과 쓸쓸함을 내포하면서도 굴렁쇠처럼 어디론가 허망하게 굴러가 버린 사랑에 대한 불안과 허전함, 그리고 슬픔 같은 것을 암시하고 있어 좋았다. 이렇듯 제목은 비유적이고 상징적일 때, 그 의미를 추론하는 묘미가 있다.

　아래 시 또한 필자가 오래전에 썼던 작품인데 이것도 제목 때문에 문제가 되었던 작품 중의 하나이다.

　　희뿌연 안개 서기처럼 깔리는 굴형. 새롬새롬 객사기둥만 한 몸뚱어리를 언뜻언뜻 틀고, 눈을 감은 겐지 뜬 겐지 바깥소문을 바람결에 들은 겐지 못 들은 겐지 어쩌면 단군 하나씨* 때부터 숨어 살아온 능구렁이.

　　보지 않고도 섬겨왔던 조상의 미덕 속에 옥중 춘향이는 되살아나고 죽었다던 동학군들도 늠름히 남원골을 지나가고 잠들지 못한 능구렁이도 몇 점의 절규로 해 넘어간 주막에 제 이름을 부려놓고 있다.

　　어느 파장 무렵, 거나한 촌로에게 바람결에 들었다는 남원 객사 앞 순댓국집 할매. 동네 아해들 휘동그래 껌벅이고 젊은이들 그저 헤헤

───────────────

　＊ 하나씨: 할아버지의 남원 지방 방언.

지나치건만 넌지시 어깨너머로 엿듣던 백발 하나 실로 오랜만에 그의 하얗게 센 수염보다도 근엄한 기침을 날린다.

　산성山城 후미진 굴형 속, 천년도 더 살아있는 능구렁이, 소문은 슬금슬금 섬진강의 물줄기를 타고 나가 오늘도 피맺진 남녘의 역사 위에 또아리 치고 있다.

—김동수, 「교룡산성」 전문

　처음에는 이 시의 제목을 '업'이라 했다. 우리의 민속신앙에 구렁이나 두꺼비 등을 신성시하여 한 집안의 살림을 보호하고 늘게 해주는 '업'이라 칭하면서 집안의 보호신으로서 극진한 대접을 아끼지 않고 살아왔다. 내 어렸을 때만 하여도 이러한 속신俗信을 믿고 또 그렇게 살면서 어린 시절을 보냈다.

　그런데 어느 사이엔가 거세게 밀어닥친 서양화의 물결에 의해 우리의 옛 것들이 점차 사라지고 극도의 이기와 물신숭배로 우리네 삶이 황폐화되어 가고 있다. 이러한 안타까움을 노래하면서 처음에는 위 시의 제목을 '업을 잃어버린 시대'라는 의미에서 '업'이라고 정했다. 그랬더니 모두 시큰둥한 반응들이었다.

　우선 독자들이 필자가 의도하고 있는 '업'이라는 단어 자체의 의미를 제대로 간취하지 못한 데서 오는 혼동으로 본문의 내용과 제목이 연결되지 못해 이미지 형성에 실패하고 있음을 간파하고 그 후 제목을 시의 배경이 되고 있는 산성山城의 이름을 따서 "교룡산성"이라고 고쳤다. 그랬더니 구렁이와 용龍, 그리고 가뭄탄 남녘의 역사 위에 또아리를 틀고 있는 수호신으로서의 "교룡산성"의 이미지가 그런 대로 생동감 있게 살아나서인지 그 후 이 작품이 나의 천료 작품으로 추천되었던 것이다.

　시의 제목은 이처럼 내용과 불가분의 관계를 맺으면서 본문의 내용에 새로운 의미와 뉘앙스를 더해 주면서 시의 내용을 구속하고 통제한다. 따라서 주제가 너무나 쉽게 드러나 있거나 추상적이어도 안 되고 단편적이고 부분적으로 경직되어 있어서도 안 된다. 어디까지나 시의 내용을 충분히 함축시켜 내포적 의미의 폭을 극대화시킬 수 있는 암시적 상징성을 띠고 있어야 좋다. 내용과 제목이 서로 분리되지 않고 팽팽하게 탄력을 유지하면서도 가급적 남들이 써 본 적이 없는 참신한 제목을 제시하고 있을 때, 시의 의미는 보다 심원해지고 아름다운 감동으로 독자들의 사랑을 받게 되리라고 본다.

5. 퇴고推敲

퇴고란 창작 의도와 글의 실제가 가까워지도록 끝손질을 하는 작문의 마지막 단계이다. 이를 위해 흔히 글을 몇 차례 읽어보아 가면서 모자라거나 약한 곳을 찾아 보강해 주는 보태기와, 쓸데없는 군더더기 곧 사족蛇足을 없애 함축미를 살리는 깎아내기, 더욱 효과적이고 인상적인 문장이 되기 위한 시어 교체, 그리고 구성적 효과를 노리기 위해 다른 알맞은 자리로 시어를 옮기면서 글 전체의 짜임이 바로 되어있고, 주제도 충분히 잘 드러났느냐? 등을 최종적으로 살피는 것이 일반적인 퇴고 방법이다. 그러나 대부분의 퇴고는 본문에 크게 영향을 주지 않거나, 조사나 어미, 접속어, 연과 행의 배열 등 부분적 수정에 그치고 마는 경우가 많다.

경우에 따라서는 퇴고 과정에서 한두 군데를 손질하다가 글 전체가 뒤바뀌어지는 경우도 있으니 퇴고 또한 시작詩作 과정에서 가볍게 여길 수 없는 중요 과정이다. 서까래 하나를 갈려다가 집 한 채를 온통 갈게 된다더니 시어 하나, 시구 하나를 고치려다 그 파급효과가 일파만파一波萬波로 시 전체에 영향을 미치게 되니 시에서의 부분은 부분 그 자체로서 끝나는 게 아니고 부분이 곧 전체요 전체가 곧 부분이 되는 유기체적 관계임을 알 수 있다.

이러한 점에 유의하여 시의 퇴고 과정에서는 우선 문장이 정서법에 맞게 되어있고, 띄어쓰기와 연과 행의 배열, 그리고 몇 차례 낭독하여 보는 과정에서 의미가 좀 애매하거나 음악적 가락상 매끄럽지 못한 데가 있는지 면밀하게 살펴보아야 한다. 그러면서도 행과 행, 연과 연 사이의 이미지 연결이 전체적으로 균형과 통일을 이루며 조화롭게 짜여져 있는지 점검하는 과정이 있어야 한다. 다시 말해 일점일획이라도 더 빼거나 보탤 것 없이 완전무결하다고 여겨질 때까지 퇴고를 거듭해야 한다는 것이다.

　도끼를 갈아 바늘을 만들었다는 마부작침磨斧作針 고사의 자세로 될 수 있는 한 긴 시간을 두고 여러 차례에 걸쳐 퇴고를 반복하고 반복하게 되면 그만큼 문장이 세련되고 아름다워진다. 그러기에 나의 경우, 발표를 앞두고 가족이나 학생들이 귀찮아할 정도로 나의 작품을 그들에게 보여 주면서 반응을 살피고 살펴 최종적으로 다시 손을 보아 발표하고 있다.

제30장_시인과의 대담

인생이 곧 시요, 시가 곧 인생이다

—'그리움'과 '꿈'의 시인 김동수

- 일시: 2003년 5월 25일
- 장소: 백제예술대학교
- 대담자: 김동수 시인, 충남대 국어국문학과 손주왕(98학번), 안용아(02학번)

Ⅰ. 작가 약력

김동수金東洙 시인은 1947년 5월 21일 전북 남원에서 출생했다. 전주 교육대학, 전주대 사범대학 국어교육과를 졸업하고 원광대학교 대학원 박사과정을 수료하였으며, U.C. Berkeley 대학 객원 연구원과 캘리포니아 국제문화대학 초빙 교수를 역임하고 현재 전북 완주에 있는 백제예술대학 영상문예과 교수로 재직 중이다. 그는 1982년 『시문학』에 「새벽달」「비금도」「교룡산성」「꽃뱀」 등이 천료되어 등단했다. 1989년 전북문화상, 2001년 한국비평문학상을 수상한 경력이 있다. 대표 시로는 「교룡산성」「꿈속에서」「5월」「석류」 등이 있으며, 주로 향토적 서정시를 다양하게 추구하였으나, 최근에는 너와 나, 주체와 객체, 현상과 본질 간의 존재론적 합일을 꾀하는 형이상학적 이미지즘을 추구하고 있다. 그는 현상적 존재의 나와 본질적 존재로서의 나를 향한 과정에서 빚어진 갈등과 고뇌의 서정시를 쓰고 있으며, 현재 4번째 시집 『그리움만이 그리움이 아니다』 출간을 앞두고 있다(2003. 6. 25. 출간). 《전북 도민일보》와 『시문학』 등에 글을 연재하며 전국대학 문예창작회장, 한국미래문학 연구원장, 『대한문학』 주간 등 왕성한 문단 활동과 평론가로도 널리 알려져 있다.

Ⅱ. 작품 세계

1. 초기 시의 특징

김동수의 시는 미당 시의 언어적 질감과 조병화 풍의 서정 계보를 이을 만하다고 볼 수 있을 만큼 전통적 향토미와 인간 존재의 근원적 고독들을 담고 있다. 그의 시 속에는 어린 시절부터 성장해 온 배경이 고스란히 들어있으며 자기 성찰을 통한 끊임없는 변화를 시도하면서도 또한 전통적인 서정시를 고집하고 있다는 것이 특징이라 할 수 있다. 최근의 신춘문예의 흐름이 시 속의 내용보다는 표현 기법에 치중하면서 점차 산문화되어 가고 있지만, 김동수의 시는 고집스러울 정도로 서정적이며 절제미가 담겨 있다. 이제부터 그의 작품 몇 가지를 예로 들어 그의 작품 세계와 그의 시적 형상화 과정을 알아보려고 한다. 우선 그의 초기 시 중 그가 『시문학』에 천료되어 등단했던 「새벽달」이라는 작품을 통해 그의 초기 경향을 살펴보고자 한다.

> 누가
> 놓고 간 등불인가
> 서편 하늘 높이
>
> 천년千年 숨어온
> 불덩인가
>
> 속살로만
> 타오르다 피어난
> 하늘의 꽃등.

먼 길을 가는 나그네
여기 멈추어

부드러운 네
치맛자락을 보듬고
밤을 뒹군다.

별빛마저 무색한 밤.

오늘도
내 키보다
둥실 높이 떠서
끝내 눈을 감지 못하는
성녀聖女

오, 내 어머니여.

—「새벽달」 전문(『시문학』, 1981. 9.)

    그 자신 스스로가 말하듯, 그는 춥고 배고픈 시절, 자연히 시문학에 관심을 가지게 되면서부터 시를 쓰게 되었다고 한다. 위의 시는 그의 초기 작품으로서, 이 시에서 보이는 "달" "별" "나그네" 등의 시어와, "등불" "불덩이" "꽃등"처럼 새벽달을 비유한 시어에서부터 마지막 행에서 "어머니"를 형상화하기까지 사용된 시어들이 모두 향토적 색채가 짙은 자연물이라는 것을 알 수 있다. 또한 마지막 "어머니"를 외치기 전까지 터질 듯하면서도 감정을 감추는 것을 엿볼 수 있다. 제목에서 보이는 새벽달의 이미지는 이 시의 전체의 느낌을 좌우할 수 있다. 은은하게 세상을 비추지만 많은 사람이 지켜보지 않는 새벽달이기에, 그가 어머니를 떠올릴 수 있는 고요한 분위기를 자아낼 수 있지 않았나 하는 생각을 해본다.

또 다른 초기 시의 작품 중, 「비금도飛禽島」의 일부를 살펴보면,

바다에서 돌아온 아이는

시퍼런 파도를 토한다.

우리의 달은 어디에 있나요

빈 섬을 보채다

어둠 속에 안개처럼 웅크리고

몇 년이고 잠들지 못한 꿈

—「비금도飛禽島」 부분(『시문학』, 1982. 10.)

이 시에 쓰인 소재 역시 향토적인 느낌이 드는 것들이다. 또한 시적 대
상(달)에 대한 동경이 한 편의 그림처럼 잘 나타나 있으며, 안개라는 매개
물을 등장시켜, 달을 가리는 것을 곧 아이의 꿈을 가리고 있는 것으로 전개
해 나갔다는 점이 특이하다 할 만하다. 그의 시는 의인법 하나에도 그의 정
신과 고뇌가 많이 담겨 있는 것 같다. 시의 전문을 다 싣지는 못했지만, 나
머지 부분을 읽어보면 작자가 섬에서 뭍으로 나가려고 하는 의지가 느껴진
다. 시에 등장하는 아이는 작자를 대신하는 아이일 수도, 꿈을 잃어가고 있
는 현대인일 수도 있다.

초기 시작 중 「꽃뱀」이라는 작품을 더 살펴보기로 하겠다.

투명透明한 항아리 속에

잠겨있었어.

피리를 불어 나를

재우려 했지만

밤새 속살로

꽃 같은 울음을 울고 있었어.

항아리 밖엔

이슬 냄새, 서걱이는 풀섶 소리

수없이 벽을 타 올랐지만

—「꽃뱀」 부분(『시문학』, 1981. 9.)

김동수의 대표작 중 하나인 위의 시에서는 좀 더 넓은 세상으로 나아가고자 하는 작가 자신의 소망과 의지를 노래한 듯하다. "꽃뱀"을 의인화하여, 다른 세상으로 떠나고픈 자신의 심경을 투영하였는데, 생략된 나머지 부분 중의 절구絶句 "절망은 포기가 아니었어/ 그것은 탈출脫出을 향向한/ 뜨거운 몸부림"이라는 연에 비추어볼 때, 그 바람이 얼마나 강렬하였는지를 알 수 있다. 또한 누군가에게 이야기를 전하는 듯한 특이한 화법이 돋보이는 작품이다.

2. 최근의 시작詩作 경향

초기 시에 빈번하게 보이던 개인적 서정이 차츰 나에게서 너에게로, 주체에서 객체로 시적 외연을 넓히고 있다.

네 곁에서

한 잔의 소주라도 될 수 있다면

다가가리. 다가서서 불꽃처럼 타올라

회오리쳐 네 가슴에서

터질 수만 있다면

시가 되리라.

허기진 날 장場터의 국밥처럼

얼얼한 눈물

네 곁에서 너에게 힘이 되는

나의 시가 되리라

—「나의 시」(1999) 부분

　자기 위안으로서의 시에서 출발한 그의 개인적 서정이 이젠 너에게 의
미 있는 나의 시가 되기를 희망하고 있다. 주체에 칩거해 있던 시적 자아
가 너와 나의 관계 복원을 꿈꾸면서 시인으로서의 새로운 눈을 뜨고 있다.

구부러져 있을까.

너에게 가는 길이

잠이 오지 않아

너를 따라온 길들이

뒤따라온 길들을 구부리고 있다.

기억 속의 길들은 희미하고

내일의 문 앞에 서있는 길들도

안개 속에 묻혀 있다.

왜 사니?

저보다 무거운 그림자 끌리지 않아

내 안에 너를 가두지 못한 밤

네가 그리운 날에는 네가 오지 않는다.

간밤 뒷산 나무들이
태풍으로 쓰러졌다.

그 사이, 숨어있던
잡초들이 고개를 내밀었다.

네가 오지 않는 날

웃자란 그것들이 어느새
너에게 가는 먼 길을 덮고 있다.
　　　　　　　　　　—「너에게 가는 길」(『문창』, 2001.) 전문

　이 시에서도 너와 나의 관계 복원을 희망하고 있다. 그러나 그 길은 쉽
게 열려 있지 않다. 구부러져 있기에 쉽게 닿을 수 없다. 이런 주객主客의
분리에서 오는 시인의 슬픔이 최근 그가 추구하고 있는 주객합일主客合一의
미학 과정이 아닌가 한다. 최근 시 중 「망해사望海寺」라는 작품에도 이런 고
통이 드러나 있다.

　　겨울 숲이 가지런히
　　한겨울을 나고 있다.

　　흐려 보이지 않는 하늘 끝
　　그 위에 떠있는 몇 점의 어선漁船들

　　그 큰 바다를 붙들고

　　김제에서 심포로 들녘을 달리다 보면
　　해변 귀퉁이에 너는 서있다.

비탈진 언덕을 지고 앉아
천년 세월, 망망대해茫茫大海

하늘과 바다, 이승과 저승
너와 나의 경계를 밀어 올리며

왜 그곳을 떠나지 못했는지

벼랑 아래에 허리 꺾인
노송老松 한 그루

푸른 눈썹의 미륵처럼
아직 서해 앞에 서있다.

—「망해사望海寺」(2003) 전문

출판을 앞두고 있는 이 시도 너에 대한 기다림의 집념으로, 그러면서도
현상의 나를 뛰어넘어 존재의 근원에 다가가고자 하는 그의 열망이 치열하
다. 그러면서도 그러한 서정이 보다 내면화되면서 그동안 쌓인 삶의 연륜
이 깊게 배어나는 작품이라는 인상을 준다. 이 시에서 8연과 마지막 연에 쓰
인 "노송"과 "미륵"은 작가 자신이 궁극적으로 지향하고자 하는 삶의 지향점
이라 할 수 있다. 아무것도 지니고 있지 않는, 얼핏 보면 생명력마저 없어
보이는 겨울 숲의 쓸쓸한 나무와 흐린 하늘 가운데 보이는 수평선과 어선
등은 작자가 살면서 느껴온 고뇌와 방황이 섞인 삶의 흔적이 아닌가 한다.

3. 김동수 시 세계에 대하여

김동수의 시를 살펴보면, 세상과 삶에 대한 열망과 사랑이 가득 차있다

는 것을 알 수 있다. 그의 시를 한 편 한 편 읽다 보면 어느새 순수한, 사람의 때가 묻어있지 않은 곳에 도달한 느낌이 들게 된다.

그의 시 속에는 다른 대상과의 교감이 있다. 초기 시에서는 현상적 자아의 탐구를 그렸다면, 근래의 작품들은 '너와 나' '주체와 객체'라는 시적 범주의 확장이 이루어졌다는 것을 느끼게 된다. '너' '그대' '당신'처럼 대상이 있고, 지향하는 점이 뚜렷하게 눈 안에 들어오기도 한다. 그는 이렇게 말한다. 삶의 의미란, 무언가 대립되는 두 가지의 가치가 있을 때, 그것이 치열한 접전을 벌여 정正, 반反, 합습의 과정을 거쳐 양자의 간격을 좁혀 가는 것, 그렇게 도출된 결론이야말로 비로소 진정 의미있는 것이라고. 그것이 곧 '변증법의 미학'이라고……

또 하나 빼놓을 수 없는 그의 시 세계의 핵심, 그것은 '그리움'과 '꿈'이다. 시에서 묻어나는 그리움의 정서는 여러 작품에서 나타나는데 다만 그 대상이 누군지 궁금하게 여겨질 수도 있다. 하지만 그를 직접 만나고 많은 이야기를 나누면서 우리는 알 수 있었다. 그가 그리워하는 대상은 협의의 의미로 보면 '어머니'이고, 보다 넓은 의미에서 보면, 그가 지향하는 본질적 세계에 존재하는 뮤즈muse라는 것을.

그는 자신의 시와 인생을 따로 떼어놓지 말 것을 당부한다. 자신의 고통과 절망, 꿈과 희망, 그리고 그가 깊게 또는 간절하게 염원하는 것들이 시이고, 그것이 곧 인생이라고 말한다. 절망을 느끼고, 흘러간 과거를 추억하지만, 결국에는 미래지향적 세계로 꿋꿋이 나아가고자 하는 희망적 메시지를 전달하며 시를 끝마친다.

개개의 작품들을 놓고 보면 서정시인에 가깝지만, 지금껏 펴낸 시집을 찬찬히 들여다보면 젊은 시절부터의 한 개인의 역사가 고스란히 배어있을 정도로 그의 시에는 생生의 깊이가 있다.

Ⅲ. 시인 인터뷰 전문

1. 프롤로그

김동수 시인과 만나기로 한 약속 시간은 이미 지나 있었다. 황급히 백제 예술대학 정문을 들어서는데 정문 앞 버스 정거장 벤치에 앉아있던 풍채 좋으신 남자 분이 우리를 불러 세웠다. "학생들 누구 만나러가나?" 직감으로 알 수 있었다. 김 교수님이셨다. 짙은 눈썹과 훤칠한 키는 그분의 연세를 믿기 어렵게 만들었다. 약속 시간에 늦은 우리를 마중하러 나와 계신 교수님을 보고 어쩔 줄 몰라 하는 우리에게, 선생님께서는 "차가 없는 사람들이라 그렇지" 하고 허허 웃으시며 안심시키기까지 하셨다.

곧바로 향한 학교 근처의 간판도 없는 자그만 식당. 가정집을 개조해 만든 그곳은 식당보다는 밥집에 가까웠다. 선생님께서 반찬을 우리 앞으로 놓아주시며 간간이 맛이 어떠냐, 이것도 좀 먹어봐라 하시는데 아버지처럼 자상하셨다.

인터뷰 전에 식사부터 하자는 것도 선생님의 의견이셨고, 우선 질문은 나중에 하고 밥부터 먹자 하시던 선생님이셨다. 그러나 그 식사 시간은 보통의 그것이 아니었다. 우리에게 던지시는 질문 하나하나를 비롯하여, 그 답변을 들으신 다음의 말씀 전부가, 뼈 있는 가르침이었고, 선생님의 인생과 철학이 담긴 말씀이셨다. 녹음도 하지 않았고 그렇다고 적지도 못하는 식사 중에 하신 말씀이지만 이미 우리의 인터뷰는 그때부터 시작되었다.

선생님께서는 우리의 학년과 각자의 이름, 본관, 그리고 고향에 관해 물으셨다.

교수님   그런데 손 군, 자네의 할아버지께서는 왜 월남하셨나?

손주왕   자세히는 모르고 6 · 25 전쟁 통에 피난차 내려오셨다고 들었습니다.

교수님   전쟁 때문에 북에 있는 사람들 전부가 월남하는 것은 아니지 않나. 적어도 자신의 뿌리와 조상에 관해서 그 정도는 잘 알고 있어야지. 특히나 국문학과 학생들이라면 자신의 정체성과 역사의식에 관해서 더 많은 관심을 가져야지. 안 그런가?

손주왕   (머쓱해하며) 네, 그렇지요.

안용아   (화제를 돌리며) 그런데 선생님, 고향이 남원이시라면서요. 저희 고모님도 남원에 사시는데……

교수님   남원 맞네. 남원에서 살다가 전주로 발령이 나서 그곳을 떠나왔지.

안용아   그러셨구나…… 저희가 인터뷰 중에 드릴 질문 중에는 선생님의 작품 세계뿐 아니라, 가정과 청년 시절, 그리고 선생님의 인생관과 철학에 대한 것도 있거든요.

교수님   나의 시와 인생을 따로 떼어 생각하면 안 된다네. 나의 시가 곧 인생이고, 인생이 곧 시이니까…… 시 안에는 나의 고통과 희망, 내가 소망하는 것들 모두가 담겨 있다네.
그런데 자네들은 시가 무엇이라고 생각하는가? 혹자는 시를 '학생들이 수업 시간에 선생님 몰래 주고받는 쪽지와 같은 것'이라 했다네. '선생님'과 '학생'이라는 관계에 대해 잘 생각해 보라구. 그것이 무엇을 상징하는지……

안용아   학생은 사회적 약자 계층을 의미하는 게 아닐까요……?

교수님   그렇지, 그러기에 학생들이란 그것도 '수업 시간에 선생님이 주의를 기울여 주지 않을 때' 저희들끼리 몰래 쪽지를 주고받는 사회적 존재들이지. 자, 그렇다면 '선생님'이란 누굴 의미하는 것 같나? 바로 사회의 강자들이지. 주류를 이루고 강한 힘을 갖고 영향력을 행사하는 정치권력과 사회적 거대 담론들이지. 이에 비해 학생들은 세상의 외진 곳에서 소외된 채 살아가는 사회적 약자들이야. 선생님의 시선에서 빗겨나 있으면서, 자신들에게도 시선이 닿아주기를 희망하지. 그리고 자기 자신뿐 아니라, 세상에 하고 싶은 말을 쪽지(시)로써 토로하는 거야. 아까 말했듯이 시詩 안에는 자신들의 절망과 고통, 기쁨과 희망, 소망, 속상함 등 그들의 인생 전부가 담겨 있어. 다만, 그것이 한 개인의 푸념으로 끝날 수도 있겠지만 하고 싶은 말을 하되, 그것이 세상 모두에게 두루 통하는 의미를 갖게 되었을 때 비로소 진정한 시라고 할 수 있는 거야. 모든 시인들이 지향해야 할 점이라 할 수 있겠지.

인터뷰는 나중에 하고 식사부터 하자시던 교수님이셨지만, 이렇듯 식사 중 잠깐씩 하신 말씀마저도 피가 되고 살이 되는 가르침이었다. 적지 못한 것이 아쉬울 만큼…… 어색하면 어쩌나 내심 걱정했던 것과는 달리, 교수님께서 워낙 편안하게 대해 주시고 말씀을 이끌어주셔서 편한 분위기에서 식사를 마칠 수 있었다. 그러고 나서 밥집 문을 나서는데 교수님께서 탤런트 나성균 씨를 소개시켜 주셨다. 간단히 인사를 하고 우리는 다시 차에 올랐다. 곧 교수님이 수업이 있으신 까닭에 차를 타고 이동 중에 바로 본격적인 인터뷰를 시작하였다.

손주왕　교수님 자제 분은 몇 분이나 되세요?

교수님　아니, 그런 것도 물어보나? 딸 하나는 국문과를 졸업해서 지금 서울에서 교단에 서있고, 또 하나도 서울에서 산업디자인 하고, 아들놈 하나는 컴퓨터 프로그래머랄까?

안용아　자제 분들이 모두 선생님을 닮아, 예술적 재능이 뛰어나신가 봐요.

손주왕	선생님, 저희가 알기로는 교직에 계시면서 박사과정을 밟으셨다고 알고 있는데요, 힘들지 않으셨습니까? 어찌 보면 남보다 힘든 길을 택하신 것인데요……
교수님	조금 힘들기야 했지만, 그래도 내가 하고 싶은 일이었으니까. 내가 하고 싶은 일을 위해서라면 그것이 힘들더라도 그 길을 택해야 하지 않겠나…… 나는 시를 쓸 때가 가장 편안하고 가장 행복하며 진지해짐을 느끼지. 또 시를 쓰고 나면 시 속에서 내가 생각했던 바가 이루어지는 것 같은 경험을 많이 했었지
안용아	네…… 그럼, 1981년에 『시문학』으로 등단하신 걸로 알고 있는데요, 시는 언제부터 쓰기 시작하셨어요? 혹시 좋아하시는 작가라도.
교수님	대학에 입학하면서부터 춥고 배가 고파 시 동아리에 들게 되었지. 시에서나마 위로를 받고자. 물론 중·고 시절에도 간간이 문학 작품을 즐겨 읽으며 현실에서 못 이룬 꿈을 그 속에서나마 꿈꾸며 위로받곤 했지. 전주교육대학에 오니 〈지하수地下水〉란 시 동인회에서 회원을 모집하더군. 대학에 오니 이런 것도 있구나 싶어서…… 그런데 들자마자 시를 한 편 써 오라는 거야. 난 정말이지 그때까지 시를 써본 일이 없어서 친구에게 보내는 편지를 하나 써갔다네. 그랬더니 '이것은 시가 아니다' 하면서 안 받아주더구만. 마침 지도 교수님(은금련)이 내 글을 보시더니, 그래도 열심히 하려는 열정이 보이지 않느냐 하시면서 동인지에 넣어줘라 하셨다네. 그렇게 해서 〈지하수地下水〉라는 시 동인지에 내 글이 실릴 수 있었지. '지하수'…… 멋진 이름 아닌가? 모든 중요한 것들은 보이지 않는 곳에 있지 않나. 대지라는 한 꺼풀을 벗겨

내면 그 아래 흐르는 맑은 지하수의 이미지. 난 그곳에서 시를 처음으로 쓰기 시작했네.

좋아하는 작가라기보다는…… 당시 접할 수 있는 시가 그리 많지가 않았어. 그중 미당과 조병화 선생의 시를 그래도 많이 읽었지. 좋아하는 글은 동서양 고전이나 종교적 명상의 분위기를 좋아하지.

구수한 옛날이야기를 듣는 듯이 그렇게 선생님의 답변을 들으면서 우리가 차에서 내린 곳은 백제대학 근처 천호天呼성당이 올려다보이는 솔숲이었다. 한낮의 뜨거운 볕을 피하기에는 더없이 좋은 시원하고 깨끗한 솔숲의 한적한 곳에, 선생님이 미리 준비하신 신문을 깔고 앉았다.

교수님　　이곳 참 좋아 보이지 않나?

안용아　　네, 조용하고 좋으네요. 자주 나오시나 봐요.

교수님　　그럼, 이 좋은 데를 자주 오지. 여기 오면 열심히 사는 사람들이 정말 많아. 성지라고 해서 그저 한번 땅을 밟아보고 싶어서 온 사람들이지.

안용아　　교수님, 대학에서 강의도 하시고 학생들 리포트도 보셔야 하는데요. 바쁘실 텐데, 시는 주로 언제 쓰세요?

교수님　　그럼, 바쁘지. 사람을 만날 때도 몇 분 간격을 두고 약속을 정할 만큼 바쁘게 산다네. 사실, 시를 쓸 시간이 많지가 않아. 자네들 말대로 강의도 해야지, 학생들 리포트도 봐야지……

대신 좋은 시상이 떠오르면 바로 그때마다 메모를 한다네. 그리고 어느 날 하루 정도 시간을 내서 마음을 비우고 세상의 때를 씻어내려고 노력하지. 자네들도 자신이 모르는 사이에 때가 묻을 수 있어. 마음을 비우지 않고서는 시를 쓸 수가 없다네. 그리고 교수직을 하면서 시를 쓴다는 게 쉽지가 않아.

학생들을 지도하고, 어떻게 써라 가르쳐야 하는 입장에서, 그리고 학생들의 작품을 읽고 문제점을 지적하고, 비평해야 하는 입장에 서다 보면, 비평적 안목은 높아져도, 좋은 시를 쓰기란 정말 어렵다는 걸 실감하지.

참, 시는 주로 언제 쓰냐고 물었지? 나는 주로 새벽 서너 시쯤 쓴다네. 그때가 가장 고요하고 마음이 깨끗하게 정화될 때이지. 생각을 해봐. 하루 종일 사람들 틈바구니에서 세상과 씨름하며 고단했던 심신에서 좋은 시가 나올 수 있겠나? 그 고요한 시간이 내면의 나를 만날 수 있는 가장 적절한 때라 할 수 있지.

손주왕   초기 작품 중에는 자연물을 등장시킨 향토적이고 서정적 시들이 많았던 걸로 알고 있습니다. 그리고 자아 탐구와 성찰의 세계를 향한 끊임없는 희구를 그리셨었는데요. 최근의 시에서는, 자아라는 하나의 존재보다는 또 다른 세계와의 관계로의 확장을 추구하는 것처럼 보입니다. 저의 소견에 대해 어떻게 생각하십니까?

교수님   잘 보았네. 사람은 타인과의 관계 속에서 살아가는 사회적 동물이지. 모든 현상에는 나와 너. 주체와 객체. 그 밖의 대립적인 항이 있기 마련이고. 아까 말했듯이, 내가 시 안에서 하고픈 말을 서슴없이 하되, 그것을 듣는 사람은 개인이 될 수도 있고 사회의 다수가 될 수도 있는 게지. 곧 너와 나에서 우리가 되는 것, 그것이 내가 말하고자 하는 문학의 세계라 할 수 있지. 쉽게 말해 '변증법적인 미학'이라고나 할까? 어느 한쪽에 내 생각을 치중할 생각도 없고 그렇다고 마냥 다른 사람을 좇자는 것도 아니지. 나는 내 시를 통해 그러한 것들을 보고 느끼면서 나만의 생각을 깊고 넓게 하려는 것이야. 나와 너와의 통합화랄까? '주관의 객관화'랄까? 그것이 내가 쓰고자 하는 시이지…… 최근에 쓴 시들은 딱 꼬집어 내가 시를 쓰는 스타일이 변했다기보다는 이러한 방향으로 내 시에 깊이를 더하고자 한다면 이해할 수 있겠나?

안용아   연륜이 느껴지는 것 외에도 시적 세계 자체의 변화가 있다고 생각되는데 특별한 계기가 있습니까?

교수님   글쎄…… 계기라기보다는 나이가 들면서 자연스럽게 변한 거겠지. 자네들은 아직 모르겠지만, 나이가 들면 그렇다네. 현상보다는 더 본질적이고 근원적인 것에 대해 생각하게 되지. 그러면서 자신뿐만 아니라 주변에 존재하는 대상과, 그와의 소통 또한 중요하게 여기게 된다네. 예전에는 시를 쓸 때 주변에 보이는 것들에만 관심을 가졌네만, 지금은 보이지 않는 것들에 대해서도 많은 생각을 하게 된다네.

손주왕   위의 질문과 연관지어서요, 작품 중에 「5월」이라는 시가 있으시지요. 시를 쓰시던 당시에 느끼셨던 5월과 세월이 흐른 지금의 5월에 대한 생각을 비교하신다면요.

교수님   많이 다르겠지. 그때는 내 앞에 펼쳐져 있는 신록의 아름다움을 감각적으로 느꼈다면, 이제는 자연과 나와의 관계 설정에 보다 많은 관심을 갖게 되지. 현상적인 것보다는 본질적이고 근원적인 것에 대한 것들이 떠오른다네.

안용아   저는 초기 작품 중에 「새벽달」이라는 작품이 가장 인상 깊었습니다.

'새벽달'의 이미지가 '등불' '불덩이' '꽃등' 등의 시어로 비유되다가, 마지막 연에서 '어머니'라는 존재로 환치되고 있는데, 시 속에서 드러나는, 또는 교수님께서 간직하고 계시는 어머니에 대한 이미지는 어떤 것입니까?

교수님   잘 집어냈구만. 난 편모슬하에서 자랐다네. 그런 어머니가 돌아가신 후, 나에게 어머니란 늘 그리운 존재로 남아있지. 그 그리움을 노래한 시가 여러 편 있다네. 내게 있어 그리움의 대상은 거의 대부분 어머니이지.

곧 출판 될 시집 중에도 「그리움만이 그리움이 아니다」라는 시가 있어. 그 대상 또한 어머니라네. 어머니는 내 시의 알파이자 오메가라 할 수 있지? 어머니를 통해 나는 세상을 보고 우주를 느끼며, 거기에서 오는 허무와 그 극복에 관한 많은 생각을 하게 된다네. 그런데 말이지, 이상하게도 내 딸 역시 나의 그리움을 아는지, 그 애의 처녀작 「우리 할머니」란 수필 또한 제 할머니, 즉 나의 어머니에 대한 그리움을 소재로 했다는 거야. 참 신기했다네……

안용아   「꿈속에서」라는 시에서는 '어릴 적 꿈의 동산이 온통 무지개 숲이었다'라는 행을 통해 어린 시절의 순수와 행복감을 노래하다가, 성장하여 어른이 되면서 느끼는 상실감을 노래한 듯합니다.

교수님   작품을 정확하게 짚어냈구만…… 그렇게 느껴지던가? 나의

	고향에는 정신적 지주라고 할 수 있는 교룡산蛟龍山이 있지.
안용아	아~「교룡산성蛟龍山城」의 그 교룡산이오?

교수님	그렇지~ 어느 날인가 그 산이 마치 화산처럼 폭발하는 꿈을 꾼 적이 있다네. 어쩐지 이제 그만 이곳을 떠나 더 큰 세상으로 나아가라는 계시 같은 것이 느껴지더라고. 뭐…… 전부터 새로운 곳으로 떠나고 싶은 욕망이 꿈틀대고 있었던 까닭도 있었겠지만 말이야. 어찌 됐든 난 고향을 떠나 전주로 왔고, 「꿈속에서」는 그 무렵 쓰여진 시지.
안용아	그러면, 「비금도飛禽島」나 「꽃뱀」 역시 다른 세상으로 나아가는 것을 희망하며 쓰신 건가요?

교수님	그렇다네~ 「비금도飛禽島」는 전남 신안군에 있는 섬인데 그 섬에서 교직 생활을 하면서 육지로 전출 가고 싶은 소망을 담은 시이고, 「꽃뱀」은 전북 순창군 쌍치중학교에서 근무할 때, 그 산골을 벗어나고 싶은 마음을 '유리병에 갇힌 꽃뱀의 탈출'로 그려냈던 것이지. 말했지 않나. 나는 시에 내 바람과 희망, 소망을 담는다고. 나의 시는 곧, 나의 꿈이야.

손주왕	시에 쓰신 대로 그 바람이 이루어지신 거네요?
교수님	(빙긋이 웃으시며) 그럼~ 이루어진 거지. 시에 꿈을 담으면 나는 꼭 이루어져……

안용아	앞으로 꼭 이루고 싶은 소망이 있으시다면요?
교수님	국내를 벗어나 세계 각처에 흩어져 있는 '일제 침략기 항일 민족 시가'들을 수집, 정리해서 단행본으로 편찬하려는 계획을 가지고 있네. 사실, 현재 전해지고 있는 국내 시인들의 작

품은 거의 일제시대의 친일 잔재가 그대로 묻어 왔다고 볼 수 있어. 어떻게 보면 탈민족적인 시라고도 할 수 있겠지. 식민주의에 대한 냉철한 비판 의식과 민족주의적 감성에 호소한 작품의 공식적인 유통은 검열에 의하여 원천적으로 봉쇄되었기 때문이지.

그에 반해 진정한 민족사가들은 해외 각지로 쫓겨 가, 망명지에서 쓴 시가 헤아릴 수 없이 많은데, 현재 우리 측에서 수집하여 보존하고 있는 자료가 거의 없다는 것이 얼마나 안타까운가? 우리 동포들이 만리타국에서 조국광복을 염원하며 쓴 작품들을 널리 알리고 보존해야 할 의무가 있는 우리이건만, 당장 별 소득이 없는 그런 일을 하고자 하는 사람들 역시 없다고 보면 된다네.

해방 당시 우리 문인들이 몇 명이었는지 아는가? 150여 명이 조금 넘는 숫자라네. 그중 75% 정도가 자진 월북 혹은 납북되고 나머지 25% 정도가 이남에 남아 이제까지 우리의 문학을 이끌어왔다네. 그리고 그 25%가 광복 후에도 점령국에 의해 우리 문학의 주체성을 살리지 못한 채 반공 이데올로기라는 이름 아래 여전히 자율성이 제한을 받았지.

어찌 보면 지금까지 전해지고 알려진 일제강점기와 해방 이후의 많은 시들보다도, 당시의 일부 지하문학이나 해외 동포들이 쓴 망명문학들이 우리 민족의 참상과 소망을 솔직하게 표현하고 있어 진정한 민족문학으로서의 모습을 보여 주고 있다고 할 수 있다네.

그렇기 때문에 일제 침략기 문학사도 국내 검열 문학에만 의존했던 종래의 식민사관에서 벗어나, 당시 해외로 망명했던 우국 인사들이 독립투쟁 과정에서 발표했던 항일 망명문학들에 대한 자료 수집과 정리가 절실히 필요하다고 생각하고 있지. 그리고 일제에 의해 규제되고 일실逸失된 지하문학, 곧 항일 민족 시가들도 우리의 문학사에 마땅히 편입되어야 한다는 것이 나의 견해이네.

그런 까닭으로 해외 동포들의 작품들을 모으려고 많은 노력을 하였지. 중국에서는 연변을 중심으로, 미국에서는 U. C. Berkeley를 중심으로, 그곳 동아시아 도서관(주영규)에서 살다시피 하면서 1000여 점의 자료를 수집했다네. 우리나라에는 있지도 않은, 묻혀진 자료들이 얼마나 많은지 아나? 그것들을 일일이 내 손으로 복사해서 가져왔는데, 그 도서관의 관계자가 했던 말이 생각나는구만. 자신이 도서관에서 오랜 기간 일하면서 그토록 열성적으로 연구에 몰두하는 사람을 본 적이 없다고 했었지.

그밖에도 미국에 있을 때는, 러시아에서 보존하고 있는 자료를 얻기 위해 하버드 대학 엔칭 도서관을 통해서 다운 받기도 했었고, 한국에 돌아와서는 고어체로 된 그 작품들을 하나하나 워드 작업을 거쳐 새로 문서화하기도 했다네. 정말이지 힘든 작업이었어. 그때 몸을 혹사시켜 어깨와 팔에 신경통이 다 생겼다니까…… 허허……

답변을 하는 그의 표정에는 아직 미흡한 현실에 대한 안타까움과, 자신의 손으로 꼭 일구고야 말겠다는 확고한 의지가 담겨 있었다. 그리고 외국에서 힘들게 자료를 수집하던 그 당시의 기억을 회상하는 듯한 그의 모습에는 쓸쓸함과 고된 흔적이 묻어있었다.

손주왕   또 다른 질문 하나 드리겠습니다. 선생님께서는 이미 여러 권의 시집을 출판하셨는데 솔직히 대중에게 많이 알려져 있지 않은 것 같습니다. 교수님께서는 시를 쓰실 때 좀 더 대중에게 쉽게 다가갈 만한 시를 쓰고 싶었던 적은 없으셨는지요?

교수님   그간 시집을 두 권밖에 발간을 못 했는데, 그래도 제 1시집 『하나의 창을 위하여』(1988)는 6판까지 나갔고, 제2시집 『나의 시』는 우리 과 학생들의 수업용으로 만들었기 때문에 시중에 보급이 안 된 상태지. 하지만 대중적 선호를 떠나 내가 바라는 바는, 우리 고유의 정서와 우리 시의 전통적인 율격이 되살아났으면 하는 바람이지. 크게 생각해 보면 우리나라의 시 작품 대부분이 서구 모더니즘의 도입 과정에서, 시의 발생 배경에 신경을 쓰지 않고 표현 방법에만 치우친 결과 그러한 감각적 작품들이 널리 유행하고 있지. 형상만 있고 내용이 없는 시들도 유행하고 있으니, 인기보다는 무엇보다도 자기 구원, 세상 구원의 작품이 되어야지 않겠나?

손주왕   조금 전의 질문에 관련해서요, 현재 10대들을 타깃으로 한 어떻게 보면 조금 쉽고 가볍게 쓰여진 시들을 선생님께서는 어떻게 생각하시는지요?

교수님   딱 꼬집어 내가 쓰는 시의 스타일이 좋다 나쁘다, 요즘 유행처럼 쓰여지는 대중 시들이 좋다 나쁘다를 말할 수는 없다네. 그것은 시의 내용에 있다기보다는 겉에 보이는 표현의 차이

이기에 그 자체만으로 어떻다고 말할 수 없다는 거지. 요즘 신춘문예의 흐름 자체도 내용보다 표현에 치중을 하고 있다고 할 수 있지. 심사 위원들의 눈에 들 만한 새롭고 감각적인 표현들이 넘쳐나니까…… 점차 산문화되어 가는 경향도 있는 것 같고.

그렇다고 무작정 부정적으로 생각하지만은 않네. 나 역시 그러한 표현 기법에도 배울 만한 점이 있다고 생각하니까. 시라는 것에서 표현 기술은 누가 뭐래도 중요한 것이니까. 감각적이고 참신한 표현들을 통해 사유의 세계를 넓혀 갈 수가 있으니까.

안용아 저희 수업 시간에 손종호 교수님께서도 책이나 시 작품에 있어 제목이 중요하다는 가르침을 주셨고 저 또한 그렇게 생각합니다. 교수님께서 이번에 준비하고 계신 시집 제목이 「그리움만이 그리움이 아니다」라고 하셨지요. 이전 시집의 제목과 비교할 때, 좀 더 대중에게 다가가기 쉬운 제목이라는 생각이 듭니다. 교수님께서는 어떻게 생각하시는지요?

교수님 제목? 당연히 중요하지. 사람으로 치자면 얼굴에 해당하는 부분이 아닌가? 저번에 내가 출판했던 시집의 경우도 내 주변에서 누군가 산山에 관한 내 시집 제목을 '홀로 가는 산'이라고 하라더군. 그런데 문득 그런 생각이 드는 거야. 그 제목대로 내가 나중에 나이가 들어 혼자가 되면 어쩌나 허허. 내가 지금껏 시를 써오면서 시에 적어본 소망 같은 것들이 많이 이루어졌다고 아까도 말했지만, 언어에는 주술적인 힘이 있다는 게 나의 생각일세. 난 본래 이번 시집의 제목을 '하나의 산이 되어'라고 하려 했다네. 그리고 또 하나, 이번에 출간되는 시집 『그리움만이 그리움이 아니다』 또한 그렇다네. 독자들로 하여금 궁금증을 불러일으키게 되지. 그렇다면 무엇이 또한 그리움이란 말인가?

사무치게 그리워하던 대상이, 시간이 흘러감에 따라 서서히 잊혀져 가는 것도, 이젠 잊어야지 하고 노력을 하는 것도, 결국에는 그렇게 잊혀지고 마는 것마저도 '그리움의 흔적이다'라는 뜻이라네. 즉, 그리워하는 감정 그것만이 그리움이 아니라, 잊혀지는 것 역시, 그리움의 흔적이라는 것일세.

다시, 질문으로 돌아오도록 하지. 제목의 중요성이라…… 아까 내가 자네들에게 준 시 중에 「동그라미」라고 있지? 원래는 제목을 '굴렁쇠'라고 하려고 했지. 그런데 그 제목이 지나치게 구체적으로 내용을 드러내고 있어 시적 탄력이 감소한다는 생각하에 그와 유사한 「동그라미」로 바꾸어보았지. 제목이라는 것이 시의 대상을 보일 듯 말 듯 신비스럽게 감추고 있어야 하는 것이 아닌가. 은은한 실루엣처럼. 자네들은 제목인 '동그라미'가 의미하는 바가 무엇이라고 생각하는가?

손주왕   계속 굴러가는 순환적 고리가 아닐까요?
안용아   제 생각으로는 '안이 비어있다'는 것 같습니다. 비어있는 공허와 허전함이요.
교수님   맞았네. 이 시에서의 '동그라미'는 비어있는 허전함과 쓸쓸함을 나타내지.

소식도 모르고
나는 굴러가네

어디에로 가고

있는지도 모르는 채

나는 소리도 없이
눈 감고 있는데

어디론가 굴러가 버린
나의 동그라미여

          —김동수, 「동그라미」 전문

        잃어버린 사랑에 대한 허전함과 슬픔이 느껴지지 않는가. 이렇듯 제목은 비유적이고 상징적일 때, 그 의미를 추론하는 묘미가 있는 법이지.

손주왕   마지막으로 질문 한 가지 더 드리겠습니다. 이제 곧 새로운 시집도 출판하시는데 앞으로의 계획이 있으시다면.

교수님   요즘 월간 『시문학』지에 '우리 역사에 남을 만한 민족시인 100명'에 대해 소개를 하는 글을 연재하고 있다네. 지금까지 알려진 그들에 대한 평가를 그대로 싣지 않고, 내 나름의 기준, 곧 민족사의 흐름에서 비추어, 다시 재조명하고자 하는 동기에서 집필하게 되었지.
      이것이 완결되면 좀 더 보완해서 책으로 엮고 또한 조금 전에 말했듯이, 그동안 오래도록 수집해 온 일제 침략기 해외 동포들의 작품들과, 광복 후 납북(혹은 월북)한 작가들에 대한 대대적인 연구를 하여 책으로 엮는 것이 꿈이라네. 언젠가는 우리 중 누군가가 해야 할 일이 아닌가. 6월 하순 중에는 전국 대학의 문예창작과 교수들과 학생들이 무주에 모여 글도 써보고 세미나도 준비하고 있다네. 좋은 시간들이 될 거야.

벌써부터 기대가 되는군.

약 90여 분의 시간 동안 이루어진 인터뷰는 마지막으로 접어들고 있었다. 우리가 준비했던 질문은 동이 났다. 선생님께서는 곧바로 수업에 들어가셔야 했다. 차가 없는 우리를 바래다주고 싶은데 수업 시간 때문에 정말 미안하게 됐다며 교수님께서는 무척이나 아쉬워하셨다.

2. 에필로그

솔숲에서 백제예술대 정문까지 이동 중에 차 안에서.

교수님　　글을 쓰는 사람은 먼저 시를 많이 써보는 것이 좋아. 시를 써보고 소설 같은 산문을 쓴다면 좋은 글을 쓸 수가 있어. 간결한 언어로 쓰여지는 시를 자꾸 쓰다 보면, 시 문장에서의 탄력이 산문의 문장에까지 그대로 이어져 좋은 글을 쓸 수가 있지. 하지만, 그 반대가 되면 시를 쓴다는 것을 더욱 어렵게 느낄 수도 있다네. 지금 소설가이자 비평가로 활동하고 있는 많은 훌륭한 작가들을 보게. 그네들도 대부분 처음엔 시를 쓰는 시인이었다고.

그리고 시를 쓸 때는 대상에 대한 첫 느낌, 그것을 곧바로 솔직하게 옮기는 것이 정말 중요하지. 정지용의 「춘설春雪」이라는 시의 첫 행을 보게.

'문 열자 선뜻 먼 산이 이마에 차라'!!! 이 얼마나 멋진 시구인가. 시를 감상할 때도 마찬가지야. 읽고 또 읽으며 멋있는 말로 분석을 하려 들지 말고, 처음 보았을 때의 그 첫 느낌을 곧바로 잡아내는 직관이 필요하지. 특히 여자들만의 섬세한 직감, 그걸 잘 살린다면, 좋은 시를 쓸 수 있고 좋은 비평도 할 수 있을 것이네.

안용아 네…… 그런데 교수님, 수업에 늦으신 것 아니에요?

교수님 지금 가면 딱 맞는 시간이니 걱정 말게. 난 수업 시간 하나만큼은 꼭 지키는 사람이야. 그리고 내 시간에는 학생들이 음료수를 마셔도, 잠을 자도, 모자를 써도 나는 개의치 않는다네. 단, 떠드는 것은 절대 용납을 하지 않지. 내 강의를 듣고 안 듣고는 개인의 자유지만, 남에게 방해되는 것은 용납할 수 없지. 그것이 철칙이라네.

손주왕 학생들에게 인기가 많으시겠어요.

교수님 허허…… 그럴까……

손주왕 바쁘신데 이렇게 시간 내주셔서 정말 감사합니다.

안용아 좋은 말씀 많이 듣고 갑니다.

교수님 아닐세. 내 차로 터미널까지 바래다주지 못하는 것이 정말 미안하네.

백제대학 앞에서 우리는 차에서 내렸다. 선생님께서는 같이 내리셔서는 사양하는 우리에게 기어이 차비를 쥐여 주시고 들어가셨다. 좋은 말씀 듣고 가는 것도 감사한데 차비까지 주시다니…… 황망한 마음에 몸 둘 바를 모르는 채로 우리는 그렇게 멀어지는 차의 뒷모습만 바라보았다.

자신의 시와 인생을 따로 떨어뜨려 생각하지 말라고 누차 당부할 때의 그의 완고함과, 우리 민족 시가를 바로 알고 보존하기 위해 그동안 모은 자료를 토대로 책을 엮겠다는 계획을 실현하기 위해 전진하는 그의 굳은 결의를 떠올려본다.

그리움을 노래하고, 시에 자신의 인생과 고통, 희망을 담아 노래하는 시인 김동수. 그가 말했던 대로, 시 속에 불어넣은 그의 소망과 바람이, 또 한 번 이루어지기를 우리도 기대해 본다.

Ⅳ. 소감

이번 창작론 수업을 들으면서, 처음으로 다른 사람을 인터뷰해 보았다. 물론 서투른 점도 많았고, 사람을 만나서 자연스러운 대화를 이끌어나간다는 게 얼마나 큰 부담을 갖는지도 알게 되었다. 특히 이번 인터뷰는 잘 모르는 시인과의 만남이었기에 더욱 그러한 것 같다. 사전에 준비를 하고 갔지만, 우리 조가 대화를 이끌어가지 못하고 주로 김동수 교수가 대화를 이끌었다.

오랜 세월 살아온 삶의 연륜이 고스란히 남아있는 그를 만나면서, 시로 만난 그와 별다름이 없다는 게 가장 신기하면서도 기억에 남는다. 김동수 교수가 인터뷰 내내 말했듯, 시는 인생이고 자신의 철학과, 아픔, 기쁨, 소망 등이 모두 담겨 있는 자신의 기록물인 것 같다. 그에 반해 나 자신은 얼마나 나를 반성하고 글을 쓸 기회가 있었는가 하는 의문이 들었다. 김동수 교수가 말하는 삶과 시에 대해 아직 풋내기에 불과한 나로서는 그 깊이를 심도 있게 이해하지는 못했다. 그렇지만 그의 삶에 있어 시가 갖는 의미는 기대 이상이었으며, 그야말로 진정한 시인이 아닌가 하는 생각이 들었다. 비단 그뿐만 아니라 모든 시인이나 시를 쓰는 사람들이 그런 열정을 가지고 살겠지만, 아직 세상 경험이 별로 없는 나로서는 그가 커다란 고목처럼 편안하고 아늑한 느낌이었다.

끝으로 이번 인터뷰를 마치면서 나 자신도 오랜 시간이 흐른 후에 나이가 들어도 열정과 삶의 깊이를 느끼며 사는 김동수 교수님처럼 될 수 있을까 하는 생각을 잠시 해본다.

—손주왕

인터뷰 당일 아침까지만 해도 얼마나 긴장을 했는지 모른다. 우리가 인터뷰해야 할 질문을 준비를 했다고는 하나, 처음 뵙는 어른을 마주 하고 밥을 먹을 생각만 해도 걱정이 앞섰다. 하지만 걱정은 되어도, 그분이 먼저 함께 식사하기를 제안해 주신 것이 얼마나 큰 용기가 되었는지 모른다. 약속 시간에 늦은 우리를 속으로는 꾸짖을지언정, 괜찮다며 다독이시던 호방함. 문인文人 중에는 괴짜가 많다는 설을 떠올리며 잔뜩 겁을 집어먹은 것을 눈치채셨는지, 자식 놈들 앞에 두고 말씀하시듯 이런저런 말씀으로 대화를 이끌어주시던 자상함. 시인 '김동수' 하면 떠오를 것 같은 이미지들이다.

그는 시 안에서 자신의 고통과 애환, 그리움과 절망을 풀어낸다. 그리고 그 안에서 자신의 희망과 소망을 노래한다. 삶에서 느끼는 정서를 시 안으로 그대로 옮겨 와 하나하나 풀어놓고, 앞으로 살아갈 용기 또한 시에서 얻어가는 그는, 자신의 인생과 시가 결코 다르지 않다고 말한다. 우리는 그를 만나 시와 시심에 관해 이야기를 나누었지만, 결국은 그의 인생과 인생철학을 배우고 왔다는 생각을 해본다.

시인은 작품 안에 개인의 정서뿐 아니라, 시를 읽는 모든 이의 마음으로 전달되는 메시지를 담아야 한다는 그의 견해에서, 세상을 홀로 살아가기보다는 함께 살아가겠다는 의지를 읽어낼 수 있었다. 자아의 본원적인 존재와 고독을 중심으로 쓰여지던 초기 시의 흐름에서, 이제는 나와 너의 관계로 시심을 넓힌 근래의 작품들이 그것을 뒷받침해 준다.

흘러간 역사 속에 묻혀진 민족 시가들을 복원하여 단행본으로 엮고 싶다는 꿈을 통해 보이는 그의 시에 대한 열정과 꿈들. 꼭 시인으로서만이 아니라, 같은 사회를 살아가는 인생의 대선배로서 본받고 싶은 인물이다.

'하나의 산山이 되어'. 앞으로 출판될 시집 제목이다. 오랜 세월 변함없이 제자리를 지키는 산처럼, 인생에 대한 변함없는 열정이 그의 바람을 이룰 수 있게 해주기를 바란다.

—안용아

제31장_새로 쓴 한국 현대 시문학사

Ⅰ. 일제 침략기 한국 현대시의 형성과 굴절

1. 자유시自由詩 형성기(1910-1919)

1910년대는 자유시가 형성된 시기라 할 수 있다. 1908년 최남선崔南善의 「해海에게서 소년少年에게」는 기존의 정형시(시조, 창가)에서 벗어난 새로운 형태의 신체시다. 하지만 이러한 신체시는 아직 완전한 자유시라 할 수 없었기에 이후 통념상 1919년 주요한의 「불놀이」를 우리나라 최초의 자유시라고 여겨왔다.

하지만 필자가 확인한 결과, 1914년에 재일본 유학생 기관지 『학지광學之光』 제3호에 발표된 「한국寒菊」이 우리나라 최초의 자유시가 아닌가 한다 (그 이전인 1909년 『대한매일신보』에 발표된 「한반도」라는 작자 미상의 작품이 있다고 전해 오고 있으나 확인하지 못함).

> 바람에 서리에 시달리면서
> 고꿈롭게 지나는 한 떨기 국화
> 끝까지 절개節介는 보전保全한다고
> 반半 남아 말라진 꽃송아리를
> 꼿꼿이 간행干幸하게 이고 섯는 양
> 거츤 세상 찬 맛이 방불彷彿도 하구나
> ─소성생小星生, 「한국寒菊」(『학지광』 제3호, 1914. 12. 3.)

찬바람에 시달리고 말라 시들어진 국화 한 송이를 보면서, 고통과 고난의 세월 속에서도 끝까지 절개節介는 보전保全하고 꼿꼿이 서있는 늦가을 국화의 의연한 자태를 찬양하고 있다. 이후 1918년 『태서문예신보』에서도 「봄은 간다」가 연이어 발표되어 1910년대 우리 시단에 본격적인 자유시의 길이 열렸다고 본다.

밤이도다
봄이다.

밤만도 애달픈데
봄만도 생각인데

날은 빠르다.
봄은 간다.

깊은 생각은 아득이는데
저 바람에 새가 슬피 운다.

검은 내 떠돈다.
종소리 빗긴다.

말도 없는 밤의 설움
소리 없는 봄의 가슴

꽃은 떨어진다.
님은 탄식한다.

—김억, 「봄은 간다」(『태서문예신보』, 1918. 11.)

김억은 『태서문예신보太西文藝新報』를 통하여 프랑스의 상징시를 번역 소
개하여 우리 시단의 자유시 형성에 지대한 영향을 주었다. 황석우 또한 여
기에 「봄」이라는 자유시를 발표하였다.

2. 1920년대의 시

1) 낭만파浪漫派의 시(1920-1925)

1920년대에 들어서면서 계몽주의 문학에서 탈피하고, 완전한 자유시의 형태를 갖추게 되었다. 1919년에 창간된 최초의 문예 동인지『창조創造』에 이어『개벽』(1920),『폐허廢墟』(1920),『장미촌薔薇村』(1921),『백조白潮』(1922)가 나왔고, 이와 함께『금성金星』(1923),『조선 문단朝鮮文壇』(1924) 등이 나왔다. 그러나 이 시기의 전반기는 3·1 운동의 실패에서 오는 암울한 정서, 곧 감상적·영탄詠嘆조의 낭만시가 주류를 이루면서 우울한 현실로부터의 탈출과 도피를 일삼았다.

오상순, 황석우, 김억이 중심이 된 〈폐허〉 동인들은 허무주의적 경향의 낭만시를 썼다. 그러나 김억은 민요시 운동을 전개하여 민족의 보편적인 정서를 민요 가락에 담아 계승하면서 1910년대부터 프랑스의 상징주의 시 등 외국 시를 번역·소개하여 우리 근대시의 문을 연 시인으로서 최초의 현대시집『해파리의 노래』(1923)를 발간하였다. 홍사용, 이상화, 박종화 등 〈백조〉 동인들은 대체로 감상적 낭만주의 경향을 띠었다.

> 검은 옷을 해골 위에 걸고
> 말없이 주토朱土빛 흙을 밟는 무리를 보라.
> 이곳에 생명이 있나니
> 이곳에 참이 있나니
> 장엄한 칠漆흑의 하늘, 경건한 주토의 거리
> ─박종화,「사死의 예찬禮讚」(1923) 부분

2) 신경향파新傾向派와 시조 부흥 운동(1925-1930)

1925년을 전후하여 이전의 감상적 낭만에서 벗어난 경향문학* 성향의 신경향파의 시가 등장한다. 이들은 3.1 운동 이후 절망과 비애에 젖었던 우리 문단을 유약한 문학이라 비판하고 박영희, 김기진 등이 1925년 카프(KAPF, 조선 프롤레타리아 예술가 동맹)를 결성하면서 계급주의**(프로문학) 문학이 대두하게 된다.

그러나 이에 반대하는 세력이 곧 출현하여 1926년경 국민문학파가 결성된다. 이들은 프로문학을 공격하고 문학의 순수성과 민족의 역사성을 강조하면서 현대시조를 통하여 전통적 정서를 계승하려고 노력하였다. 이병기, 이은상 등이 그들이다.

3. 1930년대 현대시 정립

이 시기는 1920년대에 다양하게 모색한 시적 결과를 계승하면서 현대시를 정립한 시기라 할 수 있다. 20년대 중반부터 나타난 프로문학이 퇴색하고 순수문학을 지향하면서 우리 시의 예술적 가치를 드높이게 된다.

1) 시문학파詩文學派의 시

---

* 경향문학傾向文學: 순수 문학이 아닌 의식적으로 정치적 도덕적 종교적 계급적인 것을 취급하여 대중을 그와 같은 방향으로 계몽하고 유도하자는 목적 아래 쓰이는 작품 교훈시나 프로문학이 속함.

** 계급주의階級主義: 조선 프롤레타리아 예술가 동맹. 곧, KAPF(Korea Proletarian Artist Federation)가 주창 실천하려 했던 문학 사상. 평등한 사회를 만들기 위해서는 폭력 투쟁에 의한 계급 혁명을 선전하는 수단이 되어야 한다는 주의主義.

1930년대 초부터 활동을 시작한 시문학파는 10년대의 계몽시와 20년대의 목적시에서 보여 주었던 문학의 사회성을 배제하고 청신한 언어와 아름다운 리듬으로 개인적 정서를 형상화하는 순수 서정시 운동을 전개하게 된다. 박용철朴龍喆, 김영랑金永郎, 정지용鄭芝溶, 신석정申夕汀 등이 그들이다.

> 내 마음의 어딘 듯 한편에 끝없는
> 강물이 흐르네
> 돋쳐 오르는 아침 날빛이 빤질한
> 은결을 도도네
> 가슴엔 듯 눈엔 듯 또 핏줄엔 듯
> 마음이 도른도른 숨어있는 곳
> 내 마음의 어딘 듯 한 편에 끝없는
> 강물이 흐르네
> ──김영랑,「끝없는 강물이 흐르네」부분(『시문학』, 1930. 3.)

신석정은 『시문학』에서부터 작품을 시작했는데, 전원적, 목가적牧歌的, 노장적 시풍으로 아늑하고도 내밀한 명상적 분위기를 나타내었다.

> 저 재를 넘어가는 저녁 해의 엷은 광선들이 섭섭해합니다.
> 어머니, 아직 촛불을 켜지 말으셔요.
> 그리고 나의 작은 명상의 새 새끼들이
> 지금도 저 푸른 하늘에서 날고 있지 않습니까?
> 이윽고 하늘이 능금처럼 붉어질 때
> 그 새 새끼들은 어둠과 함께 돌아온다 합니다.
> ──신석정,「아직 촛불을 켤 때가 아닙니다」부분(『조선일보』, 1931. 11.)

2) 주지주의主知主義의 시

1930년 중반부터 모더니즘 경향을 지닌 주지파主知派 시인들은 퇴폐적 낭만의 20년대의 주정적主情的 시풍과, 음악성을 중시하는 시문학파의 유미적 시작 태도를 거부하고 도시 감각과 현대 문명을 시각적 심상을 통하여 형상화하려고 노력하였다. 영미英美 주지시 이론을 소개한 최재서, 『시론詩論』을 통하여 모더니즘 이론을 확립한 김기림, 시의 회화성繪畵性을 중시, 주지시의 경향의 시를 모아 『와사등瓦斯燈』이란 시집을 발간한 김광균 등이 있다.

> 차단한 등불이 하나 비인 하늘에 걸려 있다.
> 내 호올로 어델 가라는 슬픈 신호信號냐.
>
> 기인 여름 해 황망히 날애를 접고
> 느러슨 고층 창백한 묘석같이 황혼에 저저
> 찰난한 야경夜景 무성한 잡초인 양 헝크러진 채
> 사념思念의 벙어리 되어 입을 담을다.
> ──김광균, 「와사등」 부분(『조선일보』, 1938. 6.)

이상李箱은 자동기술법에 의한 초현실주의적超現實主義的인 시 「오감도烏瞰圖」 「거울」 등 난해한 실험시를 발표하여 문단에 충격을 주었다.

> 거울속에는소리가없소
> 저렇게까지조용한세상은참없을것이오
> 거울속에도내게귀가있오
> 내말을못알아듣는딱한귀가두개나있오
>
> 거울속의나는왼손잡이오

내악수(握手)를받을줄모르는─악수를모르는왼손잽이오

─이상, 「거울」(1933) 부분

3) 생명파生命派의 시

1930년대 후반에 등장한 서정주, 유치환 등 생명파 시인들은 주지파들의 감각적 기교나 시문학파의 순수 서정의 표출에 반기를 들고 인간 문제와 생명의 탐구에 주력했다.

> 애비는 종이었다. 밤이 깊어도 오지 않았다.
> 파뿌리 같이 늙은 할머니와 대추꽃이 한 주 서있을 뿐이었다.
> 어매는 달을 두고 풋살구가 꼭 하나만 먹고 싶다 하였으나……
> 흙으로 바람벽 한 호롱불 밑에
> 손톱이 까만 에미의 아들.
> 갑오년甲午年이라든가 바다에 나가서는 돌아오지 않는다 하는
> 외할아버지의 숱 많은 머리털과
> 그 크다란 눈이 나는 닮았다 한다.

─서정주, 「자화상」(『시인부락』, 1936. 12.) 부분

> 한 송이의 국화꽃을 피우기 위해
> 봄부터 소쩍새는
> 그렇게 울었나 보다
>
> 한 송이의 국화꽃을 피우기 위해
> 천둥은 먹구름 속에서
> 또 그렇게 울었나 보다
>
> 그립고 아쉬움에 가슴 조이던

머언 먼 젊음의 뒤안길에서

인제는 돌아와 거울 앞에 선

내 누님같이 생긴 꽃이여

노오란 네 꽃잎이 되려고

간밤에 무서리가 저리 내리고

내게는 잠도 오지 않았나 보다

　　　　　　—서정주, 「국화 옆에서」(『서정주 시선』, 1956. 11.) 전문

그가 남긴 수많은 시들은 '우리의 언어로 뽑아낼 수 있는 최고, 최대의 영롱한 민족시의 정수로 한국 시에 또 다른 동양적 사유 세계를 넓혀 한국시 왕국의 족장이 되었다.

4. 친일과 청록의 시대(1940년대)

1) 부일문학附日文學

그러나 1940년대 이르러 일제가 대동아전쟁을 일으키면서 국민총동원령을 내리게 되자 많은 문인들이 황국신민화 사업에 협력, 부일附日 어용적인 문학의 길을 걷게 된다 모윤숙, 김동환, 노천명, 서정주 등이다.

동양 침략의 근거지

온갖 죄악이 음모되는 불야의 성

싱가폴이 불의 세례를 받는 이

장엄한 최후의 저녁

　　　　　　—노천명, 「싱가폴 함락」 부분(《매일신보》, 1942. 2. 19.)

마쓰이 히데오!
그대는 우리의 오장. 우리의 자랑.
…(중략)…

그대는 우리의 가마가제 특별 공격 대원.
…(중략)…
소리없이 벌이는 고흔 꽃처럼
…(중략)…
쪼각쪼각 부서지는 산더미 같은 미국 군함
…(중략)…
우리의 땅과 목숨을 뺏으러 온. 항공 모함을
그대 몸뚱이로 내리쳐서 깨졌는가
장하도다
…(중략)…
너로 하여 향기로운 삼천리의 산천이여
한결 더 짙푸르는 우리의 하늘이여
　　—서정주, 「마쓰이 히데오 송가頌歌」 부분(《매일신보》, 1944. 12. 9.)

　　1942년 일본이 당시 영국의 식민지였던 싱가폴에서 승리를 거두자 전국
에서 열린 제1차 축하회를 앞두고 발표된 노천명의 「싱가폴 함락」이나, 1944
년 일본의 진주만 공격 시 전사한 「마쓰이 히데오 송가」 역시 태평양 전쟁 시
황국신민화를 앞세운 국민총동원령하에서 발표된 친일시들이다.

　　2월 15일 밤
　　대 아시아의 거화!
　　대화혼의 칼이 번득이자
　　사슬은 끊고
　　네 몸은 한 번에 풀려 나왔다.

처녀야! 소남도 (昭南島 : 필리핀)의 처녀야!

　　　　　　　—모윤숙, 「호산나 소남도」(《매일신보》, 1942. 2. 21.)

　　모윤숙도 태평양전쟁을 일으킨 일본군의 아시아 침략을 마치 온 인류가 함께 기뻐하고 찬양하는 양 미화하고 있다. 이러한 친일시를 1940-1945년도 사이 10여 편을 발표한 전력 때문에 그는 아직까지도 친일 문인이라는 오명을 씻지 못하고 있다.

　2) 청록파

　　1939년 『문장文章』지의 추천을 거쳐 등단한 조지훈趙芝薰, 박두진朴斗鎭, 박목월朴木月을 소위 청록파靑鹿派라 하는데 이들은 광복 후 3인 공동 시집 『청록집』(1946)에서 자연을 고향으로 인식하고 이를 노래함으로써 현대시의 새로운 영역을 개척하였다.

　　박목월은 자연 속에서 향토색 짙은 정물적 이미지로 깔끔한 동양적 정관미를 보여 주었다. 하지만 그 배경에는 국권 상실에서 오는 허무와 비애의 시대 상황이 깔려 있다.

　　　　송홧가루 날리는

　　　　외딴 봉우리.

　　　　윤사월 해 길다

　　　　꾀꼬리 울면

　　　　산지기 외딴집

　　　　눈먼 처녀사

　　　　문설주에 귀대이고

　　　　엿듣고 있다.

　　　　　　　　　　　　—박목월, 「윤사월」 전문

"눈먼 소녀"는 "산지기 외딴집"에 유폐된 암담한 좌절 상황이다. 하지만 눈먼 소녀는 유폐의 방에서 희망의 세상을 향해 귀를 기울이고 있다.

조지훈은 「고풍의상」 「승무」 등에서 전아한 우리말로 민족적 전통에의 향수와 불교적 선미禪味를 표현하였다. 그러나 이러한 그의 문화적 보수주의가 이후 우국적 · 지사적 풍모의 시인으로 이어지게 된다.

얇은 사紗 하이얀 고깔은
고이 접어서 나빌레라.

파르라니 깎은 머리
박사薄紗 고깔에 감추오고

두 볼에 흐르는 빛이
정작으로 고와서 서러워라

빈 대臺에 황촉 불이 말없이 녹는 밤에
오동잎 잎새마다 달이 지는데

소매는 길어서 하늘은 넓고
돌아설 듯 날아가며 사쁜히 접어 올린 외씨버선이여,

까만 눈동자 살포시 들어
먼 하늘 한 개 별빛에 모두오고

복사꽃 고운 뺨에 아롱질 듯 두 방울이야
세사에 시달려도 번뇌는 별빛이라

휘어져 감기우고 다시 접어 뻗는 손이

깊은 마음속 거룩한 합창인 양하고

이 밤사 귀또리도 지새우는 삼경인데

얇은 사紗 하이얀 고깔은 고이 접어 나빌레라

—조지훈, 「승무僧舞」 전문(『文章』, 1939.)

　이들에 비해 박두진의 시에 드러난 '자연'은 인간에게 새 생명을 불어넣
어 주는 일종의 '메시아'의 상징이며, 이상을 추구할 수 있는 매개적 존재로
표현하면서 현실의 어두움을 극복해 가고 있었다.

산새도 날아와

우짖지 않고

구름도 떠 가곤

오지 않는다.

인적人跡 끊인 곳

홀로 앉은

가을 산의 어스름

호오이 호오이 소리 높여

나는 누구도 없이 불러 보나.

울림은 헛되이

먼 골 골을 되돌아올 뿐

산그늘 길게 늘이며
붉게 해는 넘어가고

황혼과 함께
이어 별과 밤은 오리니

삶은 오직 갈수록 쓸쓸하고
사랑은 한갓 괴로울 뿐.

그대 위하여 나는 이제도 이
긴 밤과 슬픔을 갖거니와.

이 밤을 그대는, 나도 모르는
　어느 마을에서 쉬느뇨.

—박두진, 「도봉」 전문(『청록집』, 1946)

　가을 저녁 무렵의 산을 배경으로 한 삶의 외로움과 쓸쓸함 속에서도 구원에 대한 갈망을 그 배경에 깔고 있다.

Ⅱ. 일제강점기 해외 동포들의 항일 민족 시가

일제강점기 한국의 국내 문학은 위(Ⅰ장)에서처럼 대부분 조선총독부의 언론 탄압 정책에 의해 반일 감정이나 민족의식이 사전에 봉쇄된 식민지 종속의 유미唯美 문학으로 전락해 가고 있었다. 하지만 일부 국내 지하문학이나 해외 동포들의 망명문학들은 당시 우리 민족의 참상과 소망을 솔직하게 표현하면서 진정한 민족문학으로서의 모습을 보여 주고 있었다.

1. 항일抗日 민족 시가(국내)

최남선의 창가체 「경부 철도 노래」*와 최초의 신체시 「해海에게서 소년少年에게」는 일제의 침략 현실을 호도 · 외면하면서 일제의 식민 정책에 동조함으로써 민족의 의지와 멀어져 있었다.

러일전쟁 후 일제가 대륙 침략과 한반도를 식민지화하면서 침략 통로로 가설한 경부 철도가 마치 우리에게 새 세상을 열어주는 양 환영하고 있는가 하면(「경부 철도 노래」), 「해海에서 소년少年에게」서도 '요것이 무어야 요게 무어야' 하면서 힘찬 파도(해양 세력)로 모든 것을 '때리고 부수고 무너버리자'고 한다. 이러한 우리의 전통 질서와 가치관에 대한 부정적 자세는 때마침 한반도를 강점하고 있는 일제의 내습에 대한 지지 논리로 이어지게 된다.

이처럼 국내 시문학이 대부분 식민지 관리 문학으로 굴절되어 가고 있었지만 그런 와중에도 피폐한 민족 현실을 외면하지 않은 항일 민족의식의

---

* 우렁차게 토하는 기적 소리에/ 남대문을 등지고 떠나 나가서
빨리 부는 바람의 형세 같으니/ 날개 가진 새라도 못 따르겠네
늙은이와 젊은이 섞어 앉았고/ 우리네와 외국인 같이 앉았고
내외 친소 다 같이 익히 지내니/ 조그마한 딴 세상 절로 일웠네
 ―최남선, 「경부 철도 노래」(1908. 3.)

시가詩歌가 있었다. 1924년에 최초의 현대 서사시 김동환金東煥의 『국경國境의 밤』과 이상화의 「빼앗긴 들에도 봄은 오는가」, 심훈의 「그날이 오면」, 이원수의 「헌 모자」, 권구현의 「새로운 날」, 이육사의 「절정」 등 반일 민족 시가들이 그것이다.

아하, 무사히 건넜을까,

이 한밤에 남편은

두만강을 탈없이 건넜을까?

저리 국경 강안江岸을 경비하는

외투外套 쓴 검은 순사가

왔다- 갔다-

오르명 내리명 분주히 하는데

발각도 안 되고 무사히 건넜을까?

— 김동환, 『국경의 밤』(1925) 부분

나는 온몸에 풋내를 띠고,

푸른 웃음 푸른 설움이 어우러진 사이로,

다리를 절며 하루를 걷는다. 아마도 봄 신명이 지폈나 보다.

그러나 지금은 - 들을 빼앗겨 봄조차 빼앗기겠네.

— 이상화, 「빼앗긴 들에도 봄은 오는가」 부분(『개벽』, 1926. 6.)

※『개벽』은 이 시를 게재하면서 1926년 8월 폐간당함.

퇴폐적 낭만주의가 풍미하던 1920년대 함경북도 경성 출신인 김동환은 국경지대인 두만강변의 작은 마을을 배경으로 일제의 압제 속에 살아가고 있는 우리 민족의 고통과 불안을 향토색 짙은 민족 정서로 표현하였다. 이상화도 식민지로 점령당한 조국의 현실을 직시, 그 슬픔을 토로하고 있다.

학교 마루 구석에 걸린 헌 모자

꿰매이고 또 꿰맨 떠러진 모자

…(중략)…

그 남자 수남이는 아빠 따라서

울며불며 북간도로 집 떠났다오

　　　　　　　—이원수, 「헌 모자」 부분(《조선일보》, 1930. 2. 20.)

※독립을 종용하거나 배일적排日的 도발성을 띤 시가로 분류되어 압수됨.**

오라 오라 용감한 길잡이여 나오라

떨어지려는 해를 잡아 동녘에 되던지라

이 땅덩어리를 거꾸로 비틀어 돌려라, 거꾸로

바람은 사막을 치달리리라. 해일海溢이여 너도 오라.

때는 일순이 앞에 놓인 것은 다만 일순일 뿐

용감한 무리여 새 날을 맞이하러 오라.

　　　　　　　—권구현, 「새로운 날」(1930. 3. 2.) 부분

　　　※《동아일보》에 게재될 예정이었으나 검열에 걸려 압수됨.

그날이 오면 그날이 오며는

삼각산이 일어나 더덩실 춤이라도 추고

한강물이 뒤집혀 용솟음칠 그날이

이 목숨이 끊치기 전에 와주기만 할 양이면

나는 밤하늘에 나르는 까마귀와 같이

종로의 인경을 머리로 드리받아 울리오리다.

두개골은 깨어져 산산조각이 나도

** 이 시를 조선총독부 경무국 도서과에서 소위(秘) 『조사자료』 제20집 「諺文新聞 詩歌」의 하나로 분류하여 日語로 번역해서 자료로 삼고 있음(이명재, '식민지 시대 문학의 특성 연구' 경희대 대학원, 1983. 12).

기뻐서 죽사오매 오히려 무슨 한이 남으오리까

—심훈, 「그날이 오면」(1930. 3. 1) 부분

※출판 금지 처분으로 1949년에 출판됨.

1930년대 우리는 식민 통치에 의해 삶의 보금자리를 빼앗기고 대대로 살아오던 고향조차도 버리고 이국땅으로 유랑 생활을 하지 않을 수 없었다. 그러나 언론 검열로 인해 문학과 현실은 분리되어 있었다. 이러한 속에서 백석과 이용악의 고향 상실감이나 유랑 의식은 국토를 잃은 한민족의 설움을 대변하고 민족성을 일깨워 주는 계기가 되었다.

명절날 나는 엄마 아배 따라 우리 집 개는 나를 따라 진할머니 진 할아버지가 있는 큰집으로 가면 …(중략)…

그득히들 할머니 할아버지가 있는 안간에들 모여서 방 안에서는 새 옷의 내음새가 나고

또 인절미 송구떡 콩가루떡의 내음새도 나고 끼때의 두부와 콩나물과 뽂운 잔디와 고사리와 도야지 비계는 모두 선득선득하니 찬 것들이다.

—백석, 「여우난골족」 부분(『조광』, 1935.)

날로 밤으로

왕거미 줄치기에 분주한 집

마을서 흉집이라고 꺼리는 낡은 집

이 집에 살았다는 백성들은

대대손손 물려줄

은동곳도 산호관자도 갖지 못했니라

…(중략)…

"털보네는 또 아들을 봤다우

송아지래두 불었으면 팔아나 먹지"

…(중략)…

지금은 아무도 살지 않는 집

마을서 흉집이라고 꺼리는 낡은 집

제철마다 먹음직한 열매

탐스럽게 열던 살구

살구나무도 글거리만 남았길래

꽃 피는 철이 와도 가도 뒤울 안에

꿀벌 하나 날아들지 않는다

—이용악, 「낡은 집」(1938) 부분

백석은 일제강점기 어둡고 암담한 시절, 유년의 고향을 재현함으로써 그 속에서 식민지 현실과 대립되는 이상 세계를 그리고 있다. 이처럼 백석은 재구성된 고향을 통해 일제강점기의 공포와 두려움, 미래에 대한 암담함에서 벗어나려 하였다.

이용악은 일제 말기 삶의 터전을 잃고 고향을 등진 유랑민들의 궁핍상을 북방 정서를 기조로 형상화하고 있다.

이들은 민족적 현실을 외면하고 왜곡한 소위 육당과 춘원류의 식민지 종속 문학들과는 분명 달랐다. 빼앗긴 조국, 침략과 수탈로 피폐해진 우리 농촌과 북간도로의 유랑, 그날(광복)을 위한 순국의 투지 등 폭력적 현실에 짓눌려 사는 민족의 참상에 대한 고발이 있는가 하면, 광복을 갈망하는 민족적 염원들이 내면화된 민족 시가들이다.

2. 해외 망명 문학

'3 · 1 운동이 실패로 돌아가고 일제의 탄압이 강화되자 국내에서는 더 이상 저항이 불가능하다고 판단한 일부 애국지사들은 국권 회복의 실력을 양성하기 위해 국외로 망명했으며 이 중에는 상당수의 문인(문인급) 인사들이 있었다.

이들은 만주와 연해주 그리고 미주 등지로 망명하여 그곳에서 독립운동을 전개하면서 교포 신문과 잡지들을 발간하고 거기에 많은 애국 시가들을 발표하고 있었다'.*** 상해 임시 정부에서 발간한 《독립신문》과 샌프란시스코의 《공립신보》, 블라디보스토크의 《대동공보》 등이 그 대표적인 예이다.

거기에 실려 있는 시가들은 항일 애국 문학으로서 망국의 현실을 괴로워하면서 일제의 침략상 고발과 국권 회복을 염원하고 있었다. 민족적 현실을 외면·호도한 국내 식민지 종속 문학들과 비교해 볼 때 당시 우리 민족의 염원과 진실이 무엇이었나를 규찰해 볼 수 있는 자료들이다.

[국내 문학]	[망명 문학]
이인직, 「血의 淚」(1906)	「전씨 애국가」(샌프란시스코, 1908)
최남선, 「海에게서 少年에게」(1908)	「불평가」(블라디보스토크, 1909)
이광수, 『무정』(1917)	「조국 생각」(북간도, 1914)
↓	↓
(일제의 내습 - 동조 / 환영)	(일제의 내습 - 침략으로 규정)
↓	↓
(현실 외면(호도) / 친일 문학)	(주권 회복 / 구국 문학)

국내 문학이 일제의 내습에 동조 내지 환영하고 있을 때 아래의 망명 문

*** 김동수, 「일제침략기 국내 문학의 문제점과 해외동포 시가」, 『한국현대시의 생성미학』, 국학자료원, 2000, pp.195-196.

학들은 일제의 한반도 진출을 침략으로 규정하고 주권 회복을 위한 항일 구국문학救國文學의 성격을 띠고 있었다.

어화우리 동포들아 일심애국 힘을써서
四千년래 신성동방 신세계에 빛내보세
…(중략)…
건곤감리 태극기를 지구상에 높이날려
만세만세 만만세로 대한독립 어서하세
　　　　─전명운, 「뎐씨 애국가」(『共立新報』, 샌프란시스코, 1908, 4, 1.)

이 시기가 어느 땐가 약육강식 고만일세
나라 없는 우리민족 슬픈 한이 과잉하야
　…(중략)…
자유독립 도모하나 애닯도다 대한국이
지구상에 친구 없어
…(중략)…
오호통재 망국인아 두 눈썹을 부릅 뜨고
　　　　─「불평가」 부분(『大東共報』, 블라디보스토크, 1909. 11. 7.)

이곳은 우리나라 아니건만 무엇을 바라고 이에 왔는가
자손에 거름될 이내 독립군 설 땅이 없지만 희망이 있네
국명을 잃어버린 우리 민족 하해에 티끌같이 떠다니네
　　　　─『광성중학교 음악 교재』(북간도, 1914.)

「뎐씨 애국가」는 샌프란시스코에서 친일파이면서 한국 정부 고문인 스티븐슨(美)이 일본의 한반도 진출을 찬양하고, 이는 '한국인들이 원하는 바'라는 요지의 글을 각 신문에 게재하자 유학차 이곳에 와있던 전명운이 이에 격분하여 그를 저격한 후 지은 시이다. 「불평가」는 연해주로 망명한 애국지

사들이 발간한 교포 신문의 하나인 《대동공보》에 실린 시로서 국권 회복과 광복에 대한 염원이 담겨져 있다. 그런가 하면 북간도에서 발간된 『광성중학교 음악 교재』는 나라 잃은 백성의 설움과 일제에 대한 적개심을 분명히 드러내면서 광복 의지를 다지고 있었다.

Ⅲ. 광복과 월북 문인(1945-1950)

광복이 되자 초기에는 좌익과 우익으로 문학이 대립되었으나 이승만이 취약한 정치 기반을 마련키 위해 친일파와 손을 잡게 되자 남한에서는 일제 시대 친일파가 다시 친미파로 둔갑하여 친일 세력 문인들(주요한, 모윤숙 등)이 득세하게 되었다. 이리하여 민족주의 문인들이 설 땅을 잃게 되자 당시 78%에 해당된 문인 120여 명이 월북하게 된다. 김기림, 정지용, 임화, 오장환, 박팔양 등이 그들이다.

Ⅳ. 50년대와 6·25 전후의 시(1950-1960)

1. 6·25에 대한 두 시각

점령군으로 한반도에 진출한 미국은 이 땅에서 조국을 남과 북으로 가르고 민족 세력을 억압하면서, 그들을 은인국으로 여기게 하였다. 이러한 과정에서 6·25가 일어났다. 모윤숙의 「국군은 죽어서 말한다」, 청마의 「보병과 더불어」, 구상의 「초토의 시」, 조지훈의 「역사 앞에서」 등이 이러한 6·25 전쟁을 시의 소재로 삼았다. 하지만 모윤숙과 구상은 남북 분단

과 이로 인한 전쟁의 근원적 책임이 어디에 있는가에 대하여 서로 다른 견
해를 보이고 있다.

산 옆 외따른 골짜기에
혼자 누워있는 국군을 본다
아무 말 아무 움직임 없이
하늘을 향해 눈을 감은 국군을 본다.
…(중략)…
원수를 밀어가며 싸웠노라
나는 더 가고 싶었노라. 저 원수의 하늘에까지
　　　　　—모윤숙, 「국군은 죽어서 말한다」(『풍랑』, 1951.) 부분

조국아 심청이마냥 불쌍하기만 한 너로구나
시인이 너의 이름을 부를 량이면 목이 멘다.

저기 모두 세기의 백정白丁들, 도마 위에 오른
고기마냥 너를 난도질하려는데
하늘은 왜 이다지도 무심만 하다더냐

조국아, 거리엔 희망도 절망도 못 하는
백성들이 나날이 환장만 해가고
너의 원수와 그 원수를 기르는 벗들은
너를 또다시 두 동강을 내려는데
…(중략)…
어리고 헐벗은 형제들만이
북으로 발을 구르는데
먼저 간 넋을 풀어줄 노래 하나 없구나.

조국아 ! 심청이 마냥 불쌍하기만 한

조국아!

─구상, 「초토의 시 10」(휴전협상 때, 1953.) 부분

모윤숙은 북한군을 우리가 끝까지 물리쳐야 할 '원수'로 규정하고 있지만 구상은 남북을 다 같이 이데올로기의 희생양으로 보고 있다. 곧 일부 정치가들의 집권욕과 외세의 사주에 의하여 조국이 두 조각으로 분단되어 가고 있다는 민족주의적 시각과 분노를 드러내고 있다. 친일과 반공으로 이어지는 모윤숙과는 달리 구상은 조국 분단과 6·25 전쟁의 근원적 책임이 어디에 있는가에 대한, 보다 거시적 관점을 보이고 있다.

V. 60년대와 참여문학

1. 실존과 허무, 감상주의의 문학

전쟁 위기감을 이용한 이승만의 무소불위의 권력 속에서 감상적 허무주의가 만연한 가운데 주둔군이 몰고 온 팝송과 외국 문투류의 다방 문학이 유행하기 시작하였다. 박인환, 김규동, 이봉래 등 후반기 동인들도 이러한 도시풍의 감상적 모더니즘을 반영하고 있었다.

그날 밤 극장 앞에서 그 역전 캬바레에서

보았다든 그 소문이 들리는 순이

석유 불 등잔 밑에 밤을 새면서

실패 감던 순이가 다홍치마 순이가

이름조차 에레나로 달라진 순이 순이

오늘 밤도 파티에서 춤을 추더라

—손로원, 「에레나가 된 순이」(1959) 부분

6 · 25 직후 생계를 위해 도시로 떠나 하층민으로 전락된 농촌 부녀자들의 비참상을 그리고 있다. 전쟁이라는 극단적 상황에서 백인 · 흑인 대상의 매춘이란, 당시 사람들에게 매우 충격적인 일이었을 것이다. 안다성이 부른 이 노래는 6 · 25 직후 그러한 시대상을 반영하고 있다.

한 잔의 술을 마시고
우리는 버지니아 울프의 생애生涯와
목마木馬를 타고 떠난 숙녀淑女의 옷자락을 이야기한다.
목마木馬는 주인主人을 버리고 거저 방울 소리만 울리며
가을 속으로 떠났다. 술병에서 별이 떨어진다.
상심傷心한 별은 내 가슴에 가벼웁게 부서진다.
그러한 잠시 내가 알던 소녀는
정원의 초목 옆에서 자라고
문학이 죽고 인생이 죽고
사랑의 진리마저 애증의 그림자를 버릴 때
목마를 탄 사랑의 사람은 보이지 않는다.

—박인환, 「목마木馬와 숙녀淑女」(1955) 부분

모두가 사라져버린 것들의 기억을 통해 화자는 현실의 허무와 애상을 드러내고 있다. 서구적이고 도시적인 센티멘털리즘으로 전후의 절망과 허무를 대변한 1950년대의 모더니즘시라 하겠다.

2. 참여문학

60년대 이후의 시들은 대체로 '참여적인 시' '인생파적인 시' '전통파적인 시' '주지적 실험의 시' 들로 대별할 수 있다. 참여시들은 4·19와 5·16의 정치적 소용돌이와 정치적 탄압 속에서도 사회 현실을 비판하고 고발한 시들이다. 신동엽의 「껍데기는 가라」, 김수영의 「풀」 등은 억압에 대한 민중의 끈질긴 생명력과 한의 역사의식을 보여 주었다.

껍데기는 가라
사월四月도 알맹이만 남고
껍데기는 가라

껍데기는 가라
동학년東學年 곰나루의 그 아우성만 살고
껍데기는 가라

그리하여 다시
껍데기는 가라
이곳에선 두 가슴과 그곳까지 내논
아사달 아사녀가
중립中立의 초례청 앞에 서서
부끄럼 빛내며
맞절할지니

껍데기는 가라
한라漢拏에서 백두白頭까지
향그러운 흙가슴만 남고

그 모오든 쇠붙이는 가라.

―신동엽, 「껍데기는 가라」(『52인 시집』, 1967.) 전문

풀이 눕는다.

비를 몰아오는 동풍에 나부껴

풀은 눕고

드디어 울었다

날이 흐려져 더 울다가

다시 누웠다.

풀이 눕는다.

바람보다도 더 빨리 눕는다.

바람보다도 더 빨리 울고

바람보다도 먼저 일어난다.

―김수영, 「풀」 부분(『창작과 비평』, 1968.) 부분

김수영과 신동엽은 60년대 한국시의 쌍두마차라 할 수 있다. 신동엽은
투철한 역사 인식을 바탕으로 반외세와 민주화의 열망을 드러낸 현실 참여
적 시 세계를, 김수영은 4·19를 계기로 강한 현실 인식에 바탕을 둔 사회
적 실천성을 중시하면서 '풀'을 통해 억압받는 민중들의 끈질긴 생명력과 저
항성이 내재된 사회참여적 경향의 시라 하겠다.

VI. 독재 권력의 70년대

박정희 군사 독재 정권은 비판 세력에 대한 탄압을 강화해 나갔다. 이

런 가운데 문단도 참여와 순수 두 계열로 나뉘어졌다. 김지하는 1970년 5월 『사상계』에 시 「오적五賊」(재벌, 국회의원, 장성, 장차관, 고급공무원)을 발표하면서 지배 계층에 대한 불만과 비판으로 당시 서슬 퍼런 억압 상황에 저항한다. 신경림(「농무」, 「파장」), 이성부(「벼」, 「전라도」), 고은의 「만인보」 등의 리얼리즘 계열의 시도 이와 같은 맥락이다.

순수시 계열에는 김춘수류의 무의미시(「처용단장」)와 이승훈 · 오규원의 비대상시, 그리고 정호승 · 김광규 · 최승호의 도시적 감수성, 그런가 하면 이성교 · 강은교 · 이성선 · 나태주의 전통적 서정시가 있다.

> 시를 쓰되 좀스럽게 쓰지 말고 똑 이렇게 쓰랐다
> 내 어쩌다 붓끝이 험한 죄로 칠전에 끌려가
> 볼기를 맞은 지도 하도 오래라 삭신이 근질근질
> 방정맞은 조동아리 손목댕이 오몰오몰 수물수물
> 뭐든 자꾸 쓰고 싶어 견딜 수가 없으니, 에라 모르것다
> 볼기가 확확 불이 나게 맞을 때는 맞더라도
> 내 별별 이상한 도둑 이야길 하나 쓰것다.
> ──김지하, 「오적五賊」 서문(『사상계』, 1970. 5.)

특권층의 권력 부정과 부패상을 판소리 가락으로 통렬하게 비판, 급기야 군사 정부는 '반공법 위반'으로 김지하를 투옥한다.

> 어제는 보고 싶다 편지 쓰고
> 어젯밤 꿈엔 너를 만나 쓰러져 울었다.
> 자고 나니 눈두덩엔 메마른 눈물 자국.
> 문을 여니 산골엔 실비단 안개.
> 모두가 내 것만은 아닌 가을 해 지는 서녘구름만이 내 차지다.
> 동구 밖에 떠드는 애들의

소리만이 내 차지다.
또한 동구 밖에서부터 피어오르는
밤안개만이 내 차지다.
하기는 모두가 내 것만은 아닌 것도 아닌 이 가을
저녁밥 일찍이 먹고
우물가에 산보 나온/ 달님만이 내 차지다.
물에 빠져 머리칼 헹구는
달님만이 내 차지다.

—나태주, 「대숲 아래서」(1971) 부분

이 시에는 실연의 아픔이 배어있다고 한다. 연인을 잃고 가눌 수 없는 시인의 허전한 심사가 바람이 되어 구름을 몰다가 낙엽을 몰아가고, 깊은 밤 대숲을 흔들다가 꿈속에서 또 너를 만나 쓰러져 운다고 한다. 내 것이란 게 오로지 '우물가에 산보 나왔다가 그리움에 복받쳐 물에 빠져 머리칼 헹구는 달님만이 내 차지'라는 역설적 반전에서 이 시는 한국적 전통의 비극미와 그 맥이 닿아있다.

Ⅶ. 80년대, 신군부 독재와 민중의 고난

1980년 5월, 신군부(전두환)가 정권을 장악하기 위해 광주를 희생물로 삼은 소위 '광주 사태' 혹은 '광주민주화운동'이라 불리우는 참상이 있었다. 김남주의 시 「학살 1」과 당시의 열악한 노동 현장을 고발한 박노해의 「손무덤」이 그걸 증언하고 있다.

오월 어느 날이었다

1980년 오월 어느 날이었다

광주 1980년 어느 날이었다

밤 12시 나는 보았다

경찰이 전투경찰로 바뀌는 것을

밤 12시 나는 보았다

전투경찰이 군대로 대체되는 것을

밤 12시 나는 보았다

미국 민간인이 도시를 빠져나가는 것을

밤 12시 나는 보았다

도시로 들어오는 모든 차량들이 차단되는 것을

아 얼마나 음산한 밤 12시였던가

아 얼마나 계획적인 밤 12시였던가

　　　　　　　　　　　　—김남주, 「학살 1」(1980. 5.) 부분,

손목이 날아갔다.

작업복을 입었다고

사장님 그라나다 승용차도

공장장님 로얄살롱도

부장님 스텔라도 태워주지 않아

한참 피를 흘린 후에

타이탄 짐칸에 앉아 병원을 갔다.

기계 사이에 끼여 아직 팔딱거리는 손을

기름 먹은 장갑 속에서 꺼내어

36년 한 많은 노동자의 손을 보며 말을 잊는다.

비닐봉지에 싼 손을 품에 넣고

봉천동 산동네 정 형 집을 찾아

서글한 눈매의 그의 아내와 초롱한 아들놈을 보며

차마 손만은 꺼내 주질 못하였다.

환한 대낮에 산동네 구멍가게 주저앉아 쇠주병 비우고

정 형이 부탁한 산재 관계 책을 찾아

종로의 크다는 책방을 둘러봐도

엠병할, 산데미 같은 책들 중에

노동자가 읽을 책은 두 눈 까뒤집어도 없고

—박노해, 「손무덤」(1984) 부분

　수출 전선에 내몰려 비인간적 착취의 희생물이 된 노동자들의 고통을 폭로한 박노해의 「손무덤」이 80년대의 고난을 대변하고 있다. 오로지 생산에만 매달려 온 노동자들의 비극적 현실과 그들을 이윤 추구를 위한 도구로만 여긴 사용주들의 비인간적 처사, 또 이를 외면하는 사회 현상이 적나라하게 고발되면서 노동문학의 새 장을 열게 된다.

　이 외에도 실험시 운동에 앞장선 박남철·황지우, 민중적 서정에 접근한 곽재구·정일근·안도현, 서정시 계열에 이문재·기형도·도종환 등도 있었다.

막차는 좀처럼 오지 않았다.

대합실 밖에는 밤새 송이눈이 쌓이고

흰 보라 수수꽃 눈시린 유리창마다

톱밥 난로가 지펴지고 있었다.

그믐처럼 몇은 졸고

몇은 감기에 쿨럭이고
그리웠던 순간들을 생각하며 나는
한 줌의 톱밥을 불빛 속에 던져주었다
내면 깊숙이 할 말들은 가득해도
청색의 손바닥을 불빛 속에 적셔두고
모두들 아무 말도 하지 않았다
산다는 것이 때론 술에 취한 듯
한 두릅의 굴비 한 광주리의 사과를
만지작거리며 귀향하는 기분으로
침묵해야 한다는 것을
모두들 알고 있었다
오래 앓은 기침 소리와
쓴 약 같은 입술담배 연기 속에서
싸륵싸륵 눈꽃은 쌓이고
그래 지금은 모두들
눈꽃의 화음에 귀를 적신다
자정 넘으면
낯설음도 뼈아픔도 다 설원인데
단풍잎 같은 몇 잎의 차창을 달고
밤 열차는 또 어디로 흘러가는지
그리웠던 순간들을 호명하며 나는
한 줌의 눈물을 불빛 속에 던져주었다.

—곽재구, 『사평역에서』(『창작과비평사』, 1983) 전문

막차가 오지 않는 겨울, 시골 간이역의 대합실에서 하고 싶은 말들은 가
득해도 '모두들 아무 말도 하지 않고(못하고)' 80년대 역사의 막연한 기다림
으로 지쳐있는 변방인들의 고독과 우울을 따뜻한 시선으로 포착하고 있다.

하지만 그들을 위해 자기가 할 수 있는 일이라곤 고작 "한 줌의 톱밥"과 "한 줌의 눈물"을 "불빛 속에 던져주"며 관망할 뿐, 아무것도, 아무 말도 할 수 없는 무력한 자아에 대한 자조적 독백이다.

> 통일이 된다면
> 통일이 된다면
>
> 나는 돌을 쪼는 석공이 돼야지
> 저 담벼락에 얼붙은
> 이름 없는 투사들의
> 피 토한 자욱들
>
> 몸은 비록 스러졌으나
> 어느 누군가 사랑하는 사람에게
> 필사적으로 남기고 간
> 저 손톱으로 후벼 판 자욱들
>   ─백기완, 「통일이 된다면」(1982) 부분

> 이 땅에서 오늘 역사를 산다는 건 말이야
> 온몸으로 분단을 거부하는 일이라고
> 휴전선은 없다고 소리치는 일이라고
> 서울역에서나 부산, 광주에 가서
> 평양 가는 기차표를 내놓으라고
> 주장하는 일이라고
>
> 이 양반 머리가 좀 돌았구만

그래 난 머리가 돌았다 돌아도 한참 돌았다

머리가 돌지 않고 역사가 사는 일이

있다고 생각하나

이 머리가 말짱한 것들아

평양 가는 표를 팔지 않겠음 그만두라고

난 걸어서라도 갈 테니까

임진강을 헤엄쳐서라도 갈 테니까

그러다가 총에라도 맞아 죽는 날이면

그야 하는 수 없지

구름처럼 바람으로 넋으로 가는 거지

　　―문익환, 「잠꼬대 아닌 잠꼬대」 부분(평양 방문 직전에 쓴 시, 1988)

반공을 국시의 제일로 삼아 금기시했던 '통일 문학'의 장을 이 무렵에 탄생시킨 백기완의 「통일이 된다면」과 문익환 목사의 「잠꼬대 아닌 잠꼬대」도 이 시기에 주목할 통일 지향의 시이다. 젊은 날 분단 독재의 태질 속에서도 백기완의 꿈은 '통일 조국'이요, 젊은이들에게 외세의 개입으로 인한 민족 분단과 그 부당성을 일깨워 주는 일이었다. 문익환 또한 북한은 우리의 적이 아니라 부모 형제가 아직 함께 살아 숨쉬고 있는 우리의 고향이요 혈육임을 육성적 몸부림을 통해 절규하고 있다.

Ⅷ. 절망적 냉소의 90년대

소위 '문민정부' 출현으로 군부 독재가 사라졌다. 그러나 국민의 뜻과 다른 3당 야합으로 이후 배신이 지조를 이기고 지역감정을 부추겨 백성들의 이성적 판단을 호도시키는 정치 풍토의 만연으로 가치관의 혼돈을 야기시켰다. 이로써 "무엇이 옳고 그른가가 아니라 무엇이 좋고 싫은가"(공지영, 1993.)만 남아있는 세상이 되어 기득권층에 대한 불신과 정치적 냉소주의가 만연된 시기였다. 김남주의 「근황」과 안도현의 「기다리는 사람에게」(1992)가 이러한 시대상을 반영하고 있었다.

> 차라리 괴롭고 어두운 시절이라면
> 가시덤불 속에서 깜박깜박 어둠을 쫓는 시늉이나 하다가
> 날이 새면 스러지고 마는 개똥벌레라도 될 것을
> 차라리 춥고 배고픈 시절이라면
> 바람 찬 언덕에서 늙은 상수리나무쯤으로 떨다가
> 나무꾼의 도끼에 찍혀 땔감으로라도 쓰여질 것을
> 이제 나는 아무짝에도 쓰잘 데 없는 사람이다.
> 밤이 대낮처럼 발가벗은 이 세상에서는
> 배가 터지도록 부어오른 이 거리에서는
>
> ─김남주, 「근황」 부분(1993. 겨울)

> 기다려도 오지 않는 사람을 위하여
> 불 꺼진 간이역에 서있지 말라
> 기다림이 아름다운 세월은 갔다
> 길고 찬 밤을 건너가려면
> 그대 가슴에 먼저 불을 지피고
> 오지 않는 사람을 찾아가야 한다.
> 비로소 싸움이 아름다운 때가 왔다
> 굽이굽이 험한 산이 가로막아 선다면
> 비껴 돌아가는 길을 살피지 말라
> 산이 무너지게 소리라도 질러야 한다.

함성이 기적으로 올 때까지

가장 사랑하는 사람에게 가는

그대가 바로 기관차임을

—안도현, 「기다리는 사람에게」(1992)

IX. 수구와 진보 대립의 2000년대

'국민의 정부' 출현으로 통일 지향의 논의가 물꼬를 트게 된다. 2000년 6월 13일 김대중 · 김정일의 역사적 만남으로 남북 적대 관계가 완화되자 이제껏 반공 일변도로 가던 남한 사회에서 친미 수구와 진보 개혁의 통일 세력 간에 사회적 갈등으로 국론이 분열되었다. 문단에서도 이러한 사회적 지각 변동에 의해 이제껏 금기시되었던 북한에 대한 보다 유연한 동포애적 시각과 민족적 각성 그리고 기계 문명으로 야기된 비인간적 대립과 갈등에서 벗어나 원시적 생명의 통합과 상생 지향적 문학들이 활발하게 전개되고 있다.

※참고문헌: 이재규, 『시와 소설로 읽는 한국현대사』

색인 목록

작품(시집), 단체명

인명(人名)